눈을 떠라 그대의 진명. 허큘리스
핸들러
롤트린제 볼크링
내가 몸소 【고무】해 주겠다.
소룡희
문제없다. 나도 슬슬 몸을 움직이고 싶었던 참이다.
빙창
카렐렌
편히 죽을 수 있을 거라 생각하지 마.
검의 규수 비리
빅토리아 판 프레데릭스

리월드·프런티어3

Reworld Frontier

-최약이자 최강의 인핸서-

쿠니히로 센기
Sengi Kunihiro

Reworld Frontier

Contents

illust. 토자이

design. AFTERGLOW

카렐렌 올스테드
통칭 카렐. 나이츠의 부단장으로
별칭은 '빙창'. 냉정 침착한 하이 랭크
랜서로 소꿉친구인 비리를 보좌하고 있다.
빅토리아
판 프레데릭스
통칭 비리. 나이츠의 단장이자 '검의 규수'라는
별칭을 가지고 있다. 지기 싫어하는 성격의
고귀한 기사. 라트의 실력을 눈여겨보고
나이츠로 권유한다.
노블 프로미넌스 나이츠
푸른 홍염의 기사단

블루 바이올렛 조커스
BVJ
Reworld Frontier
Character
롤트린제 볼크링
통칭 로제. SB를 사역해서 싸우는 핸들러. 진지한 성격에 표정 변화는 적지만 심지는 곱다. 라트 일행에게 마음을 열고 파티에 가입한다.
라그디스하르트
이 책의 주인공으로 통칭 라트. 경원당하기 일쑤인 지원 술식이 특기이다. 성격은 소심하고 뼛속부터 좋은 사람. 외톨이였지만 하누와 '절친'이 되어 콤비를 짜게 된다.
하누문 바이키릴
통칭 하누. 극동 출신의 살아 있는 신. 언령을 이용한 술식을 사용한다. 세상 물정에 어둡지만 총명한 소녀. 라트와 '절친'이 되어 콤비를 짜게 된다.

●1 하늘을 꿰뚫는 용의 이빨

부유섬 플로트라이즈에 점재해 있는 여덟 개의 용혈(龍穴)(볼텍스). 그 바로 위에 전개된 지름 2메르틀 정도 크기의 〈코어 리사이클〉 아이콘에서 잇따라 SB(시큐리티 봇)가 재생되었다.

'볼크링 서커스' 가 소유한 컴포넌트는 20만 개 이상.

그러나 〈코어 리사이클〉은 그 전부를 단번에 현현시킨 것은 아니었다. 술식과 술자의 처리 능력, 용맥에서 시간 단위로 공급되는 에너지양에 의해 재생 속도는 자연스럽게 제한되고 만다.

1분마다 약 120체. 즉, 1초마다 2체. 그것이 현재 〈코어 리사이클〉의 평균 재생 속도였다. 20만 개 이상의 컴포넌트를 전부 SB로서 재생하기 위해서는 아무리 빨라도 세 시간에서 네 시간이 걸린다는 계산이 된다.

물론 그 전에 플로트라이즈가 괴멸하는 쪽이 훨씬 빠를지도 모르지만.

간단한 커맨드도 입력되지 않은, 본래의 '침입자를 공격하라' 는 알고리즘만을 가진 SB가 자신들이 있는 장소를 수호해야 할 유적 안이라고 오인하고 그 사명을 다하기 위해서 움직였다.

『PPPPPYYYYYYYRRRRRYYYYYYY!!』

『VRRRRAAAAAAAAOOOOOOOOOWWWWW!!』

『UUUUUUURRRRRRRRRRRRYYYYYYYY!!』

『GGGGOOOOOOOOWWWWWWWWWW!!』

찢어지는 포효를 지르며, 하늘의 SB는 하늘을 날고 땅 위의 SB는 대지를 박차며 달려 나갔다.

쓰러트려야 할 적을 찾아서.

가차 없고 무자비하게.

괴물들의 진격이 플로트라이즈를 유린했다.

그들의 숫자는 시간이 지나면 지날수록 늘어난다.

지키는 측과 요격하는 측에게 지금은 시간마저도 적이었다.

■

테이블을 사이에 두고 맞은편에 서 있던 로제 씨가 기세 좋게 한쪽 다리를 들어 올렸다.

""——!?""

스커트가 예술적으로 펄럭이며 절묘한 곡선을 그리는 다리가 칼처럼 내리꽂힌다. 그대로 한쪽 다리의 끝, 딱딱한 신발 바닥이 테이블을 때리며 큰 소리를 냈다.

로제 씨는 그대로 무대 위에 선 여배우처럼 테이블 위로 뛰어올랐다.

그리고 날았다.

옆에 앉아 있던 하누가 지금은 내 무릎 위에 있었기 때문에 그만큼 공간이 비어 있었다. 그곳을 노린 것이다.

정말로 한순간의 일이었다.

풍압이 나와 하누의 머리카락을 휘날리게 했다고 생각한 순간에는 타앙, 하고 등 뒤에서 문이 거칠게 열리는 소리가 나고 있었다.

"잠깐만요!? 로제 씨!?"

바람처럼 방에서 나간 로제 씨를 눈으로 쫓지도 못했다. 로제 씨의 등이 완전히 보이지 않는 상태가 되고 나서 놀란 목소리를 낼 뿐이었다.

"이런, 라트! 저 녀석 혼자서 갈 생각이다!"

"으, 응! 뒤쫓자!"

하누가 재빨리 무릎 위에서 내려와서 나도 의자에서 일어섰다. 아직 계단을 내려가는 발소리가 들려왔다. 지금이라면 아직 뒤를 쫓을 수 있을 것이다.

"로제 씨!"

난 하누를 두고 한발 먼저 방을 나서서 계단을 향해 뛰었다. 계단을 내려가기 전에 애쉬그레이의 긴 머리카락이 1층 복도의 오른쪽 모퉁이로 사라지는 것이 보였다.

"이익――!"

꾸물꾸물 계단을 내려가서는 쫓아가지 못한다. 난 기합과 함께 속도를 늦추지 않은 채 컴뱃 부츠로 바닥을 찼다. 계단을 단숨에 뛰어 내려간다.

탕, 하는 소리를 내며 착지함과 동시에 무릎을 굽혀 충격을 완화한다. 그리고 로제 씨가 달려간 쪽으로 몸을 돌리고――.

"꺄아아아아아아아아아아아아아아악!?"

반대 방향에서 찢어지는 비명이 들려왔다.

"——!?"

반사적으로 반응해서 돌아보고 말았다.

내 시야에 들어온 것은 '영양의 미각정(美脚亭)' 의 가게 안에서 여러 마리의 SB와 익스플로러가 싸우고 있는 모습이었다.

말도 안 되는 광경에 한순간 현기증이 났다. 익숙한 가게 안을 배경으로 낯익은 괴물이 있다. 그렇지만—— 그 둘이 만나는 일은 결코 없었을 텐데.

깨닫고 보니 벽 이곳저곳에 커다란 구멍이 뚫려 있었다. SB들은 저 구멍을 통해 침입해 온 것이다.

비명을 지른 사람은 간판 웨이트리스인 아키나 씨였다. 마침 가게에 있던 익스플로러들의 보호를 받으며 가게 구석에 있던 와중에 새로운 적의 습격을 받은 모양이었다.

이러쿵저러쿵 말하고 있을 여유는 없었다. 생각하는 것보다도 먼저 몸이 움직이고 있었다.

온몸의 'SEAL' 을 맹렬하게 기동시키며,

"〈드릴——!"

검 술식의 기동 음성을 말하면서 지원 술식 〈스트렝스〉〈래피드〉〈프로텍션〉〈포스 부스트〉를 세 번씩 중첩해서 발동한다. 합계 열두 개의 아이콘이 터지며 강화 계수를 여덟 배로.

"——브레이크〉!"

굽히고 있던 상태에서 튕겨 나가는 것처럼 도약. 오른쪽 다리를 앞으로 내밀면서 검 술식을 발동했다. 발끝에 아이콘이 떠오르며 오른쪽 다리 전체에 접힌 우산처럼 생긴 딥 퍼플색 드릴이 전개되었다.

노리는 건 아키나 씨를 덮치려 하는 삼두 마견 케르베로스.

난 날라차기 자세로 쏘아진 화살처럼 날아들었다.

드릴의 끝이 케르베로스의 옆구리를 강하게 찔렀다. 그대로 단숨에 관통해서 검은 몸뚱이를 바로 근처에 있던 벽으로 박아 넣는다.

『PRRRRRRYYYYYYYYY——!?』

〈드릴 브레이크〉에 꿰뚫린 케르베로스가 비명을 질렀다. 오른쪽 다리의 드릴로 케르베로스의 배와 벽을 드르르 깎으면서 난 공격 술식을 추가로 기동했다.

"〈에어 리퍼〉〈에어 리퍼〉〈에어 리퍼〉!"

세 개의 아이콘을 왼손에 집중해서 한번에 발동시킨다.

"하앗!"

바람의 칼날을 두른 수도를 휘둘렀다. 케르베로스의 머리 세 개를 연달아 베어 날린다.

머리 세 개가 시간차로 허공을 날았다.

머리를 전부 잃은 케르베로스가 컴포넌트로 돌아가는 중에 오른손 쪽에서 위험한 기척이 느껴졌다.

『UUKKKKKKYYYYYYYYY!!』

찢어지는 전자음에 시선을 향하자 그곳에는 날카로운 발톱을 치켜든 클로드 몽키가 한 마리 있었다. 바닥, 벽, 천장을 종횡무진으로 뛰며 이쪽을 향해 덮쳐온다. 그 모습을 인식했을 때에는 오른팔을 세우며,

"〈드릴 브레이크〉——!"

손가락 끝에서 팔꿈치까지를 뒤덮는 보라색 드릴을 생성. 다

섯 개의 나이프라 해도 과언이 아닌 클로드 몽키의 발톱을 고속으로 회전하는 드릴의 중간 부분으로 막아냈다. 드르르르륵! 불꽃을 튀기며 길항하는 드릴과 다섯 개의 발톱 너머로, 나는 왼손을 새의 갈고리 발톱처럼 세우며,

"〈볼트 스테이크〉〈볼트 스테이크〉〈볼트 스테이크〉〈볼트 스테이크〉〈볼트 스테이크〉!"

손가락 끝에 공격 술식을 장전해서 뇌전의 손톱을 사납게 생긴 원숭이의 얼굴을 향해 처박았다.

터지는 우렛소리. 비명을 지를 틈도 없이 클로드 몽키의 목 위가 날아갔다. 아직 완전히 사라지지 않은 케르베로스를 뒤쫓아 이쪽도 활동 정지(셧다운) 시퀀스에 들어간다.

"괜찮으세요!?"

아키나 씨에게 등을 보인 채 주위의 경계를 소홀히 하지 않으면서 그녀에게 말을 걸었다. 조금 전에는 꺼낼 여유마저 없었던 백호를 스토리지에서 구현화해서 뽑는다.

"예, 예에…… 가, 감사……하, 합니……다……."

아키나 씨의 몸이 공포로 경직되어 있다는 것을 목소리만으로 알 수 있었다. 그럴 수밖에 없었다. 일반인 중에는 유적에서 출몰하는 SB를 사는 동안 한 번도 보지 못하는 사람도 있으니까.

"이곳은 위험해요! 빨리 피난소로 가 주세요!"

아키나 씨에게 그런 말을 남기고, 나는 다시 로제 씨의 뒤를 쫓았다.

입구에서 길로 뛰쳐나가서 로제 씨를 찾았지만 유감스럽게도 로제 씨의 모습은 없었다. 하지만 그 사실 이상으로 나에게 충

격을 준 것은——.

"뭐야…… 이거……."

아니, 알고 있다. 알고는 있지만 그렇게 입 밖으로 낼 수밖에 없었다.

거리의 풍경이 격변해 있었다.

구름 위에 위치한 플로트라이즈는 언제나 쾌청했고 어디에서 올려다보아도 깨끗한 푸른 하늘이 보였다.

그렇지만 지금은 그런 아름다운 경치를 검은 연기와 비명이 더럽히고 있었다.

"……."

아연해할 수밖에 없었다.

하늘을 뒤덮는 듯한 비행형 SB의 무리.

온갖 건물의 지붕에 자리 잡고 있는 경량형 SB.

길 이곳저곳에서 제 세상인 것처럼 활보하는 중량형 SB.

그것들에게 습격을 받고 있는 사람들.

파괴되어 가는 거리.

전방위에서 들려오는 SB의 전자음, 우왕좌왕하는 사람들의 비명, 울려 퍼지는 긴급 경보.

그곳에 있던 것은 지옥이었다.

——이제 틀렸어……. 이런 것을 어떻게 할 수 있을 리가 없잖아…….

차갑고 딱딱한 납 같은 응어리가 뱃속에 생겨났다. 발밑에 구멍이 뻥 뚫린 듯한 기분. 헤라클레스가 재생하고 파워업 했을 때보다도 더욱 심했다.

내가 한 번 호흡할 때마다 어딘가에서 누군가가 죽어 간다. 살해된다——. 그런 생각이 들었다.

사막 한가운데에서 물이 들어 있는 용기를 깨트리고 만 듯한, 돌이킬 수 없는 절망감.

"라트——! 롤트린제는 어떻게 했느냐!?"

갑자기 하누의 목소리가 등 뒤를 때려서 제정신으로 돌아왔다.

"하, 하누……. 미, 미안, 놓쳐 버려서——."

돌아본 순간, 주먹 크기의 수정구가 부웅 소리를 내며 얼굴 양옆을 스쳐 지나갔다.

"어?"

훙, 하고 대기를 꿰뚫은 풍압이 내 머리카락을 헝클어트렸다.

『PPPGGGGGGGYYYYY!?』

『GGGGGGGRRRRRRAAAAAA!?』

등 뒤에서 일어난 SB의 비명과 이어지는 활동 정지 시퀀스의 소리. 목만 돌려서 보자 그곳에는 흐려지며 사라져가는 쌍두 마견 올트로스와 소머리 인간 고즈키의 모습이 있었다. 양쪽 다 몸 중앙에 커다란 바람 구멍이 뚫려 있었다.

"라트! 뭘 멍청히 있는 게냐! 이곳은 이미 전장이다!"

따각따각 나막신 소리를 내면서 정천영부(正天靈符)의 호부수정(護符水晶)을 허공에 띄운 하누가 달려왔다. 하누의 머리 위에 둥실둥실 부유하며 따라오는 수정은 세 개. 조금 전 내 바로 옆을 지나쳐간 두 개를 합치면 합계 다섯 개다. 아무래도 하누는 순조롭게 정천영부를 다루는 데 익숙해지고 있는 모양이었다.

"미, 미안……. 고마워……."

내 한심한 모습에 화를 내는 것이 아니라 내 몸을 염려하고 있는 것을 알고 있었기에 순순히 사과하며 감사를 전했다. 조금 전에 한 발짝—— 아니, 반 발짝 잘못 갔으면 호부수정이 내 머리에 작렬해서 토마토처럼 터져 날아갔을 거라고 생각하니 가슴의 두근거림이 멈추지 않았지만.

아니, 이렇게 여유를 갖고 생각할 때가 아니었다. 난 손짓발짓을 하며,

"그보다—— 어, 어쩌지 하누!? 로제 씨가, 로제 씨가 나가서, 놓쳐 버려서! 거, 거리는 이런 꼴이고, 사, 사람들이 많이—— 어, 어쩌지!? 하누, 어쩌지!?"

"라트……."

하누가 진지한 목소리를 내면서 짧은 손가락으로 땅바닥을 가리켰다.

"……?"

이 동작은 '내 앞에 무릎 세우고 앉아서 시선을 맞추거라'의 손짓이었다. 혼란에 빠지기 직전이었던 난 조건반사적으로 그대로 따르고 말았다.

하누의 조그마한 양손이 착, 하고 내 양 볼을 눌렀다.

"으——!?"

쑤욱, 하고 푸른색과 금색의 오드아이가 숨소리가 들릴 정도로 가까이 다가오며 하누가 내 눈을 들여다보았다. 그녀의 냄새가 콧속을 간지럽히자 어째서인지 마음이 진정되었다.

"걱정 마라, 라트. 겁먹을 필요 없다. 그대에게는 내가 있다."

"……하누……."

믿음직한 그 말은 미끄러지듯 내 마음 안쪽으로 들어와서 가장 깊은 곳까지 내려왔다.

톡, 하고 하누가 나와 이마를 마주 붙였다. 접촉한 부분에서 하누의 체온이 흘러들어 오는 것만 같았다.

"결코 잊지 말거라. 내가, 나야말로 절대적인 그대의 편이다."

하누가 힘차게 단언했다. 마치 자신의 아이를 가르치는 어머니처럼.

"그리고 라트—— 그대가, 그대야말로 절대적인 내 편이다."

그렇게 단언하며 하누는 평소처럼 쿡, 하고 웃었다.

"그렇기에 나와 라트가 함께하면 그건 무적의 콤비다. 알겠느냐, 그 사실을 결코 잊지 말거라."

"——."

신기하게도 전투에 의한 흥분도, 로제 씨를 놓쳤다는 초조함도, 현재 상황에 대한 절망감도, 완전히 가라앉아 있었다. 마치 이마에서 이마로, 하누가 쓸데없는 감정을 빨아들여 준 것처럼.

"응……. 절대로 안 잊어. 약속할게."

대답은 자연스럽게 입 밖으로 나왔다.

"그래."

하누가 이마를 떼고 표정을 당당하게 바꾸며, 그래도 밀착한 그대로 말을 이었다.

"알겠느냐, 라트. 우리는 어차피 사람, 몸은 하나밖에 없다. 그렇기에 할 수 있는 일은 한정되어 있다. 먼저 그 사실을 받아들이는 게다."

"응."

볼 양쪽이 하누의 손에 닿은 채로 난 시선을 떼지 않고 끄덕였다.

“이런 상황이다. 전부를 구할 수는 없다. 힘이 닿는 한도가 있고, 설령 모든 힘을 다하더라도 잃어버린 것은 돌아오지 않는다. 그 각오를 하거라.”

“응…….”

마른침을 삼키려다가 마음속에 힘을 주었다. 그러자 하누의 표정이 부드러워졌다.

“하지만 그대와 내가 힘을 합치면 반드시 이 고난을 넘을 수 있을 것이다. 주눅 들지 말거라, 라트. 그대와 내가 함께 한다면 대적하지 못할 것은 없다.”

“히, 힘낼게!”

아무리 그래도 그 정도까지 대담해질 수는 없었지만 하누와 함께라면 뭐든지 할 수 있을 듯한 기분이 들었다. 어디로든 갈 수 있을 듯한 기분이 들었다.

“그래, 좋다. 그럼 우선순위를 정하겠다. 먼저 롤트린제다. 당연히 우리는 우리의 동료를 최우선으로 삼아야 한다. 그러므로 다른 자들은 그다음으로 한다. 이의는 없겠지?”

“응……. 괜찮아. 알고 있어, 우리는 우리가 할 수 있는 일을 해야 하니까.”

모든 것을 구하려고 하다가 아무것도 못하는 것보다는 정말로 소중한 것을 보며 행동하는 편이 그나마 낫다. 그리고 지금의 우리가 최우선으로 삼아야 할 것은 새로운 동료인 로제 씨였다.

클러스터 ‘B V J(블루 바이올렛 조커스)’의 유일하고 절대적인 룰은 무슨 일이 있더라도 동료를 절대로 저버리지 않을 것. 그 신념을 벌써부터 꺾을 수는 없었다.

"아까 말한 대로야. 무슨 일이 있더라도 로제 씨를 도울 거야. 하누야말로 이의는 없지?"

"물론이다. 리더의 말에는 따라야 하니 말이다."

그렇게 말하며 쿡, 하고 하누가 웃었다. 지금 리더 같은 행동을 하고 있는 건 하누 쪽인데도. 아까부터 확인하는 것처럼 물어보는 이유는 분명 내 의지를 존중하기 위해서겠지.

『PPPPPRRRRRRRRRRYYYYY——!』

갑자기 사방팔방에서 SB의 포효가 울려 퍼졌다. 하누의 양손 사이에 얼굴이 끼인 채 눈만 움직여서 둘러보자 그곳에는 대형 SB '실버 하울링'의 무리가 있었다. 그 이름대로 백은의 체모를 가진 늑대 열 마리가 우리를 포위하려 하고 있다.

실버 하울링은 루나틱 바벨의 제120층 부근에서 나오는 중급 SB다. 하위의 같은 종인 레드 하운드와는 비교가 되지 않을 정도로 강했다. 날쌘 움직임, 날카로운 송곳니와 발톱이 특징으로 한 덩어리가 되어서 움직이는 무리의 모습은 '플래티넘의 바람'이라고까지 불리고 있었다.

"됐다. 이곳은 나에게 맡기거라."

그런데 즉시 일어서서 싸우려고 하는 나를 제지하며 하누가 오른손으로 허리띠에 꽂아 둔 부채 리모컨을 꺼내서 매끄럽게 펼쳤다.

내 머리 위에서 칠흑의 부채를 오른쪽에서 왼쪽으로 빠르게 한번 휘두른다.

다음 순간에 하누의 곁에 떠 있던 다섯 개의 호부수정이 맹위를 떨쳤다.

다섯 개의 수정이 당구공처럼 서로 부딪치며 직선적이고 복잡한 궤도를 그리면서 날았다. 그 속도는 그야말로 전광석화.

『PPGGGYY!?』

『PPGGGRRRRRYYY!?』

『PPPRRRRRRRRR――!?』

수정구가 번개처럼 하늘을 내달리며 실버 하울링을 종이처럼 꿰뚫었다. 몇 번이고, 몇 번이고. 백은의 늑대들은 마치 잔해를 품은 회오리에 말려든 것처럼 갈려 나갔다.

"정말, 이래선 마음 놓고 이야기도 할 수가 없구나."

그대로 SB의 처리를 정천영부에게 맡기며, 말도 안 되는 술력의 주인은 아무렇지도 않게 이야기를 다시 시작했다.

"그나저나, 라트여. 조금 전에는 그렇게 말했지만 롤트린제도 상당한 강자다. 그리 간단하게 죽을 정도로 약하지는 않겠지. 그래서 말이다, 잠깐 샛길로 샐까 생각하는데 어떠느냐?"

"샛길?"

되뇌는 나에게 하누는 히죽, 하고 자신만만한 웃음을 지어 보였다. 마침 활동 정지가 된 실버 하울링의 컴포넌트가 하누의 'SEAL'에 흡수되며 얼굴 밑에서 어렴풋하게 빛을 비춰서 뭐라 형용할 수 없는 강렬함이 스며 나왔다.

"그렇게 되었으니―― 듣고 있었느냐, 카렐이여."

『그 말은…… 조금은 도와주겠다는 것으로 이해해도 괜찮나, 소룡희(小龍姬)?』

대상이 갑자기 바뀌며 대화가 성립되어서 난 한순간 어안이 벙벙해지고 말았다.

"어……? 어라?"

설마 하는 생각에 시선을 움직이자 시야 가장자리에 아직 비리 씨와의 통화 아이콘이 남아 있었다. 하지만 메인 통화 상대였던 비리 씨의 모습은 없었다. 아이콘에 표시되어 있는 이름은 카렐 씨뿐이었다. 비리 씨는 아마 전장으로 향한 거겠지.

통화 세션이 유지되고 있었다는 말은 즉, 이제까지의 대화가 전부 상대 쪽으로 누설되었다는 뜻이다. 게다가 자초지종을 듣고 있던 사람은 비리 씨가 아니라 카렐 씨였다는 말이고.

"으으으……!"

어째서일까, 딱히 이상한 짓도 수상한 짓도 하지 않았는데 괜스레 부끄러워지는 이유는.

"대답하거라, 카렐. 잡귀들과 싸우고 있는 자들의 사기는 어떻지?"

하누의 질문에 대해 카렐 씨가 즉답했다.

『솔직히 말해서 좋지 않다. 올 거라 알고 있었다고는 하지만 타이밍적으로는 역시 기습이다. 어느 곳도 동요하고 있다. 주민의 피난은 아직 순조롭게 진행되고 있는 편이지만 유감스럽게도 이미 희생자가 몇 명 나온 모양이다. 솔직히 말해서 언제 무너져도 이상하지 않은 상태다.』

이 사람은 열세를 알리는 말투에서도 냉정침착하니까 정말로 대단하다. 몸속의 신경이 금속으로 코팅되어 있는 것일지도 모른다.

“역시 그렇군. 일반인들의 혼란은 상당하겠지. 애초에 어디에서 공격해 올지 알 수 없는 적에 대해 완벽하게 대비할 수는 없다. 이야기를 듣기에는 그대들은 잘 대응하고 있는 편이다.”

『칭찬으로 받아들이지. 그나저나 소룡희. 지금은 아무튼 시간이 아깝다. 본론으로 들어가도록 하지. 그쪽이 말한 샛길이란?』

“흠. 요컨대——.”

하누는 실로 호전적인 표정을 지으며,

“——이 내가 몸소 고무해 주겠다, 그리 말하고 있는 것이니라.”

뭔가 엄청난 말을 했다.

이제까지 즉시 응답하던 카렐 씨가 이때는 몇 초 동안 공백을 만들었다.

『이 상황에서 이런 말을 하는 건 뭐하지만, 정말로 괜찮나?』

“음? 이거 또 묘한 소리를 하는 구나, 카렐. 정말로 무슨 말을 하는 것이냐.”

아까는 시간이 아깝다고 했으면서 이번에는 묘한 질문을 해온 카렐 씨에게 나와 하누는 고개를 갸웃거렸다. 질문의 의도를 도무지 알 수가 않았다. 정말로 괜찮나, 라니——?

『소룡희—— 솔직하게 말해서 난 너에게 우리를 저버릴 권리가 있다고 생각한다. 왜냐하면 저번 제200층의 게이트 키퍼 전에서 우리는 너를 내버려 두려고 했기 때문이다.』

“호오…….”

하누의 이색 홍채가 스읏 가늘어지며 목소리에 딱딱한 분위기가 생겨났다.

『그것 자체는 부끄러워할 일이지만 누구도 너에게 사죄는 하지 않았고 하려고도 생각하지 않겠지. 그 정도로 그 자리에서는, 너를 포함한 시큐리티 룸 내부의 인간을 내버려 두는 것이 익스플로러에게 있어서 올바른 판단이었다. 실제로 라그 군이 그때 없었다면 넌 지금 그 자리에 서 있지 못할 것이다.』

"확실히…… 그 말 그대로다. 라트가 없었다면 지금의 난 존재하지 않는다. 지금쯤 명부의 밑바닥에서 잠들어 있었겠지."

『그런 만큼 너에겐 우리를 내버려 둘 권리가 있다고 난 생각한다. 자신을 죽게 내버려 두려고 한 녀석들을 구해야 할 필요는 없겠지. 당했다면 되돌려줄 권리가 있을 것이다. 네가 아무것도 하지 않더라도, 적어도 그 자리에 있으면서 아무것도 하지 않았던—— 아니, 아무것도 하지 않으려 했던 인간이 불만을 말할 처지가 못 된다.』

"그렇군, 그런 말인가."

카렐 씨의 말은 나도 납득이 되었다. 당한 것을 되돌려줘도 괜찮다면 확실히 하누에게는 자신을 죽게 내버려 두려고 했던 사람들을 저버릴 권리가 있다. 그 순간, 세상 모든 것에게 버려진 하누에게는 그대로 되돌려줄 자격이 있을 것이다.

"시시한 소리 하지 마라, 소인배가."

하지만 하누는 당당한 말투로 말했다. 그 목소리는 강한 분노로 가득 차 있었다.

"멍청한 놈. 나를 어떻게 생각하느냐. 그런 사사로운 일로 앙심을 품을 정도로 내 그릇이 작다고 하는 게냐, 천치가. 다음번에 또 그런 말을 해 보거라, 그때는 모욕죄로 날려 버리겠다."

『…….』

불을 붙이면 타오를 정도의 분노를 드러내는 하누에게 카렐 씨는 아무 말도 하지 않았다.

"게다가 카렐이여. 그때 그대들이 저버린 것은 나만이 아니지 않느냐."

하누는 오른손에 들고 있던 부채 리모컨을 접으며 끝으로 나를 가리켰다.

"라트다. 그대들은 나를 지키며 싸우는 라트 또한 죽게 내버려 두려 하지 않았느냐. 그 사실을 잊은 건 아니겠지."

하누는 정천영부의 리모컨을 허리띠에 꽂고 나서 다시 양손으로 내 볼을 눌렀다.

"하지만 말이다, 그 일에 대해서 라트가 뭐라 한마디라도 했느냐? 불만을 말했느냐? 아니, 안 했지. 오히려 감사를 했을 정도다. 병원까지 옮겨줘서 고맙습니다, 하고 말이다."

하누는 오른손으로 내 볼을 찰싹찰싹 때렸다.

"사람이 너무 좋다. 도가 지나쳐. 즉, 이 녀석은 마음에 두고 있지 않다는 말이다. 완전히, 일절, 조금도 말이다. 오히려 그러한 손익 계산 같은 것은 생각도 하지 못한다. 이것을 우둔하다 할지, 그릇이 크다 할지는 사람에 따라 다르겠지만 말이다."

하누는 하아, 하고 성대한 한숨을 쉬었다.

"애초에 내가 라트에게 우선순위에 대해 말한 것도 그렇게라도 하지 않으면 이 녀석은 '모두를 구한다' 같은 소리를 할 것이 뻔하니까 그런 것이다. 이 녀석, 자각은 못하고 있지만 상당한 '욕심쟁이'라서 말이다. 다른 사람을 구한다는 관념이 의무감이 아니라 ‘욕망’에서 오고 있다. 즉, ‘구하지 않으면 안 되니까 구한다’가 아니라 ‘구하고 싶으니까 구한다’라는 말이다. 카렐이여, 그대는 이걸 어떻게 생각하느냐?”

『우리 단장과 닮았군. 곤란한 성격이다.』

“그렇지? 하지만 권리에 대한 이야기를 한다면 나에게도 라트에게도 ‘마음대로 할 권리’가 있을 것이다. 또한 라트가 바라는 것은 내가 바라는 것이기도 하다. 그래, 그대가 말한 ‘필요성’과는 상관없다. 나와 라트는 하고 싶은 것을 한다. 그것뿐이다. 뭔가 할 말이 있느냐?”

어딘가 자조하는 듯한 울림의 목소리로 하누는 그렇게 말했다.

그러자 모습은 보이지 않았지만 큭, 하고 카렐 씨가 웃는 기척이 느껴졌다.

『실례했다. 아무래도 어리석은 질문이었던 모양이군. 무례를 용서해 주기를 소룡희. 소인배는 대인의 마음을 모른다……. 이승양석(以升量石)이로군. 내가 이런 어리석은 생각을 하다니.』

항복이다, 하는 뒷말이 이어질 듯한 말투였다.

『그런 것이라면 사양 않고 도움을 받도록 하지. 잘 부탁한다.』

“그래. 좋다. 마음 놓고 맡기도록 하거라.”

흐흥, 하고 자신만만하게 가슴을 펴는 하누를 보고 난 갑자기 깨달았다.

그러고 보니 비리 씨가 이끄는 ‘N P K(노블 프로미넌스 나이츠)’와 처음 만났을 때도 비슷한 일이 있지 않았던가? 어쩌면 이 긴박한 상황에서 저런 말을 꺼낸 것은 카렐 씨의 작전이 아니었을까? 아니, 구체적으로 무슨 의도였는지 지금 당장은 알 수 없지만——.

『라그 군. 이 통신 세션을 유지한 채로 소룡희의 어카운트도 추가해 주길 바란다. 앞으로 이것저것 대화할 필요가 있으니.』

"……아, 예, 옙!"

갑작스러운 지시에 난 반쯤 자동적으로 그 지시에 따랐다. 현재 나와의 접촉 회선을 통해서 통화에 참가하고 있는 하누를 개별 어카운트로 접속시킨다.

『그럼 소룡희. 이쪽에서 할 일은 있나?』

카렐 씨의 물음에 하누는 머리 위로 시선을 보내며 태연하게 대답했다.

"지금부터 내 술법으로 하늘에 있는 잡귀들을 날려 버리겠다. 하늘이 깨끗해지면 다른 자들의 사기도 올라가겠지. 만약 그대들 중에 날고 있는 자가 있다면 즉시 퇴각시키거라. 요령 좋게 조절은 못하니 같이 날아가 버릴지도 모른다."

『알겠다. 긴급용 하이 멀티 캐스트로 모든 지역에 알리겠다.』

카렐 씨의 행동은 빨랐다. 얼마 지나지 않아 새로운 긴급 메시지가 도착했다.

『긴급 연락. 위험하니 비행 금지. '소룡희' 가 날뜁니다.』

아니, 저기. 의미는 전해지지만 하필이면 '날뜁니다' 라니. 알아듣기 쉽다고 한다면 그렇기는 하지만.

"흥……. 뭐가 '소룡희' 냐. 얕보기는. 이왕이면 '대룡희(大龍姬)' 나 '초룡희(超龍姬)' 라고 부르면 될 것을. 오늘이야말로 뼈저리게 느끼게 해 주마."

"어? 그 부분이 불만인 거야?"

나와 마찬가지로 'SEAL' 로 AR 메시지를 받은 하누가 불쾌하다는 듯이 눈을 가늘게 떴다. 그러고 보니 하누가 스스로 '소룡희' 라는 별칭에 대해 언급한 적은 없었는데 이 모습을 보아하니 그다지 마음에 들지는 않은 모양이다.

"저기…… 하누? 잘 모르겠는데…… 대체 뭘 할 생각인 거야……?"

내가 그렇게 묻자 하누가 또다시 쿡, 하고 자신만만한 웃음을 지어 보였다. 푸른색과 금색의 눈동자에 위험한 빛이 떠올랐다.

"모르겠느냐? 이곳은 밖이다. 그 좁은 탑 안이 아니다. 그렇다는 말은 나도 딱히 조절하지 않고 술법을 쓸 수 있다는 것이다."

평소 루나틱 바벨 안에서는 하누의 술식이 너무나도 강력해서 쓰지 못한다. 하누의 말을 믿는다면, 진심을 내면 루나틱 바벨을 파괴할지도 모르기 때문이다.

하지만 지금처럼 밖에 있다면.

작은 입술을 빙긋이 웃으며 하누는 천천히 주위를 둘러보았다. 눈썹 위에 손으로 차양을 만들고, 아무래도 건물의 높이를 측정하고 있는 모양이었다.

그렇지만 이 플로트라이즈에는 어떻게 해도 높이를 측정할 수 없는 건조물이 있었고.

"……흠. 역시 저 탑이 방해되는구나. 하지만 저것을 날려 버리면 안 되는 것이지?"

귀찮으니까 차라리 날려 버리자는 느낌의 말을 해서 난 황급히 목소리를 높였다.

"다, 당연하지!? 그런 짓을 하면 이 도시의 익스플로러 모두가 일을 하지 못하게 되잖아!? 아니, 그보다 세계 유산이니까!?

이, 이런 상황이지만 아무리 그래도 그건 안 돼!?"

"어쩔 수 없구나. 그렇다면 역시 영창에 3분 정도 필요한가. 그렇다고 한다면——."

하누가 슬쩍 내게 시선을 보냈다.

이미 이 시점에서 하누가 다음에 무슨 말을 할지 예상이 되고 말았다.

쿡, 하고 하누가 웃고 나서 언젠가 들었던 말을 했다.

"라트여, 나를 지키거라——."

하이 멀티 캐스트는 즉시 도시 전체로 전해졌지만 곧바로 대응할 수 있는 건 아니었다.

공중전이 가능한 익스플로러가 안전한 장소에 착지할 때까지는 아직 조금 시간이 필요했다. 나와 하누는 그 시간을 이용해서 '영양의 미각정'에서 가장 가까운 공원으로 이동해 자리를 잡았다.

언령을 외는 하누를 중앙에. 그 앞에 내가 서서 지원 술식 〈리퀴드 퍼펫〉×15와 〈이글 아이〉×10을 중복해서 발동.

헤라클레스 전 때와 마찬가지로 만들어 낸 자율형 디코이를 먼저 다섯 군데 있는 공원의 입구에 하나씩 배치해서 경계를 시켰다. 누군가가 다가와도 공원에 들이지 않기 위해서였다.

또 주위의 시선으로부터 하누를 숨기기 위해 남은 열 개의 디코이로 둥글게 진을 짜서 벽을 만들었다. 양팔을 펼치며 버티고 선 내 등 열 개가 나와 하누를 에워쌌다.

그리고 본체인 내 머리 위에도 〈이글 아이〉를 다섯 개. 사방과 바로 위에서 전방위로 부감하며 감시해서, 만약 SB가 입구 말고 다른 곳을 통해 공원으로 침입해도 공격 술식으로 그것들을 요격하는 형태였다.

“ 모든 대기 속에 머무는 정령이여 내 부름에 응하라 ”

영창이 시작되었다. 동시에 내가 지원 술식 〈스트렝스〉 〈래피드〉 〈프로텍션〉 〈포스 부스트〉를 전부 다섯 번씩 중첩해서 강화. 강화 계수를 32배까지 끌어올린다.

“ 그대는 마(魔)를 멸하는 절대적인 엄니 사악함을 파괴하는 강고한 비늘을 가진 자여 ”

천천히 시간 들여서, 말 그 자체에 힘을 담으며 하누가 특별한 술식을 짜냈다.

“ 그 몸은 연회에 춤추고 그 몸은 하늘을 난다 ”

외투로 몸을 덮고 머리만 드러낸 작은 여자애가 눈을 감고 집중을 하며 언령을 자아냈다.

오른손의 부채 리모컨은 접어서 수평으로 들어 앞으로 내밀고 있었다. 그 앞에는 기도를 드리는 것처럼 손가락을 모아서 세우고 있는 왼손이.

온몸의 'SEAL'이 기동되어 휘문(輝紋)에서는 제비꽃 색의 빛이 찬란하게 빛났다. 오른손으로 들고 있는 정천영부의 리모컨에서도 같은 색의 빛이 흘러나오고 있었다.

하누의 주위를 에워싸고 있는 것은 햇빛을 반사해서 반짝이는 정천영부의 호부수정. 그 숫자는 무려 상한인 열두 개였다. 지금이야말로 정천영부——정대화령천진곤원영부(正對化靈天眞坤元靈符)의 진짜 능력인 오토 디펜스 모드를 사용할 때였다.

이것을 발동시키면 호부수정은 술자에게 다가오는 적성 오브젝트 전부에 대해 완전 자동 모드로 공격을 가하게 된다. 공원의 입구에 사람이 다가오지 않도록 〈리퀴드 퍼펫〉을 배치한 이유는 이 때문이었다.

“ 유구의 빛을 품고 영원의 어둠을 탐식하며 만물의 근원에서 오라 ”

공원 밖에서는 단속적으로 싸우는 소리와 도망치는 사람들의 비명이 들려오고 있었다. 그때마다 구하러 가고 싶어져서 몸의 여기저기가 경련하는 것처럼 반응했지만 어떻게든 참아냈다.

지금의 내 역할은 하누를 지키는 것이다. 그 역할을 내팽개칠 수는 없었다.

『GGGGRRRRRRYYYYYYY——!!』

상공에서 SB의 포효. 〈이글 아이〉의 시각 정보를 통해서 페리톤을 시작으로 가루다, 하피, 페가서스 등의 비행형 SB가 이쪽을 향해 오고 있는 것을 알 수 있었다.

하누가 발하는 강대한 술력에 이끌려서 다가온 것이 틀림없다. 대충 봐도 총 백 마리는 훌쩍 넘는다. 게다가 전부 루나틱바벨 기준으로 150층 이상의 고레벨 SB였다.

그 순간 난 〈포스 부스트〉를 다섯 번 더 발동시켜서 술력의 강화 계수만을 1024배까지 상승시켰다.

올 테면 와 봐라. 설령 상대가 무엇이더라도 하누에게는 절대로 다가가지 못하게 하겠다.

이 아이는 무슨 일이 있더라도 내가 지켜내 보이겠다.

“〈프레이 봄〉 〈프레이 봄〉 〈프레이 봄〉 〈프레이 봄〉 〈프레이 봄〉〈에어 리퍼〉〈에어 리퍼〉〈에어 리퍼〉〈에어 리퍼〉〈에어 리퍼〉〈볼트 스테이크〉〈볼트 스테이크〉〈볼트 스테이크〉〈볼트 스테이크〉〈볼트 스테이크〉——."

세 종류의 공격 술식을 다섯 개씩 'SEAL'의 출력 슬롯에 장전했다. 아직이다. 아직 거리가 충분하지 못하다. 하늘에 양손을 향한다. 열 개의 손가락 끝과 손바닥, 양 어깨와 볼에 공격 술식 아이콘이 표시된다. 몇 번이고 중첩한 아이콘이 비 내리는 날의 웅덩이에 생기는 파문처럼 전개되었다.

고조되는 긴장감. 의식이 예민해지며 상관없는 소리가 스윽 멀어졌고——.

"지금이다——!"

SB의 무리가 사정거리 안에 들어온 순간에 난 모든 공격 술식을 발동시켰다.

폭발을 일으키는 광선이, 고체화된 바람의 칼날이, 번개의 창이, 하늘을 향해서 일제히 발사되었다.

『GGGGGRRRRRYYYYYY!!』

『PPPPPGGGGGGYYYYYAAAAA!!』

『KKKYYYYEEEEEEEEEAAAAA!!』

모여서 다가오던 SB들이 찢어지는 소리를 내뿜으며 전의를 드러냈다. 공격 술식의 직격을 받은 녀석은 그대로 공중에서 활동 정지 시퀀스에 들어갔지만 무리 전체의 움직임은 멈추지 않았다. 점점 육박해 온다.

난 더욱 목이 쉬어라 〈프레이 봄〉〈에어 리퍼〉〈볼트 스테이크〉를 연호했다. 누구야, 공격 술식에 기동 음성 같은 쓸데없는 시큐리티를 걸어놓은 녀석은. 귀찮아 죽겠잖아.

"〈프레이 봄〉 〈프레이 봄〉 〈프레이 봄〉 〈프레이 봄〉 〈프레이 봄〉——."

난 인간 포대로 변했다. 〈이글 아이〉로 인식한 적을 조준해서는 공격 술식을 계속해서 쐈다. 공중에서도 지상에서도 SB가 계속해서 다가왔다.

"〈에어 리퍼〉 〈에어 리퍼〉—— 〈에어 리퍼〉 〈에어 리퍼〉 〈에어 리퍼〉——!"

그럼에도 우리를 향해 모여든 SB의 숫자는 순식간에 증가했다. 아무리 강한 술력에 이끌려서 모여든다고 해도 도가 지나쳤다. 하지만 불평도 약한 소리도 내뱉고 있을 수 없었다. 여기서 우리가 적을 끌어들이고 있는 동안엔 습격 받는 사람들의 숫자가 줄어들 테니까.

"하아, 하아, 〈볼트 스테이크〉—— 〈볼트 스테이크〉 〈볼트 스테이크〉—— 〈볼트 스테이크〉…… 〈볼트 스테이크〉……!"

이윽고 나와 하누를 에워싼 〈리퀴드 퍼펫〉의 원형 포진까지 SB가 밀어닥친 순간—— 하누의 주위에 부유하고 있던 정천영부가 그 힘을 선보였다.

열두 개의 호부수정이 미쳐 날뛴다. 원을 그리면서 날아다니는 그 모습은 흡사 섬광과 같았다. 미끼로 만든 최종 방어 라인에 닿은 SB를 전광석화처럼 일격에 쳐부순다.

" 만물을 찢고 만물을 부수는 그대는 절대적인 자 의지와 힘을 가진 자 적은 우리의 이치에 반하는 자 "

하누의 영창이 종반에 가까워졌다. 난 더욱 사기를 올리며 공격 술식을 연발했다.

"윽――! 〈프레이 봄〉 〈프레이 봄〉 〈프레이 봄〉 〈프레이 봄〉 〈프레이―― 어?"

기동 음성을 말하던 도중에 갑자기 작은 위화감을 느꼈다.

――어라? 지금 아직 시큐리티 네 번밖에 해제하지 않았지? 어? 하지만 어째서?

어째서 벌써 〈프레이 봄〉 다섯 개가 기동하고 있는 거지?

작렬하는 폭발. 뱃속까지 울리는 폭음이 비행형 SB를 연속해서 날려 버렸다.

"〈에어 리퍼〉 〈에어 리퍼〉 〈에어 리퍼〉 〈에어――윽?!"

또다. 또 내 목소리와 'SEAL' 내부의 시큐리티 해제 처리가 어긋났다. 이번에는 두 개만큼. 세 번밖에 기동 음성을 말하지 않았는데 다섯 개만큼의 발동 시큐리티가 해제되어 있었다.

혹시……?

자신의 내부에서 일어난 기묘한 어긋남이 곤혹스러웠지만 적은 느긋하게 기다려 주지 않았다. 난 곧바로 장전한 〈에어 리퍼〉를 발사했다. 적의 숫자가 너무 많아서 어디를 노려도 명중했다.

다음은 의식적으로 그것을 해 보았다.

"〈볼트 스테이크〉――."

기동 음성이 한 번. 'SEAL'의 출력 슬롯에 정전된 술식――두 개.

"……〈볼트 스테이크〉!"

기동 음성을 한 번 더. 시큐리티 해제―― 세 개.

단 두 번의 발성으로 다섯 개의 공격 술식의 시큐리티를 해제해서 기동시켰지만, 난 망설임 없이 공격을 속행했다. 어떤 방식으로 공격 술식의 음성 시큐리티가 동시에 해제되고 있는 것인지는 스스로도 잘 알 수 없었다. 하지만 요격이 빨라져서 곤란할 일은 없었다. 'SEAL'의 처리가 어긋나는 것은 신경 쓰였지만 전부 살아남아야 생각할 수 있는 문제였다.

폭죽처럼 세 종류의 공격 술식을 마구 쏴서 내 포톤 블러드가 마침내 고갈하기 직전까지 왔을 때——.

" 우리가 손을 마주 잡고 호흡을 맞추고 마음을 하나로 하면 모든 것은 그저 없어질 뿐 "

마침내 길고 길었던 3분간이 끝났다.

하누가 두 눈을 번쩍 뜨며 이색 홍채에서 강렬한 빛을 발했다.

날카로운 옷 스치는 소리를 내며 왼쪽 손바닥을 하늘 위로 든다.

그 순간 손바닥 앞에서 제비꽃 색의 아이콘이 빛나면서 생성되어—— 단숨에 확장되었다.

원형의 아이콘은 무시무시한 속도로 상승하면서 눈 깜짝할 사이에 그 면적을 넓혀 나갔다. 그 확대는 멈추는 일 없이 중앙구를 뒤덮고 동서남북의 모든 구획을 커버한 후에도 속도를 늦추지 않고 계속 넓어지더니——.

고작 1초 만에 부유섬 플로트라이즈 전체를 산하에 두었다.

높이는 도시에서도 가장 높은 건물—— 도시장이 있는 도청의 10메르틀 정도 위쪽에 고정되어 있었다. 섬에 있는 우리의 입장에서 보면 머리 위에 덮개가 쓰인 듯한 상태였다.

하누의 아이콘은 그러면서도 요령 좋게 루나틱 바벨이 있는 공간만을 비워 두어서, 피해가 가지 않는 형태를 이루고 있었다.

"흠, 이 정도면 되나. 내가 했지만 절묘한 조절이구나."

하누가 표표하고 가벼운 태도로 손을 들어 햇빛을 가리면서 말했다. 그 말투를 들으니 이 정도의 거대한 아이콘, 이 정도로 막대한 술력마저도 하누의 '진심'이 아니라는 것을 알 수 있었다.

"잘 버텨 주었다, 라트."

그래도 땀으로 머리카락이 볼에 붙어 있어서 조금 전까지의 영창이 얼마나 힘든 일이었는지를 조금이나마 알 수 있었다. 이어서 하누는 쿡, 하고 즐겁다는 듯이 웃고 나서 드높게 선언했다.

"이걸로 하늘의 잡귀들은—— 일망타진이다!"

치켜든 왼손을 꽉 쥐며 마지막 언령을 자아냈다.

" 〈천룡현림(天龍現臨) 현란선무(絢爛旋舞)〉! "

바람이 불었다.

부유도시의 대지를 쓰다듬으며 쓰레기와 먼지를 하늘로 올려 보내는 듯한 바람이었다.

그것들은 전부 하늘을 뒤덮은 거대한 제비꽃 색의 아이콘으로 빨려 들어갔다.

지상에서 모여든 바람은 아이콘을 통과한 순간, 힘을 가진 흐름이 되어 수속되었다.

먼저 가장 처음에 생긴 바람의 흐름이 루나틱 바벨에 휘감기는 것처럼 늘어났다. 그 모습은 마치 막대기를 휘감은 덩굴, 혹은 먹잇감을 휘감은 뱀 같았다.

궤도 엘리베이터가 미쳐 날뛰는 바람의 흐름을 둘렀다고 생각한 순간, 아이콘에서 더욱 거대한 회오리가 생겨났다. 하나, 둘, 셋── 점점 늘어나서 숲의 나무처럼 일어선다.

밀집된 회오리는 이윽고 가까이 있던 회오리끼리 합체하고 뭉쳐서── 한 덩어리가 되었다.

마침내 너무나도 거대한 회오리가 탄생했다.

먼 곳에서 보면 그 회오리는 거꾸로 선 회색의 깔때기처럼 보였을지도 모른다.

거칠게 부는 바람 소리에 때때로 섞이는 우렛소리. 그리고 SB가 발하는 전자음.

갑작스럽게 거대한 회오리가 일렁거렸다.

살아 있는 생물처럼 생생하게 움직이는 듯했다.

그도 그럴 것이 하늘의 저편, 천개(天蓋)마저 뚫고 우주로 나가 있어도 이상하지 않을 거대한 회오리의 끝이 고공에서 그 몸을 꺾으며 돌아온 것이다.

그것은── 누가 보더라도 '용'의 얼굴이었다.

그렇다. '드래곤'이 아니라 '용'. 드래곤 포레스트에 있는 환상종인 드라헤(Drache)가 아니라 용맥이나 용혈 같은 관념으로서 다뤄지고 있는 '용(龍)' 쪽이다.

회오리가 변화한 거대한 바람의 용.

그렇게 인식한 순간, 동시에 이해했다.

──그렇구나. 이것이 '천룡(天龍)'. 이 세상과 진계(塵界)를 잇는 초상적인 존재. 압도적인 힘.

하누의 술식, 그 진정한 모습.

하늘의 왕이라 해도 과언이 아닌 거룡(巨龍)은 그 몸을 구불거리며 산 하나를 손쉽게 삼킬 수 있을 정도의 턱을 벌리고 하늘을 날았다. 그 행동만으로 플로트라이즈의 하늘을 가득 채우고 있던 비행형 SB가 날벌레처럼 간단하게 소멸했다.

공격이라든가 재해 같은 것조차도 아니었다.

그저 단순한 삭제. 멋도 재미도 없는 작업 같은 광경. 촛불이 꺼지는 것보다도 덧없었다.

현신(現神)이 어째서 사람의 몸으로 신이라 불리는지—— 난 지금 그 한 부분을 엿보았다.

천룡은 빙글빙글 세 번 정도 부유섬 상공에서 똬리를 틀다가 ——그 행동만으로 비행하고 있던 SB는 전부 빨려 들어갔다 ——갑자기 목을 아래쪽으로 들이댔다.

천룡이 나타난 술식 아이콘. 제비꽃 색의 문장에 머리를 박고 그 안으로 빠져 들어간다. 마치 그 아이콘이 호수인 것처럼.

그 행동은 뱀이 둥지로 돌아가는 모습과 닮아 있었다.

천룡의 몸. 아니, 거대 회오리가 전부 아이콘으로 빨려 들어가자 제비꽃 색의 아이콘도 마찬가지로 대기에 녹아드는 것처럼 소실되었다.

소리가 사라지고 정적이 가득 찼다.

남은 것은 그저 한결같이 밝은 푸른 하늘뿐.

이윽고 문득 생각났다는 것처럼 공중에 떠 있던 정보구현화 컴포넌트가 새로운 소유자가 된 하누의 곁으로 이동을 개시했다.

조금 전까지 햇빛을 가릴 정도로 하늘을 뒤덮고 있던 SB의 숫자는 대체 얼마나 되었을까. 적어도 만 이하는 아니었을 것이다. 그 전부가 지금, 하누 곁으로 집중되었다. 쇄도해 들어간다.

유성우 같은 컴포넌트를 한 몸에 받고 있는 하누는, 몸의 주변에 별가루와도 닮은 수천, 수만 개의 반짝임을 흩뿌리면서 멍하니 서 있는 나를 보며 천진난만하게 웃었다.

"어떠냐, 라트. 이걸로 누구도 더 이상 나를 '소룡희' 라고 부르지 않겠지? 다음엔 어떤 별칭이 붙을지 기대되는구나."

그렇게 큰소리치는 하누는 역시 평소의 하누였다.

●2 각자가 보는 것

분명히 말해서 상상 이상이었다. 솔직히 이 정도일 줄은 생각 못 했다.

플로트라이즈 상공에 나타난 거대한 '용'의 얼굴을 올려다보며 카렐렌은 전율했다.

"……!"

카렐렌이 있는 도청은 루나틱 바벨을 제외하면 이 도시에서 가장 높은 건물이었다. 그 도청 옥상에 설치된 사령부—— 그곳에 있던 자들이야말로 틀림없이 '용'을 가장 가까운 곳에서 본 사람들일 것이다. 그리고 카렐렌도 그중 한 사람이었다.

역시 자신의 판단은 틀리지 않았다고 카렐렌은 확신했다.

그 '소룡희'라 불리는 소녀의 내력은 모르겠지만 이런 말도 안 되는 힘을 가진 자를 나이츠로 불러들였다면 분명 내부 분열이 일어났을 것이다. 내기를 해도 좋다.

너무 강하기 때문이다. 단장인 비리의 존재가 흐려질 정도로.

소룡희의 술식은 발동까지 시간이 걸린다. 그렇기에 1대1이라면 틀림없이 비리가 이길 것이다.

하지만—— 조건만 갖춰진다면 이길 경우도 있다는 점이 문제다.

거기엔 기대가 생긴다. 논의가 생긴다. 가장 강한 것은 어느 쪽인가. 검의 규수인가, 아니면 소룡희인가——. 그렇게 의견이 둘로 나뉘어 멤버는 비리 파와 소룡희 파로 나뉠 것이다.

카렐렌의 직감이 위험하다고 속삭였다.

역시 무슨 일이 있어도 저 두 사람을 동료로 삼고 싶다는 비리의 희망은 받아들일 수 없었다.

아니, 뿐만 아니라 이대로 그들을 내버려 둘 수도 없게 되었다.

세상엔 무슨 일이 일어날지 알 수 없다. 실제로 지금 카렐렌의 시선 앞에서는 시야에 다 들어오지 않을 정도의 거대한 용이 몸을 구불거리며 하늘을 날고 있었다. 마치 산맥 그 자체가 살아서 움직이는 듯한 광경이었다. 자신이 이러한 광경을 목격할 줄은 예상하지 못했다.

그렇기에 카렐렌은 결의했다.

이 전투가 끝난 뒤에 최우선적으로 소룡희 및 베오울프에 대해서 보다 상세한 조사를 실시하겠다고. 가능하다면 그들을 적으로 삼고 싶지 않았다. 하지만 적대하게 될 가능성은 결코 제로가 아니었다.

——미안하지만 올지도 모르는 미래에 대비하겠다. 소룡희, 베오울프……!

'빙창(氷槍)' 이라는 별칭을 가지고 있는 청년은 속으로 그렇게 중얼거리며 용맹하게 하늘을 헤엄치는 거룡을 올려다보고 비취색 눈동자에 결의의 빛을 가득 담았다.

"저것은…… '용' ……!?"

머리 위에 현현한 이물체에 비리는 한순간 전장에 있다는 사실을 잊었다. 물론 적의 기척은 눈으로 보지 않더라도 알 수 있었다. 시선을 상공에 향한 채 오른손에 쥔 백은의 검을 횡으로 휘둘러서 번개를 두르고 돌진해 오는 외눈의 소—— 스톤커의 뿔을 받아넘겼다.

스쳐 지나가면서 은색의 포물선이 번뜩인다.

『PPPYYYYYRRRRRYYYYYYY——!?』

비리의 옆을 지나쳐도 계속 달리던 스톤커가 5메르틀 정도 나아갔을 때 돌연히 요란하게 넘어졌다. 당연한 일이다. 기골장대한 거구에 나 있던 목 윗부분이 없었으니까. 저 뒤편에 모란꽃처럼 땅에 떨어져 있었다.

"저것이—— 소룡희의 진정한 힘……!?"

스톤커에게 눈길도 주지 않고 활동 정지시킨 검의 규수는, 그것을 뽐내는 일도 없이 멍하니 중얼거렸다.

눈부시게 빛나는 금발을 포니테일로 묶은 비리는 중앙구의 서쪽에 있는 노점 거리에 서 있었다. 길을 사이에 두고 늘어서 있던 노점의 주인과 손님 대부분은 이미 피난이 끝나 있었기 때문에 어딘가 폐허 같은 분위기를 풍기고 있었다. 인기척이 없고 활기도 없다——. 그런 틈을 메꾸는 것은 초대하지 않은 SB의 무리.

도청에서 긴급 사태를 알게 된 비리는 나이츠의 지휘를 부단장인 카렐렌에게 위임하고 뛰쳐나왔다. 현재는 미쳐 날뛰는 SB의 노도(怒濤)를 쳐부수면서 이 노점 거리 앞에 있는 '발생원'

중 하나를 향해 가고 있는 중이었다.

그곳에 제비꽃 색의 거대한 아이콘과 하늘에 강림한 거대한 '용'의 얼굴이 있었다.

펜서이자 엘리멘터이기도 한 비리는 알고 있었다. 환상종으로 칭해지는 '드라헤'와는 다르게 '용'은 관념—— 자연 현상의 화신이라는 사실을.

용은 만물에 살고 있다. 하늘에, 바다에, 대지에—— 불에, 물에, 땅에, 바람에.

모든 것에—— 삼라만상에 깃들어 있는 것, 그것이 '용'이었다.

엘리멘터로서 '용의 현현'이란 추구해야 할 경지 중 하나였다. 용이란 현상의 본질. 그것을 드러내는 건 그저 힘이 강하다고 되는 것이 아니었다. 자신이 다루는 힘의 핵심과 지향성을 주어서 완벽하게 지배하에 둔 강대한 것만이 용이 되는 것이다.

하지만 비리가 아는 최고봉의 엘리멘터마저도 이 정도로 거대한 용을 현현시키는 것은 불가능했다. 해 봐야 전체 길이 10메르틀 전후의 이무기가 고작일 것이다. 그런데,

"믿기지 않는걸……. 이런 힘이 정말로 존재하다니……!"

비리는 자신도 모르게 중얼거리며 미소를 지었다. 심홍의 눈동자에서 날카로운 빛이 발해졌다.

믿기 어렵더라도 믿을 수밖에 없었다. 이 부유섬마저 몸통박치기 한 번으로 부술 듯한 절대적인 힘을 가진 용은 이 순간에 틀림없이 눈앞에 존재하고 있었으니까.

『GGGGOOOOOAAAAA!!』

『GGGGGRRRRRYYYYY!!』

『SSSSSSYYYYYAAAAAA!!』

사방에서 전자음의 포효가 일어났다. 노점의 틈에서, 골목길 안에서, 건물의 옥상에서—— 여러 개의 기척이 비리를 노리고 쇄도했다.

비리는 'SEAL'의 스토리지에서 갈색의 검을 실체화시켜서 왼손에 쥐었다. 오른손에 쥔 백은의 검도 포함해서 두 자루를 쥔 자세다.

"흡——!"

날카로운 호흡 한 번과 함께 묶은 금색 머리카락이 춤추며 무수한 검광이 무늬를 새겼다.

기척만으로 베어 넘긴 비리의 귀에 SB가 활동 정지하는 소리가 겹쳐서 들려왔다.

"재밌잖아……!"

닿는 것만으로 비행형 SB를 몰살시켜 가는 '용'——. 농밀하고 순수한 힘의 덩어리에게서 시선을 뗀 비리는 자신만만하게 웃었다.

지상으로 내린 시야를 가득 채운 것은 셀 수 없을 정도의 적, 적, 적——.

비행형이 아닌 SB의 대군이 노점 거리의 큰길에 가득 차서 비리의 앞길을 막고 있었다.

——소룡희의 내력은 모르겠지만 그녀가 할 수 있는 일을 자신이라고 못할 이유가 있을까?

적어도 그럴 리가 있나, 하고 생각하는 것이 검의 규수 비리의 기개였다.

자신의 강함은 아직 한계에 도달하지 않았다. 그리고 사람은 경지에 이르면 하늘을 뒤흔들 정도의 힘을 손에 넣을 수 있다. 그렇다면 그 강함을 이 몸에도——!

"〈블레이징 포스〉."

타오르는 마음속의 불꽃을 육체에도 깃들이며 검의 규수는 전의를 불태웠다. 억누를 수 없는 고양감은 아이스블루의 빛이 되었고, 기하학 문양을 그리는 휘문이 내달리며 몸의 구석구석까지 퍼졌다. 사파이어처럼 짙고 푸른 불꽃이 비리의 온몸을 무장시켰고 흔들리는 열파가 흐르는 금가루와도 닮은 머리카락을 휘날리게 했다.

그 미모에 떠오른 것은 더 이상 검의 '규수'라고 가볍게 부를 만한 표정이 아니었다.

강함과 전투에 굶주린 자만이 짓는 표정.

——먼저 SB의 발생원을 제압한다. 하나씩 확실하게 쳐부수고 다닌다. 누구보다도 빠르게, 누구보다도 많이,

누구보다도 압도적으로.

"미안하지만 네 들러리가 될 생각은 없어, 소룡희!"

드높이 선언하며 자신을 고무하고 나서 검의 규수 비리는 힘차게 땅바닥을 박찼다.

달리 무슨 생각이 있었던 것은 아니었다.

혼자 뛰쳐나가서 어떻게 할 수 있다고 생각한 것도 아니었다.

그저 그 남자가—— 시글로스가, '볼크링 서커스' 가 이 도시에 왔다고 확신한 순간, 가만히 있을 수가 없어서 깨닫고 보니 몸이 마음대로 움직이고 있었다.

달리는 로제의 머릿속에 소용돌이치고 있는 것은 회한의 감정뿐이었다.

어째서. 너무 빨라. 또야? 또 수많은 사람들이 죽는 거야? 자신 때문에. 자신들 때문에. 상관없는 사람들이. 불합리하게. 아무런 전조도 없이.

자신이—— 롤트린제 볼크링이 이곳에 있어서.

그저 그 이유만으로.

『GGGGGRRRRRRUUUUUAAAAAA——!』

"으, 으아아아아아아아아아아아악!?"

"꺄아아아아아아아아아아아아악!?"

"——!"

귀에 거슬리는 포효와 비명에 로제는 튕기는 것처럼 반응했다.

목소리의 발생원에 시선을 향하자 그곳에는 대형 SB '트롤'에 둘러싸인 시민들이 있었다.

지역에 따라 크기나 피부의 색에 다소의 차이는 있지만, 트롤은 대개 어느 유적에서나 출현하는 비교적 흔한 SB였다. 키는 2메르틀에서 3메르틀. 인간에게는 있을 수 없는 건강하지 못해 보이는 피부색, 깊게 움푹 들어간 눈, 커다란 갈고리 손톱 같은 매부리코. 일반적으로 몸의 폭이 크고 우람한 근육을 가진 타입이 있는가 하면, 처진 살을 출렁이고 있는 타입도 있었다.

그리고 지금 청회색 피부를 가진 트롤 세 마리에게 열 명에 가까운 사람들이 포위되어 당장이라도 학살당하려 하고 있었다. 그런대로 단단한 체구를 가진 트롤들이 거친 손으로 쥔 무기——양날 도끼, 워해머, 곤봉을 들어 올린 모습을 로제의 호박색 눈동자가 포착했다.

"——!"

생각하는 것보다도 먼저 몸이 마음대로 움직였다. 소녀는 롱부츠의 바닥으로 돌길을 세차게 밟아서 달리고 있던 몸에 급제동을 걸었다. 노면을 깎듯이 속도를 죽이며 전신의 'SEAL'을 기동했다. 말라카이트 그린색 빛이 로제의 피부에 미끄러지며 기하학 문양을 그리면서 퍼졌다.

긴능가가프 프로토콜을 기동. 지금 입고 있는 옷을 전투 장비로 변경한다. 변화는 한순간이었다. 공작석 색의 빛이 튄 다음 순간에는 글래머러스한 몸을 얇은 아머 슈츠와 남색의 배틀 드레스가 뒤덮고 있었다.

전투 재킷의 등 부분에 트인 여섯 개의 구멍, 그중 두 곳에서 은청색 사슬—— D I F A(다이내믹 이미지 피드백 암즈) '레딩'이 상쾌한 소리와 함께 튀어나와서 로제의 양팔에 휘감겼다.

"흡……!"

날카로운 호흡과 함께 도약하며 양팔을 휘두른다. 두 개의 사슬이 대기를 가르며 질주해서 10메르틀 이상 떨어져 있던 트롤들의 무기 중에서 워해머와 곤봉을 붙들었다.

『GRU——!?』

"〈열신조(烈迅爪)〉."

허공에 뜬 채로 격투 술식을 발동한다. 양 손발에 포톤 블러드가 응축되며 말라카이트 그린으로 빛나는 세 개의 손톱을 형성했다. 동시에 내뻗은 레딩을 되돌리면서 공중을 고속 이동한다.

"흡——!"

육박한 순간에 로제의 사지가 빛의 꼬리를 끌며 무수한 궤적을 그렸다.

『GRA——.』

단말마의 외침을 지르기 전에 트롤 세 마리가 거의 동시에 날아갔다. 청록색의 상처가 온몸에 새겨진 괴물들은 그대로 땅에 떨어지는 일 없이 활동 정지되어 컴포넌트로 회귀되었다.

기세를 남긴 채 착지한 로제는 모래 먼지를 일으키면서 컴뱃부츠 바닥을 2메르틀 정도 길바닥에 미끄러트렸다. 완전히 정지하고 나서,

"괜…….."

찮으세요, 하고 트롤에게 포위되어 있던 사람들에게 말을 걸려고 하다가 혀가 얼어붙었다.

시선은 구사일생한 시민들이 아니라 그 너머로 향해 있었다.

소녀는 말없이 섰다.

"——."

시산혈해.

로제가 목격한 광경을 한마디로 표현하자면 그렇게 된다.

SB에게서 도망치지 못한 사람들이 여기저기에 끔찍하게 죽어 있었다.

파괴된 거리에 형형색색의 혈흔과 피 웅덩이. 사람들의 포톤 블러드가 처참한 광경을 선명하고 그로테스크하게 장식하고 있

었다.

그 남자── 시글로스가 참으로 좋아할 만한 경치라고 로제는 머리 한구석으로 생각했다.

SB의 공격 방법은 종류에 따라 제각각이다. 그만큼 희생자의 유해도 천차만별이었다. 몸이 여기저기 뜯어 먹힌 사람, 몸의 중앙에 바람구멍이 뚫려 있는 사람, 상반신과 하반신이 헤어진 사람, 온몸이 짜부라진 사람, 독소로 피부가 변색된 사람── 남녀노소 관계없이 모두 공포로 일그러진 얼굴로 숨이 끊어져 있었다.

하지만 이곳에 있는 것이 전부가 아니라는 사실을 주위에서 들려오는 소리로 알 수 있었다. 멀리서 들려오는 비명과 전투의 소리.

누군가가 가족과 연인의 이름을 부르고 있었다. 누군가가 도움을 청하며 외치고 있었다. 누군가가 공격 술식의 기동 음성을 발하고 있었다. 어린아이의 울음소리, 단말마의 절규, 찢어지는 전자음의 합주.

현재 진행형으로 이 도시는 지옥으로 변하고 있었다.

타르와 같은 절망이 끈적끈적하게 마음속을 가득 채웠다. 흉골과 늑골이 납으로 변한 것처럼 답답해졌다.

──역시 무리였다. 자신의 힘은 너무 약하다. 이미 늦었다. 리자르크 때와 마찬가지로 수많은 사람들이 죽을 것이다. 지금까지도 많이 죽었겠지. 지금도 잔뜩 죽고 있겠지. 앞으로도 더욱 살육되어 가겠지.

전부 자신이 늦었기 때문에.

전부 우둔하고 서툴고 머리 나쁘고 약한 자신이 나쁘다. 아버지의 원수도 갚지 못하고 힘을 얻기 위해서라는 명목으로 이 도시까지 도망쳐서 염치없이 살아 있는 자신이 나쁘다.

뭐가 '신기 보유자'야. 그런 것에 대체 무슨 쓸모가 있다는 거야.

이제 됐어. 이젠 끝이야. 뭐가 어떻게 되든 알게 뭐야.

아버지를 잃은 슬픔에 잠겨 있는 나날도, 시글로스에 대한 증오로 불타는 괴로움도, 〈코어 리사이클〉에 살해당한 사람들에 대한 죄악감에 시달리는 시간도, 작은 어린애 둘을 속이려 한 꺼림칙함으로 잠을 이루지 못한 밤도, 전부 오늘로 끝이다.

이 도시의 어딘가에 있는 시글로스를 찾아내어서 동귀어진을 하더라도 죽인다. 그뿐이다.

그것만이 자신—— 롤트린제 볼크링에게 단 하나 남겨진, 지금도 살아서 걷고 있어도 될 이유였다.

『GGGRRRR…….』

『PPRRYY…….』

이를 악물고 자포자기하는 기분에 휩싸인 로제 주위로 SB들이 다가왔다.

알록달록한 피를 뒤집어 쓴 모습을 보니 이곳에 있는 시체의 산을 만든 녀석들임이 틀림없었다.

"윽……!"

감정의 압력이 단숨에 최고조에 달했다. 호박색의 두 눈동자에 위험한 빛이 번뜩였다.

SB에게 의사가 없는 것은 알고 있다. 설정된 알고리즘에 의해 적성 대상을 공격하고 있을 뿐이다. 핸들러이기에 그 사실을 충분할 정도로 알고 있었다. 하지만.

『PPPPRRRRRRYYYYYY!!』

오른쪽 뒤에서 덮쳐 오는 기척에 로제의 근육이 비명을 지를 정도로 경직되었다.

돌아보면서 오른쪽 손등으로 한방.

뛰어올라서 로제의 머리를 깨물어 부수려 한 레드 팽——하위 SB 레드 하운드의 상위종. 커다란 송곳니가 특징——의 두개골을 사슬을 두른 주먹으로 때려 부쉈다. 새파란 포톤 블러드를 흩뿌리면서 레드 팽의 머리가 폭죽처럼 폭발했다.

"용서 못해……."

로제는 갈라진 목소리로 그렇게 중얼거렸다. 주먹을 꽉 쥐자 얇은 팔 갑주가 삐걱삐걱 소리를 냈다. 사용자의 전의가 반영된 레딩이 작게 떨며 철그럭거렸다.

로제는 더 이상 감정을 억누르려는 생각을 하지 않았다. 영롱한 용모를 분노로 물들이며 칼날 같은 예리한 시선으로 주위의 SB를 노려본다.

전투 재킷의 등에 트인 여섯 개의 구멍. 그 구멍들 중 윗부분 두 곳에서 나온 은청색의 레딩에 더해 밑 부분의 두 곳에서 새로운 사슬이 생겨났다. 끝에 곰 발 크기의 갈고리 발톱이 달린 은적색의 사슬—— DIFA '드로미'. 재킷의 구멍 안쪽은 긴농가가프 프로토콜에 의한 입출력 공간으로 되어 있기 때문에 데이터화된 부분의 무게는 느껴지지 않는다.

은청색과 은적색의 사슬 네 개가 잇따라 등의 구멍에서 나와,

돌길 위에서 물처럼 물결쳤다.

『GGGGRRRRRRUUUUUAAAAAA!!』

『UUUUURRRRYYYYYY!!』

『BBBBBBRRRRRRAAAAAA!!』

로제를 적성 대상으로 인식한 SB가 울부짖으며 일제히 움직였다. 대형 SB인 트롤, 페리톤, 가름에 시 서펜트. 중형 SB인 스노우 팽에 바이콘, 클로드 몽키. 하늘에서는 크고 작은 무수한 비행형 SB의 무리. 그중에는 로제가 본 적 없는 것도 많이 섞여 있었다.

"〈리사이클〉."

로제는 오른쪽 손바닥에 연녹색의 컴포넌트를 하나 꺼내서 사역 술식을 발동했다. 이제 와서 아낄 이유도 없었다. 로제는 가지고 있는 컴포넌트 중에서 가장 강한 전력을 재생시켰다. 그리고 거기에 더해서,

"〈린포스〉."

술식을 '기갑화' 했다.

『그아아아아아아아아아아아아아아아아아아아아——!!』

마침내 현현한 것은 황금의 외눈과 철색의 피부를 가진, 번개를 두른 키 4메르트들의 거인이었다.

번개의 거인이라고도 불리는 대형 SB '사이클롭스'. 혼자로도 강력한 SB를 로제의 술식 〈린포스〉가 더욱 강화했다. 거체의 온몸을 말라카이트 그린색 빛이 뒤덮더니 갑옷으로 변했다.

이곳에 자유롭게 움직이는 네 개의 사슬에, 〈열신조〉를 건 양손발—— 거미처럼 여덟 개의 무기를 가진 핸들러와, 강고한

무장을 두른 뇌전의 거인이 모였다.
"하아아아아아아아아!"
『그어어어어어어어어어어어어어어어어어!』
색이 다른 두 개의 사슬이 춤추면서 빛나는 손톱이 내달렸고 거인이 날뛰었다.
은청색의 레딩은 살아 있는 뱀처럼 물결치며 지상에서 다가오는 적을 때로는 붙잡고, 때로는 끝의 추로 때려 부쉈다. 은적색의 드로미는 하늘을 향해 뻗어 올라서 비행형 SB의 몸을 휘감더니 끝에 달린 커다란 갈고리 발톱으로 찢었다. 각각의 사슬이 일련의 움직임을 고속으로 반복해 나갔다.
"하앗——!"
은사슬이 그리는 무늬에서 빠져나온 소형 SB를 로제의 사지에 걸린 〈열신조〉가 요격했다. 레드 팽에 블랙 하울링, 클로드 몽키 등, 준민한 움직임이 특징인 SB도,
"〈그래비톤 필드〉."
중력이 늘어난 공간에 들어가서는 가진 힘의 반도 발휘하지 못했다. 탄환처럼 발사된 로제의 주먹과 발차기에 눈 깜짝할 사이에 제거되었다.
『그아아아아아아아아아아아아아아아아아아아아아!!』
우렁찬 포효와 함께 휘둘러지는 것은 번개를 두른 워해머의 일격이었다. 우락부락한 스파이크가 무수하게 난 금속 방망이가 다가온 트롤 다섯을 한번에 날려 버렸다.
주위의 적을 일소한 로제는 적을 찾아서 달려 나갔다.
이대로 SB의 밀집이 심한 쪽으로 나아가다 보면 언젠간 〈코

어 리사이클〉을 발동시키고 있는 용혈에 도착할 것이다.

먼저 모든 〈코어 리사이클〉을 막는다. 원흉인 시글로스를 찾는 것은 그 다음이다.

게다가 시글로스도 지금쯤 로제를 찾고 있을 것이 틀림없었다. 그렇다면 가능한 요란하게 날뛰어서 이곳에 있다고 알려 주면 된다. 그래서 어슬렁어슬렁 나타난 그 남자와 자신이 동귀어진을 하더라도 이 도시에는 베오울프가 있다. 소룡희가 있다. 또 들은 바로는 '푸른 홍염의 기사단(노블 프로미넌스 나이츠)'의 '검의 규수' 비리와 '빙창' 카렐렌, 그 밖에도 '무사 클라인'과 '라즈그리즈' 같은 상위 클래스의 클러스터가 있다고 한다.

그들이라면 분명── 아니, 반드시 이 재앙을 막아 줄 것이 틀림없었다.

로제가 그렇게 확신했을 때 갑자기 하이 멀티 캐스트에 의한 긴급 통지가 도착했다.

『긴급 연락. 위험하니 비행 금지. '소룡희'가 날뜁니다.』

무슨 말인지 도무지 알 수가 없었다. 아무튼 하늘을 날 생각은 없었기 때문에 로제는 반쯤 그 통지를 무시하고 계속 싸웠다.

그대로 기갑 사이클롭스를 데리고 큰길을 북상해서 북구의 입구에 도착했을 때였다.

갑자기 제비꽃 색의 빛이 하늘에 펼쳐졌다.

"……?"

바로 최근에 어딘가에서 본 적이 있는 듯한 색의 빛이라고 로제는 생각하면서도 의식 대부분을 앞길을 막는 적에게 집중했다. 푸른색과 붉은색의 사슬이 육박해 오는 대군을 격퇴했고 그 틈을 빠져나와서 돌격해 온 쌍각마(雙角馬)—— 바이콘의 정수리를 〈열신조〉로 깨부순다.

하지만 문득, 피부를 쓰다듬는 바람의 감촉에 좋지 않은 예감이 들었다.

"——!?"

깨닫고 보니 모든 SB가 움직임을 멈추고 하늘을 올려다보고 있었다. 그 모습은 프로그램 제어로 움직이는 괴물들에게는 보통 있을 수 없는 행동이었다.

로제도 참지 못하고 하늘을 올려다보고 말았다.

그리고 제비꽃 색의 아이콘 너머로 로제는 보았다.

라트와 비리 일행, 도시에 있는 대부분의 사람들이 목격한 강대한 '용'의 얼굴을.

압도적인 힘에 의해, 하늘을 날고 있던 SB의 무리가 소멸해 가는 모습을.

거대한 용이 하늘에서 춤춘 것은 극히 짧은 시간 동안이었다. 믿기 어려울 정도로 커다란 턱을 가진 용이, 그 용보다도 커다란 아이콘 안으로 사라졌고—— 깨끗해진 푸른 하늘만이 남겨졌다.

이 순간, 로제는 완벽하게 이해했다.

"이것이…… 소룡희의……."

조금 전 긴급 메시지의 의미가 겨우 이해되었다. 즉, 그런 것이었다.

로제는 새삼 확신했다.

역시 괜찮을 것이다. 설령 자신이 사라지더라도 이 도시는 멸

망하지 않는다. 그 정도의 힘을 가진 소녀와 그 소년이 있으니까. 뒷일을 맡기는데 무슨 우려가 있을까.

"헤에, 이거 대단한데. 솔직히 예상 밖이야."

"윽!?"

느닷없이 들려온 목소리에 로제는 몸을 움츠리는 듯한 반응을 보였다.

귀에 익은—— 그 뿐만이 아니라 오히려 고대하고 있기까지 했던 목소리였다.

"——."

목소리는 등 뒤의 높은 위치에서 들려왔다. 로제는 천천히 돌아보며 2층 건물의 옥상을 올려다보았다.

그곳에는 역광을 받으며 서 있는 그림자가 하나 있었다. 코트를 걸친 군복 같은 실루엣. 얼굴의 중앙에 도깨비불처럼 어렴풋하게 빛나고 있는 두 개의 빛은 라이트블루색 눈동자일까.

잘못 들을 리도 없고 잘못 볼 리도 없었다.

"생각 못한 복병이 있었군……. 뭐 딱히 아무래도 좋지만. 그보다, 응. 모처럼이니까 저것도 가지고 싶은데. 하는 김에 받아갈까."

그림자에 가려져서 보이지 않았지만 비열한 웃음을 짓고 있을 거라고 확신했다.

"하지만—— 그 전에."

갑자기 연한 파란색의 시선이 아래로 내려오며 흔들림 없이 로제를 보았다. 처음부터 깨닫고 있었을 것이 분명하다. 이 남자의, 이런 묘한 연극 같은 태도가 로제는 싫었다.

망령처럼 흔들리는 그림자가 히죽 웃는 것을 알 수 있었다.

"너와 이야기를 하고 나서지? 롤트린제—— 아가씨?"

"로제 씨이이이이이이이이이이이!"

큰 목소리로 부르면서 거리를 달렸다.

처참하게 파괴된 거리에 대답하는 목소리는 없었다.

일부러 하늘을 날지 않고 땅 위를 달렸다. 하누의 엄청난 술식에 의해 하늘의 SB는 일소되었지만 '볼크링 서커스'가 소유한 비행형 SB 전부가 컴포넌트에서 재생된 것은 아니었다. 지금도 아직 현재 진행형으로 새로운 비행형 SB가 출현하고 있었다.

게다가 지상이라면 건물 덕에 SB가 덮쳐 오는 방향이 한정되지만 공중은 그렇지 않았다. 모든 방향에서 공격을 받으며 로제 씨를 찾는 것은 아무리 생각해도 무리였다.

"로제 씨이이이이이이! 로제 씨이이이이이이이!"

또다시 비행형 SB가 하늘을 점령했을 때를 대비해서 하누는 도청에 대기시켰다. 아니, 하누 본인이 자진했다.

"라트, 나를 카렐이 있는 곳으로 데리고 가거라."

"어——? 어엉?! 왜, 왜? 무슨 일이야, 하누!? 왜 갑자기!?"

틀림없이 함께 로제 씨를 찾으러 갈 거라고 생각하고 있던 난 놀라서 되묻고 말았다.

그러자 하누는 오른손 검지로 자신의 옆머리를 톡톡 치면서

이렇게 말했다.

"그래. 나도 생각해 봤다만── 이번 건에 대해서는 나와 라트는 따로 행동하는 편이 좋을 것 같구나. 당연히 롤트린제를 찾는 것이 최우선이지만 그렇다고 해서 이 상황을 내버려 둘 수도 없지 않느냐? 라트도 가능하다면 많은 사람들을 구하고 싶은 게지?"

그런 질문을 해 버리면 가만히 끄덕일 수밖에 없었다.

"으, 응……. 그야 물론 그렇지만……."

"그렇다면 역할 분담이다. 라트는 롤트린제를 찾거라. 난 카렐과 함께 잡귀들을 처리하겠다. 롤트린제를 찾은 다음의 일은 그때 가서 생각하면 된다. 어떠냐?"

"으, 응……. 그, 그렇지……. 그러는 편이 좋지, 응……."

어물쩍거리며 대답하고 만 것은 마음속에 미묘한 응어리가 남아 있었기 때문이었다.

설마, 하는 기분이었다. 확실히 하누가 한 말은 일리가 있다. 지금 같은 상황이라면 따로 행동을 하는 편이 당연히 낫다.

하지만── 그렇지만 아까 '나와 라트가 함께하면 그건 무적의 콤비다.' 같은 말을 해 줘서 난 틀림없이 둘이 함께 행동할 거라고 생각하고 있었는데…….

그렇게 내심 시무룩해하고 있자 하누가 쿡, 하고 웃었다.

"라트, 그렇게 낙심하지 말거라. 설령 얼마나 떨어져 있더라도 나와 라트는 이 세상에서 둘도 없는 유일한 절친이다. 아까도 말했지 않느냐. 우리는 세계 최고의 콤비다. 나와 라트의 인연은 이 정도의 거리로는 결코 멀어지지 않는다. 안심하거라."

"하누……."

마치 마음속을 읽은 것처럼 미소 짓는 하누를 보고, 난 술렁이던 마음이 또다시 진정되는 것을 느꼈다.

그렇다, 이번에는 전처럼 내가 하누의 손을 뿌리쳐서 떨어지는 것이 아니다.

불안해할 이유는 어디에도 없었다.

"그, 그래——! 그렇지! 애초에 언제든지 마음대로 통화도 할 수 있으니까! 응, 괜찮아……! 고마워, 하누!"

갑자기 기운이 나서 목소리를 높이는 나를 보며 하누는 그래그래, 하고 웃는 얼굴로 끄덕였다.

"좋다. 그럼 쇠뿔도 단김에 빼라고 했으니 가자, 라트!"

"응!"

——이러한 대화가 있은 후에 난 하누의 조그마한 몸을 공주님 안기로 안고 〈실리 워크〉로 완전히 깨끗해진 푸른 하늘을 달려 올라가 도청을 향해 날았다. 사전에 들었던 옥상 사령부에 내려서자, 이야기는 이동 중에 해 두었기에 카렐 씨는 곧바로 승낙해 줬다.

"물론이다. 그 정도의 힘을 보여 준 다음인데 거절할 이유가 없지. 이쪽이야말로 잘 부탁한다."

"맡기거라."

고개 숙여 감사를 전하는 카렐 씨에게 하누는 가슴을 펴며 그렇게 인사를 받았다. 역전의 용사인 카렐 씨는 명창의 오러를 발하는 핼버드를 들고 완전 무장한 상태였다. 그런 상대가 고개를 숙여도 위축되기는커녕 거만하게 대응하는 하누의 그릇은 역시 대단하다고 생각했다.

"라그 군, 소룡희의 안전은 내가 보증하겠다. 기사로서, 네 공주가 털끝 하나도 다치게 하지 않겠다."

믿음직스러운 말로 약속해 준 카렐 씨에게 나도 "잘 부탁드립니다!" 하고 고개를 숙였다.

"그럼 이따가 봐!"

"그래. 조심하거라!"

카렐 씨에게 앞으로의 작전 행동에 대한 몇 가지 이야기를 듣고 나서, 난 하누에게 손을 흔들며 사령부를 뒤로 했다.

——그리고 지금 이렇게 로제 씨를 찾아서 여기저기를 돌아다니고 있었다.

"로제 씨————! 계시면 대답해 주세요——!"

지금쯤 도청 옥상에서는 하누의 술력을 미끼 삼아서 비행형 SB를 모아, 자경단과 'NPK' 멤버들이 분전하고 있을 것이다. 때때로 도청 쪽에서 들려오는 포격 같은 소리를 대기의 진동으로 느끼면서 난 로제 씨의 이름을 계속 불렀다.

그러다가 갑자기 그 광경을 목격하고 말았다.

"————!"

자신도 모르게 다리가 돌이 된 것처럼 멈춰서고 말았다.

내가 본 것은—— 형형색색의, 시체의 산이었다.

아마 미처 피난하지 못한 사람들이겠지. 혹은 구조하러 온 자경단이나 익스플로러의 힘이 부족해서 진 것일지도 모른다.

이젠 누가 일반인이고 누가 아닌 건지 판단이 되지 않았지만.

"이런……! 너무해……! 너무하잖아……!"

마음속 어딘가에서 각오는 하고 있었다. 이러한 광경을 목격할 것이라고.

그렇지만 진짜를 눈앞에 두고, 그런 작은 각오는 조금도 버티지 못했다.

한때, 헤라클레스가 있던 시큐리티 룸에서 일어난 학살과는 또 다른, 싸울 각오도 준비도 되지 않은 채 살해당한 사람들의 유해에 난 물리적인 의미로 가슴이 꿰뚫린 듯한 충격을 받았다.

로제 씨의 말이 틀림없다면 이것을 일으킨 것은 '시글로스'라는 남자다. 내 입장에서 보자면 이런 잔혹한 짓이 가능한 시점에서 그 녀석은 미쳐 있다고밖에 할 말이 없었다.

——용서 못해……! 이건 용서될 일이 아니야……!

끓어오르는 마그마 같은 분노를 느끼며 난 오른손에 들고 있던 백호의 칼자루를 강하게, 강하게 움켜쥐었다.

『PPYYYYYYYRRRRRRYYYYYYY!!』

그때, 길 너머에서 땅바닥을 울리는 SB의 대군이 나타났다.

중형, 소형의 지상형 SB들이 겨우 발견한 적성 대상인 나를 노리고 움직이기 시작했다.

『UUURRRRRRRRYYYYYYYY!!』

『VRRAAAAOOOOWWWWW!!』

『GGGGOOOOOOOOOWWWWWWWWWW!!』

힘이 남아도는 것이겠지. 제각각 귀에 거슬리는 전자음을 질러대면서 앞다투어 돌격해 왔다.

"이…… 자식들이——!"

머릿속이 분노로 물들었다. 이 녀석들을 내버려 두면 또 누군가를 죽일지도 모른다. 하지만 전부를 처리하고 있으면 이번에는 로제 씨 쪽이 돌이킬 수 없게 될지도 몰랐다.

——그러니까 가능한 처리하면서 로제 씨를 계속 찾는다……!

그렇게 결의하며 난 돌길을 박찼다.

백호를 들고 지원 술식을 전부 사용해서 강화. 강화 계수를 단번에 64배로. 그리고,

"〈드릴 브레이크〉——!"

등에서 포톤 블러드를 분출하며, 나는 딥 퍼플의 탄환으로 변했다.

SB의 대군을 노리고 정면에서 돌격한다.

"거길 비켜어어어어어어어어어어어!!"

●3 광희와 쾌락, 증오와 살의

겨우—— 겨우 만났다.

지금, 진심으로 찾고 있던 남자와.

"시글로스……!"

불을 뿜을 듯한 눈으로 노려보면서 로제는 그 이름을 입에 담았다.

시글로스 슈바인베르그.

로제의 아버지를 살해하고 '볼크링 서커스'를 테러리스트 집단으로 타락하게 만든, 리자르크 시를 파멸시키고 이곳 플로트라이즈를 지옥으로 바꾼 남자.

모든 것의 원흉.

큰길에 인접한 음식점의 지붕 가장자리. 그곳에 선 사람 그림자가 느릿느릿 움직였다.

"어이, 우리의 '메시지'는 받았어? 상당한 숫자의 익스플로러에게 너에 대한 전언을 부탁했는데 말이야."

그 자리에 웅크리고 앉으면서 한 물음에, 로제는 침묵으로 대답했다. 불꽃을 내포한 얼음 같은 눈동자가 차갑고 날카로운 시선으로 찔렀다.

"어라? 그 모습을 보아하니 전해 듣지 못했나? 뭐야. 그 녀석들

전혀 도움이 안 되잖아. 나중에 전부 벌을 줘야겠구만, 정말."

크하, 하고 웃는 그 목소리 하나하나가 로제의 신경을 건드렸다. 소리가 날 정도로 이를 악물자, 격앙된 전의의 여파를 받은 레딩과 드로미가 희미하게 떨었다.

"그럼 직접 말해 볼까. 어이, 롤트린제. 좋게 말할 때 네가 가지고 있는 그것을 내놔. 네가 고분고분한 아가씨라면 딱히 목숨까지는 빼앗지 않을 테니까 말이야."

마치 피자 한 조각 달라고 말하는 듯한 가벼운 태도였다.

이 남자가 이런 실없는 말투로 말하는 것은 새삼스럽지 않았다. 어느 시기부터 누구든 이런 식으로 바보 취급하는 듯한 태도로 대하게 되었다.

하지만 그때와는 모든 것이 달랐다.

대답하는 로제의 목소리는 영구동토에 쌓인 눈보다도 싸늘했다.

"짐승보다 못한 쓰레기가 인간의 말을 쓰지 말아 주세요. 이해가 되지 않으니까요."

얼어붙은 장미의 가시 같은 비난이었지만 시글로스는 코웃음을 쳤다.

"나왔구만, 예의 바른 척하는 말투. 뭐더라, 너한테 붙은 별명? 얼음녀, 철가면, 아이언메이든—— 이것저것 있었지만 전부 좀 핀트가 어긋나 있지. 네 경우엔 차갑다느니 딱딱하느니 하는 게 아니라 단순히 낯을 가려서 필요 이상으로 거리를 두는 것뿐인데 말이야."

"……."

아무 말 하지 않고 얼어붙은 날붙이 같은 시선으로 바라보는 로제에게 한층 더 즐거운 웃음을 짓는다.

"그거야, 그거. 그 눈. 좋은 표정도 지을 수 있잖아. 네 그런 표정 처음 봤어. 요만했을 때부터 알고 지냈지만 '좋은 여자' 가 되었잖아——. 응, 정말로 흥분되게 자랐어."

"윽——!"

아무것도 없는 허공을 쓰다듬으며 로제의 어릴 적 신장을 재현하면서 말한 천박하기 짝이 없는 발언에 소녀의 인내심이 조용히 바닥났다.

레딩이 은청색의 섬광으로 변했다.

번개처럼 허공을 내달려 올라간 사슬—— 그 끝에 달린 추는 눈으로 포착할 수 없는 속도로 움직인 시글로스의 왼손, 철사 같은 손가락에 전부 잡혀서 담겨 있던 운동 에너지가 간단하게 사라져 버렸다.

"이런이런, 위험해라. 흐응…… 다짜고짜 공격이냐? 잠시 못 본 사이에 꽤 호전적으로 변했잖아."

"칫——."

로제가 노골적으로 혀를 차며 곧장 레딩을 끌어당겼다. 저 남자와 물리적으로 이어져 있는 것이 얼마나 위험한지는 충분히 알고 있었다. 시글로스 쪽도 사슬에 집착할 생각은 없었는지 간단하게 놔주었다.

다시 레딩과 드로미를 전투태세로 배치하며 등 뒤의 기갑 사이클롭스를 이동시킨 로제는 문득 깨달았다. 아직 주위에 있을 게 분명한 SB가 다가오지 않았다. 그뿐 아니라 시글로스를 경계하며 주위를 살피자 그렇게 많았던 괴물들의 모습이 사라져 있었다.

아마 시글로스가 가진 암호 코드에 의한 것일 거라고 로제는 추측했다. 〈코어 리사이클〉에 의해 재생된 사역 SB는 'SEAL'에 특정한 암호 코드를 등록하고 있는 사람을 절대로 공격하지 않았다. 이것은 설령 술자라 하더라도 예외가 아니었다. 암호 코드 없이 〈코어 리사이클〉을 발동시킨 사람은 즉시 자신이 재생한 SB에게 살해당하게 된다. 하지만 반대로 말하면——.

"……!"

갑자기 하늘의 계시처럼 로제의 뇌리에 기사회생의 책략이 떠올랐다.

그래, 암호 코드가 있었다.

분명, 조금 전 하이 멀티 캐스트에 의한 긴급 메시지에는 소룡희의 이름이 있었다. 전 지역에 메시지를 보내는 것이 가능한 하이 멀티 캐스트는 국왕이나 도시장 같은 특권 계층의 인증이 없으면 공포할 수 없었다.

하지만 소룡희나 베오울프에게는 아무래도 그 연줄이 있는 모양이었다.

그렇다는 말은 시글로스 또는 '볼크링 서커스'의 멤버들에게 암호 코드를 빼앗아서, 그 암호 코드를 하이 멀티 캐스트에 담아 도시 전체에 배포하면——.

모든 시민이 SB의 공격 대상에서 제외되어서 그 이후로는 희생자의 증가를 막을 수가 있다.

——하지만 정작 중요한 암호 코드를 어떻게…….

암호 코드에 한정하지 않아도 정보구현화 컴포넌트처럼 'SEAL'에 격납된 데이터는 원칙적으로 강제로 빼앗을 수는 없었다. 소유자의 목숨을 빼앗을 경우에는 'SEAL' 째로 그 안의 데이터도 죽고 만다. 물론 시체에서 데이터를 빼내는 방법이 없지는 않지만 아무런 준비나 기술도 없이 할 수 있는 방법은 아니었다.

아니, 방법이라면 있다. 가능성은 극히 낮지만——.

"시글로스. 할 말이 있습니다."

당장이라도 납으로 변해서 굳어질 듯한 혀를, 그럼에도 로제는 열심히 움직였다.

갈등이 없다고 한다면 새빨간 거짓말이 된다.

멋대로 단독 행동을 했으면서 대체 무슨 낯짝으로 하이 멀티캐스트의 커넥션을 쓰게 해 달라고 말할 건가. 철면피에도 정도가 있다.

하지만 이제 와서는 로제 한 사람의 문제가 아니었다. 수많은 목숨이 걸려 있었다. 여차하면 이마를 지면에 비비고 신발을 핥더라도 협력을 구해야만 했다.

"으음? 뭐야 새삼스럽게. 쓰레기라도 되는 것처럼 보더니만 건네줄 마음이 들었나?"

이제까지 그리해 왔던 것처럼 격렬하게 소용돌이치는 감정을 억누르면서 로제는 마음에 가면을 썼다.

"거래를 하죠. 당신이 원하는 술식과 지금 발동하고 있는 〈코어 리사이클〉의 암호 코드를 교환하는 겁니다."

"뭐어——?"

시글로스의 반응은 실로 노골적이었다. 끈적끈적한 목소리가 노골적으로 변하며 바보 취급하는 듯한 울림을 담았다.

"무슨 말을 하는 거야, 너. 바보냐?"

시글로스는 어처구니가 없다는 듯이 날카로운 목소리로 말했다. 하아아아, 하고 보란 듯이 한숨을 내쉰다.

"이봐, 롤트린제. 너 말이야, 뭔가 착각하고 있는 거 아냐? 난 너에게 내놓으라고 했지? 그리고 그렇게 하면 목숨만은 살려 주겠다고. 이 의미를 모르냐?"

요사스러운 빛을 내는 라이트블루색 눈동자가 이 순간, 강렬하게 빛났다. 그러면서 벌레라도 보는 것처럼 눈가가 일그러진다.

"거래라는 건 대등한 사람끼리 하는 거잖아. 설마 너, 나와 대등한 관계라고 생각하는 거냐? 착각도 유분수지. 최악이야. 한 번 더 말하겠는데, 무슨 말을 하는 거야, 너. 바보냐?"

최악의 대답에 로제는 미래의 선택지 하나가 바닥이 보이지 않는 어두운 구멍 속으로 사라져 가는 것을 느꼈다. 십중팔구 이렇게 될 거라곤 예상하고 있었지만, 너무 예상대로라서 탄식도 나오지 않았다.

이제 이 남자와 이야기를 나눌 여지는 없었다. 그것만큼은 뼈저리게 깨달았다.

"너도 알고 있잖아. 난 말이야, 원하는 것은 뭐든지 가지고 싶어 하는 성격이야. 그러니까 네가 말한 '거래'는 언급할 가치도 없는 게 당연하잖아. 잘 생각해 보라고. 네가 말한 '거래'가 나한테 무슨 메리트가 있다는 거야."

이제 로제에게는 시글로스의 말은 귀에 들어오지도 않았다.

생각하고 있던 것은 어떻게 시글로스의 허를 찔러서 베오울프와 소룡희에게 연락을 취할까 하는 것이었다.

〈코어 리사이클〉의 사양과 암호 코드에 대해서는 그 두 사람에게도 설명해 두었다. 하지만 그들이 반드시 그것을 '하이 멀티 캐스트로 배포한다'는 방법을 깨달을 거라고는 볼 수 없었다. 암호 코드는 시글로스가 아니더라도 '볼크링 서커스'의 멤버라면 모두가 가지고 있을 것이다. 누군가 한 명이라도 생포해서 암호 코드만 손에 넣는다면 이 참극은 막을 수 있었다.

"난 원하는 것은 전부 손에 넣어. 반대로 그 누구에게도 내 것을 나눠 주지 않아. 그게 내 룰이야. 롤트린제, 네가 선택할 수 있는 것은 사지 무사하게 내 말에 따르든지, 엉망진창이 되고 나서 나에게 따르든지—— 그 두 개뿐이잖아."

베오울프와는 이미 네이버 사이다. 다이렉트 메시지 또는 다이렉트 콜로 연락을 취하면 중요한 내용은 전할 수 있었다. 그렇다면 여기서는 일단 도망쳐서 시글로스에게서 떨어져야 하나. 우선 기갑 사이클롭스에게 시선을 돌리기 위한 공격을 시켜서 그 틈에 이동을——.

"이봐, 내 말을 무시하고 머리를 굴리고 있는 거냐? 얕보고 있구만."

갑자기 웅크리고 앉아 있던 시글로스가 일어서서 지붕 가장자리를 박찼다. 그러자 학자처럼 보이던 남자의 몸이 무시무시한 속도로 날았다. 한순간에 로제의 머리 위를 뛰어넘어—— 시야에서 사라졌다.

"——!?"

시글로스의 모습을 놓친 순간, 등줄기에 오한이 내달렸다. 로제는 직감적으로 등 뒤의 기갑 사이클롭스 쪽으로 몸을 돌렸다.

"헤에, 이게 〈기갑화(린포스)〉인가. 이것도 가지고 싶지만—— 요는 이런 게 가능한 녀석을 가지고 싶다는 거야."

생각대로 대기 커맨드를 명령해 둔 기갑 사이클롭스의 어깨 위에 시글로스의 모습이 있었다.

"이봐, 말 듣고 있어? 내놓으라고 하잖아. 네가 가지고 있는 그거—— 술식의 바탕이 되는 '신기'를 말이야."

"……!"

로제는 자신도 모르게 숨을 삼켰다. 전에 봤을 때보다도 움직임이 훨씬 빨라져 있었다. 원래부터 숨겨진 실력을 알 수 없었던 남자였지만 방금 움직임은 너무나도 빨랐다.

"그보다 어째서 〈코어 리사이클〉의 암호 코드를 원하는…… 아아, 뭐야, 그건가. 알았어, 알았어. 그렇단 말이지."

질문을 하려다가 로제의 의도를 깨달은 것이겠지. 시글로스는 의미심장한 시선과 목소리로 히죽 웃었다.

"역시 말이야. 네 그런 부분이 정말 좋아, 롤트린제 아가씨. 타오르는 정의감, 우뚝 선 책임감, 그러면서도 숲 같은 과묵함. 어머니에게 물려받은 미모도 한몫해서 정말로 '좋은 여자'야. ——하지만 말이지."

시글로스는 아무렇게나 발을 내디뎌 기갑 사이클롭스의 어깨 위에서 뛰어내렸다. 4메르틀 가까운 높이에서 낙하한 것으로는 보이지 않을 정도로 매끄럽게 착지하며 로제를 바라본다.

두 사람의 키 차이는 20센틀 정도. 같은 땅 위에 있으면서도 시글로스는 로제를 내려다보았다.

"그 새치름한 예쁜 얼굴이 엉망진창으로 망가지는 순간이 엄청 보고 싶어서 말이야."

악마도 이 얼굴을 보면 질린 표정을 짓겠지——. 그렇게 생각될 정도의 표정을 지은 시글로스가 들어 올린 오른손. 그 손이 갑자기 점토처럼 뭉개졌다.

꿈틀꿈틀 변형된 오른손은 건강해 보이지 않는 피부색에서 거뭇한 색으로 변색되더니 이윽고 풍선처럼 둥글게 부풀어서——아무래도 사람의 머리처럼 보이는 형태로 커졌다.

시글로스가 소유한 신기의 속성은 '융합(유니온)'. 그 힘이면 이 정도의 곡예는 할 수 있다는 사실을 로제는 알고 있었다. 그렇기에 팔이 변형한 정도로는 딱히 놀라지 않았다. 하지만.

"너 말이야, 너무 앞서 나간 거 아냐? 내 '힘'은 알고 있잖아. 오디스 스승님의 장례식에도 나오지 않고 리자르크에서 뛰쳐나갈 필요는 없었잖아. 그도 그럴 게 봐봐——."

시글로스는 오른팔 끝을 변형시킨 그것을 로제에게 보여 주기 위해서 앞으로 내밀었다.

"——."

자연스럽게 로제의 호흡이 멎었다. 눈앞에 내밀어진 그것에 심장이 꿰뚫렸다. 소리와 빛이 없는 낙뢰가 정수리에 직격한 것만 같았다.

엄청난 충격에 아까까지 생각하고 있던 것이 날아가서 머릿속이 새하얗게 되었다.

시글로스는 마치 복화술 인형이라도 조작하는 것처럼 오른팔 끝에 달린 입을 뻐끔뻐끔 열고 닫으며 새된 목소리로 말했다.

"안녕, 나야! 오랜만이야, 로제! 만나고 싶었어!"

그것의 호박색 눈은 좌우로 마구 움직였고 피에로처럼 얼빠진 표정을 짓고 있었다.

"아……아……."

로제의 목에서 떨리는 숨결이 흘러나왔다. 스스로 낸 숨이 아니라 호흡을 할 때 공기가 목에 막혀서 멋대로 나오는 목소리. 바람이 나무 구멍을 통과할 때 나오는 소리와 비슷했다.

손발이 차가워지고 감각에 두꺼운 막이 생겨서 현실감이 사라졌다. 자신도 모르게 휘청인 것이겠지. 시야가 흔들리고 시글로스가 한 발짝만큼 멀어졌다.

이제 와선 자신의 육체가 존재한다는 사실도 지각하지 못했다. 모든 신경이 눈에 비친 그것에 집중되고 있었다.

지금 자신이 보고 있는 것을 뭐라고 표현하면 좋을지 로제는 알 수 없었다.

현기증이 나고 구역질이 치밀고 등줄기에 오한이 내달릴 정도의── 무언가.

있어서는 안 될 존재가 그곳에 있었다.

털썩, 하고 갑자기 시야가 낮아졌다. 무슨 일인가 했더니 어느새 자신의 무릎이 땅바닥에 떨어져 있었다. 보이지 않는 누군가가 로제의 무릎 뒤를 찼다고 생각할 정도로 갑작스럽고 자각하지 못한 채.

깊은 절망은 그저 그것만으로 사람의 몸에서 힘을 빼앗는 것인지도 모른다.

히힉, 하고 피리 소리가 들렸다 싶었지만 그건 시글로스의 웃음 소리였다.

"이히히히히히히히히히히! 아하하하하하하하하하! 그래——! 그거야! 그거야 그 얼굴이야! 조오오오오오오오오오은 표정이잖아, 롤트린제!!"

이젠 못 참겠다는 듯이 흥분한 시글로스가 큰 목소리로 웃으면서 외쳤다.

"야! 바보지!? 너 바보지!? 이렇게 될 거라고 예상 못했냐!? 상상 못했냐!? 꿈에서도 생각 못 했냐!? 이봐, 지금 어떤 기분이야!? 어떤 기분이냐고!? 비참하냐!? 절망했냐!? 슬프냐!? 열받았냐!? 이봐, 대답해 봐! 대답해 보라니까! 지금 어떤 기분이냐고 롤트린제 아가씨!"

단숨에 지껄이며 대답을 듣지도 않고 또다시 폭소한다. 가슴을 젖히며 온 세상에 울려 퍼지게 할 기세로 웃는다. 확실히 지금, 롤트린제 볼크링이라는 소녀는 시글로스라는 남자를 이 정도로 기쁘게 할 정도의 표정을 짓고 있었다.

하지만 지금 로제는 시글로스의 웃음 따윈 전혀 의식하지 않았다. 그런 사사로운 것을 신경 쓸 마음의 여유가 털끝만큼도 남아 있지 않았다.

핏기가 가셔서 연보라색으로 변색된 입술이 망령처럼 그것의 이름을 중얼거렸다.

"아버……지…………."

짧은 애쉬그레이의 머리카락에 호박색 눈. 선은 가늘지만 엄격함을 풍기는 용모.

오디스 볼크링——. 로제의 아버지이지 시글로스의 스승. 그리고 한때 클러스터 '볼크링 서커스' 를 이끌었던 남자.

그 목 윗부분이 시글로스의 오른쪽 손목 끝에서 완벽하게 재현되어 있었다. 도리어 추악해 보일 정도로 정밀하게.

——저 남자는 먹은 것이다.

——하필이면 아버지의 유체를. 신기의 힘을 써서.

——이런 일이 있어서는 안 된다.

크게 열려서 유리처럼 무기질해진 로제의 눈동자. 그곳에 비친 시글로스가 한때 스승이었던 사람의 얼굴을 바보처럼 일그러트렸다.

"그래서…… 어떻게 할 거야, 롤트린제. 한 번 더 물어보지. 얌전히 신기를 넘겨줄 거냐? 아니면 좀 더 날 즐겁게 해 준 다음에 신기를 넘겨줄 거냐. 어느 쪽이라도 상관없지만 개인적으로는 후자가 좋은데. 좀 더 많이 보여 달라고. 네 절망한 얼굴. 철가면 같았던 미인이 얼굴을 일그러트리며 울고 화내는 모습을 말이야. 자."

오디스의 머리를 들어 올리자—— 이번에는 내부의 성대까지 재현한 것이겠지, 오십 대 중년 남자의 얼굴이 미친 것처럼 웃어대기 시작했다.

"으햐햐햐햐햐햐햐햐햐햐햐햐——!"

아버지의 얼굴과 목소리로 미친 듯이 웃는 불쌍한 인형을 앞에 두고 로제의 안쪽에서, 그녀에게밖에 들리지 않는 소리가 울려 퍼졌다.

그것은 깨지는 소리.

계속해서 써 왔던 가면—— 그 껍데기가 깨지는 소리였다.

무의식적으로 상체가 구부러져서 로제는 반사적으로 양손을 내밀어 엎드린 자세를 취했다.

뚝뚝, 하고 얼굴에서 땅바닥을 향해 액체가 떨어졌다. 땀만이 아니다. 깨닫고 보니 자신의 두 눈에서 눈물이 쏟아져 내리고 있었다. 울고 있다는 자각이 없을 정도로 망연자실한 모양이었다.

몸에 힘이 전혀 들어가지 않았다. 머릿속은 지금도 바로 옆에서 징이 울리고 있는 것처럼 어질어질했다. 냉정한 마음도, 침착한 사고도 돌아올 기색이 없었다. 새하얗게 된 머릿속으로 지금이라도 미쳐서 찢어 흩어질 듯한 마음을 필사적으로 잇고 있었다.

그때, 가장 먼저 뇌리에 떠오른 말은——.

"——여 버리겠어……!"

"앙? 뭐라고 했냐? 응~?"

괴롭히는 듯한 말투로 능청스럽게 귀에 왼손을 대고 되묻는 시글로스.

엎드리고 고개 숙인 로제는 몸을 작게 떨면서 저주를 외는 것처럼 목소리를 쥐어짰다.

"——여 주겠어……!"

"아앙? 안 들리는데?"

양손을 꽉 쥐자 경이로운 악력이 길바닥에 손가락을 박으며 파내었다.

이제까지 로제 안에 쌓인 감정의 양은 헤아릴 수가 없었다. 지금까지 계속 초인적인 이성으로 마음을 억눌러 왔다. 아버지의 원수를 앞에 뒀으면서도 플로트라이즈 시민의 생명을 우선할 정도로 그 이성은 강인했다.

하지만 이젠 한계였다.

악문 치아 사이에서 까드득, 하는 소리가 흘러나왔다. 꽉 쥔 길바닥의 파편이 부서졌다.

다음 순간 소녀의 전신에서 솟구친 것은 마그마처럼 끓어오르는 증오였다.

"죽여 버리겠어——!"

고개를 들고 로제는 모든 힘을 담아서 절규했다.

"죽여 주겠어!"

이성도 긍지도 전부 내팽개치고 맹렬한 분노로 고운 눈썹을 일그러트렸다. 눈에서 눈물을 흘리며 이를 드러낸 로제는 야수처럼 포효했다.

"죽여 버리겠어! 무슨 일이 있더라도 반드시 죽여 버리겠어! 죽여 주겠어! 네놈이 살았던 흔적도 기억도 모조리! 이 세상에서 죽여 버리겠어!"

격정을 관장하는 사나운 괴물이 로제의 내부에서 미쳐 날뛰고 있었다. 이제 와서는 본인마저도 무슨 말을 하고 있는 것인지 인식 못하고 있었다. 소녀는 입 밖으로 나오는 대로 목이 찢어져라 증오와 살의를 내쏟았다.

목이 뒤집어질 기세로 절규한 로제는 튕기는 것처럼 일어서며 곁에 선 거구의 수하—— 기갑 사이클롭스에 막대한 커맨드를 송신했다.

동시에 자신의 'SEAL'을 일제히 기동시켜서 긴능가가프 프로토콜을 발동. 전투 재킷에 트인 여섯 구멍 중 마지막 중앙의 두 곳에서 '비장의 수' 인 무기를 구현화시켰다.

DIFA '그레이프니르'—— 그것은 보이지 않는 무기였다. 오랜 전승에 따라 이름 붙여진 그것은 '눈에 보이지 않는 역장에 의한 끈' 이라고 할 수 있는 것이었다. 너무나도 강력해서 그레이프니르 하나로는 제어할 수 없었기 때문에 로제는 레딩과 드로미를 휘감아서 이 무기를 구사했다.

은청색과 은적색의 사슬이 이중나선을 그리며 그레이프니르에 휘감겼다. 투명한 그레이프니르가 사슬 두 개에 휘감기자 윤곽이 떠올랐다.

통나무 같은 두께. 사정거리는 거의 무한. 고대에 세계를 삼킬 정도로 거대한 늑대를 구속했다고 하는, 절대로 끊어지지 않는 끈—— '그레이프니르'. 그런 이름이 붙여진 병기의 일격에는 바위마저 가볍게 부수는 위력이 담겨 있었다.

『그아아아아아아아아아아아아아아아아아아아아아아아아아아아아아아아!!』

로제의 감정을 피드백으로 받은 기갑 사이클롭스가 이제까지의 두 배 이상인 성량으로 포효를 질렀다. 주인과 수하 둘 다 전신에서 현기증이 날 정도의 말라카이트 그린색 빛을 내뿜고 있었다.

격한 분노와 증오를 폭발시킨 로제였지만 결국 그마저도 시글로스에게 기쁨을 줄 뿐이었다.

이것이야말로 그가 보고 싶어 하던 것이었다.

불타오르는 분노도, 미칠 듯한 비탄도, 소용돌이치는 살의도.

인형 같기만 하던 로제의 미모가 추악하게 일그러져 가는——그 모습이 보고 싶어서 참을 수가 없었던 것이다.

비열한 남자는 "크히히." 하고 웃음을 흘리며 오른손의 변형을 풀고 원래대로 돌아간 손바닥에 컴포넌트 하나를 구현시켰다. 평균보다 몇 배나 크고 짙은 녹색의 빛을 발하는 기묘한 컴포넌트였다.

크롬그린색 빛이 혈색이 좋지 않은 피부 위를 내달리며 복잡한 휘문을 그렸다.

"〈리사이클〉."

아이콘이 터지며 컴포넌트가 두근두근 맥동했다. 하지만 그의 진짜 능력은 지금부터였다.

"〈밍글 퓨전〉."

이어서 발동한 술식은 로제의 〈린포스〉와 마찬가지로 신기를 바탕으로 한 오리지널 술식이었다.

시글로스가 가진 신기의 속성은 '융합'. 그 힘을 이용한 사역 술식 〈밍글 퓨전〉의 효과는 그 이름대로 '융합 일체화'——즉, 컴포넌트에 담겨 있는 SB와의 정보적 융합이었다. 그리고 시글로스의 손 안에 있는 컴포넌트도 여러 개의 SB를 '융합' 시켜서 작성한, 말하자면 '융합 컴포넌트' 였다.

심록색의 컴포넌트가 시글로스의 가슴 속으로 쑤욱 빨려 들어갔다.

라이트블루색 눈동자가 숯불과도 닮은 진홍색으로 물들었다.

변화는 극적이었다.

시글로스의 윤곽이 무너졌다. 연체동물처럼 꿈틀거리고 비틀리며 확장되어 간다.

사람도 아니고 SB도 아닌 괴물로 변모하면서 시글로스는 환희에 떨며 웃었다.

"아하하하하HAHA하HA하하하하HAHAHA하하하하HA하하하HAHA하——!!"

그러고 외쳤다. 드높게.

"좋아, 오라고! 날 좀 더 즐겁게 해 달라고, 롤트린제에에에에에——!!"

탐욕스러운 쾌락을.

광희에 차서.

● 4 스트레인지 카멜레온

닥치는 대로 거리를 뛰어다니고 있었더니 도청에 있는 카렐 씨에게서 '중앙구 북부에서 엄청나게 요란한 전투를 펼치고 있는 핸들러처럼 보이는 인물' 이라며 완벽하게 로제 씨로밖에 보이지 않는 목격 정보가 도착했다.

"그 에리어의 피난은 이미 완료되어 있다. 또한, 살아 있는 'SEAL' 의 반응도 없다. 녀석들의 활동 범위 확대를 막는 포진도 끝났으니 서두르고 있다면 도중의 SB는 무시해도 상관없다, 라고 군."

아직까지 다이렉트 콜로 연결되어 있던 카렐 씨는 그렇게도 말했다.

난 현장으로 직행했다. 카렐 씨의 말에 의하면 자경단 사람이 '사슬 몇 개와 맨손으로 괴물을 마구잡이로 활동 정지시키고 있는 대단한 여자가 있다. 커다란 사역 SB 같은 것을 데리고 있었으니 아마도 핸들러다. 혼자서 싸우고 있던 모양인데 어디 소속이지?' 라는 질문을 보내왔다고 한다.

그곳에 남아 있던 파괴 흔적은 확실히 SB 이외의 누군가가 크게 날뛴 증거였다. 길바닥에 남아 있는 세 개의 손톱자국은 틀림없이 로제 씨의 〈열신조〉에 의한 것이겠지.

전투 흔적은 북지구의 중심을 향해 이어져 있었다. 나는 그 흔적에 의지해서 로제 씨의 뒤를 쫓았다.

머지않아 건물 틈에서 말라카이트 그린색 빛이 반짝여서 난 반사적으로 걸음을 멈추고 응시했다.

아마—— 아니, 틀림없이 로제 씨가 쓰는 〈린포스〉의 빛이다.

"로제 씨!"

자신도 모르게 외치듯이 이름을 부르며 또다시 튕기는 것처럼 달려 나갔다. 온존하고 있을 필요는 없었다. 1초라도 빨리 얼굴을 보고 싶어서 난 신체 강화의 지원 술식을 5중첩해서 발동. 강화 계수가 32배가 되어 질풍이 되었다. 수백 메르틀을 눈 깜짝할 사이에 주파해서 T자 갈림길에 도착한다. 너무나도 빨라서 이대로는 건물에 격돌해 버릴 기세였지만—— 감속하고 싶지 않았던 나는 지원 술식 〈실리 워크〉를 발동했다.

"하아아아아아아앗!"

몸을 왼쪽으로 눕히면서 공중을 달려서——충돌하기 직전이었던 건물의 벽을 밟고——올라갔다. 벽 타기다. 스피드를 죽이지 않고 몸을 옆으로 눕혀서 벽을 달려 나갔다. 술식 발판으로 유사 벽 타기를 강행한 나는 고속으로 비약하는 제비처럼 로제 씨 곁을 향해 서둘렀다.

갈림길을 몇 번이고 넘어서—— 겨우 발견했다. 큰길의 한가운데에 거인형 SB에서도 상위에 들어가는 사이클롭스가 서 있었고—— 역시 그 발밑에는 애쉬그레이의 머리카락이——.

"로……!"

제 씨, 하고 부르려다가 목이 막혔다.

기묘한 상황이었다. 그곳에 있던 사람은 로제 씨만이 아니었다. 또 한 사람, 남자처럼 보이는 사람이 있었다. 게다가 어째서인지 로제 씨는 그 사람 앞에서 엎드려 있는 상태였다.

자신도 모르게 신발을 미끄러트리며 걸음을 멈추고 접근하기를 망설이고 말았다. 그러자,

"죽여 버리겠어——!"

로제 씨가, 도저히 로제 씨라고는 생각할 수 없는 격정이 담긴 얼굴과 목소리로 절규했다.

그 목소리에 머릿속을 얻어맞은 듯했다. 이 눈으로 그녀의 입이 움직이고, 외치는 것을 보면서도 도무지 믿어지지가 않았다.

——노성을 질렀어? 그 로제 씨가? 게다가 '죽여 버리겠어.'처럼 흉흉한 말을……?

"죽여 주겠어!"

그런 나에게 이어서 충격을 주는 것처럼 로제 씨가 예쁜 얼굴을 다른 사람처럼 일그러트리며 물어뜯는 것처럼 외쳤다. 호박색 눈에서는 눈물이, 이를 드러낸 입술 끝으로 흘러내리고 있었다.

"죽여 버리겠어! 무슨 일이 있더라도 반드시 죽여 버리겠어! 죽여 주겠어! 네놈이 살았던 흔적도 기억도 모조리! 이 세상에서 죽여 버리겠어!"

귀신이나 악귀가 그녀의 몸에 빙의된 것 같았다. 그 정도로 격렬한 증오가 로제 씨의 온몸에서 내뿜어지고 있었다.

로제 씨의 칼로 베는 듯한 원망을 받은 인물—— 그가 아마, 아니, 틀림없이 시글로스일 것이다.

상상한 것보다도 훨씬 선이 가늘었다. 올리브그린색 군복 같

은 전투복에 검은 롱 코트를 걸치고 있다. 모자를 쓴 머리카락은 쥐색. 번들거리는 기묘한 빛을 품은 눈동자는 옅은 하늘색. 입가에는 본 것만으로 그 성격이 여실히 드러날 정도의 사악한 웃음이 새겨져 있었다.

그의 오른팔이 뭔가 이상한 형태를 하고 있었다. 아니, 변형되어 있었다. 저것이 로제 씨도 가지고 있다는 '신기' 의 힘일까?

그나저나 저건── 사람의 머리, 인가? 애쉬그레이의 머리카락에 호박색의 눈동자── 어딘지 모르게 로제 씨가 연상되는 분위기인데…….

──설마.

오싹, 하고 등줄기에 오한이 내달려서 나는 뇌리에 떠오른 그 가능성을 즉시 부정했다. 아니, 그 생각은 안 된다. 절대 안 된다. 그런 지독한 상황이 있어서는 안 된다.

하지만 로제 씨의 언동, 시글로스의 표정, 사전에 들었던 신기 '융합' 에 대한 이야기, 이 도시의 현재 상황── 그 모든 것이 최악의 가능성이 농후함을 시사하고 있었다.

그렇기에 어쩔 수 없이 이해하고 말았다. 인형처럼 멍청한 표정을 짓고 있는, 시글로스의 오른팔 끝에 있는 인간의 머리── 저것이 로제 씨의 아버지라는 사실을.

『그아아아아아아아아아아아아아아아아아아아아아아아아아아아아아아아아아!!』

고인의 머리에 집중되어 있던 의식이 기갑 사이클롭스의 포효로 되돌아왔다.

깨닫고 보니 로제 씨도 일어서서 전투태세에 들어가 있었다.

전투 재킷의 등에서 생겨난 네 개의 사슬이 맑은 소리를 내면서 유전자 구조처럼 이중 나선을 그렸다.

"〈리사이클〉."

로제 씨의 전투 행동에 호응해서 시글로스도 컴포넌트를 꺼내 사역 술식을 발동했다. 본 적 없는 색의 컴포넌트였다. 짙은 녹색이지만 어딘가 탁한 듯한, 불길한 느낌이 드는 색조였다. 크기도 게이트 키퍼급 정도는 아니었지만 일반적인 것보다 상당히 컸다.

"〈밍글 퓨전〉."

시글로스는 거기에 더해 술식을 중첩해서 발동했다. 처음 듣는 이름의 술식이었다. 그도 핸들러니까 사역 술식의 하나라고 생각되지만 효과는 알 수 없었다. 시글로스의 철사 같은 손이 쥐고 있는 컴포넌트가 그의 얄팍한 가슴속으로 빨려 들어갔다.

그 순간 라이트블루색 눈동자가 변색되었다. 완전히 정반대의, 용광로의 불꽃 같은 심홍색으로 물들었다.

"아하하하하HAHA하HA하하하하HAHAHA하하하하HA하하하HAHA하——!!"

하늘을 향해 음정이 들쭉날쭉한 폭소를 한 시글로스의 몸이 갑자기 녹는 것처럼 형태를 잃었다. 시글로스는 물컹물컹하게 슬라임처럼 신체가 무너지면서도 또렷한 목소리로 외쳤다.

"좋아, 오라고! 날 좀 더 즐겁게 해 달라고, 롤트린제에에에에에——!!"

그 절규 뒤에, 이 눈에 비친 광경을 어떻게 설명하면 좋을까.

말하자면——뒤집혔다고 표현해야만 할까.

그렇다. 시글로스의 육체가 뒤집혔다. 액체처럼 형태를 잃었다고 생각한 순간, 안쪽에서 흘러넘쳐서 뒤집히는 것처럼 다른 형태로 변신한 것이다.

그 모습은 말 그대로 기괴했다.

전체적인 인상은 키메라와 닮아 있었다. 말 같은 네 다리와 동체에, 원래라면 목이 있어야 할 부분에 비늘에 뒤덮인 사람의 상반신이 나 있었다. 거기에 더해 칠흑의 체모를 가진 마견의 머리가 세 개—— 낯이 익다. 케르베로스의 머리다. 오른쪽 어깨에서 나 있는 것은 거대한 쇠몽둥이를 쥔 철색의 두꺼운 팔. 왼쪽 어깨에서는 정체를 알 수 없는 녹색의 촉수가 일곱 개.

여러 SB를 분해해서 재조립했다고밖에 생각할 수 없는 일그러진 패치워크. 그럼에도 불구하고 각각의 크기는 오리지널을 초월해 있어서 전체적인 크기는 3메르틀 이상이나 되었다.

한순간에 기괴한 괴물로 변한 시글로스를 앞에 두고도 로제 씨는 움츠리지 않았다. 본 적 없는 무시무시한 표정으로,

"하아아아아아아아아아아아아아!"

피를 토하는 것처럼 소리 지르며 네 개의 사슬을 맹렬하게 휘둘렀다.

『그아아아아아아아아아아아아아아아!』

동시에 로제 씨의 등 뒤에 서 있던 기갑 사이클롭스가 크게 도약했다.

"——!?"

네 개의 사슬이 내는 무시무시한 바람 가르는 소리에, 나는 헤라클레스의 검격을 떠올렸다.

소형 태풍처럼 날뛰는 사슬이 주변 건물과 지면을 부수면서 폭발적으로 결계를 확장시켜 갔다. 범위 안에 있는 모든 것을 파괴하면서 변이한 시글로스를 집어삼키려고 범위를 넓힌다. 마치 믹서기 같았다. 저 안에 말려들면 틀림없이 한순간에 다진 고기가 될 것이다.

길 옆에 있던 건물이 사탕 과자처럼 간단하게 부서지고, 무너지고, 산산조각이 났다. 분진이 일어나며 사슬에 튕겨 나간 파편이 내 쪽까지 날아왔다.

"윽!? 〈스큐텀〉!"

황급히 술식 실드를 5중첩 전개해서 방어 자세를 취했다. 그 순간 잔해들이 연보라색 실드에 부딪쳐서 튕겨 나갔다. 조금만 반응이 늦었다면 위험했을 뻔했다.

"큭……!"

믿어지지가 않는다. 이런 위력이라니. 하누의 〈천검창아(天劍槍牙)〉에 필적하잖아. 게다가 저 사슬, 움직임과 결과가 어긋나 있다. 마치 사슬로 감고 있는 안쪽에 어떠한 힘의 덩어리가 있는 듯한――.

『이렇게 너와 노는 게 몇 년 만이지? 롤트린제에에에!』

SB의 전자음과 인간의 목소리가 뒤섞인 듯한 기괴한 음성이 커다란 개 머리에서 3중으로 울려 퍼졌다. 성대는 하나인데 목소리가 나오는 입은 세 개나 있기 때문이겠지.

종횡무진으로 날뛰며 모든 것을 파괴하는 로제 씨의 사슬. 그 제공권이 마침내 괴물을 붙잡았다.

하지만 다음 순간, 금속음이 잇따라 울려 퍼졌고 시글로스를 쳐부술 것처럼 보였던 사슬이 튕겨 나갔다.

보자 왼쪽 어깨에서 나 있던 일곱 개의 촉수가 로제 씨의 사슬에 뒤지지 않는 무시무시한 속도로 방어 행동을 취하고 있었다. 녹색의 촉수 끝은 경질화되어서 은색으로 빛나고 있었다.

대기를 가르며 종횡무진으로 미쳐 날뛰는 로제 씨의 사슬과, 그 사슬을 전부 요격하고 받아넘기는 시글로스의 촉수. 은청색과 은적색, 그리고 백은의 무기들이 햇빛을 반사해서 별가루처럼 반짝였다. 양자의 격돌이 수많은 불꽃을 흩뿌렸다.

"〈열쇄아(裂碎牙)!〉"

로제 씨가 술식의 기동 음성을 외치며 남색의 컴뱃 부츠로 땅바닥을 박찼다. 애쉬그레이의 긴 머리카락을 휘날리며 도약하는 그녀의 사지에 말라카이트 그린색 빛이 수속되면서 무기로 변했다. 전에 썼던 〈열신조〉는 속도 중시의 무장 술식이었지만 〈열쇄아〉는 위력 중시의 술식이었다. 그 이름대로 고대 생물 매머드의 그것과 같은 거대한 상아가 양팔과 양다리에 장착되었다.

"〈천굉뇌신열쇄아(天轟雷神裂碎牙)!〉"

공중에서 뒤이어 발해진 기동 음성은 아마 〈열쇄아〉에서 파생되는 콤보 술식이겠지.

천굉뇌신, 하늘에 울리는 번개의 신이라는 이름대로, 그야말로 번개 같은 연속 공격이었다. 전신에서 분출되는 포톤 블러드로 가속한 로제 씨의 양팔과 양다리가 유성우처럼 시글로스에게 쏟아졌다.

하지만 시글로스의 오른팔에 쥐어진 쇠몽둥이가 마찬가지로 전광석화의 반응을 보였다. 격돌. 고속으로 연타되는 권격과 발차기가 격렬하게 쇠몽둥이와 맞부딪치며 쇄석기 같은 소리를 냈다.

『자자자자자자자자자자자자자자! 부족해 부족하다고 그런 공격으로는 닿지 않아 어떻게 된 거냐!』

괴물이 되어서 호흡 기관도 변질된 것인지 시글로스는 숨 한 번 쉬지 않고 시끄럽게 떠들면서 로제 씨의 격투 술식을 쇠몽둥이로 털어냈다. 거기에——.

『그아아아아아아아아아아아아아아아아아아아아아아아!!』

공중으로 도약했던 기갑 사이클롭스가 시글로스의 사각——등 뒤로 낙하했다. 중력을 같은 편 삼아서, 뇌광으로 빛나는 워해머를 가운데 머리를 향해 내리쳤다.

직격을 받은 개의 머리가 물풍선이 터지는 것처럼 파열했다. 그러고도 아직 기세가 남아서 비늘로 덮인 상반신까지 워해머가 파고들어 갔다. 휘감긴 보라색 뇌전이 살을 태워 나간다.

그때, 난 이해했다. 이것이야말로 진짜 노리던 일격이라는 것을. 격렬했던 로제 씨의 공격은 전부 양동이었다. 분노로 미쳐 있는 것처럼 보이지만 실은 냉정했던 로제 씨의 작전에 난 내심 혀를 내둘렀다. 하지만,

『하하하HA하하하하HAHAHA하HA하!』

남아 있던 좌우의 머리가 낄낄거리며 웃었다. 마치 통증 같은 것은 느껴지지 않는다는 것처럼.

이어서 세 개에서 두 개가 된 시글로스의 입에서, 각각 화염과 냉기가 뿜어져 나왔다. 화염은 로제 씨를 향해, 냉기는 기갑 사이클롭스를 향해.

"윽――!"

로제 씨는 등의 사슬로 자신을 잡아당기는 것으로 후퇴해서 혓바닥처럼 뻗은 화염을 날렵하게 회피했다. 하지만 둔중한 기갑 사이클롭스는 냉동파를 정면으로 받고 말았다.

『그―― 아―― 아――!』

아무리 장갑을 강화하고 있다고는 해도, 그 장갑째로 굳어 버리면 의미가 없다. 자율 반응으로 어떻게든 이탈하려 시도해 보고는 있지만 얼어붙은 상반신과 쇠몽둥이가 시글로스와 이어져 그 부분이 전부 얼음으로 뒤덮여 있었기 때문에 떨어지지 못하고 있었다.

『롤트린제 넌 바보냐? 너라면 몰라도 SB의 공격이 지금의 나에게 통할 거라고 진심으로 생각하고 있는 거냐? 한 번 더 묻겠는데 넌 바보냐? 아니 바보지 완벽한 바보야 HA하하하 귀엽구만 정말로!』

기분 나쁜 목소리로 지껄여댄 시글로스는 거기에 더해 이렇게도 말했다.

『그럼―― 이것도 받아가 주마.』

믿을 수 없는 광경이 전개되었다. 또다시 시글로스―― 키메라 SB의 윤곽이 무너지고 연체동물처럼 꿈틀거렸다. 그리고 다음 순간, 기갑 사이클롭스를 삼켰다. 3메르틀 정도밖에 되지 않았던 시글로스의 몸이 4메르틀 가까운 사이클롭스의 거구를 뛰어넘을 정도로 확장하며 뒤덮은 것이다.

『내 〈밍글 퓨전〉이 SB와 융합하는 술식이라는 것은 알고 있었잖아 이렇게 될 거라고는 생각 못 했냐? 뭐 좋아 그래서 어떻게 할 거지? 응? 항복하고 신기를 넘길 거냐? 계속할 거라면 그래도 상관없지만 먼저 귀인가 그래 귀를 뜯고 다음엔 눈을 파버리자 그 뒤에는 양다리를 부러트리거나 팔을 꺾어 주마 언제까지 견딜 수 있을지 기대되는 걸 HA하하하HAHA하하하!』

어디에서 나오고 있는지 알 수 없는, 이젠 더는 듣고 있기가 힘든 욕설에 귀를 막고 싶어졌다. 사이클롭스를 집어삼켜서 한층 더 커진 그것은 틀림없이 사악함 그 자체였다.

하지만 그때, 로제 씨의 호박색 눈동자에는 절망은커녕 실망도 체념도 보이지 않았다.

눈을 크게 뜨고 결연하게 시글로스를 응시하는 얼굴에는 그저 순수한 전의만이 있었다.

어쩌면 사이클롭스를 빼앗긴 것도 로제 씨가 상정한 범위 내일지도 몰랐다.

"〈오버 드라이브〉——."

로제 씨가 나직하게 그 기동 음성을 중얼거렸다.

그렇다, 시글로스가 신기를 가지고 있다지만 로제 씨 또한 '신기 보유자[세이크리드 캐리어]' 중 한 사람이었다. 시글로스의 '융합[유니온]'에 맞서 로제 씨가 가지고 있는 것은 '초력(超力)[액셀]'의 신기.

그 미지수의 힘이 지금 현현했다.

로제 씨의 사지에 장착된 〈열쇄아〉에서 눈부실 정도의 섬광이 생겨났다. 쥐어짠 말라카이트 그린색 빛이 사방팔방으로 퍼지며 주위를 비추었다.

로제 씨가 허리를 숙이며 뭔가 격투가 특유의 자세를 취했다. 앞으로 내뻗은 양손을 마주하며 갈고리발톱 형상을 취하고 있었다. 보이지 않는 공을 들고 있는 듯한 손의 형태. 그 손을 살짝 열자 어딘가 용의 턱을 모방한 듯한 자세가 되었다. 빛이 강해지고 크기도 커진 〈열쇄아〉도 그 광경에 한몫하고 있었다.

『아앙――?』

알 수 없는 행동에 시글로스도 의문의 목소리를 냈다. 놀랍게도 그 시점에서 녀석의 형태 또한 격변해 있었다. 집어삼킨 사이클롭스의 흑금색 몸에, 순백의 털에 뒤덮인 우락부락한 두 다리. 왼팔 팔꿈치 아래는 거대한 거북이의 등껍질로 변화해 있었고 유일하게 멀쩡해 보이는 오른팔로는 청동색 모닝스타를 쥐고 있었다. 머리는 놀랍게도 페리톤이었고 사슴 머리에서는 사납게 생긴 뿔 두 개가 나 있었다. 그리고 등에는 마찬가지로 페리톤의 것으로 보이는 커다란 날개.

키가 4메르틀을 넘는, 역시 말도 안 되게 뒤죽박죽인 형태의 키메라 SB. 그런 괴물을 향해서,

"〈천굉뇌신――"

로제 씨는 눈에 보이지 않는 밧줄을 잡아당기는 것처럼 허리를 돌려서 양팔을 오른쪽 옆구리까지 끌어당겼다. 사지의 〈열쇄아〉가 액체처럼 흐르며 손바닥 안으로 모여들었다. 용수철처럼 몸을 휘며 힘을 담아서 단숨에――.

"――아수포(牙獸砲)〉!"

발사했다.

다음 순간, 압축된 포톤 블러드가 한 줄기 섬광으로 변했다.

우렛소리가 울려 퍼지며 맹렬한 빛이 대기를 꿰뚫었다.

한순간이었다. 성인 어른 한 명을 통째로 집어삼킬 정도의 광

선은 똑바로 키메라 SB의 동체 중앙을 관통하고 그대로 푸른 하늘에 빨려 들어가는 것처럼 사라졌다.

갑작스럽게 찾아온 정적. 남아 있는 것은 몸 한가운데에 거대한 바람구멍이 뚫린 시글로스 뿐이었다.

끝났다. 난 그렇게 생각했다. 아무리 변신하고 있다 해도 저 몸이 시글로스의 육체라면 완벽하게 심장이 소멸했을 것이다. 틀림없이 치명상이었다.

그런데.

『……크크크크하크하하하하하아하하하하하하하하하하!』

시글로스의 사슴 머리가 아무 일도 없었다는 것처럼 어깨를 떨며 웃기 시작했다. 그뿐만 아니라 가슴에 뚫린 구멍이 갈색의 짐승 털로 메워졌다. 또 다른 SB의 파츠로 상처를 수복하고 있는 것이다.

——그럴 수가? 통하지 않았다고……!? 방금 그 공격을 받고 아무렇지도 않다는 건가……!?

내가 느낀 절망은 로제 씨가 느낀 감정과 마찬가지였을 것이다. 아무리 로제 씨라도 놀람을 숨기지 못하고 아연해 하고 있었다. 일격으로 숨통을 끊어 놓지 못한 것보다도 시글로스가 전혀 대미지를 입지 않은 쪽이 충격적이었다.

『아~ 응응 알겠어 알겠어 내 코어라고 할까 컴포넌트를 부수면 어떻게든 될 거라고 생각한 거지? 아니아니 틀리지 않았어 올바른 판단이었어 하지만 말이지?』

전자음이 섞인 귀에 거슬리는 목소리가 그럼에도 불쾌하고 끈적끈적하게 이리 말했다.

『나도 신기의 사용법은 진보하고 있단 말이지 아니 그보다 지금의 나를 구성하는 컴포넌트가 꼭 한 개뿐일 리가 없다는 거지 으으응?』

SB의 본체는 정보구현화 컴포넌트다. 어떠한 SB라도, 설령 게이트 키퍼라도 예외 없이 육체의 어딘가에 핵으로서 컴포넌트를 가지고 있었다.

시글로스는 아무래도 〈밍글 퓨전〉의 술식으로 SB와 일체화하고 있는 모양이었다. 즉, 핵인 컴포넌트를 육체의 어딘가에 숨기고 있는 것이다. 로제 씨는 그 컴포넌트가 가슴에 있다고 간파하고 파괴했다. 하지만 시글로스의 말대로라면 녀석의 핵은 한 개가 아니라 여러 개. 즉.

"몸 안에 있는 컴포넌트를 전부 부수지 않으면 쓰러트리지 못한다고……?"

자신도 모르게 나는 그 말을 입 밖으로 내고 말았다.

――대체 몇 개지? 이제까지 몇 종류가 나왔지? 얼마나 더 숨기고 있는 거지?

저 녀석은 몇 번을 죽여야 죽는 거야――!?

이제 와서야 비로소 로제 씨가 헤라클레스의 컴포넌트를 원하던 이유를 이해했다.

이 남자는, 시글로스는 규격 외다. 상식을 넘어선 괴물이었다. 육체적으로도 정신적으로도 괴물인 녀석에게 대항하기 위해서는 비슷할 정도로 파격적인 힘이 필요했던 것이다.

『그나저나 슬슬 내 턴이지, 롤트린제? 너무 빨리 죽어 버려도 재미없으니까 가능한 한 좋은 목소리로 울어 달라고 하HA하하하하HA!』

추악한 괴물이 오른손의 모닝스타를 철그럭거리며 움직였다.

로제 씨에게 헤라클레스의 컴포넌트를 건네줘야 하는데—— 그렇게 생각했지만 틈이 전혀 보이지 않았다. 눈앞에서 전개되고 있는 전투는 쉽게 끼어들 수 있을 만큼 어설프지 않았다.

소리를 내는 네 개의 사슬과, 그 사슬의 이중나선 안에 있는 보이지 않는 역장. 고속으로 움직이는 그 무기의 틈을 〈열쇄아〉로 무장한 로제 씨가 빠져나가며 권격, 발차기, 격투 술식을 때려 넣었다.

눈으로 쫓는 것이 고작일 정도의 고속 전투.

요격하는 시글로스는 오른손의 모닝스타를 강풍과 함께 휘두르며 거대한 철구로 파괴의 폭풍을 일으켰다. 여파에 맞은 건물이 부서지고 무너졌다. 거기에 더해 왼팔의 거북이 등껍질을 케르베로스의 세 머리로 바꿔서 화염, 냉기, 전격을 쏘기 시작했다.

이젠 엉망진창이다.

내가 알고 있는 대인 전투의 상식을 아득히 뛰어넘고 있었다. 하지만 이대로는 로제 씨에게 승산이 없었다. 어떻게든 해서 헤라클레스를 건네줘야 하는데——.

"아아아아아아아아아아아아아!!"

증오의 감정을 드러낸 목소리가 로제 씨의 목에서 뿜어져 나왔다. 공중에서 빙글빙글 세로로 회전하자 등의 사슬도 나선을 그리며 주위를 파괴했다. 흩뿌려지는 잔해의 빗속을 탄환처럼 뚫고 나가며 로제 씨는 〈열쇄아〉로 시글로스의 다리를 노렸다.

하지만 로제 씨의 공격은 읽히고 있었다. 시글로스는 축구공이라도 차는 듯한 움직임으로 반격했다.

"윽——!?"

로제 씨는 반사적으로 길바닥을 박차고 왼쪽으로 뛰어서 그 공격을 아슬아슬하게 회피했다. 하지만 다음 순간에 노리고 있었다는 것처럼 바로 위에서 모닝스타의 일격이,

"위험해!"

"——!!"

자신도 모르게 외치자 로제 씨는 머리 위로 양팔을 교차했다. 그 팔에 가시가 박힌 철구가 작렬한다.

"크——윽……!?"

양발이 땅바닥에 파고들어 갔지만 로제 씨는 견뎠다. 견뎌 냈다.

하지만 거기에 조금 전에 회피했던 시글로스의 다리가 진자처럼 돌아왔다. 해머 같은 발뒤꿈치가 로제 씨의 옆구리에 꽂혔다.

"컥……!?"

로제 씨의 목에서 숨이 새어 나오며 몸이 교통사고를 당한 듯한 기세로 날아갔다.

"로제 씨!?"

이때만큼은 반사적으로 몸이 움직였다. 지원 술식의 효과를 캔슬하지 않았기 때문에 난 평소의 32배 속도로 허공을 날아가는 로제 씨를 쫓았다. 〈실리 워크〉로 대기를 박차며 일직선으로.

"이, 익——!"

어떻게든 공중에서 남색의 배틀 드레스를 입은 로제 씨를 받

아냈지만 관성을 죽이지 못하고 나도 바로 근처의 건물까지 날아갔다. 충돌의 순간에 건물 쪽으로 등을 향하며 〈스큐텀〉을 다섯 장 중첩해서 발동. 등에 술식 실드를 전개해서 충격을 조금이라도 줄이려고 했다.

그대로 옷 가게 같은 건물의 2층 부분에 격돌했다.

"크악!"

방어력을 올려 뒀다고는 해도 상당한 충격이었다. 벽이 금 가는 소리가 등으로 전해져 왔다.

"아, 야야야야…… 괘, 괜찮으세요, 로제 씨!?"

타격의 아픔에 신음 소리를 낼 여유도 있어서 난 로제 씨의 안부를 물었다. 내 팔에 안긴 자세가 된 로제 씨는 눈을 깜빡이며 내 얼굴을 올려다보고 있었다.

"라, 라그, 씨……? 어째서……? 쿨럭……!"

로제 씨가 각혈을 했다. 호흡도 느릿했다. 갈비뼈가 부러진 것일지도 모른다. 난 곧바로 스토리지에서 스위치를 꺼내서 로제 씨의 얼굴 앞으로 내밀었다.

"로제 씨! 〈힐〉을 걸게요! 저와 콤비가 되어 주세요!"

"예……? 하지만……."

"됐으니까! 빨리!"

강압적인 말투로 외치며 반쯤 강제로 로제 씨의 손을 잡고 스위치를 만지게 했다. 그 순간 나와 로제 씨의 공통 프로토콜이 생성되며 우리 둘의 'SEAL'이 링크되었다.

곧바로 회복 술식 〈힐〉을 발동한다. 〈힐〉에 의한 회복량은 받는 상대의 체력에 의존하는 부분이 크지만 로제 씨라면 금방 상

처가 나을 것이다.

"너무 무리하시잖아요, 로제 씨……. 혼자 뛰쳐나가서 저런 거랑 싸우다니……."

불평하는 나에게 로제 씨는 신기한 생물을 보는 듯한 시선을 보내왔다. 숨을 헐떡이면서,

"혹시…… 찾으러, 와 주신…… 건가요……? 저를……?"

"당연하죠!"

조금 울컥해서 무심코 큰 목소리를 내고 말았다.

"적당히 해 주세요! 우리는 이제 동료라고 했잖아요! 갑자기 사라지면 걱정도 하고 찾으러 오기도 한다고요! 이상한 고집을 부리는 것도 적당히——."

난 마지막까지 말하지 못하고 느려지다가 말을 멈추고 말았다. 왜냐하면 로제 씨의 두 눈에서 눈물이 주르르 흘러내렸기 때문이다. 마치 망가진 수도꼭지처럼.

"으엑!? 왜, 왜 그러세요, 로제 씨!? 아, 아프세요?! 죄, 죄송해요, 〈힐〉을 더——."

"아니에요. 아프지 않아요."

정말로 그렇지 않은 듯, 또렷한 목소리로 로제 씨는 그렇게 대답했다. 옆구리의 상처는 순조롭게 회복되고 있는 모양이었다.

로제 씨는 전투 재킷의 소매로 눈가를 비비며 눈물을 닦았다.

"죄송합니다. 조금 감정의 끈이 느슨해져서. 마음대로 물이 나왔어요."

"마음대로 물이 나온다니……."

새빨간 눈으로 고집스럽게 눈물이 아니라고 주장하는 로제 씨

를 보고 할 말을 잃었다. 이 사람 정말로 뼛속부터 고집쟁이구나. 어쩌면 눈에 띄지 않을 뿐 고집은 하누나 비리 씨에게 필적할지도 모른다.

"그나저나 라그 씨."

"예, 예?"

"전 딱히 상관없지만 이 상태를 소룡희가 본다면 괜한 오해를 사게 되는 건 아닐까요?"

"예?"

듣고 나서 깨달았다.

나와 로제 씨의 얼굴이 엄청나게 가까웠다. 로제 씨를 받아냈을 때, 벽에 충돌한 기세로 서로의 몸이 밀착하고 말았던 것이다. 조금만 더 가면 입술이 닿아도 이상하지 않을 거리였다.

"으악!? 죄, 죄죄죄죄송해요!"

허둥지둥 양손을 떼자 로제 씨는 내 팔 안에서 쑥 빠져나와서 고양이처럼 가볍게 바로 앞의 땅바닥에 착지했다. 나도 〈실리워크〉를 해제하고 옆에 내려섰다.

우리가 있는 위치는 로제 씨와 시글로스가 싸우고 있던 장소에서 50메르틀 정도 떨어져 있었다.

키메라 SB는 이쪽을 향해서 약 올리는 것처럼 느긋하게 걸어오고 있었다. 언동을 보아 시글로스에게 있어서 이것은 전투마저도 아니고, 그저 로제 씨와 놀고 있는 것이겠지. 그래서 녀석은 서두르지 않았다. 무엇보다도 자신의 승리를 확신하고 있기 때문에.

한 발짝 앞으로 나선 로제 씨가 돌아보지 않고 말했다.

"도와주셔서 감사합니다. 하지만 저 남자는 제 먹잇감입니다. 도와주실 필요는——."

"없다는 거죠?"

"——?"

내가 뒷말을 먼저 말하자 로제 씨는 놀라서 어깨너머로 돌아보았다. 난 고개를 한 번 끄덕이고는,

"알고 있어요. 아버지의 원수인 거죠? 도움은 필요 없겠죠."

"…………."

"하지만…… 이것만큼은 받아 주세요. 필요할 거예요."

난 말없이 이쪽을 돌아보고 있는 로제 씨에게 다가가서 그 손을 잡았다.

"——! 이것은……."

접촉 회선으로 데이터를 건네받은 로제 씨의 안색이 눈에 띄게 변했다. 아까 본인이 말한 것처럼 감정의 끈이 느슨해진 것일까. 표정의 변화가 꽤 알기 쉽게 변해 있었다.

"싫으신가요? 그럼 전 클러스터의 룰에 따라서 도울 거예요. 그게 싫다면 받아주세요."

내가 한 말이지만 비겁한 말투라고 생각하면서 로제 씨의 손을 놓았다. 로제 씨는 데이터를 건네받은 손을 잠시 빤히 바라보았다. 호박색의 눈동자는 망설임으로 흔들리고 있었다. 하지만.

결의와 함께 입술을 굳게 다물며 똑바로 이쪽을 보고 고개를 깊숙이 숙였다.

"감사합니다. 이 은혜는 반드시 갚겠습니다."

"아, 아뇨, 신경 안 쓰셔도 돼요! 우린 동료니까요."

양손을 파닥파닥 흔들며 로제 씨의 거창한 인사를 완곡하게 사양했다.

고개를 들은 로제 씨는 올곧은 눈으로 나를 보았다.

"보고 있어 주세요, 라그 씨. 반드시 저 남자를 쓰러트려서 모든 원흉을 끊어 보이겠어요. 라그 씨가 꼭 봐주셨으면 합니다."

그렇게 선언하고 나서 로제 씨는 다시 등을 돌렸다. 다시 아버지의 원수와 대치하는 그 등에서는 손으로 만질 수 있을 것만 같은 농밀한 전의가 피어오르고 있었다. 당연하지만 정말로 마지막까지 바라보고 있기만 할 생각은 털끝만큼도 없다. 만약 로제 씨가 또다시 위험한 상황에 처한다면 무슨 일이 있더라도 반드시 도울 생각이었다.

하지만 다음에 본 광경은 내 도움 따윈 필요 없는 것은 아닐까 하고 생각할 정도로 박력으로 가득했다.

로제 씨가 건네받은 컴포넌트를 스토리지에서 구현화시켰다.

아무것도 없는 허공에 갑자기 그것이 나타났다.

지금의 시글로스와 거의 비슷한 크기인 4메르틀에 달하는 너무나도 거대한 컴포넌트.

헤라클레스의 혼.

"〈리사이클〉."

로제 씨는 허공에 뜬 컴포넌트를 향해 사역 술식을 발동했다. 하지만 게이트 키퍼의 컴포넌트는 재생할 조짐을 보이지 않았다.

"〈오버 드라이브〉."

거기에 로제 씨가 오리지널 술식——예상으로는 신기 유래의 술식——의 기동 음성을 발했다.

화악, 하고 거대 컴포넌트가 그 빛을 조금 강하게 했다. 하지만 아직 부족한지 조금도 구현화될 조짐이 없었다. 그렇기 때문이겠지.

" 세계를 수호하는 청아한 정령이여 나의 마음에 응하라 "

로제 씨의 목에서 신비한 울림이 생겨났다.

"——!?"

깜짝 놀랐다. 평소의 버릇대로 소리를 낼 뻔해서 황급히 입가를 양손으로 가렸다.

언령. 하누가 쓰는 것과 같은, 캐시 메모리를 사용하지 않는 오래된 술식 기동 방법. 어떠한 이유인지 로제 씨가 그 언령을 자아내기 시작한 것이다.

" 그대는 금기의 힘 그대는 봉인된 힘 "

공기가 술렁거리며 애쉬그레이의 머리카락이 살아 있는 뱀처럼 움직였다. 조금씩 바람이 불기 시작했다.

알 수 없는 힘이 로제 씨의 몸에 모여들었다.

" 내 신기의 이름으로 지금 이곳에서 맹세한다 "

컴포넌트의 빛이 급격하게 강해지며 라디오 노이즈 같은 소리가 발밑에서 솟아올랐다.

" 나와 그대가 마음과 힘을 하나로 해서 모든 적에게 파멸을 줄 것을 "

소리와 바람이 강해지고 마침내 땅바닥에서 흙먼지가 피어올랐다. 나는 바야흐로 직시하지 못할 정도가 된 거대 컴포넌트의 빛을 견디지 못하고 손으로 얼굴 앞을 가렸다.

격렬한 목소리가 울려 퍼졌다.

" 눈을 뜨라 "

드높고 강하게.

" 그대의 진명 〈허큘리스〉 "

빛이, 폭발했다.

●5 반격의 날개, 하늘에 피는 꽃

"비전투원의 피난 완료를 확인했습니다. 여덟 군데 용혈의 포위망에도 빈틈은 없습니다. 단장님, 언제든지 시작하셔도 괜찮습니다."

"잘해 줬어, 카렐렌."

자신의 오른팔인 '푸른 홍염의 기사단'의 부단장 카렐렌 올스테드에게서 보고를 받은 비리는 잠시 동안 눈을 감고 묵념했다.

전투가 시작되고 나서 이미 한 시간 이상이 경과해 있었다. 그동안 얼마나 많은 희생자가 나왔을지. 플로트라이즈는 인구 400만의 대도시다. 그 도시 안에 나타난 SB의 무리는 노도와 같은 기세로 주민들을 덮쳤다. 적어도 희생자의 수는 결코 만 명 아래가 아닐 것이다.

전투에 참가해 준 사람들은 잘해 주었다고 생각한다. 자신의 단원들이라서가 아니라 이 정도로 단시간에 여기까지 사태를 수습할 수 있었던 것은 전적으로 그들의 우수함과 노력 덕분이겠지. 이 이상의 전과는 바랄 수 없을 것이다. 훌륭한 결과다——. 그렇게 말해도 과언은 아니었다.

하지만 그래도.

비리는 현재 상황에 만족하고 있지 않았다. 아니, 만족할 수 있을 리가 없었다.

전투원도, 비전투원도, 사라진 목숨은 수없이 많았다. 좀 더 도울 수 있었을 것이다. 구할 수 있었을 것이다.

지금보다도 강하고 현명했다면 희생자의 숫자는 줄일 수 있었을 것이다.

그렇기에 우쭐대선 안 된다. 이것은 최선의 결과가 아니다.

자신들은 그 사실을 가슴에 새겨두어야만 했다.

“————.”

비리는 눈을 떴다. 심홍색의 두 눈에 전장의 광경이 비쳤다.

——하지만 여기까지다. 이 이상의 희생은 절대로 허락하지 않는다. 여기서부터는 결단코 누구도 죽게 두지 않겠다.

자신이 그렇게 하지 않을 것이다.

“전원, 후퇴해. 내가 나설 거야.”

결의를 가슴에 품은 비리는 지시를 내림과 동시에 앞으로 나섰다.

“여기서부터는 전력으로 갈 거야. 모두, 말려들지 않도록 후방에서 대기하며 포위망 유지에 전력을 쏟아 줘.”

포위망 전체에 전해진 그 명령에 비리 휘하의 단원들은 이구동성으로 답하며 따랐다.

명령은 곧장 실행되었다. 비리는 혼자서 적진 한가운데에 남겨진 형태가 되었다.

아직 그녀의 〈블레이징 포스〉는 해제되어 있지 않았다. 푸르게 흔들리는 화염이 ‘검의 규수’의 전신을 오러처럼 뒤덮고 있었다.

『PPPPPYYYYYRRRRRRYYYYYYY!』

『GGGGOOOOOOOAAAAAAA!』

『UUUUUURRRRRRRYYYYYYYYYYYYY!!』

포위 부대 안에서 돌출되어 고립된 것처럼 보이는 비리에게 정면에 위치한 SB들이 그 알고리즘에 따라서 공격 태세에 들어갔다.

비리는 걸으며 양손에 쥔 두 개의 검을 아무렇게나 휘둘렀다.

『PPPPRRR——.』

벤다.

『GGGGOOOOO——.』

벤다.

차원을 재단하는 것 같은 은섬이 푸른 불꽃을 끌며 내달렸고 검로에 있던 것을 빠짐없이 양단했다.

『UUUUURRRRRYYYY——.』

너무나도 예리한 참격에 의해 내구력을 잃은 SB가 활동 정지했지만 비리는 걸음을 멈추지 않았다.

조금씩 걷는 속도를 빠르게 하면서 두 개의 검으로 홍염(프로미넌스) 같은 검광을 휘두르며 SB를 베면서 안쪽으로 향한다.

오른쪽. 왼쪽. 오른쪽. 빙글 턴. 왼쪽. 왼쪽. 오른쪽. 빙글 턴. 움직임에 따라 금색 포니테일이 용처럼 약동했다.

포효를 지르며 덮쳐 오는 괴물들을 계속해서 베어 넘긴다. 혼자서 포위망의 중앙—— 용혈을 향해서 비리는 진군해 갔다.

왼쪽. 정면. 왼쪽. 오른쪽. 턴. 오른쪽. 정면. 위. 공중제비. 긴 포니테일이 아름다운 원을 그렸다.

운명을 맞이한 것처럼 SB가 잇따라서 활동 정지되었다. 마치 절세의 미녀와 춤을 추고 사라지는 동화 속의 요정처럼.

이윽고 걷는 다리에 속도가 붙으며 비리는 달리고 있었다. 검광과 창염이 무늬를 그리며 벗어날 수 없는 우리를 만들었다. SB의 무리에 깊고 깊은 구멍을 뚫어 나간다. 그렇게 포위진에서 충분한 거리가 생겼을 때,

"하앗——!"

갑자기 비리가 양손에 쥔 검을 크게 휘둘러 올리고 나서——던졌다.

"핫——!"

오른쪽, 왼쪽으로 연속 투척. 비리가 향하는 길 앞에 있는 다곤과 레드 오거에게, 각각 불꽃을 두른 칼날이 포탄 같은 기세로 꽂혔다. 하지만 꽂혔을 쯤에는 'SEAL'의 스토리지에서 새로운 검 두 자루가 그녀의 손에 구현화되어 있었다.

"하아아앗——!"

하지만 비리는 그 검도 던졌다. 이번에는 좌우로, 빛의 화살처럼.

그녀의 이름은 빅토리아 판 프레데릭스. 이름 높은 '검성' 월하르트의 딸. 그 별칭은 '검의 규수'. 검의 왕에게 선택받은 여인이 소유한 검이 다섯 자루 정도일 리가 없었다.

비리는 걸음을 멈추지 않고 또다시 자신의 스토리지에 격납되어 있는 무기를 구현화했다.

"아아아아아아아아아아아아아아아아아아아아아아아——!"

허공에 잇따라서 나타난 검을 비리는 전방위를 향해서 질리지

도 않고 계속 던졌다.

찢어지는 포효와 비명. 그 소리 속에서 춤추는 것처럼 칼날의 산탄을 뿌리며 비리는 전진했다.

던진 검의 숫자가 100자루를 넘었을 때, 푸른 검 한 자루가 그 손 안에 나타났다.

그 검이야말로 그녀의 애검── '리바딘' 이었다.

'빛나는 불꽃의 검' 이라 이름 붙여진 명검의 칼자루를 강하게 쥐며 비리는 걸음을 멈췄다.

──단순한 위력과 범위로는 소룡희에게 크게 못 미치지만 나에겐 나만의 전법이 있어!

비리의 피부 위를 아이스블루의 빛이 빠르게 내달리며 'SEAL' 의 기하학 문양을 그렸다.

부드러운 등에서 비리의 키와 비슷할 정도의 술식 아이콘이 떠올랐다.

그 디자인은 무수한 기사가 검을 받쳐 들고 있는 모습이었다.

그 순간 비리를 뒤덮고 있던 〈블레이징 포스〉의 창염이 기세를 키웠다. 질량을 가진 화염이 검의 간격을 넘어서 퍼지며 누구도 다가갈 수 없는 절대적인 포위망을 구축했다.

그에 맞춰서 거대한 불꽃 덩어리가 된 〈블레이징 포스〉에서 불타는 실 몇 개가 뻗어 나왔다. 그 실의 개수는 순식간에 늘어나서 이윽고 백을 훌쩍 넘는 불의 실이 조금 전에 투척한 모든 검과 이어졌다. 아니, 애초에 던지기 전부터 접속되어 있었다. 불길이 강해져서 그 연결이 보이게 된 것에 불과했다.

비리가 던진 검은 총 128자루. 지금 그 전부가 비리라는 화염을 중심으로 같은 개수의 실을 통해서 이어져 있었다.

이것이야말로 비리의 진정한 힘 중 하나. 수많은 적을 상대할 때의 비장의 수. 그 이름도——.

“〈노블 프로미넌스 나이츠〉!”

청아한 기동 음성이 대기를 가르자 술식이 발동했다.

동시에 모든 검이 세차게 타오르는 푸른 불꽃에 뒤덮였다.

비리의 몸에 숨겨진 ‘신기’의 속성은 ‘실재(實在)[이그지스트]’.

확고한 형태를 가지고 있지 않은 현상에 확고한 존재를 부여하는 신기. 화염에 질량을 부여하는 것이 가능한 이 힘은, 그중에서도 ‘검성’인 아버지에게서 물려받은 〈블레이징 포스〉와 상성이 좋았다.

128개의 검을 감싼 불꽃이 기세 좋게 부풀어 오르며 각각 고유한 형태를 취했다.

그 형태는 크게 나눠서 두 가지. 하나는 기사 갑옷을 걸친 인간 형태. 비리가 던진 검을 그대로 손에 들고 자세를 취했다. 또 다른 하나는 불꽃의 날개를 펼친 새. 검을 핵으로 품고 꼬리 날개에서 버니어 슬러스터처럼 화염을 분출하며 하늘을 날았다.

이것이야말로 비리의 신기를 이용한 비장의 술식——〈노블 프로미넌스 나이츠〉.

‘푸른 홍염의 기사단’이란 비리를 단장, 카렐렌을 부단장으로 하는 익스플로러 집단을 가리킴과 동시에 빅토리아 판 프레데릭스 그 자체를 가리키는 명칭이기도 했다.

그렇다. 그녀가 창설한 클러스터가 '푸른 홍염의 기사단'이 아니었다.

그녀가 **서 있는 장소**야말로 '푸른 홍염의 기사단'인 것이다.

비리는 온몸에서 푸른 맹화를 발하며 리바딘을 날카롭게 내리치면서 검 끝으로 SB의 무리—— 그 안쪽에 있을 용혈을 겨누었다. 낭랑한 목소리로 드높게 명령한다.

"섬멸하라!"

64명의 기사(나이트)와 64마리의 새(피닉스)가 소리도 없이 움직였다.

그 속도는 질풍신뢰. '적성 대상을 공격하라'는 SB와 같은 알고리즘을 부여받은 기사단이 그야말로 불타오르는 화염처럼 진격했다.

『GGGGGGGOOOOOOOOOOWWWWWW!!』

SB도 화염의 기사단을 적성 대상으로 보고 흥분했다.

괴물의 무리와 화염의 군세가 격돌했다.

보기에는 〈코어 리사이클〉과 많이 닮은 〈노블 프로미넌스 나이츠〉였지만 다른 점은 많았다.

먼저 전투력이 달랐다.

화염 기사의 성능은 술자인 비리를 기준으로 했다. 즉, 그 뛰어난 검기는 비리의 검기와 같은 것이었다. 조금 전에 비리가 피로한 유성우와 같은 검격을 푸른 기사들은 그대로 재현했다. 또, 창염으로 만들어진 그들의 몸은 쇠퇴하지 않았다. 계속 타오르는 한, 끝없이 싸웠다.

불새는 그 특성을 살려서 고속으로 하늘을 날며 몸으로 SB를 공격했다. 속도와 중량에 의한 질량 공격만이 아니라 그 몸에

담긴 열도 무기였다. 말하자면 불꽃을 두른 검이 자율적으로 행동하며 하늘을 날고 있는 것이다. 그 속도가 탄환과 같아서 막을 수 있는 자는 존재하지 않았다.

푸른 화염의 군세가 그야말로 불타오르는 열화처럼 육박해 오는 적을 섬멸하며 진군했다.

압도적인 제압력을 가진 이 술식의 난점은 〈코어 리사이클〉과 마찬가지로 피아의 판별을 하지 못한다는 것이다. 특히 〈노블 프로미넌스 나이츠〉에는 암호 코드 같은 것도 존재하지 않기 때문에 주위에 아군이 있는 상황에서는 절대로 사용하지 못했다. 그 때문에 활용할 수 있는 상황은 한정되었다.

하지만 반대로 말하자면, 한번 해방하면 누구도 막지 못하는 무적의 군단이 탄생한다는 것이었다.

"〈플레임 텅〉."

비리는 거기에 술식을 추가했다. 〈블레이징 포스〉에서 파생되는 술식 중 하나다. 실체를 가진 불꽃을 검에 두르고, 그 도신을 세 배 이상 연장시키는 술식.

술식의 효과가 발생하는 것은 비리가 쥐고 있는 리바딘만이 아니었다. 불꽃의 실로 이어져 있는 〈노블 프로미넌스 나이츠〉에게도 마찬가지의 힘이 부여된다.

기사는 그 손에 쥔 검을 불꽃으로 연장했고 하늘을 나는 새는 날개를 확대시켰다.

여기까지 오면 이젠 거창한 기술 따윈 필요 없었다. 단순하게 힘으로 눌러도 결판이 난다. 하지만 힘에 빠져 오만해지는 것을 검의 규수는 용납하지 않았다.

비리는 불꽃과 동화한 것처럼 보이는 푸른 리바딘으로 찌르기 자세를 취했다. 이어지는 검 술식을 발동하는 순간, 그녀의 뇌리에 한 소년의 모습이 스쳐 지나갔는지 어떤지는 알 수 없다.

"〈드릴 브레이크〉——!"

검 술식의 기본, 돌진계의 공격 술식.

〈플레임 텅〉에 의해 연장된 리바딘이, 마찬가지로 화염 기사의 검이, 그리고 불새의 온몸이 각각 아이스블루의 포톤 블러드로 형성된 거대한 드릴을 둘렀다.

기본적인 기술이지만, 바로 그렇기에 숙련된 검사에 의한 그 공격은 절기(絕技)로 변했다.

"하아아아아아아아아아아아아아아아——!!"

비리의 분홍색 입술에서 날카로운 기합이 뿜어져 나왔다. 백을 넘는 〈드릴 브레이크〉가 일제히 발동했다.

창염이 나선을 그리는 광경은 마치 무수한 꽃봉오리가 피어나는 모습과도 닮아 있었다.

미쳐 날뛴다.

거대한 라이플 탄환이 된 비리는 노도와 같은 기세로 SB의 군세를 꿰뚫고 감속하는 일 없이 돌진했다.

질풍신뢰처럼 적진을 꿰뚫는 푸른 불꽃의 화살. 그 화살은 눈 깜짝할 사이에 포위망의 중심부에 도달했다.

——찾았다!

겨우 도착한 SB의 발생원—— 용혈(볼텍스). 수많은 SB의 틈 사이로 보이는 그곳에는 지름 2메르틀 정도의 아이콘이 지면에 펼쳐져 있었다. 그리고 그 위에는 올리브그린색 군복처럼 보이는 실루엣이 있었다. 틀림없다. '볼크링 서커스' —— 이 용혈에서 발동된 〈코어 리사이클〉의 술자다.

"뭣——!?"

1초에 두 마리 페이스로 현현하는 각양각색의 SB에 둘러싸여 있던 남자가 두터운 포진을 종이처럼 뚫고 육박해 오는 비리를 깨달았다. 바로 전까지만 해도 여유로운 웃음을 짓고 있던 그 표정이 경악으로 물들었다.

이 녀석이 원흉의 하나. 수많은 목숨을 빼앗은 용서하지 못할 대역죄인.

——편히 죽을 수 있을 거라고 생각하지 마.

이때 심홍의 눈동자는 얼음보다도 차갑게 창염을 반사했다.

〈드릴 브레이크〉의 끝이 남자에게 닿기 직전에 비리는 술식을 캔슬. 등에서 분출하고 있던 포톤 블러드의 기세는 그대로 두고 새롭게 공격 술식을 발동했다.

"〈피닉스 레이브〉——!"

비리의 몸을 두른 〈블레이징 포스〉의 불길이 맹렬하게 치솟고 폭발적인 바람을 일으키면서 불사조의 형태로 변화했다.

다음 순간 태양 플레어와도 닮은 참격의 폭풍이 불었다.

"하아아아아아아아아아아아아아!!"

〈플레임 텅〉에 의해 평소 크기의 세 배까지 연장된 리바딘이 눈으로 포착할 수 없는 속도로 종횡무진 내달렸다.

"윽——?!"

남자의 얼굴이 공포로 일그러지며 온몸이 석상처럼 굳었다.

잔상이 겹쳐서 보일 정도로 신속한 검광은, 하지만 술자를 깨끗하게 피해서 지나갔다.

비리가 벤 것은 녀석의 주변에 있던 SB뿐이었다. 셀 수 없을 정도의 공격이 한순간에 남자를 둘러싸고 있던 모든 SB를 통째로 소멸시켰다.

"————!? 뭐, 뭐——!?"

〈플레임 텅〉에 의한 화염 폭풍이 지나가고 나서 컴포넌트가 비리의 'SEAL'로 흡수된 뒤에 그곳에 남아 있던 것은 모든 것이 벗겨진 테러리스트 남자뿐이었다.

갑작스럽게 반경 5메르틀 정도의 '공백지대'에 내던져진 남자는 크게 당황하여 허둥지둥 고개를 돌리며 시선으로 도움을 청했다. 물론 도움을 줄 수 있는 상대가 있을 리 없었다.

"뭘 하고 있는 거야?"

"히익——!"

커다란 불꽃의 검으로 변해 있는 리바딘의 검 끝을 정확하게 남자의 목에 들이대면서, 비리는 얼음덩어리가 스쳐 지나가는 듯한 목소리로 물었다. 그리고 검 끝을 흔들림 없이 겨누며 이렇게 말했다.

"빨리 술식을 해제해. 그렇지 않으면——."

심홍의 눈동자에서 얼음의 화살 같은 시선이 쏟아져서 남자의 가슴을 꿰뚫었다.

"살려 두는 게 귀찮아질지도 몰라."

"힉!?"

전기가 흐른 것처럼 남자의 몸이 떨린다 싶더니 땅바닥에 떠올라 있던 〈코어 리사이클〉의 아이콘이 소실되었고 그에 따라

새로운 SB의 재생도 정지되었다.

비리는 그 모습을 지켜보고 검을 약간 당겼다. 검 끝이 멀어지자마자 남자는 노골적으로 안도한 듯한 표정을 지었다. 하지만 다음 순간, 비리는 리바딘을 쥔 오른쪽 손목을 조금 비틀어 스냅을 줘서—— 검면으로 남자의 옆머리를 쳤다.

"억……!?"

관자놀이를 정확하게 얻어맞은 남자가 눈을 뒤집으며 그 자리에 쓰러졌다.

물론 죽이지는 않았다. 이 남자에게는 아직 이용 가치가 있다.

비리는 〈노블 프로미넌스 나이츠〉에 캔슬 커맨드를 보내서 화염 기사와 불새의 형태를 뭉개트렸다. 내버려 두면 자율 행동으로 남자를 죽일지도 모르기 때문이었다.

불꽃의 실을 통해서 이어져 있던 모든 검을 스토리지로 회수하고 남은 창염도 자신을 에워싸고 있는 화염으로 수속시킨다. 그러고 나서 'SEAL'의 통신 태스크를 불러내고,

"젤다, 이쪽은 정리되었어. 바로 와줘. 카렐렌에게 전해 줬으면 하는 것이 있어."

『알겠지 말입니다! 잠시만 기다려 주시지 말입니다!』

자신이 이끄는 나이츠의 멤버를 불러냈다. 마침 그 베오울프와 동년배인 소녀의 이름은 젤다 어섄들리. 스피드를 자랑하는 에스토크 펜서였다. 비리는 통신을 전환했다.

"카렐렌, 남쪽 용혈을 하나 부쉈어. 술자는 의식을 잃게 해서 젤다를 통해 보낼 테니까 그쪽에서 심문을 부탁해. 난 다음 용혈로 향할게."

『알겠습니다. 포로는 한 명으로 충분하겠죠. 나머지는 자유롭게 하시길.』

"말하지 않아도 그럴 거야."

솔직하게 말해선 발밑에서 실신해 있는 남자도 얼마나 목을 쳐날려 버리고 싶은지. 하지만 지금 상황에서 정보는 어떤 보석보다도 높은 가치를 지니고 있었다. 이 남자에게서 얻을 수 있는 정보로 한 사람이라도 많은 사람을 구할 수 있다면 감정에 맡겨서 죽이는 것은 어리석은 생각일 뿐이었다.

『그럼 그쪽 포위망의 총괄은 율리우스에게 위임하겠습니다. 이상.』

개인적인 감정보다도 이성을 우선한 비리에게, 이성과 합리성밖에 가지고 있지 않은 듯한 카렐렌이 일방적으로 통보하며 통신을 끊었다.

머지않아 비리 곁으로 네이비블루의 울프컷을 한 소녀가 달려왔다.

"오래 기다리셨지 말입니다, 단장 각하!"

위타천이 이럴까 싶은 속도로 나타난 젤다는 고지식하게 등줄기를 곧게 펴고 양다리를 모으며 오른쪽 주먹으로 가슴을 두드리는 경례를 했다. 머리 하나 작은 위치에서 비리를 올려다보는 페르시안 블루의 눈동자에는 경외의 감정이 흘러넘칠 정도로 가득했다. 비리는 끄덕이며 검 끝으로 남자를 가리켰다.

"거기에 누워 있는 남자를 카렐렌에게 연행해 줘. 신속하게."

평상시에는 여동생처럼 젤다를 귀여워하던 비리였지만 지금은 전투 중이었다. 딱딱한 태도로 말했다.

"이 사건의 중요 참고인이야. 좋든 나쁘든 정중하게."

"옙!"

강아지 같은 귀가 있다면 쫑긋쫑긋 움직이고 꼬리가 있다면 파닥파닥 흔들지 않았을까. 젤다는 기운찬 목소리로 대답하며 곧바로 명령대로 움직였다. 실이 끊어진 꼭두각시 인형처럼 쓰러져 있는 남자를 어깨에 휙 메고 또다시 비리를 향해서 경례했다.

"그럼 실례하겠지 말입니다!"

자신보다도 커다란 성인 남성을 메고 있으면서도 질풍처럼 달려 나간다. 발 빠른 소녀의 모습은 눈 깜짝할 사이에 보이지 않게 되었다.

이걸로 남은 것은 이 지역을 포위하고 있는 부대에게 SB의 소탕을 맡기는 것뿐이다.

비리는 'SEAL'의 맵 기능으로 가까운 용혈을 확인하고 다음 목표를 서구의 용혈로 정했다.

문득 하늘로 시선을 향하자 동쪽에 '무사 클라인'의 '붕계검(崩界劍)'으로 보이는 백은의 반짝임이 있었고, 동남쪽에서는 '라즈그리즈'의 '정령여왕(精靈女王)'으로 보이는 극광이 보였다. 그들 또한 지금쯤 용혈에 있는 술자와 대치하고 있을 때겠지.

지고 있을 수는 없다. 단순 계산으로 남은 용혈은 다섯. 방금 누구보다도 빠르게, 누구보다도 많은 전과를 올리고 더더욱 위를 바라보겠다고 맹세한 참이었다.

꾸물거리고 있을 여유는 없었다. 시간은 한정되어 있다.

그 몸을 두른 불사조(피닉스)의 날개를 펼치며 비리는 하늘 높이 도약했다.

겨우 용혈을 하나 공략했다.

첫 공훈을 세운 사람이 검의 규수 비리였다는 것은 카렐렌에게 있어서도 뜻밖의 행운이었다. 주모자인 '볼크링 서커스'의 멤버도 무사히 붙잡아서 젤다가 이쪽으로 이송 중이라고 한다. 이제 이쪽의 승리는 시간문제일 것이다. 하지만――.

"너무 모였군……."

사령부인 카렐렌은 머리 위를 올려다보며 조용히 중얼거렸다.

소룡희가 와 주었지만 그녀의 너무나도 강한 술력에 이끌려서인지 수많은 비행형 SB가 이 도청으로 모여들고 있었다. 지금도 여전히 옥상 가장자리에서는 익스플로러와 자경단의 혼성 부대가 배치되어 끊임없는 공격 술식의 화력으로 SB를 모조리 격퇴하고 있었다.

지금으로선 전선 유지에 문제는 없었다. 이 자리에 있는 사람들은 충분할 정도의 전과를 올리고 있었다.

" 모든 대기 속에 머무는 정령이여 내 부름에 응하라 "

그중에서도 소룡희의 힘은 돌출되어 있었다.

카렐렌과 함께 옥상에서 한 단 높은 위치―― 전망대에 선 그녀는 그 절대적인 술력으로 누구보다도 많은 SB를 소멸시키고 있었다.

" 삼라만상을 꿰뚫는 파마의 창으로 화하여 나의 적을 향해 빈틈없이 쏟아져 내려라 "

작은 몸의 피부를 제비꽃 색의 포톤 블러드가 내달리며 강한 빛을 발했다.

" 〈천검창아(天劍槍牙)〉 "

그 순간 하늘 전체가 제비꽃 색의 빛으로 가득 찼다. 그 정도로 강렬하고 거대한 술식 아이콘이 생겨난 것이다.

풍신이 숨을 들이마시는 것처럼 대기가 소룡희 아래로 수속되고—— 지향성을 가지고 튕겨 나간다.

흉포한 바람 칼날이 발사되었다.

파괴의 파동이 약 10메르틀 사방의 공간을 꿰뚫고 하늘 저편까지 날아갔다.

『GGGGGRRRRRRYYYYYY!!』

『KKKYYYYEEEEEEEEEAAAAA!!』

『PPPPPGGGGGGYYYYYAAAAA!!』

압축된 고체형 공기의 충격파. 그야말로 칼처럼, 창처럼, 송곳니처럼. 모든 것을 가르는 바람이 막대한 숫자의 SB를 촛불이라도 끄는 것처럼 무로 되돌려 보냈다.

술법의 여파가 사라진 뒤에는 옥상을 에워싸고 있던 비행형 SB의 진에 커다란 구멍이 뚫렸다.

슬슬 적당한 때일지도 몰랐다.

"소룡희, 난 이쯤이 좋은 타이밍이라고 생각한다만, 어떤가?"

"흠. 나도 마침 그렇게 생각하고 있었던 참이다. 하지만 이 상황에서 내가 빠지면 전선이 붕괴하거나 하지 않나?"

현재는 전선이 문제없이 유지되고 있다 해도, 그것도 소룡희의 힘이 있는 덕분이었다. 만약 이 상황에서 그녀가 영창에 들어가고, 더욱 강해진 술력 때문에 모여드는 SB의 숫자가 늘어나면 어떻게 될지――. 소룡희는 그렇게 말하고 있었다. 그 걱정을 카렐렌은 정확하게 이해하고 있었다. 그렇기에,

"문제없다. 너를 반드시 지키겠다고 라그 군에게 약속도 했고, 나도 슬슬 몸을 움직이고 싶었던 참이다. 일단 지휘에서 벗어나 널 호위하고 틈을 메우도록 하지."

카렐렌은 표표한 태도로 받아들이며 오른손에 쥔 2메르틀 정도의 핼버드를 가볍게 들어 보였다.

그 핼버드의 이름은 '니벨룽'. 비리가 가진 리바딘과 우열을 가릴 수 없는 명창이었다. 장엄한 장식이 된 핼버드에는 자루와 창끝, 도끼 부분에도 세세한 회로도 같은 문양이 가득 새겨져 있었다.

"호오――. 대단한 자신이로구나. 그러고 보니 카렐이여. 난 그대의 실력을 아직 조금도 알지 못한다. 한번 보여 주지 않겠나, 그 비리의 심복이라는 자의 힘을."

쿡, 하고 소룡희가 의미심장하게 웃었다.

카렐렌은 소룡희에게서 몇 걸음 떨어져서는 니벨룽의 중간 부분을 쥐고 머리 위에서 한 바퀴 회전시켰다. 그리고 발치에 박는 것처럼 물미를 내리고 통신 태스크에 몇 가지 지시를 내렸다.

"젝트, 듣고 있었을 거라 생각하는데 젤다가 '볼크링 서커스'의 인간을 데리고 온다. 넘겨받아서 이곳까지 데리고 와라. 심문은 내가 하겠다. 애슐리, 그렇게 되었으니 난 먼저 소룡희와 함께 하늘의 적을 일소하겠다. 잠시 동안 총지휘를 맡기겠다.

——방심하지 말도록. 지금부터 꽃이 피고, 용이 춤춘다. 하이 멀티 캐스트로 주의 권고를 보내는 것을 절대로 잊지 말도록.”

그러고는 비취색 눈을 소룡희에게 향하며 어디까지나 냉정하게 말했다.

“그럼 소룡희, 영창에 들어가 주게.”

“ 모든 대기 속에 머무는 정령이여 내 부름에 응하라 ”

쓸데없는 문답을 하는 우행을 즐기지 않는 듯, 소룡희는 즉각 영창을 개시했다.

그녀의 술식이 발동하기 위해서 필요한 시간이라면 베오울프와의 대화를 듣고 있었기 때문에 알고 있다.

약 3분. 그동안 적의 침공을 저지하면 된다.

나머지는 발동한 소룡희의 ‘용’이 하늘의 적을 전부 먹어 치워 줄 것이다.

“…….”

카렐렌은 니벨룽을 양손으로 쥐고 몸 앞에 세웠다. 딱 자기 몸의 정중앙에 서도록 도끼창을 직립시킨다.

‘SEAL’을 기동. 포톤 블러드가 기하학 문양을 그리며 휘문을 내달리게 했고 빛을 발했다.

카렐렌이 가진 피의 빛은—— 루비 레드.

한때 옛 인류의 몸에 흐르고 있던 피와 몹시 흡사한 색이었다.

“〈블러드 스트림〉.”

술식의 기동 음성. 핼버드를 쥔 양손 앞에 지름 1메르틀 정도의 아이콘이 생겨났다.

두근, 하고 카렐렌의 ‘SEAL’이 크게 맥동했다.

──그가 소속된 '푸른 홍염의 기사단'에 신기를 가진 사람은 비리만이 아니었다. 빙창 카렐렌 또한 '신기 보유자(세이크리드 캐리어)' 중의 한 명이었다.

'SEAL'의 고동과 함께 카렐렌의 두 손바닥에서 루비 레드의 포톤 블러드가 손에 들고 있는 니벨룽으로 흘러갔다. 도끼창의 표면에 새겨진 홈을 따라서 모세 혈관처럼 카렐렌의 피가 스며들어 번졌다. 그리고 눈 깜짝할 사이에 니벨룽의 전체에 피가 통했다.

마치 'SEAL'의 확장 파츠처럼 루비 레드의 회로도를 빛내던 니벨룽이었지만 〈블러드 스트림〉에 의한 침식은 거기서 멈추지 않았다. 니벨룽의 물미에서 전망대의 바닥으로. 물미를 세운 장소를 중심으로 방사선 형태로 퍼지기 시작했다.

루비 레드로 빛나는 선이 옥상 표면을 거미줄처럼 내달리더니 도청 전체로 눈 깜짝할 사이에 퍼져나갔다. 선과 선이 이어지고 얽히며 어딘가 잎맥과도 닮은 망을 형성하면서 범위를 확대해 나갔다.

불과 몇 초 만에 높이 300메르틀 이상이나 되는 거대한 건축물이 루비 레드의 '혈관'으로 뒤덮였다.

카렐렌이 소유한 신기의 속성은 '생명(비비파이)'. 비리의 '실재(이그지스트)'나 다른 신기와 마찬가지로 여러 가지 힘을 가지고 있지만 카렐렌의 장기는 특정 대상에게 피를 통하게 하는 것이었다. 혹은, 무기물에 생명을 부여하는 것이라고 하는 게 좋을지도 모른다.

지금 카렐렌의 포톤 블러드가 흐르고 있는 부분은 전부 그의 지배하에 있었다. 피가 통한 장소는 그대로 육체의 일부분이며,

분신이며, 영역이었다.

시글로스의 '융합' 과는 또 다른 의미의 일체화――. 그것이 그의 능력이었다. 고층 빌딩 그 자체와 일체화된 카렐렌은 그 스케일에 어울리는 광대한 'SEAL' 을 한층 더 강하게 기동시켰다.

플로트라이즈에서 가장 큰 높이를 자랑하는 건조물이 루비 레드의 휘문을 격렬하게 빛냈다.

카렐렌은 엄숙하게 술식의 기동 음성을 말했다.

"〈위그드라실 엘리바가르〉."

도청의 전신에서 농밀한 안개가 뿜어져 나왔다.

순백이 아닌, 카렐렌의 피와 같은 새빨간 안개였다.

활화산의 연기처럼 자욱하게 흘러나온 붉은 안개는 순식간에 도청 전체를 뒤덮어 가렸다. 주변에 무리 짓고 있던 비행형 SB도 피하지 못하고 삼켜졌다.

곳곳에 반짝이는 입자를 내포한 안개가 도청의 두 배 이상의 두께까지 퍼진 순간.

공간 그 자체에 균열이 생긴 것처럼 일그러지면서 맑은 소리가 울려 퍼졌다.

카렐렌의 술식에 의해 생겨난 그것은 단순한 안개 따위가 아니었다. 다이아몬드 더스트를 품은 극저온의 붉은 냉기―― 급격한 온도 변화에 의해 대기 중의 수분이 액체화된 것이었다.

갑자기 새빨간 안개를 찢으며 거대한 얼음 기둥 몇 개가 튀어나왔다. 그 기둥 또한 카렐렌의 피를 동결시킨 듯한 선명한 붉

은색—— 루비 레드의 얼음이었다.

소룡희가 영창하고 있는 술식의 여파겠지. 갑자기 돌풍이 불어서 안개가 단숨에 걷혔다.

태양 아래에 모습을 드러낸 것은 말 그대로 루비처럼 빛나는 얼음의 나무였다.

조금 전, 도시 전체에 울려 퍼진 소리는 이 삐죽삐죽하게 솟은 거대한 기둥이 얼어붙는 소리였다.

자세히 보니 얼음 안에 수많은 SB가 시간이 멈춘 것처럼 갇혀 있었다.

정밀하게 제어된 핏빛 얼음——카렐렌은 이것을 ‘혈빙(血氷)’이라고 불렀다——은 술자인 카렐렌의 주변에는 아무런 영향도 주지 않고 돔 형태로 옥상 전체를 뒤덮고 있었다. 그곳만이 깔끔하게 도려내진 것처럼 공간이 확보되어 있었다.

완성된 얼음의 나무. 그 전체 형태는 매우 커다란 ‘얼음의 창’으로 보이기도 했다.

“대단해……!”

옥상 가장자리에서 공격 술식을 쓰고 있던 사람 중 한 명이 그렇게 중얼거렸다. 카렐렌의 〈위그드라실 엘리바가르〉가 발동하기 직전에 옥상으로 내려와 공격하려고 하던 SB가 지금 눈앞에 얼어붙어 있었다. 그들은 얼어붙은 수족관이라도 보는 듯한 기분이었을 것이다.

하지만 카렐렌의 힘은 이것만이 아니었다.

거리가 떨어져 있어서 얼어붙지 않았던 SB는 아직 많았다. 그렇기에 카렐렌은 스스로 만들어 낸 혈빙의 ‘세계수(위그드라실)’에 한층 더

생명을 불어넣었다.

파각파각 소리를 내면서 세계수의 표면에 난 무수한 얼음 기둥이 일제히 성장했다. 단숨에 자란 그 얼음 기둥들은 붉은 창이 되어서 비행형 SB를 잇따라 꿰뚫었다.

『GGGGOOOOOAAAAA――!?』

『GGGGGRRRRRYYYYY――!?』

『SSSSSSYYYYYAAAAA――!?』

고슴도치의 털처럼 뻗어나는 혈빙의 창은 카렐렌의 신기에 의해 살아 있었다. 즉, 단순히 똑바로 뻗기만 하는 게 아니라 먹잇감을 찾아서 꿈틀꿈틀 휘면서 늘어나 그 날카로운 끝으로 모든 SB를 꿰었다.

그렇게 해서 완성된 것은 무수한 컴포넌트의 빛을 과실처럼 장식한 얼음의 나무였다.

이어서 붉은 세계수가 옆으로 회전하기 시작했다. 길게 검산처럼 뻗은 창을 그대로 두고 드릴처럼 거체가 회전한다.

파각파각 얼음이 깨지는 소리가 연속해서 겹쳐지며 단숨에 가속. 전체적인 윤곽이 뭉개지며 더는 사람의 눈으로 나뭇가지를 세세하게 판별할 수 없을 정도의 속도가 되었다.

얼음의 나무는 고속으로 회전하는 믹서로 변해서 비행형 SB의 무리를 공간째로 다졌다. 거기에 더해, 회전을 계속하면서 나뭇가지를 더욱 뻗어 공격 범위를 확대해 나갔다. 모든 것이 끝났을 쯤에는 도청을 중심으로 한 반경 1킬로 메르틀이 깔끔하게 깎여서 모든 비행형 SB가 소탕되어 있었다.

붉은 세계수는 그 몸을 비틀며 감속을 해서 정지했다. 남은 것은 빙글빙글 뒤틀린 줄기의 위쪽에서 방사형으로 펼쳐진 수많은 얼음의 창이 하나가 되어 형성된 꽃잎뿐.

하늘을 향해서 핀, 새빨간 얼음의 꽃이었다.

――한때 비리는 카렐렌에게 이리 말한 적이 있었다.

『내가 '불타오르는 푸른 장미(블레이징 로즈)'니까 칼, 당신도 여자였다면 분명 '얼어붙은 붉은 장미(프리징 로즈)'라고 불렸을 게 분명해.』

그 가상의 별칭이 가리키는 대로 아름다운 얼음의 장미는 햇빛을 받으며 아름답게 반짝이고 있었다.

술식을 발동하기 전에 카렐렌은 부하인 애슐리에게 이렇게 말했었다. '방심하지 말도록. 지금부터 꽃이 피고, 용이 춤춘다.' 라고. 그 예고대로 진홍의 꽃은 화려하게 피었다.

당연히 이어서 일어나는 것은――.

" 우리가 손을 마주 잡고 호흡을 맞추고 마음을 하나로 하면 모든 것은 그저 멸할 뿐 "

카렐렌의 등 뒤에서 끊임없이 이어지고 있던 소룡희의 영창이 마침내 종점에 도달했다.

" 〈천룡현림 현란선무〉! "

소용돌이친 바람이 회오리로 변하며 용이 현현했다.

얼음의 꽃을 깨트리며 신의 화신은 다시 한번 사납게 하늘을 날았다.

●6 비겁한 자 ―Coward―

눈부신 빛 속에서 게이트 키퍼가 현현했다.

『WWWWWWOOOOOOOOOOOOOOOOOOOO――!!』

고열을 발하는 갈색 장갑이 대기를 태웠고 하얀 연기가 쉬이익, 하고 피어올랐다. 커다랗고 강인한 두 다리가 힘차게 대지를 밟으며 중후한 소리를 냈다. 양 눈에서 발해지는 빛은 예전의 새파란 색이 아니라 로제의 포톤 블러드와 같은 말라카이트 그린이었다.

그렇게 출현한 것은 태고의 영웅을 모방한 신장 6메르틀의 기계형 SB.

루나틱 바벨에 있어서 사상 최강이라고 해도 과언이 아닌 게이트 키퍼.

컴포넌트에 각인된 진정한 이름은―― '허큘리스'.

『UUUUWWWWWOOOooo오오오오오오오오오오오오오오오오오오오오――!!』

울려 퍼지는 성난 포효가 점차 신기의 힘에 의해서 사역된 SB 특유의 것으로 변했다.

『오오오오오오오오오오오오오오오오오오오오오오오오오오오오오!!』

마침내 완전히 재생된 허큘리스는 한 번 더 호쾌한 포효를 질렀다. 그 외침에 담긴 감정은 과연 부활의 기쁨일까. 아니면 잠을 방해한 어리석은 자에 대한 분노일까.

오른손에는 브로드 소드, 왼손에는 라운드 실드. 그리고 검붉은 갑옷을 걸친 검은 머리카락과 갈색 피부를 가진 영웅의 등을 로제는 만감이 교차하는 눈으로 올려다보았다.

생각한 대로였다. 핸들러로서 링크하고 있는 지금이라면 마음속에서부터 확신할 수 있었다.

이 게이트 키퍼는 괴물 중의 괴물이라고.

하지만 그만큼 조금이라도 방심하면 끌려가 버린다. 섣불리 피드백을 받으면 반대로 이쪽이 허큘리스의 영향을 받아서 폭주하게 될 정도였다.

——하지만 이 정도는……!

평범한 사람은 다룰 수 없을 정도의 방대한 제어 커맨드를 로제는 온 힘을 다해서 처리했다. 지금이라도 튕겨 나갈 듯한 고삐를 온 힘을 다해서 억누른다.

질 수는 없었다.

로제의 아버지뿐만이 아니라 수많은 사람들의 목숨을 제멋대로인 목적을 위해서 빼앗은 남자—— 시글로스.

저 악의 덩어리 같은 인간이 살아서 또다시 지상에 내려서는 날이 와서는 안 된다. 저자는 이곳에서, 이 부유섬에서 확실하게 숨통을 끊어 놓아야 했다.

그러기 위해서 자신은 이곳에 있는 것이니까——!

"브레이크 실——!"

날카로운 기합과 함께 로제는 허큘리스의 봉인 해제 커맨드를 외쳤다.

『우오오오오오오오오오오오오오오오오오오오오오오오오오오——!!』

허큘리스의 표면에 말라카이트 그린색 휘문이 빛을 발하며 전자 음성을 발했다. 두터운 가슴팍 앞에 비율적으로는 웃음이 나올 정도로 작은 아이콘이 켜졌다.

『POWER UP.』

이젠 사양할 필요도 봐줄 필요도 없다.

『SPEED UP.』

당연히 자비도 없다.

『DEFENSE UP.』

처음부터 전력으로 간다.

『ARMS EXPANSION.』

녀석을 쓰러트린다는 목적으로 모든 것이 집약되었다.

『오오오오오오오오오오오오오오오오오오오오오오오오오오오——!!』

포효하는 허큘리스의 양 어깨와 양 옆구리에서 새로운 팔이 생겨났다. 이어서 그 팔 앞에 창, 도끼, 곤봉, 너클이 출현했다. 이미 가지고 있던 방패에서는 스파이크가 튀어나와서 공격력, 방어력, 속도의 상승에 더해서 여섯 개의 팔과 무기를 가진 괴물이 탄생했다.

모드 터미네이터. 본래부터 허큘리스에게 설계되어 있던 최종 형태. 눈앞에 있는 모든 것을 쳐부수는 파괴의 화신과도 같은 모습. 거기에 더해서,

"〈린포스〉!"

허큘리스의 전신을 말라카이트 그린색 장갑이 뒤덮었다. 검,

창, 도끼, 스파이크 실드는 각각의 칼날이 연장되었고, 곤봉은 더욱 두꺼워졌고, 너클은 타격면의 면적이 넓어졌다.

신체 강화에 형태 변화. 거기에 장갑 강화와 무기 강화를 더했다. 지금 눈앞에 선 이 거인을 이길 수 있는 존재는 없다――. 로제는 그렇게 단언할 수 있었다. 그렇지 않아도 강대한 힘을 가진 존재를 자신의 신기에서 유래한 술식으로 강화한 것이다. 지금의 허큘리스라면 베오울프에게도 지지는 않을 것이다.

『헤에.』

시글로스가 다가와서 허큘리스를 보고 그런 한마디를 내뱉었다.

숨길 생각도 없는 비웃음. 자신의 우위성을 털끝만큼도 의심하지 않고 있다. 궁지에 몰린 쥐는 고양이를 문다――. 하지만 고양이를 이기는 쥐는 존재하지 않는다. 한 번 반격하고 무참하게 잡아먹히고 끝이다. 시글로스는 그렇게 생각하고 있었다.

『뭔가 했더니 그런 거냐 과연 그렇군 그 게이트 키퍼를 믿고 이 부유 도시까지 온 거냐 너.』

여러 SB의 특징이 뒤섞인 추악한 괴물이 숨 한번 쉬지 않고 단숨에 말했다. 비웃는 그 목소리에 로제는 아무런 대답을 하지 않았다. 먼저 대화를 포기한 쪽은 시글로스이므로.

"어택――!"

『우오오오오오오오오오오오오오오오오오오오――!』

로제의 커맨드에 응한 허큘리스가 함성을 지르면서 땅울림을 내며 달려 나갔다. 여섯 개의 팔이 펼쳐지며 각각의 무기가 햇빛을 반사했다.

거구에 어울리지 않는 맹렬한 스피드로 접근하는 허큘리스의 신장은 6메르틀이었다. 그에 반해 키메라 SB 시글로스는 4메르틀. 비유하자면 어른이 어린애를 덮치는 듯한 모습이었다. 시글로스도 그 열세를 이해하고 있었으리라.

『〈밍글 퓨전〉.』

갑자기 키메라 SB의 몸 표면에 크롬그린색 라인이 내달리고 ── 몸이 팽창했다. 컴포넌트를 더욱 추가해서 융합한 것이다. 시글로스의 전신이 슬라임처럼 꿈틀거리면서 단번에 7메르틀 정도까지 부풀어 올라 어딘가 지금의 허큘리스와 닮은 형태로 변화했다.

베이스는 트롤. 땅딸막한 몸의 이곳저곳에서 튀어나온 각각 색이 다른 여덟 개의 팔에는 검, 창, 도끼, 곤봉, 모닝스타, 해머, 곡도, 낫을 쥐고 있었다. 하반신은 백금으로 빛나는 여덟 개의 다리를 가진 말── 초콜릿 마운틴에서 출현하는 '슬레이프니르'의 동체였다. 전부 원래 사이즈의 몇 배나 되었다. 크하, 하고 트롤의 머리가 추악하게 일그러졌다.

『무슨 짓을 해도 소용없어 롤트린제 넌 날 이기지 못해 옛날부터 그랬──.』

"옛날에는 그랬을지도 몰라."

잖아? 하고 이어질 말이 끝나기 전에 목소리를 겹치며 로제가 말을 잘랐다.

"하지만──."

돌격하는 허큘리스의 등 너머로 시글로스의 모습을 응시하며, 지금이라도 정신을 잃을 것만 같은 양의 커맨드를 제어하면서 로제는 힘주어 단언했다.

"지금도 그럴 거라는 보장은 없어――!"

허큘리스와 시글로스의 상대 거리가 거의 제로가 되었다.

『오오오오오오오오오오오오오오오오오――!!』

그 순간, 폭포가 물보라를 흩뿌리는 것처럼 허공에 무수한 빛이 번뜩였다.

시간의 흐름이 얼어붙었다고 생각한 것은 착각이었을까. 한 순간에 수십 번이나 빛난 섬광이 전부 허큘리스의 공격이었다는 것을 사역하고 있는 로제마저도 곧바로 이해하지 못했다.

뒤늦게 생각났다는 것처럼 대기가 파열하며 음속을 넘은 움직임에 수증기가 폭발했다.

『뭣……!?』

진심으로 경악하고 있는 시글로스의 목소리를 로제는 처음으로 들었다.

시글로스의 전신은 이미 갈가리 찢겨져 있었다. 아니, 찢겨져 있는 정도가 아니었다. 열 개가 넘는 조각으로 잘려서 일부는 곤봉과 너클의 타격에 의해 날아갔고, 일부는 스파이크 실드의 스파이크에 박혀서 빼앗겨 버렸다.

『……아아아아아아아아아아아AAAAAAAHHHHHH――!?』

자신의 상태를 인식한 시글로스의 목에서―― 아니, 목도 절단되어 있기 때문에 원래라면 낼 수 있을 리가 없는 기괴한 비명이 튀어나왔다. 전혀 예상하지 못했을 것이다. 자신이 궁지에 몰리다니. 더구나 질지도 모른다니.

로제는 마음속으로 시글로스를 경멸했다. 허큘리스와 닮은 모습을 취한 것만으로 호각으로 싸울 수 있을 거라고 생각한 건가. 어차피 제대로 알고 있지도 않았겠지. 대단할 것 없다고 깔보며 알아보지도 않았겠지. 이 게이트 키퍼가 얼마나 규격 외의 존재인지. 그 오만, 그 경시가 패배의 원인이라고.

『웃기지 말라고 롤트린제——!』

신기의 힘이겠지. 저며진 시글로스의 전신이 더욱 확장되며, 남겨진 부분만으로 재융합하며 수복되어 갔다. 시글로스의 체내에 있는 컴포넌트는 아직 바닥나지 않은 것이다. 하지만,

『우오오오오오오오오오오오오오오오오오오오오오오오오!!』

그런 사실은 이미 알고 있었다. 사실 허큘리스의 진정한 힘은 견고한 장갑도, 강렬한 파괴력도, 여섯 개의 팔에 의한 공격 횟수도 아니었다.

속도였다. 그 베오울프가 강화 계수를 수백 배 이상으로 끌어올렸음에도 허큘리스는 그와 호각의 스피드로 싸웠었다. 너무나도 빨라서 섬광으로밖에 보이지 않는 참격이야말로, 이 게이트 키퍼의 가장 무서운 부분이었다.

『오오오오오오오오오오오오오오오오오오오오오오오오오오오!!』

허큘리스가 포효를 지르며 두 눈에서 강렬한 말라카이트 그린색 빛을 발했다. 여섯 팔의 회전 속도가 더욱 빨라졌다. 맹렬한 바람을 일으키며 햇빛을 반사하는 무기의 번뜩임은 그야말로 유성우와 같았다.

『우아아아아아아아아아AAAAA아아아아아아아아아아아아AAAAAAAAA——!?』

차츰 시글로스의 재생이 따라가지 못하게 되었다. 어울리지

않는 한심한 비명을 지르며 키메라 SB의 부피가 점점 줄어들어 갔다.

――이겼다.

머릿속 어딘가에서 몹시 냉정하게 로제는 확신했다.

저 남자의 몸 안에 컴포넌트가 얼마나 축적되어 있는지는 모른다. 알 필요도 없다. 얼마나 많은 숫자의 컴포넌트를 가지고 있더라도 허큘리스가 반드시 그 전부를 삭제해 줄 것이다.

이제 형세는 확정되었다. 남은 것은 이대로 시글로스를 그저 끝까지 죽일 뿐――.

『――라고 할 줄 알았냐?』

"――!?"

잘게 썰리고 있는 중이면서 대체 어디로 내고 있는 것인지, 놀리는 듯한 목소리가 주위에 울려 퍼졌다.

지금도 갈기갈기 토막 나고 있는 키메라 SB의 등에서 침이라도 뱉는 것처럼 인간 크기의 덩어리가 발밑으로 튀어나왔다. 끈적끈적한 액체 덩어리였던 그것은 땅바닥에 구르면서 변화하더니 이윽고 인간의 형태를 취했다.

무릎을 꿇고 멈춘 그 모습은 크기나 실루엣으로 봐서 틀림없는 시글로스의 본체였다. 무슨 생각인지 자신이 생성한 융합 SB에게서 빠져나온 것이다.

그 순간 핵을 잃은 트롤 베이스의 키메라 SB가 허큘리스의 폭풍 같은 연속 공격에 의해 산산조각이 났다. 끈기 있는 액체 형태로 산산이 흩어졌지만 금방 정보구현화가 풀리며 활동 정지(셧다운)와 똑같은 프로세스로 사라졌다.

“이거 참. 놀랐어, 롤트린제. 이 녀석은 예상 밖이야. 좋은 것을 가지고 있잖아.”

오른손으로 올리브그린색 군모를 누르며, 왼손을 길바닥에 대고 몸을 숙이고 있는 시글로스의 표정은 실로 경박했다. 라이트블루색 눈동자에 호기심의 빛을 띠고 허큘리스를 지그시 바라보고 있었다.

“머리 잘 썼는데. 난 아직 게이트 키퍼를 흡수하지 못해. 게다가 이 녀석은 깜짝 놀랄 정도의 고성능인 데다가, 거기에 더해 네가 신기 술식으로 강화까지 했으니.”

흙을 털면서 일어선 시글로스는 산뜻한 미소마저 지으며 로제를 칭찬했다.

“나도 너무 까불었는데. 위험할 뻔했어. 아니, 덕분에 머리가 단숨에 식었어.”

오른쪽 검지로 옆머리를 톡톡 찌르며 크하, 하고 시글로스가 웃었다. 그 표정에서는 확실히 조금 전까지의 열광은 느껴지지 않았다. 하지만 그것은—— 사냥감을 가지고 놀기를 멈춘 포식자의 표정일 뿐이었다.

“역시 조사가 부족했던 것은 부정하지 못하겠는데. 그 녀석에 대해서 알고 있었다면 좀 더 진중하게 일을 벌였을 텐데—— 아니, 아무래도 상관없나. 뭘, 보수가 하나 더 늘었다고 생각하면 횡재한 거지. 이봐, 롤트린제. 그 녀석도 나한테 줄 거지?”

“——!”

변함없이 자기중심적인 말을 지껄이는 시글로스를 향해서, 로제는 봐주는 일 없이 허큘리스에게 공격 명령을 내렸다.

『오오오오오오오오오오오오오오오!!』

앞으로 한 발짝. 허큘리스의 거구라면 그것만으로도 충분하게 간격을 좁힐 수 있었다. 여섯 개의 무기가 바람 가르는 소리를 내며 우레처럼 발밑의 시글로스를 두들겼다.

하지만 시글로스는 시간차로 덮쳐 오는 여섯 번의 공격을, 바람에 날리는 봉화처럼 훌쩍훌쩍 피했다. 경쾌하게 스텝을 밟아 허큘리스에게서 멀어지며 시글로스는 즐겁게 말했다.

"말 정도는 들으라고. 아무리 네 게이트 키퍼가 빠르다 하더라도 회피를 중시하면 아직 어떻게든 되거든. 이봐, 롤트린제. 내 〈밍글 퓨전〉은 몸집을 키우면 키울수록 파워가 강해져서 둔중해지지. 그런 의미에서 네 전술은 정말 괜찮았어."

로제도 남 말은 못하지만 시글로스는 도저히 핸들러라고는 생각할 수 없는 움직임으로 도약해서 근처에 있던 2층 건물 옥상 위로 뛰어올랐다.

"하지만 말이야. 몸집이 커지면 느려지지만 반대로 작게——그래, 작게. 농밀하게 응축하면 어떻게 될 거라고 생각해?"

시글로스는 의미심장하게 기분 나쁜 웃음을 지었다. 키메라 SB로 변해 있을 때와는 다른 메마른 나뭇가지 같은 가는 팔. 그 팔의 손바닥 위에 뭔가 검은 구체가 쥐어져 있었다.

흑요석처럼 날카롭게 햇빛을 반사하는 칠흑의 수정. 크기는 정보구현화 컴포넌트와 거의 같았지만 척 보기에도 밀도가 달랐다. 정보 밀도가 너무 커서 표면이 물질화되어 있었다.

——오싹, 하고 로제의 등줄기에 오한이 내달렸다.

"그건……?!"

핸들러라면 모를 리가 없었다. 반물질화한 컴포넌트는 전 세계를 찾아봐도 쉽게 발견할 수 있는 것이 아니었다. 그래, 저것은——.

——장성류(將星類)[제너럴] 드래곤의 컴포넌트……!

수많은 SB 중에서도 유달리 강력한 것이 환상종 드래곤이었다. '하병류(下兵類)[트루퍼]'라 불리는 작은 레서 드래곤도 각 유적의 게이트 키퍼 다음 가는 힘을 가졌고 최상급인 '황제류(皇帝類)[카이젤]'에 이르러서는 쓰러트렸다는 기록이 '전설' 속에서밖에 존재하지 않았다.

그중에서도 사람의 손으로 쓰러트렸다는 공식적인 기록이 있고, 거기에 반물질화할 정도로 농밀한 컴포넌트에서 생성된다고 판명되어 있는 것이 '장성류[제너럴]'라 불리는 드래곤이었다.

그 힘은 SB면서 게이트 키퍼와 우열을 가릴 수가 없었고, 거기에 더해 수많은 트루퍼 드래곤을 이끌고 나타나기 때문에 토벌은 지극히 어렵다고 한다.

현재, 공식적으로 기록되어 있는 제너럴이 토벌된 횟수는 일곱 번. '성석(星石)'이라고도 불리는 그 컴포넌트는 국보급 취급을 받으며 각국의 박물관이나 국고에 보관되어 있었다. 그런 컴포넌트가 어째서 시글로스의 손에 있는 것인지. 상상도 하지 못했던 사태에 로제는 동요를 숨기지 못했다.

"뭐야, 비장의 수를 가지고 있는 사람이 자기뿐이라고 생각한 거냐, 너? 바보구만, 정말로 바보구만. 좀 생각해 보면 알 수 있잖아. 나도 같은 '신기 보유자' 상대로 아무런 계획 없이 덤벼들지는 않는다고. 당연히 나름의 준비 정도는 하지."

"……그런 것을 어디서 손에 넣은 거죠?"

"하하하하, 롤트린제. 역시 넌 우등생이구나. 알겠냐, 좋은 것을 가르쳐 주지── 〈밍글 퓨전〉."

시글로스는 자신의 신기 술식을 발동시켜서 칠흑의 성석을 몸 안으로 집어넣었다. 그렇다, 드래곤은 게이트 키퍼가 아니라 어디까지나 SB의 일종. 이론상으로는 시글로스의 현재 술식으로도 융합이 가능했다.

시글로스의 몸이 갑자기 사라졌다.

그렇게 생각한 순간 돌연히 눈앞에 나타났다.

"윽!?"

순간 이동 같은 속도였다. 놀라서 몸이 경직된 로제의 얼굴에서 불과 몇 센틀 앞에 시글로스가 있었다. 〈밍글 퓨전〉의 효과인지 얼굴의 오른쪽 반이 검은 갑각 같은 것으로 뒤덮여 있었고 두 눈이 새빨갛게 달아오른 철처럼 빛나고 있었다. 얼굴의 반만으로도 알아볼 수 있을 정도의 사악한 웃음이, 숨이 닿을 듯한 지근거리에서 로제를 바라보며 바보 취급하는 것처럼 속삭였다.

"나쁜 짓을 하면 말이지, 올바름을 제외하고는 전부 손에 넣을 수 있어."

크하, 하고 웃는 그 목소리를 듣고, 놀람으로 가득 차 있던 로제의 머리가 정신을 차렸다.

"허큘리스——!"

『오오오오!』

크게 뒤로 뛰면서 피함과 동시에 공격 커맨드를 송신했다. 여섯 개의 팔을 가진 영웅이 즉각 반응해 돌아보면서 시글로스를 향해 창을 투척했다. 섬광이 번뜩이고 폭음이 울려 퍼졌다. 바람 소리를 내며 날아온 거대한 창이 땅바닥을 파내며 파열시킨 것이다. 하지만 직격하기 직전에 시글로스의 모습이 또다시 사라지는 것을 로제는 보았다.

——어디야, 어디로 간 거야……!?

자욱하게 펼쳐지는 흙먼지 속에서 허큘리스의 센서도 총동원하며 행방을 찾았다.

"네 게이트 키퍼는 커다랗고 강해. 일반적으로는 상대할 수 없어. 그렇다면 난 작고 예리해질 수밖에 없지. 간단한 논리잖아? 하지만 그렇다고는 해도 이건 가능한 쓰고 싶지 않았는데 말이지. 'SEAL'의 프로퍼티가 엉망진창이 되어서 쓰고 난 뒤가 큰일이야."

놀랍게도 목소리는 등 뒤에서 들려왔다. 너무 빨랐다. 시글로스는 믿어지지 않는 속도로 움직이고 있었다.

"——!"

그렇게 인식한 로제의 결단은 빨랐다. 허큘리스와의 링크에서 자신의 제어율을 쑤욱 낮춘다. 비유하자면 고삐에서 한쪽 손을 놓는 것과 같았다. 하지만 이거면 된다. 시글로스의 움직임을 로제는 더 이상 인식하지 못했다. 그렇다면 인식할 수 있는 녀석에게 처리를 전부 맡겨 버리면 된다.

『우오——오오오오오오오오오오오오!!』

허큘리스가 더욱 힘찬 포효를 질렀다. 세미오토로 가동하는 게이트 키퍼는 내장 FCS를 구사해서 적의 모습을 추적했다. 로제는 그 피드백만을 받았다.

찾았다. 허큘리스에게 있어서 마스터, 즉 로제의 후방 11시 방향 5메르틀. 거인의 다리라면 세 발짝 만에 죽일 수 있는 거리였다.

『오오오오오오오오오오오오오!!』

먼저 한 발짝 내디디며 도끼와 곤봉을 투척한다. 센서로 감지한 적의 모습을 좌우에서 포위하는 것처럼. 이것으로 퇴로를 두 개 막았다. 상대는 이쪽으로 향해 다가오거나 더 멀어지는 것밖에 선택지가 없었다.

그렇기에 스파이크 실드를 상대의 후방을 향해 던진다. 이걸로 삼면이 막혔다. 적은 그 자리에 멈춰 서거나 정면으로 돌격해서 싸울 수밖에 없다.

커다란 보폭으로 마스터의 머리 위를 뛰어넘어, 그 거구에서는 상상도 되지 않는 맹렬한 스피드로 두 발짝만큼의 간격을 없애며 허큘리스는 검을 크게 들어 올렸다.

『오오오오오!』

신속(神速). 새벽녘의 햇빛이 하늘을 가르는 것처럼 상단에서의 공격이 흙먼지 안에 있는 시글로스를 내리쳤다.

금속음. 나이프로 나사를 벤 듯한 딱딱한 소리가 로제의 고막을 불쾌하게 긁었다.

"뭐——!?"

——막았어……!? 그 참격을……!?

지난번에 클러스터 '슈퍼노바'의 멤버가 장비하고 있던 일급품 갑옷을 버터처럼 갈랐던 광경을 영상으로 보았을 뿐인 로제도 잘 기억하고 있었다. 그 정도로 인상적이었다. 지원 술식에 의해 강화된 베오울프의 〈대단도(大斷刀)〉라면 몰라도 그 외에 허큘리스의 검을 받아낼 수 있는 것이 존재할 거라고는 생각도 못했다.

흙먼지가 걷히고—— 생각한 대로 필살의 일격을 받아낸 남자의 모습이 나타났다.

다른 사람이라고 여겨질 정도로 변모한 시글로스가 그곳에 있었다.

조금 전의 키메라 SB와는 다르게 사이즈는 그다지 변하지 않았다. 그렇다고는 해도, 그래도 전체적으로 50센틀 정도는 신장이 늘어나 있었다. 척 보기에는 칠흑의 전신 갑옷을 걸친 기사처럼도 보였다. 머리 꼭대기에서 발끝까지가 빛을 흡수하는 색의 갑각으로 빈틈없이 뒤덮여 있었다. 그 내부에 있는 것도 원래의 학자 같은 마른 몸이 아니라 기골장대한 대장부의 몸이었다.

그런 거한이 머리 위로 양팔을 교차시켜서 허큘리스의 검을 정면에서 받아내고 있었다. 건틀릿으로 보이는 부분에 생긴 가는 금과 땅바닥에 박힌 양다리가 그 위력을 여실하게 보여 주고 있었다.

"저건……."

광택 없는 검은 갑각으로 형성된 전신 갑옷이 왠지 모르게 낯이 익었다. 갑각의 형태, 패턴—— 그래, 로제의 기억이 틀림없다면 저것은 제너럴 드래곤의 일종 '충룡(蟲龍)(인섹트 드래곤)'과 분위기가 많이 닮아 있었다. 하지만 그런 것치고 저 사이즈는 대체 뭔가.

작고 예리하고 농밀하게—— 확실히 시글로스는 그렇게 말했었다. 제너럴인 인섹트 드래곤 정도라면 전체 길이가 30메르틀 아래로는 내려가지 않을 것이었다. 그 힘을 전부 저 사이즈에 응축했다는 말인가.

"이봐, 롤트린제. 내가 말하는 것도 뭐하지만, 이건 치트라는 거 아니냐? 저 몸집으로 이 정도로 움직이는 데다가 이 말도 안 되는 위력—— 한 방 먹었어. 단단함에는 자신이 있었는데 말이지. 조금 철렁했다고. 아니, 정말로 이런 괴물—— 손에 넣는 게 기대되어서 참을 수가 없잖아."

드래곤과 인간의 융합체—— '용인(龍人)'이라고 불릴 만한 모습의 시글로스가 히죽 웃었다. 생생하고 불쾌한 웃음이었다. 머리를 뒤덮고 있는 것은 인섹트 드래곤의 머리를 모방한 풀페이스 헬름 같은 것이 아니었다. 갑각을 걸쳐서 변화한 시글로스의 얼굴 그 자체였다.

용인이 붉은 눈을 어슴푸레하게 빛내며 교차시킨 팔에 힘을 담았다. 광택 없는 갑각의 표면을 크롬그린색 기하학 문양이 내달렸다. 전신 갑옷으로 보이는 갑각마저도 몸의 일부분이었다.

길항하고 있었다. 그 거인과. 아니, 그것만이 아니라 허큘리스의 검을 근소하나마 밀어내고 있었다. 인간 크기였지만 저 육체에는 확실히 제너럴의 무시무시한 힘이 응축되어 있었다.

건틀릿—— 아니, 팔의 갑각에 생긴 금이 사라져 갔다. 재생하고 있는 것이다. 용인의 전신에서 흘러넘치는 술력을 로제는 느꼈다. 그도 그럴 것이 제너럴 드래곤 한 마리를 통째로 사용한 것이다. 힘만이 아니라 포톤 블러드에도 무언가 변화가 생겨났다고 봐야 했다.

"——LLLUUUOOOOOOOOOOOO……!"

시글로스가 괴물의 목에서 사람의 목소리로는 들리지 않는 소리를 내면서 조금씩, 조금씩, 거인의 검을 밀어 올렸다. 하지만 허큘리스에게 그것을 가만히 보고 있을 이유는 없었다.

『오오오오오오오오오오——!』

검과 너클밖에 남지 않은 여섯 개의 팔 앞에 새로운 무기가 구현화되었다. 재생성한 것이다. 남은 다섯 팔로 꽉 쥔 무기를 시선 아래에 있는 용인을 향해서 일제히 휘두른다.

다섯 개의 동시 공격이 작렬하는 순간, 시글로스가 전신에서 번쩍 하고 크롬그린색 빛을 뿜었다.

"——!"

고속이었지만 먼저 시글로스의 등에서 세 쌍의 얇은 날개 같은 것이 튀어나오는 것이 보였다. 반투명한 그 날개가 상공에서 쏟아지는 공격에 대한 반구형 방어막이 되어서, 날개의 곡선으로 미끄러트리며 위력을 흘려보냈다. 이어서 어렴풋하게 일곱 색의 빛을 반사하는 날개가 크게 펼쳐지며 시글로스가 모은 힘을 단숨에 폭발시키는 듯한 형태로 허큘리스의 검을 튕겨 내었다.

그 이후의 전개는 너무나도 빨라서 역시 로제는 보고 있을 수밖에 없었다.

허큘리스의 반도 되지 않는 시글로스가 도약—— 아니, 등의 날개로 날아올랐다. 칠흑의 사지에 크롬그린색 빛이 집중되며 로제가 사용하는 〈열신조〉나 〈열쇄아〉와도 닮은 격투 무장이 형성되었다. 하지만 각각의 리치가 상당히 길었다. 손발 끝에서 2메르틀 정도는 뻗어 나와 있었다.

공중의 시글로스가 몸을 휘었고——.

격렬한 공방이 시작되었다.

『우오오오오오오오오오오오오오오오오오오오오오————!!』

"LLLLLUUUAAAAAAAAAAAAAAAAA——!!"

허큘리스와 시글로스 둘 다 포효를 지르며 전신을 구사해서 무기를 휘둘렀다. 고밀도의 금속끼리 연속으로 격돌하며 날카로운 소리가 빗소리처럼 몇 번이고 겹치면서 공명했다.

수백 발의 폭죽을 동시에 쏘아 올린 듯한 소리와 충격이 대기를 흔들었다.

놀랍게도 제너럴과 융합한 시글로스는 기갑화한 허큘리스와 호각으로 싸우고 있었다. 얇은 세 쌍의 날개로 하늘에 떠 있는 상태면서도 허큘리스의 연속 공격에 날아가는 일 없이 정면에서 맞섰다.

저래선 마치 영상으로 봤던 베오울프와 마찬가지였다. 혼자서 거대한 게이트 키퍼와 대치하여 대등 이상으로 겨루는—— 그 모습이 어딘가 보라색 전투 재킷을 입은 소년의 모습과 겹쳐 보였다.

하지만 로제의 마음속에 두려움은 없었다. 왜냐하면——.

외줄을 타는 듯한 생사의 공방, 10초도 되지 않는 시간에 천 합 이상이나 겨룬 허큘리스와 시글로스였지만,

『오오오오오오오오오오오!』

포효와 함께 참격. 깊게 파고들며 허큘리스가 몸 전체로 도끼를 내리쳤다.

"!!"

십자 모양으로 교차시킨 팔로 맹렬한 충격을 한순간 버텨내는 시글로스. 하지만 다음 순간에는 잡아당긴 실이 끊어지는 것처럼 날아갔다.

하지만 그런 상태에서도 용인은 몸의 곳곳에서 크롬그린으로 빛나는 화살을 발사했다. 술식이 아니라 인섹트 드래곤의 능력으로 발사된 포톤 블러드의 화살은 거뜬히 오십 개를 넘어 있었다. 그 전부가 공중에서 궤도를 수정하며 비틀어진 잔광을 끌면서 빨려 들어가는 것처럼 허큘리스를 향해 쇄도했다.

『오오오오오——!』

아무리 허큘리스라고 해도 전력으로 무기를 휘두른 직후에는 대응하지 못했다. 막아내지 못한 모든 화살이 전신에 박혔고 충격과 함께 폭발했다.

뒤늦게 용인이 비스듬하게 박히는 것처럼 대지에 내팽개쳐졌다. 그대로 대량의 연기를 퍼트리며 땅바닥을 미끄러진다. 길바닥을 파내어 기다란 손톱 자국을 새기면서 관성을 죽일 때까지 계속 구르더니 도로 끝에 있는 건물에 격돌해서 건물 채로 폭발했다. 말려든 주변 건물도 전부 무너졌다.

각자 연기를 피어올리는 허큘리스와 시글로스였지만 먼저 모습을 드러낸 것은 역시 허큘리스였다.

『우오오오오오오오오오오오오오오오오오오오오오오오오오오오!』

자신의 존재를 과시하는 것처럼 외치는 허큘리스의 모습에 상처는 없었다.

한편 시글로스는――.

산더미처럼 쌓인 잔해가 터져 날아가며 안에서 반투명의 날개를 펼친 용인이 튀어나왔다. 조금 전의 공방에서는 깨닫지 못했는데 진동하는 세 쌍의 날개에서 부부부부…… 하는 날벌레 특유의 소리가 나고 있었다.

"이봐이봐이봐이봐이봐이봐이봐이봐…… 이건 질 나쁜 농담이잖아. 롤트린제, 설마라곤 생각하지만 너, 나보다 먼저 악마와 계약해서 혼이라도 팔았냐? 이건 말도 안 되잖아."

땅바닥에서 50센틀 정도 위를 체공하고 있는 용인에게 조금 전까지의 위세는 없었다. 그래서인지 목소리에도 위기감이 새어 나오고 있었다. 아무래도 저쪽도 상처는 없는 모양이었다. 있었다고 해도 재생했겠지. 단지 몸 여기저기가 흙으로 더럽혀져서 전체적으로 꾀죄죄한 모습이 되어 있었다.

그런 시글로스에게 로제는 감정이 느껴지지 않는 목소리로 말했다.

"당신에게 승산은 없습니다, 시글로스 슈바인베르그. 이 허큘리스에게는 1대1이라면 카이젤마저 타도할 수 있는 힘이 있습니다."

이젠 시글로스도 힘의 차이를 이해했을 것이다. 그렇기에 로제는 그저 사실만을 말했다.

"당신도 저도 '신기 보유자' 입니다. 하지만 소유한 장기 말은 제너럴 드래곤의 성석과 카이젤에 필적하는 게이트 키퍼. 당신도 핸들러라면 알겠죠. 이 차이는 역력합니다.”

시글로스가 가진 칠흑의 성석은 확실히 예상 밖이기는 했다. 하지만 장기판을 뒤집기에는 부족했다.

“이미 결판은 났습니다. 이제 와서 얌전히 있으라고도 포기하라고도 하지 않겠습니다. 단지, 당신은 너무 많은 사람을 죽였습니다. 그 응보를 받을 때가 왔을 뿐입니다.”

여기까지 올 수 있었던 것은 자기 혼자만의 힘이 아니었다. 지금도 등 뒤에서 지켜보고 있을 소년, 라그디스하르트. 그 소년이 힘을 빌려줬기에 시글로스의 도발에 의해 뜨겁게 끓어오르던 머리가 냉정해졌고 원하던 허큘리스의 힘을 손에 넣을 수 있었다.

로제의 마음속에 따뜻한 물과 같은 감정이 가득 찼다.

——동료라고 말해 줬다. 자신은 그 소년을 속이려 했을 뿐만이 아니라 내밀어 준 손을 몇 번이나 뿌리쳤는데, 그럼에도 동료라고 해 줬다. 한결같이 진지하게. 스스로 자각도 하지 못했던 SOS를 깨달아 줬다. 멋대로 행동한 자신을 걱정해서 도와주러 와 줬다. 그 소년이 없었더라면 자신은 지금쯤 시글로스에게 모든 것을 빼앗기고 살해당했을 것이 분명했다. 그것만큼은 확신할 수 있었다.

그래서 지금은 감사의 마음밖에 없었다.

신기한 기분이었다. 지금부터 아버지의 원수이자 수많은 목숨을 빼앗은 남자를 처단하려는데 자신도 놀랄 정도로 마음의 수면이 고요했다. 이런 기분은 처음이었다.

“오픈 올 인브레시어즈.”

가슴 앞, 두 손바닥 사이에 있는 컨트롤러로 허큘리스를 향해 최종 커맨드를 입력했다.

게이트 키퍼에게는 반드시라고 해도 좋을 정도로 '비장의 수'가 준비되어 있었다. 최근에 확인된 게이트 키퍼로 말하자면 복서콩의 롤링 래리어트, 해룡형 게이트 키퍼의 타이달 웨이브 같은 것이 거기에 해당될 것이다.

당연히 헤라클레스라 불리던 이 파격적인 게이트 키퍼에게도 그것은 존재했다.

고대 술식에 의한 강화와 팔의 증가는 허큘리스에게 있어서는 리미터 해제에 지나지 않았다.

허큘리스의 진정한 힘이 지금이야말로 해방되었다.

"〈인벌너러블 킬러〉."

허큘리스를 개발한 고대인은 역시 초고대의 전설을 따른 것이겠지.

거인의 여섯 손바닥에서 갑자기 모든 무기가 사라졌다. 대신 나타난 것은—— 너무나도 거대한 활. 신장이 6메르틀이나 되는 허큘리스와 거의 비슷하거나 그 이상의 크기를 자랑하는 강궁(剛弓)이었다.

왼쪽의 세 팔이 황금으로 빛나는 강궁을 쥐었다. 활 전체가 갑옷을 걸친 듯 위압감 있는 형태였다. 허큘리스 전용의 무기임이 명백한 것은 윗부분, 중간, 아랫부분에 각각 손잡이가 달려 있다는 점이었다. 사람 정도는 가볍게 으스러트릴 수 있는 손이 세 개의 손잡이를 강하게 쥐었다.

이어서 오른쪽의 세 팔 앞에 화살이 구현화되었다. 한 팔에 세 발씩. 합계 아홉 개의 은색 화살이었는데 화살촉이 짙은 보라색으로 물들어 있었다.

허큘리스는 아홉 개의 화살을 하나로 뭉쳐서 전부 시위에 메겼다. 그 순간 아홉 개의 은화살이 한 뭉치가 된 채 비틀어졌다. 젖은 천을 쥐어짜는 것처럼 화살대가 비틀어지며 나선을 그린 아홉 개의 화살이 비틀어진 하나의 창으로 변했다.

고대의 영웅 허큘리스는 아홉 개의 머리를 가진 괴물 히드라를 쏘아 죽이고 그 독혈(毒血)을 바른 화살로 불사신인 켄타우로스 케이론을 죽음으로 몰아넣었다고 한다. 스스로 작성한 게이트 키퍼에 영웅의 이름을 각인한 제작자다. 이 ‘오의’도 그 영웅담에서 인용한 것이겠지.

하지만 로제에게 있어서 그런 사실은 아무래도 좋았다.

중요한 것은 이 화살에는 불사신인 존재마저 죽일 수 있을 정도의 위력이 담겨 있다는 점이었다. 실제로 불사신인 존재가 있다고 하더라도 정말로 숨통을 끊어 놓을 수 있을지는 의문이었지만 위력에 자신이 없다면 ‘불사신 살해자(인벌너러블 킬러)’ 같은 이름은 붙이지 않았을 것이다.

로제에게는 확신이 있었다. 이 화살은 반드시 용인의 장갑마저 꿰뚫고 시글로스를 멸할 것이라고.

왼쪽의 세 팔로 활을 쥐고 오른쪽의 세 팔로 한계까지 나선 화살을 잡아당긴 허큘리스. 지금 허큘리스는 아무 말도 하지 않았다. 포효도 하지 않았다. 그저 조용히 터져 나오려는 듯한 전의를 전신에서 흘리며 황금의 활로 은색 화살을 당기고 있었다.

화살촉 앞에는 하늘에 떠 있는 용인 시글로스가 있었다. 호박색 눈으로 녀석을 응시하며 로제는 사형선고를 내렸다.

"슛."

맹렬한 힘이 허큘리스가 당기고 있는 나선 화살로 수속되었다. 키이이이잉, 하고 찢어지는 듯한 소리가 울려 퍼졌다.

허큘리스의 화살에서 눈이 멀 정도의 빛이 뿜어져 나왔다.

극한까지 힘을 담은 일격이 마침내 발사되었다.

"로제 기다리렴. 나다, 아버지다."

그 순간, 빛나는 화살 앞에 있는 용인이 어느 틈에 로제의 아버지 오디스의 모습으로 변모해 있었다. 온몸을 통째로, 정성스럽게도 옷까지 재현해서 잔해 위에 내려서 있었다.

어리석은, 하고 로제는 마음속으로 말했다. 또 그건가. 이제 와서 그런 속 보이는 수법에 걸릴 것 같은가. 상관없다. 쏴 버려.

"아니, 오해다. 난 살아 있다. 시글로스 안에서 살아 있다!"

아버지의 얼굴과 목소리가 그럴싸한 소리를 떠들어 댔다. 필사적인 표정이었다. 애쉬그레이의 머리카락은 식은땀으로 볼에 달라붙어 있었고 호박색 눈은 허큘리스가 아닌 로제를 똑바로 바라보고 있었다.

바보 같은. 정말 형편없는 연기다. 아버지의 모습으로 비참하게 추태를 부리는 것은 그만둬 줬으면 좋겠다. 이젠 됐다. 이제 끝이다. 차라리 저 모습이 날아가 버리면 자신의 마음속에도 매

듭이 지어질 것이다.

그래. 사라져 버려라.

결의를 굳힌 로제는 이번에야말로 전력으로 허큘리스에게 공격 캔슬 커맨드를 송신하고 시글로스의 모습이 날아가는 순간을 기다렸다.

…………어?

지금, 로제의 마음속에서 무언가가 어긋났다.

어떻게 할 수 없는 치명적인 어긋남이었다. 생각지도 못한 현상에, 자신의 내부에 생긴 모순에, 로제는 순간적으로 현기증이 날 정도로 경악하고 혼란했다.

――무…… 무슨, 짓을……? 방금, 난…… 뭘…… 한 거지……?

허큘리스가 당기고 있던 〈인벌너러블 킬러〉에서 눈부시게 빛나던 빛이 갑자기 사라졌다. 고조되던 소리도 공기 속에 녹아드는 것처럼 작아졌다.

컨트롤러를 통해서 보낸 커맨드는 틀림없이 기능하고 있었다. 잘못된 것은 핸들러인 로제 쪽이었다.

"이해해 줬구나, 로제……! 아버지다! 네 아버지, 오디스 볼크링이다!"

직전까지 사신의 손에 잡혀 있던 남자의 얼굴이 환희로 가득해졌다.

"아니야……!"

로제는 그 남자의 모습을 시야에 넣은 채 천천히 고개를 흔들었다. 이상하다. 그럴 생각은 없었다. 반대로 계속 공격할 거라고 결의했다. 아버지의 모습째로, 모든 원한을 없애 버리기 위해. 그런데——.

"아니야……! 난……!"

아버지의 생명은 이제 없다. 살아계실 리가 없다. 설령 신기라 하더라도 죽은 자를 되살리는 것은 불가능하다. 저것은 틀림없이 오디스인 척 하고 있는 시글로스다.

"오, 오픈 올 인브레시어즈——! 〈인벌너러블 킬러〉!"

동요를 숨기지 못한 로제는 떨리는 목소리로 내팽개치는 것처럼 외치며 '오의'를 재기동하려고 했다.

하지만 어째서인지 반응이 없었다. 음성 커맨드는 어찌 되었든 중요한 제어 커맨드가 송신되지 않은 것이다. 이 조작은 어려운 것이 아니었다. 자신의 'SEAL'에서 사역용의 신호를 내보내기만 하면 되었다. 술식에 의해 링크되어 있는 허큘리스라면 손가락을 움직이는 것과 같은 감각으로 조종할 수 있을 텐데.

"말도 안 돼……."

하지 못했다. 남은 것은 이제 방아쇠를 당길 뿐인 상태임에도 로제는 그러지 못했다. 마치 손가락이 마비되어서 움직이지 않는 것처럼.

거대한 화살을 당긴 채 멍청하게 굳어 있는 허큘리스의 발치에서 로제는 아름다운 얼굴을 절망으로 물들이고 멍하니 서 있었다. 자신의 몸에 무슨 일이 일어나고 있는 것인지 도무지 이해가 되지 않았다.

갑자기 발밑에 구멍이 뚫리고만 듯한 탈력감에 휩싸였다. 자신이 밟고 있는 자리가 사라져 버린 듯한 기분이 들었다. 마음과 몸이 상반된 자신처럼 믿음직하지 못한 존재는 없다고 생각했다.

경악하고 있을 수밖에 없었다. 자신의 안에 있는, 자신도 지각하지 못한 마음의 브레이크—— 만약 정말로 아버지가 살아있다면? 만약 아버지를 되찾을 가능성이 있다면? 저것이 만약 시글로스의 연기가 아니라 진짜로 아버지라면?

그런 반딧불 같은 허망한 희망이—— 미련 가득한 '망설임'이 로제의 마음을 옭아매서 마지막 한 발짝을 내디디지 못하게 하고 있었던 것이다.

이윽고 시선 앞에 있는 오디스가 고개를 숙이고 몸을 떨기 시작했다. 그리고,

"크, 크크—— 크하, 하하하, 하하하하하하하!"

웃음소리. 그것도 아버지의 웃음소리가 아니라고 생각될 정도의 천박한 웃음소리였다.

"하하하하, 아하하하하하하하——! 아~ 아~ 역시 그렇지? 결국엔 그렇게 되는 거야, 넌 그렇게 된단 말이지. 그래, 그런 거야. 이걸로 알겠냐? 넌 어떻게 할 수 없을 정도로 그런 녀석이라는 거야, 롤트린제."

예상대로라고 생각할 것도 없는 당연한 귀결로서, 오디스의 얼굴을 한 시글로스가 얼굴을 사악하게 일그러트리며 로제의 우스꽝스러운 모습을 비웃고 있었다. 이거야말로 당연한 결말이었다.

"그러니까 말했잖아. '역시 넌 우등생이구나.'——라고. 힘의 차이가 어떻든 넌 날 죽이지 못해. 내 스승님—— 네 아버지

가 이곳에 있는 한은 말이지——. 응? 이봐, 생각해 보라고. 진짜로 할 수 있냐? 할 수 있다고 생각하는 거냐? 크하하하하하——! 아니, 못하거든! 시체라는 사실을 알아도 못하지. 아버지의 유체를 뭉개지 못해. 상냥하고 착해 빠진 롤트린제 아가씨가 할 수 있을 리가 없잖아. 그보다 말이야, 누구보다도 네가 알았어야지. 동귀어진은 불가능하다는 것을. 그런데 누구보다도 네가 몰랐단 말이지! 걸작이잖아, 콧물이 다 나오는구만! 하하하하하하하하하하하하!!"

여전히 오디스의 모습을 한 채로 시글로스는 폭소했다. 그 모습을 창백한 얼굴을 한 로제와 미동도 하지 않는 허큘리스가 바라보고 있었다.

하지만 아버지의 얼굴과 목소리로 미친 듯이 웃는 그 행위가 로제의 마음에 새로운 불을 붙였다. 그리고 시글로스의 언동은 꺼지려던 불에 기름을 붓기에 충분했다.

"윽——!!"

로제는 순간적으로 격앙했다. 이 악랄한 남자가 이 이상 아버지의 모습을 취하는 것을 방관할 수는 없었다. 단숨에 끓어오른 분노로 이번에야말로 소멸시켜 주겠다——!

"아아아아아아아아아아아아아아아아아아아아아아아아——!!"

자신을 고무하기 위해서 로제는 최대한의 성량으로 외쳤다.

이번에야말로 커맨드를 송신했다. 허큘리스의 〈인벌너러블 킬러〉에서 또다시 눈을 태우는 듯한 빛이 발해졌다. 소리굽쇠처럼 공명하는 소리가 고조되었다.

"사라져 버려————————!!"

『——!』

목이 찢어져라 외친 소리를 듣고 허큘리스가 마침내 화살을 발사했다.

은색의 섬광이 뿜어져 나왔다. 대기가 비명을 질렀다.

그 순간마저도 시글로스는 오디스의 얼굴로 웃으면서 자신에게 육박해 오는 기둥처럼 두꺼운 빛을 바라보고 있었다.

두꺼운 광선으로밖에 보이지 않는 〈인벌너러블 킬러〉가 시글로스를 집어삼키기 직전에.

갑자기 빛의 화살이 아홉 개로 나뉘어서 퍼졌다.

한 뭉치가 되어 있던 아홉 개의 화살이 풀린 것이다. 나뉜 아홉 개의 화살은 각각 살아 있는 것처럼 엉뚱한 방향으로 날아가서 마치 시글로스만을 피하는 것처럼 주변에 꽂혔다. 집 두 채, 세 채를 날려 버릴 정도의 폭발이 연속으로 아홉 번 발생했다. 파괴의 충격이 잇따라서 주위의 건조물을 날려 버리며 시글로스를 중심으로 반경 500메르틀 안을 한순간에 초토화시켰다.

"……."

눈 깜짝할 사이에 전개된 그 광경을, 로제는 폭풍에 휘청거리며 아연한 표정으로 바라보고 있었다.

멍하게 'SEAL'로 허큘리스의 전투 로그를 참조했다. 무의식적인 행동이라고밖에 할 말이 없었다. 로제의 의식 속 깊은 곳, 본능에 가까운 부분이 조건반사적으로 확산 커맨드를 보냈었다. 자신도 모르게 공격이 시글로스를 피하도록 조작한 것이다.

"……아, 아……."

이번에야말로 더는 버틸 수가 없었다.

로제는 자신의 마음이 꺾이는 소리를 들은 듯한 기분이 들었다.

자신은 저자를 죽이지 못한다. 아버지의 주검째로 저 남자를 없앨 용기가—— 각오가 자신에게는 없었다. 정이 깊다거나, 상냥하다거나 하는 그런 허울 좋은 이야기가 아니다.

이것은 약함이었다.

"그렇지——? 말했잖아. 나쁜 짓을 하면 올바름을 제외하고는 전부 손에 넣을 수 있다고 말이야."

갑자기 눈앞이 새카매지고 생각지도 못한 지근거리에서 시글로스의 목소리가 들려왔다.

시야가 검게 물든 것은 자신이 느끼는 절망 탓이라고 로제는 생각하고 있었지만 그건 잘못된 생각이었다. 검은 용인의 모습으로 돌아간 시글로스가 눈으로 포착할 수 없는 속도로 그녀의 눈과 코앞에 나타난 것이었다.

푹, 하는 소리가 가슴 한가운데에서 들려왔다. 로제는 다섯 개의 봉 같은 것이 가슴에 박히는 감촉을 느꼈다. 충격으로 몸이 흔들렸다. 내려다보자 갑각에 감싸인 시글로스의 오른쪽 다섯 손가락이 로제의 쇄골 바로 아래 부근에 박혀 있었다. 시글로스가 예전처럼 사형(師兄)의 목소리로, 부드럽게 가르치는 것처럼 귓가에서 속삭였다.

"반대로 말하면 그렇지 않은 너에겐 올바름을 제외하고 아무것도 손에 들어오지 않는다는 거야——. '순진한 우등생'으로는 나를 이기지 못해, 롤트린제."

——빨려 들어간다. 그렇게 생각했을 때엔 전부 늦었다.

로제와 시글로스의 'SEAL'이 물리적으로 이어졌다. 두 사람의 휘문이 포톤 블러드의 색으로 빛나며 전신에 내달렸다.

신기 ‘융합’의 힘을 쓴 시글로스가 로제의 내부에서 정보를 빨아들였다. 로제의 ‘초력(액셀)’은 빼앗는 데 시간이 걸릴 거라고 판단한 것이겠지. 먼저 게이트 키퍼를 사역하기 위한 술식과 그 정보를 복사하고 있다는 것을 직감적으로 깨달았다.

저항했어야 했다. 설령 이 손으로 죽이지 못하더라도, 이 남자에게는 이 이상 무언가를 줘서는 안 된다. 머릿속으로는 그렇게 이해하고 있었다. 하지만 몸이 움직이지 않았다. 체념과 절망의 사슬이 손발을 묶어서 로제를 무기력하게 만들고 있었다. 이대로 전부 빼앗기고 죽어 간다. 아무런 도움도 되지 못한 자신에겐 오히려 어울리는 말로일지도 모른다——. 머릿속 한구석에서 그렇게 생각하는 로제가 있었다.

3초도 걸리지 않아 오리지널 술식 전부가 복사되고 그 위에 허큘리스의 사역 권한까지 빼앗겼다. 시글로스는 마침내 로제의 내부에 있는 신기를 향해 그 손을 뻗었다.

“좋은데…… 정말 좋아, 그 표정. 롤트린제 너 말이야, 지금 엄청나게 흥분되는 표정을 짓고 있어. 아까처럼 화내던 얼굴도 좋지만 그런 절망 가득한 얼굴도 최고야.”

술식과 정보를 복사하는 것과는 다르게 신기의 이행에는 어느 정도 시간이 필요했다. 그 탓인지 시글로스는 지근거리에서 로제의 얼굴을 들여다보면서 크히, 하고 피리 소리 같은 웃음을 흘렸다.

“이히, 이히이히히히하하하하하하하하하하——! 그 얼굴이 보고 싶었다고! 그 최고급의 얼빠진 얼굴이! 이봐, 알겠냐! 새침한 표정만 짓던 네가 자신의 무력함과 비참함을 깨닫고 눈물 짓는 때를! 내가 얼마나 기대해 왔는지를 말이야!"

이 남자는—— 대체 뭘까. 어째서 이 정도로 자신을 상처 입히려 하는 것일까. 로제는 그것이 너무나도 궁금했다.

확실히 짐작 가는 곳은 있었다. 심정도 안다. 하지만 이 정도였을 거라고는 생각하지 못했다. 애초에 스승도 같았고 사형이기는 했지만 접점은 그다지 많지 않았다. 어째서 이 남자는 자신을 이 정도로 싫어하게 된 것일까. 아니면 자신이 너무 둔감했던 것일까.

"——."

머리가 제대로 돌아가지 않았지만, 그래도 로제는 생각했다. 이대로 신기가 전부 넘어가 버리면 분명 시글로스는 벌레라도 짓뭉개는 것처럼 간단하게 로제를 죽일 것이다. 그러고 나서 남은 시민들을 학살하고 돌아다니겠지. 그것도 로제에게서 빼앗은 '초력'의 신기와 허큘리스를 이용해서.

——안 된다. 그것만큼은 허용해서는 안 된다.

납이 매달린 듯한 무거운 양팔을 느릿느릿 들어 올려서 로제는 자신의 가슴에 박혀 있는 시글로스의 손을 붙잡았다.

"앙? 뭐야, 아직 저항할 기력이 있는 거냐? 크히. 아니, 이제 됐어. 보고 싶은 것은 봤으니까. 이히, 방해되니까 말이야, 짜증 나니까—— 됐으니까 넌 여기서 끝나 버리라고 바보야 하하하하하하하하하하하하하하하하HAHAHAHAHAHAHAHAHAHA!"

한순간 짜증스러운 감정을 내비친 시글로스였지만 금방 또다시 망가진 것처럼 웃기 시작했다. 아니, 이젠 정말로 망가져 있는 것일지도 모른다. 이 남자의 웃음에서 로제는 더 이상 의미를 느낄 수가 없었다.

"그럴 수는…… 없어요……!"

기력을 쥐어짜 내며 로제는 시글로스의 손을 뽑아내기 위해서——가 아니라 고정하기 위해서 온몸에 힘을 모았다. 그렇다, 이대로 끝날 수는 없었다. 싸우기 전에 결의하지 않았나. 설령 같이 죽게 되더라도 이 남자는 지옥으로 데려가겠다고——!

시글로스의 'SEAL' 과 직접 이어져 신기의 이행이 되고 있는 지금이기에 쓸 수 있는 방법이 있었다. 이 상태로 신기 '초력' 을 전력으로 가동시켜서, 시글로스의 '융합' 도 말려들게 해서 폭주시키면——.

한계를 모르며 미쳐 날뛰는 힘의 격류에 두 사람 모두 날아가 버릴 것이 틀림없다.

"당신만큼은, 반드시 아버지와 같은 곳으로 데리고 가겠어……!"

막다른 길에 몰려서 로제가 비장한 결의를 한 그때였다.

"〈드릴——!"

소년의 날카로운 목소리가 로제와 시글로스 두 사람의 귀를 찢었다.

"브레이크〉——————————————!!"

목소리는 로제 쪽에서 봤을 때 오른쪽 대각선 뒤쪽에서 들려왔다.

"윽!?"

순간적인 반응이겠지. 갑자기 날아온 딥 퍼플의 빛에 그냥 넘길 수 없는 무언가를 느낀 것인지 시글로스는 로제의 가슴에서 오른손을 뽑고 몸 앞에 양팔을 교차시켰다. 간발의 차이로 방어 자세를 취한 시글로스의 팔에 라그디스하르트의 〈드릴 브레이크〉가 꽂혔다.

"!!"

무시무시한 마찰 소리. 고속으로 회전하는 포톤 블러드의 드릴이 칠흑의 갑각을 맹렬한 기세로 깎았고 선혈처럼 불꽃이 튀었다.

하지만 시글로스의 갑각은 밀려드는 운동 에너지를 전부 확산시켰다. 이윽고 검 술식의 효과 시간이 끝나고 드릴이 사라졌다.

깨닫고 보니 로제의 눈앞에 라그디스하르트의 등이 보였다. 하얀 와키자시(脇差)를 양손으로 쥐고 시글로스의 팔에 꽂아 넣고 있었다. 끼어들 공간을 억지로 연 것이다.

"넌 뭐야? 모처럼 좋은 부분이었는데. 뭉개 버린다?"

용인의 얼굴이 분노로 일그러졌다. 기습을 받았으니 당연하다면 당연한 반응이었다.

뒷머리로 용인의 붉은 시선을 받고 있는 소년은 〈드릴 브레이크〉를 찌른 자세 그대로 어째서인지 움직이지 않았다. 아니, 자세히 보니 그 몸은 작게 떨리고 있었다.

공포일까. 당연한 반응이라고 로제는 생각했다. 그 소년도 허큘리스와 시글로스의 전투를 보았을 것이다. 두려워하지 않을 리가 없었다.

"……웃지 마……!"

하지만 부들부들 간질처럼 온몸을 떨던 소년이 쥐어짜 내는 것처럼 목소리를 내었다.

"아앙?"

용인이 불쾌하게 되물었다. 너무나도 작아서 시글로스는 물론이고 로제도 무슨 말을 하는 것인지 알아듣지 못했다.

"——비웃지 마……!"

이번에는 들려왔다. 또렷하게.

팟, 하고 옷 스치는 소리를 날카롭게 내면서 라그디스하르트는 고개를 들었다.

로제 쪽에서는 뒷머리밖에 보이지 않는 그 소년의 전신에서 열파(熱波)와 같은 바람이 불어왔다. 'SEAL' 에서 발해지는 청보라색 빛이 옷을 뚫고 나오는 것처럼 강하게 빛났다.

그리고 소년은 분노로 불타오르며 힘주어 외쳤다.

"내 동료를—— 비웃지 마!"

●7 겁쟁이 —Coward—

눈앞에서 펼쳐지는 차원이 다른 전투를 난 그저 보고 있을 수 밖에 없었다.

"——."

로제 씨가 재생한 헤라클레스——아니, 컴포넌트에 등록되어 있는 진정한 이름은 '허큘리스'——가 거대한 괴물을 상대로 그 여섯 개의 팔을 종횡무진으로 휘두르고 있었다.

지금 내 눈 앞에서 싸우고 있는 것은 보기에도 사람의 틀에서 벗어난 존재였다.

한쪽은 6메르틀에 달하는 기계 거인. 이미 그 진정한 힘은 발휘되고 있어서 한때 내가 눈앞이 캄캄해질 정도로 절망한 여섯 개의 팔이 생성된 진화 형태였다. 물론 강화 술식도 함께 발동되어 있어서 공격력과 방어력은 물론이고 특히 속도가 말도 안 되는 영역에 도달해 있었다.

한쪽은 SB 몇 마리를 합친 듯한 기괴한 키메라—— 시글로스. 4메르틀 정도였던 몸집은 전투가 시작되고 나서 바로 부풀어 올라, 지금은 허큘리스를 넘는 7메르틀에 달해 있었다.

현재의 전황으로는 허큘리스가 시글로스를 압도하고 있었다. 눈으로 포착할 수 없는—— 그렇다, 의식을 집중하지 않으면

은색 반짝임으로밖에 보이지 않는 속도로 여섯 개의 팔에 쥔 무기를 휘두르고 있었다. 시글로스가 변한 키메라 SB를 맹렬하게 베고, 부수고, 꿰뚫었다.

분수처럼 키메라 SB의 육편이 날아갔지만 금방 재생했다——. 마치 쳇바퀴 도는 듯한 상황이었지만 허큘리스의 검속이 키메라 SB의 재생 속도를 약간이지만 웃돌고 있었다.

그 광경을 보고 있으니 몸의 안쪽에서 오한이 났다.

——장난이 아니다……. 뭐지, 저건……!?

온몸의 떨림이 멈추지 않았다. 위 안쪽이 무겁다. 무릎이 덜덜 떨렸다.

——정말로 난 저런 놈에게 이긴 건가……!?

며칠 전의 자신이 믿어지지 않았다. 확실히 기억은 있다. 저 괴물—— 허큘리스와 정면에서 맞부딪친 기억이.

하지만 극한 상태였기 때문인지 기억 대부분이 어렴풋했다.

그저 한결같이, 정신없이—— 육박해 오는 참격의 빗속을 돌파하며 몇 번이고 〈대단도〉를 때려 박았다는 것만은 기억하고 있었다. 하지만 자신이 어떻게 움직였는지, 상대의 움직임에 어떻게 대응했는지 세세한 부분은 기억 영역에서 대부분 사라져 있었다.

그래서 다시 한번 같은 행동을 해 보라고 해도—— 해낼 자신이 전혀 없었다.

강화 계수를 'SEAL'의 한계 직전까지 높이는 것은, 탈것으로 비유하자면 언제나 풀 스로틀로 달리는 행위와 비슷했다. 외줄타기를 넘어 실타기 정도의 집중력이 필요하고, 거기다가 그 집중력을 계속 유지해야만 했다. 일반적이라면 금방 ABS(오토 브레이크 시스템)가 발동해서 프로세스가 중단되는 상황이었다. 그래도 그때 내가 그런 말도 안 되는 상태를 유지한 채로 싸울 수 있었던 것은 자기 자신도 놀랄 정도로 의식을 집중하고 있었기 때문이었다.

하누를 지켜야 한다——. 그 생각밖에 하지 않고 있었기 때문이었다.

무시무시한 속도로 키메라 SB를 베는 허큘리스의 검광. 풍압으로 흙먼지가 피어오르고 주변 건물에 균열이 생겨났다. 스친 곳은 그곳을 기점으로 무너질 정도였다.

그래, 정상적으로는 이길 리가 없었다. 나 따위가 저런 괴물에게.

뭐가 용사냐. 뭐가 베오울프냐.

어쩌다 우연이 겹쳐서 승리한 주제에, 난 '용사 베오울프' 같은 거창한 별칭으로 불려서 들떠 있었던 것은 아닐까? 다른 사람이 '대단한 녀석'이라고 추켜세워 줘서 마음속 어딘가에서 우월감에 빠져 있었던 것은 아닐까?

어찌나 어리석은 녀석인지—— 그 눈을 똑바로 뜨고 현실을 잘 봐라.

직접 싸우고 있는 것도 아니면서 온몸이 부들부들 떨리고 있지 않은가. 동년배 여자애가 싸우고 있는데 완전히 겁에 질려 있지 않은가.

뭐가 '만약 로제 씨가 또다시 위험한 상황에 처한다면 무슨 일이 있더라도 반드시 도울 생각이었다.'냐. 이런 꼬락서니로 저 둘 사이에 뛰어 들어가 봤자 아무런 도움도 되지 않는다. 아니, 오히려 저 믹서기 같은 전투에 말려들어 혼자서 멋대로 죽어 버리고 끝이다.

결국 난 조금도 변하지 않았던 것이다. 용사라고 찬사를 받고 이름만 유명해져 봤자 나 자신은 전혀 진보하지 않은 것이다.

헤라클레스 때도 그랬다. 난 시큐리티 룸 앞에서 떨고 있었다. 그때도 하누가 결정적인 위기에 처할 때까지 움직이지 못했다. 그런 녀석의 어디가 '용사' 인지.

——갑작스럽게 전황이 변화했다. 시글로스의 본체가 키메라 SB에서 빠져나와서, 이번에는 새카만 전신 갑옷을 입은 듯한 모습으로 변모한 것이다. 조금 전 키메라 SB와는 다르게 몸집이 작은 만큼 속도가 상당히 빨라져 있었다. 거기에 단단했다. 저 허큘리스의 검을 정면에서 받으며 버티고 있었다.

하지만 변신 도중에 신체의 대부분을 새카맣게 물들인 시글로스가 로제 씨의 눈앞에 나타났을 때—— 난 움직이지 못했다. 온몸의 근육이 돌처럼 굳어 있는 것이 느껴졌다.

마음은 위험하다는 생각에 도우려고 했지만 몸 쪽이 움직이지 말라고 저항하고 있는 것만 같았다. 마음과 몸의 줄다리기가 시작되어서 온몸이 경련하는 것처럼 움찔거렸다.

——무섭다. 그 한 마디로 모든 것을 설명할 수 있었다. 다행스럽게도 시글로스가 곧바로 로제 씨에게 떨어져서 또다시 허큘리스와 전투를 시작했기에 망정이지 그렇지 않았다면 어떻게 되었을지.

난 오른손으로 앞섶을 꽉 쥐며 주먹으로 가슴을 눌렀다. 빠르게 뛰는 심장을 향해서 진정하라고 명령을 내렸다. 난 뭘 하고 있는 거지? 방금 그건 동료인 로제 씨의 위기였잖아. 방금 그 타이밍에 움직이지 못했다면 다음번에도 움직이지 못할 게 뻔하잖아. 그 다음번은 이제 없을지도 모른다고——!

허큘리스와 시글로스가 엄청난 고속 전투를 펼치고 있었다. 만약 저 안에 자신이 뛰어든다면—— 그렇게 생각한 것만으로도 소름이 끼쳤다. 만약 또다시 로제 씨가 위기에 처하더라도 움직일 수 있을 거라는 생각이 들지 않았다. 이를 악물어도 뼛속부터 전해져 오는 떨림이 도무지 멈춰 주지를 않았기 때문이다.

이윽고 허큘리스와의 고속 전투에서 밀린 시글로스가 엄청난 기세로 지면에 내동댕이쳐졌다. 하지만 격돌하기 직전에 칠흑의 신체에서 마지막 발버둥인 것처럼 크롬그린색 화살이 몇십 발이나 발사되어서, 큰 공격을 한 직후라 반응하지 못하는 허큘리스에게 전부 직격했다.

양쪽 모두 막대한 연기에 휘감겼다. 그리고,

『우오오오오오오오오오오오오오오오오오오오오오오오오오오오!』

흙먼지 속에서 포효를 지르며 나타난 허큘리스의 모습을 본 순간, 난 로제 씨의 승리를 확신했다.

전혀 상처가 없었다. 파워로도 이기고, 시글로스의 공격이 허큘리스의 장갑을 뚫지 못한다면 로제 씨와 허큘리스의 승리는 이미 결정된 거나 다름없었다.

게다가 희망은 그것뿐만이 아니었다.

"〈인벌너러블 킬러〉."

그 음성 커맨드로 생겨난 것은 눈이 부실 정도로 화려한 황금의 장궁과 아홉 개의 은화살이었다.

보는 것만으로도 한눈에 알았다. 저것이 허큘리스의 '오의'라는 것을.

왼쪽의 세 팔로 황금의 강궁을 들고 오른쪽의 세 팔로 아홉 개의 은화살을 당기는 허큘리스. 그 거구에 터무니없는 힘이 모여드는 것이 느껴졌다. 옆에서 보고 있는 나라도 알 수 있었다. 저것은 틀림없이 시글로스를 일격에 죽일 만한 위력을 담고 있다는 사실을.

승리의 확신이 더욱 깊어졌다.

비틀려서 하나가 된 은화살. 저 화살이 발사되면 전투는 끝난다. 로제 씨의 원수, '볼크링 서커스의' 수령── 시글로스 슈바인베르그의 명운은 끝이 나고 모든 것이 해결된다. 로제 씨도 숙원을 이루고 부유 도시에는 평화가 돌아올 것이다.

그래서 난 화살을 당긴 허큘리스의 용맹한 모습을 고양된 시선으로 바라보고 있었다.

하지만──.

마지막 공격, 허큘리스의 〈인벌너러블 킬러〉는 불발로 끝났다.

시글로스가 칠흑의 갑옷 차림에서 또다시 로제 씨의 아버지로 변모했기 때문이다.

상냥한 로제 씨가 저 모습을 쏠 수 있을 리가 없다──. 시글로스도 그렇게 생각하고 이때다 싶어서 변신한 것이 틀림없었다.

그렇지만 난, 그럼에도 놀랄 수밖에 없었다. 어째서. 거짓임이 당연한데. 쏴 버리면 모든 것이 끝나는데, 어째서── 하고.

그것은 이 무시무시한 전투에 개입하고 싶지 않다고 생각한, 나의 한심함에서 비롯된 감정이었다.

아연실색한 내 앞에서, 그럼에도 피를 토하는 듯한 외침과 함께 로제 씨가 〈인벌너러블 킬러〉를 재차 기동시켰다. 빛나는 은색 화살이 발사되었고 그것이 갑자기 아홉 개의 섬광으로 나뉘어서—— 웃음이 나올 정도로 깔끔하게 시글로스를 피해서 착탄했다.

빗맞은 것이 아니겠지. 빗맞췄다고 하는 편이 정확할지도 모른다. 로제 씨에게도 뜻밖의 결과였을 것이다. 철가면 같았던 얼굴이 경악과 절망으로 물들어 있었다.

그런 로제 씨의 눈앞을 또다시 칠흑의 갑옷 차림이 된 시글로스가 막아섰다.

"윽——!?"

이번에야말로 위험하다. 난 순간적으로 〈프로텍션〉×10을 발동해서 스위치로 링크되어 있는 로제 씨에게 지원 술식으로 원호를 했다. 그러고 나서 백호를 칼집에서 뽑고 달려 나가려고 했지만——.

움직이지 않는다.

"……!?"

다리가, 내 의지에 반하며 조금도 움직이려고 하지 않았다. 아까부터 계속 그러했던 것처럼 동영상으로 찍어서 누군가에게 보여 주고 싶을 정도의 기세로 무릎이 떨리고 있었다.

"이, 게……!"

난 한심한 자신의 두 다리를 백호의 칼자루와 왼쪽 주먹으로 두들겼다. 추위로 마비된 듯한 허벅지에 둔한 통증이 생겨났다.

——뭘 하고 있는 거야! 떨고 있을 때가 아니잖아! 달려! 달리라고!

자신의 몸에 자극을 줘서 다시 양 다리에 힘을 담았다. 이를 악물고 이번에야말로 달려 나가려고 하다가,

넘어졌다.

"크윽……!"

길바닥에 얼굴을 비비면서 보기 흉하게 주르륵 미끄러졌다. 말을 듣지 않는 것은 다리만이 아니었다. 균형이 전혀 잡히지 않았다. 몸의 곳곳이 전장으로 향하기를 거부하고 있었다.

"큭……!"

——어째서야. 그때는, 하누가 위기에 처했을 때는 아무 생각도 하지 않고 뛰어 들어갔었잖아……!

난 눈물을 글썽이며 두 주먹으로 땅바닥을 쳤다. 자신이 이 정도로 한심한 녀석이라고는 생각하지 못했었다. 난 대체 어디까지 겁쟁이인 걸까. 몸이 위축되어서 움직이지 않는다니, 마음이 약한 거에도 정도가 있다.

——하지만 뛰어든다고 해서, 네가 저 녀석을 이길 수 있어?

그때 머릿속 어딘가에서 냉정하고 타산적인 자신이 속삭였다.

——이번에도 저번처럼 우연이 일어날 거라고 생각하는 거야? 세상은 그렇게 쉽지 않다고.

혹은 온몸을 옭아매고 있는 공포의 사슬이 그런 환청을 만들어 내고 있는 것일지도 몰랐다.

——이번에야말로 죽을 거야. 저 녀석의 실력은 봤잖아. 게다

가 힘만이 아니야, 머리도 잘 돌아가. 애초에 넌 인간을 상대로 전투해 본 적도 없잖아. 지능이 있는 상대라고. 단순하게 힘으로 밀어붙여서는 이기지 못할 수도 있어.

달콤한 유혹. 이곳에서 눈을 감고 귀를 막아서 로제 씨를 못 본 척하면, 어쩌면 나는 살아남을 수 있을지도 모른다. 자신의 보신을 우선하라고 이성과 본능이 손을 잡고 감정을 설득하기 시작했다.

그렇다, 이것은 예전에 카렐 씨가 했던 말이었다. 그녀는 이제 구하지 못한다. 포기해라. 언젠가 힘을 얻어서 원수를 갚으면 된다——. 그런 냉정침착하고 논리 정연한 정론.

긴장을 늦추면 무심코 동의하게 될 것만 같았다.

하지만 공포에 몸도 마음도 잠식되어 있던 나는, 그럼에도 저항하려고 했고,

——웃음소리?

귀에 들려오는 추악하고 천박한 웃음소리에 머릿속이 새하얗게 되었다.

누가 웃고 있는지는 생각할 필요도 없었다. 고개를 들고 볼 것도 없었다.

시글로스다. 로제 씨의 앞에 선 그자가, 그녀를 바보 취급하면서 웃고 있는 것이다.

——뭘 웃고 있는 거야.

그 순간, 마음속 깊은 곳에서 맹렬하게 끓어오른 감정으로 머

릿속이 가득 찼다.

——아버지의 모습을 쏘지 못했던 로제 씨를…… 그 상냥함을, 네가 비웃는 건가. 다른 누구도 아닌, 그 덕분에 목숨을 건진 네놈이.

자기 자신도 놀랄 정도로 막대하게 분출된 분노가 온몸을 뒤덮고 있던 공포에 머리카락 한 가닥만큼의 틈을 만들어 냈다.

그 틈을 통해서 난 즉시 공포심의 우리에서 빠져나왔다.

그 순간 그렇게 나를 괴롭히던 떨림이 딱 멈췄다.

——웃지 마. 그건 네가 웃어도 될 게 아니야. 아니, 아니지. 로제 씨의 그 행동을 웃어도 되는 인간은 이 세상 어디에도 존재하지 않아. 아버지를 생각하는 딸의 행동은 웃음거리 취급당할 만한 것이 아니야.

몸이 움직였다. 난 일어서서 백호를 들고 자세를 취했다.

감정을 설득하는 목소리는 더 이상 들려오지 않았다. 모든 것을 압도하는 기세로 불의에 대한 분노가 불타오르고 있었다.

그렇다, 분노다. 분노밖에 없었다.

저 녀석은, 시글로스는 틀림없는 쓰레기다. 그 다인과 같은 인종이다. 살 가치가 없는 존재다.

난 겨우 움직이게 된 몸으로 달려 나갔다. 달리는 감각을 온몸으로 떠올리면서 지원 술식을 발동했다. 〈스트렝스〉 〈프로텍션〉 〈래피드〉를 다섯 번씩. 강화 계수를 32배로.

격변하는 신체의 감각에 의식을 맞춘다. 곧바로 속도가 빨라졌다. 달리는 등의 바로 뒤를 공포심이 쫓아오고 있는 듯한 기분이 들었다. 난 그 감정을 떨쳐내는 것처럼 거듭해서 신체 강화 술식을 발동했다. 강화 계수를 128배로. 이제 와선 바람보다도 빠르게 달리는 내 등을 그럼에도 공포심이 바싹 쫓아왔다. 붙잡히면 끝이다. 이번에야말로 난 아무것도 하지 못하는 겁쟁이로 전락한다. 그런 건 사양이었다.

"〈드릴――!"

더욱 가속하기 위해서 검 술식을 'SEAL'에 장전. 백호를 양손으로 쥐고 앞으로 내밀었다.

노리는 것은 로제 씨의 바로 앞에 서 있는 칠흑의 시글로스였다. 저 갑옷에 둘러싸여 있는 몸의 어디라도 좋다. 이 칼날을 찔러 넣어서 로제 씨에게서 떨어트릴 수 있다면 그걸로 충분했다.

숨을 크게 들이마시며 전력을 다해 외쳤다.

"브레이크〉――――――――――――!!"

짙은 보라색으로 빛나는 드릴이 백호의 도신을 뒤덮었고 등에서 포톤 블러드가 분출되었다.

탄환이 된다.

걷어차인 듯한 기세로 대기를 꿰뚫은 나는, 한순간에 피아의 거리를 제로로 만들었다.

"윽――!?"

내 돌격을 깨달은 시글로스가 신속하게 방어 자세를 취했다. 기습으로서는 성공이었지만 이렇게 되면 치명상은 줄 수 없을 것 같았다. 그래도 팔의 장갑에 〈드릴 브레이크〉의 끝을 찔러 넣으며 충돌했다.

"!!"

드릴이 장갑을 깎는다. 그라인더 같은 격한 소리가 생겨나며 피가 튀는 것처럼 불꽃이 흩어졌다.

로제 씨와 시글로스의 사이에 생겨난 좁은 틈—— 그곳에 몸을 억지로 밀어 넣었을 때 〈드릴 브레이크〉의 효과 시간이 끝났다.

난 백호를 시글로스의 팔에 꽂아 넣은 채로 땅바닥에 다리를 내리며 움직임을 멈췄다.

몸이 멈춘 순간, 공포가 나를 따라잡았다.

——저질러 버렸어……!

이젠 돌이킬 수 없다. 되돌아갈 수 없다.

이 녀석과 싸울 수밖에 없다.

오한이 온몸을 내달렸다.

"……넌 뭐야? 모처럼 좋은 부분이었는데. 뭉개 버린다?"

머리 위에서 시글로스의 목소리가 들려왔다. 하지만 난 대답하지 못했다. 재발한 두려움에 의해 이가 떨리고 있었기 때문이었다. 하지만 이곳에서 움직이지 못한다면 전부 물거품이 된다. 난 이를 악물고, 그럼에도 멈추지 않는 떨림을 신경 쓰지 않으며 목소리를 쥐어짰다.

"……웃지 마……!"

내가 여기까지 달려올 수 있게 했던 감정. 그 감정을 격렬하게 움직이게 한 것은 지금도 귀에 들러붙어 있는 시글로스의 웃음소리였다.

"아앙?"

되물어오는 시글로스에게 난 다시 한번 말했다. 이번에야말로 또렷하게, 힘을 담아서.

"——비웃지 마……!"

그러자 용암처럼 부글부글 끓던 분노가 또다시 몸의 곳곳까지 퍼졌다.

그렇다. 용서할 수 있을까 보냐.

수많은 사람들을 죽이고, 절망을 긍정하고, 상냥함을 비웃는 이 남자를.

무엇보다도 나와 하누의 첫 동료를.

로제 씨를.

그런 더러운 마음과 목소리로 비웃는 것을 절대로 용서할까 보냐――!

고개를 번쩍 치켜들면서 'SEAL'을 전력으로 기동시켰다.

난 지근거리에서 시글로스의 얼굴을 올려다보며 온 힘을 다해 고함쳤다.

"내 동료를―― 비웃지 마!"

겁쟁이인 자신을 짓누르면서.

●8 NO PLACE LIKE A STAGE

고함친 다음 순간에는 이미 술식을 발동시키고 있었다.

지원 술식 〈미라지 셰이드〉×10.

빛의 굴절로 내 모습을 본뜬 환영 열 개가 시글로스를 포위하는 것처럼 갑자기 출현했다.

"――!?"

시글로스가 살짝 놀라는 기척이 느껴졌다. 갑자기 늘어난 내 모습에 허를 찔린 것이다. 거기에,

"〈제트 슬래시〉!"

총 열한 명의 내가 거울에 비친 것처럼 완벽하게 똑같은 움직임으로 순백의 칼날을 휘두르며 'Z' 의 궤적을 그렸다. 물론 본체인 나를 제외하고는 전부 환상이라서 아무것도 베지 못한다. 하지만 정체를 알지 못하는 쪽에서 보면 그것은 당연히 경계해야 할 참격이었다.

칫, 하고 희미하게 혀를 차는 듯한 소리가 들려왔고 시글로스가 신속하게 물러났다. 용수철 같은 다이내믹한 도약. 시글로스는 높은 위치에서 공중제비를 돌며 환상과 실체의 〈제트 슬래시〉가 교차하는 범위 안에서 이탈했다. 착지한 시글로스와의 간격이 5메르틀 이상 벌어졌다.

지체 없이 다음 술식을 'SEAL'의 슬롯에 장전했다. 요전에 막 인스톨한 방해(디버프) 술식 〈하이드 스모크 스크린〉—— 막대한 양의 연막을 펼쳐서 적에게서 몸을 숨기는 술식이었다.

시글로스가 보지 못하도록 등에 아이콘을 켜서 발동했다. 그 순간 발밑에서 간헐천과 같은 기세로 하얀 연기가 뿜어져 나오며 한순간에 나와 시글로스, 그리고 로제 씨를 집어삼켰다.

"칫——!"

이번에야말로 확실하게 시글로스가 짜증을 내는 것처럼 혀를 찼다. 난 모든 〈미라지 셰이드〉를 캔슬하고 대신 지원 술식 〈리퀴드 퍼펫〉×10을 발동했다. 온수로 만들어진 분신을 앞쪽에 불규칙한 배치로 출현시켰다.

은폐 술식인 〈하이드 스모크 스크린〉의 연기는 술자와 스위치나 루터로 이어져 있는 동료(노드)에게는 투명도가 높은 상태로 보여서 시야를 가리지 않았다. 거기에 더해 지원 술식 〈어쿠스틱 캔슬러〉를 발동. 나와 로제 씨가 내는 소리가 상대방에게 전해지지 않는 상태가 되었다.

난 시글로스에게서 등을 돌리고 로제 씨 쪽으로 돌아보았다.

괜찮아, 난 냉정하다. 고양되어 있긴 했지만 흥분으로 앞뒤 분간 못 하는 상태는 아니었다. 인핸서가 정면에서 돌격하는 것은 어리석은 전법이다. 일단은 전의를 상실한 로제 씨를 안전한 장소로. 그것이 최우선 목표였다.

"로제 씨——!"

백호를 칼집에 넣으면서 호박색 눈을 크게 뜨고 멍하니 있는 로제 씨에게 왼손을 내밀었다. 물론 지원 술식의 해제 커맨드라면 이미 입력해 놓아서 로제 씨의 손을 으스러트리는 일은 없다.

"라그, 씨…… 어째서……!?"

드물게 놀란 표정을 드러내고 있는 로제 씨였지만 지금은 설명하고 있을 시간이 아까웠다. 난 아무튼 로제 씨의 손을 잡았다.

"이쪽이에요!"

시글로스에게만 짙게 보이는 이 흰 연기는 우리가 있는 거리의 한 구획을 통째로 가득 채우고 있었다. 〈하이드 스모크 스크린〉의 효과 시간은 약 15초. 그 사이에 어딘가의 골목으로 들어가서——.

부웅, 하고 대기가 크게 움직이는 기척. 부부부…… 하고 날벌레가 날개를 움직이는 듯한 소리에 돌아보자 칠흑의 전신 갑옷이 하늘을 향해서 상승하고 있었다. 그런가, 시야가 좋지 않은 공간에서 빠져나와 상공에서 연기가 걷히기를 기다릴 생각인 건가. 사실 〈하이드 스모크 스크린〉은 진짜 연기가 아니라 술식으로 만든 환각에 가깝기 때문에 바람에 날아가 버리는 일은 없었다.

난 로제 씨의 손을 끌며 가장 가까이에 있던 골목으로 몸을 숨겼다.

그때 마침 〈하이드 스모크 스크린〉의 효과가 사라져서 거리에 또다시 햇빛이 비쳤다.

그렇게 생각한 순간 느닷없이 굉음이 울려 퍼졌다. 한순간에 연속해서 발생한 소리가 난 곳은 아까까지 우리가 있던 곳——열 개의 〈리퀴드 퍼펫〉을 미끼로서 배치해 둔 좌표였다. 상공에 있던 시글로스가 기습적으로 포톤 블러드의 화살 몇십 발을 발사한 것이다.

강렬한 파괴력으로 지면이 파였고 〈리퀴드 퍼펫〉들은 산산조각이 나서 날아가 버렸다. 하지만 애초에 〈리퀴드 퍼펫〉은 온수 덩어리였기 때문에 시간을 되감는 것처럼 금방 모여들어 내 모습을 재형성했다.

그 모습을 보고 우리를 놓쳤다는 것을 깨달은 것이겠지. 시글로스가 공중에서 시선을 두리번거렸다.

"미끼? 하하~ 그렇구만. 방금 그놈은 인핸서인가. 그보다—— 이봐이봐이봐이봐, 나잇살 먹고 숨바꼭질이냐, 롤트린제? 그리고 방금 애송이? 하하하하하하, 좋아, 어울려 주지. 단——."

상당히 거리가 떨어져 있었을 텐데도 시글로스의 목소리는 이상할 정도로 또렷하게 들려왔다.

"어울려 주는 건 숨바꼭질이 아니라 참기 대회다. 지금부터 우리가 이곳저곳을 부수며 돌아다닐 테니까 참기 힘들어지면 후딱 튀어나오라고."

크하, 하고 정말로 이제부터 놀기 시작하는 아이 같은 웃음을 흘리고 나서 시글로스는 아무렇게나 팔을 휘둘렀다. 크롬그린으로 빛나는 두터운 화살이 근처에 있는 건물을 향해 발사되었다. 쾅 소리를 내며 착탄한 부분이 폭발하며 대기가 찌릿찌릿 떨렸다. 게다가,

『우오오오오오오오오오오오오오오오오오오오오오오오오오오오오오오오!』

로제 씨가 재생한 허큘리스가 어째서인지 시글로스와 함께 날뛰기 시작했다.

"뭐……!?"

놀라는 내 눈 앞에서 허큘리스가 들고 있던 황금의 장궁이 사라지고 또다시 여섯 개의 무기가 구현화되었다. 인간형 게이트 키퍼는 그 무기를 닥치는 대로 휘두르며 주변 건조물을 파괴하기 시작했다.

"어째서……."

그렇게 말하고 나서 퍼뜩 깨달았다. 이유는 뻔했다. 지금의 허큘리스는 로제 씨의 컨트롤에서 벗어나 있다. 처음 만났을 때 〈커널 잭〉한 페리톤에게도 같은 일이 있었다. 이제 적은 시글로스 한 사람만이 아니었다. 저 파격적인 게이트 키퍼도 지금은――아니, 또다시?――쓰러트려야 할 상대가 되어 버리고 말았다.

충격적인 사실이 내 머리를 크게 뒤흔들었다.

――어떻게 하지!? 어떻게 하면 돼!? 이대로 도망칠까? 아니, 저 녀석들을 방치해 둘 수는 없다. 최악의 경우엔 더욱 많은 사람들이 죽고 만다. 하지만 나와 로제 씨만으로 저 녀석들을 막을 수 있나? 아니, 로제 씨는 전의를 상실하고 있기 때문에 더는 싸우지 못할 지도 모르니…… 그럼 나 혼자서 어떻게든 할 수밖에 없는 건가……!?

사고가 헛바퀴를 돌아서 엄청난 혼란에 빠져 있을 때―― 갑자기 하늘에 이변이 일어났다.

"――!?"

튕기는 것처럼 고개를 들고 하늘을 올려다보았다. 눈에 들어온 것은 익숙한 제비꽃색의 빛. 이 부유 도시의 중심, 도청을 중심으로 하늘에 펼쳐진 너무나도 거대한 아이콘의 빛이었다.

무슨 일인가 생각할 필요도 없었다. 하누의 극대 술식 〈천룡현림 현란선무〉. 그 술식이 발동된 것이다. 그렇게 깨닫고 나니 어느 틈엔가 시야 구석에 하이 멀티 캐스트의 통지 메시지가 표시되어 있었다. 눈앞의 일에 너무 필사적이 되어서 전혀 깨닫지 못하고 있었다.

하지만 이건 좋은 기회였다.

허큘리스는 둘째 치고 오늘 두 번째 일어난 하늘의 이변을 공중에 떠 있는 시글로스가 주목하고 있었다. 상공으로 시선을 향하며 움직임을 멈추고 있는 지금이 찬스였다.

"로제 씨, 괜찮으세요? 상처는……."

겨우 안부를 확인할 여유가 생겨서 로제 씨 쪽을 돌아보았다.

그러자 그곳에는,

"어——."

"죄송, 합니다……."

겁먹은 토끼처럼 떨면서 울고 있는 여자애가 있었다. 아래를 보고 있는 탓에 얼굴을 긴 머리카락이 덮어서 표정은 잘 보이지 않았다. 하지만 그래도 로제 씨가 울고 있다는 것은 금방 알 수 있었다. 살짝 보이는 턱의 라인을 따라 투명한 물방울이 몇 방울씩 발밑으로 뚝뚝 떨어지고 있었기 때문에.

메인 목으로 로제 씨가 말했다.

"허큘리스의…… 사역 권한을…… 시글로스에게, 빼앗기고, 말았어요……."

역시, 하고 먼저 생각했다. 솔직히 말해서 '로제 씨의 제어에서 벗어나 있다' 는 예상보다도 좋지 않은 상황이었지만 방향성으로서는 틀리지 않았기 때문이다. 그리고 그 사실을 말하지 않으면 안 되었던 로제 씨의 심정을 생각해 보았다. 분하고, 슬퍼서—— 괴로울 것이 분명했다.

"전…… 모처럼…… 모처럼, 양도해 주신 허큘리스를, 완벽하게 다루지, 못했습니다……. 그렇게, 고집을, 부렸으면서……!"

눈물에 젖은 목소리로, 때때로 코를 훌쩍이는 소리와 함께 로제 씨는 토로했다. 거기서 억누르고 있던 감정의 봇물이 터진 것이겠지. 목소리의 톤이 한층 더 무너졌다.

"정말로…… 죄송, 합, 니다…… 흑……."

대부분이 울음소리처럼 들리는 말을 쥐어짜 내고 나서 그 뒤로는 숨 가쁜 오열이 이어졌다.

"————."

난 아무 말도 하지 못했다.

그도 그럴 게 그 로제 씨가—— 가면을 쓰고 있는 것처럼 무표정하고, 목소리도 담담하고, 감정 같은 것은 없는 것처럼 행동해 오던 그 로제 씨가.

어린 아이처럼 어깨를 떨면서, 흐느껴 오열하면서 사죄한 것이다.

어째서일까. 키도, 다른 모든 것도 다를 텐데—— 그 모습이 어딘가 헤라클레스와 싸우기 직전에 본, 하누의 모습과 겹쳐져서 보이는 것은.

그 탓일까. 머리 안쪽에서 간단하게 어떠한 '각오'를 하게 된 것은.

"괜찮아요——."

말이 자연스럽게 입 밖으로 나왔다.

난 쥐고 있던 로제 씨의 손에 힘을 꽈악 주었다.

안심할 수 있도록. 믿어 주도록.

지금부터 나는 터무니없는 거짓말을 할 테니까.

"안심해 주세요, 로제 씨. 제가 어떻게든 할게요. 그러니까 괜찮아요."

"……?"

내 어이없는 말에 로제 씨가 우는 얼굴을 신경 쓰지도 않고 고개를 들었다. 정말로 무슨 말인지 이해가 되지 않은 모양인지 눈물을 흘리면서 멍하니 나를 바라보고 있었다.

덕분에 입가가 자연스럽게 풀어졌다.

"여기선 제가 어떻게든 할게요. 로제 씨는 도망쳐 주세요."

호박색 눈이 천천히 크게 떠졌다. 스펀지가 물을 흡수하는 것처럼 천천히 내 말을 받아들인 로제 씨가 이해를 거부하는 것처럼 고개를 미약하게 흔들었다.

"라그 씨……? 무슨, 말을 하시는……?"

"중앙구의 도청에 하누가 있어요. 카렐렌 올스테드라고 하는 사람에게 연락을 해 둘 테니까 그 사람을 찾아가 주세요. 하누와 만나게 해 줄 거예요."

나는 그렇게 말하면서 'SEAL'로 다이렉트 메시지를 작성했다. 카렐 씨에게 하누와 로제 씨의 보호를 부탁하고 가능하다면 이쪽으로 원군을 보내 줬으면 한다고.

"아, 괜찮아요. 원군을 보내 달라는 부탁도 해 놨으니까요. 분명 머지않아 강한 사람이 도와주러 와 줄 거예요. 전 그때까지 저 녀석과 허큘리스의 발을 이곳에 묶어 두겠어요. 그러니까——."

"자, 잠시만요, 잠시만 기다려 주세요……! 정말로 무슨 말씀을 하시는 건가요, 라그 씨……!? 제, 제정신이세요……!?"

평소의 말투와는 다르게 로제 씨가 언성을 높였다. 아아, 뭔가 이제까지와 입장이 반대인걸——. 난 그런 생각을 하고 또 다시 웃음이 나와서 웃고 말았다.

조금 전까지 나를 괴롭히던 공포는 이젠 깔끔하게 사라져 있었다. 난 로제 씨의 손을 좀 더 강하게 쥐었다.

"제정신이에요. 괜찮아요, 안심해 주세요."

난 말했다. 언젠가 하누에게도 말했던, 자기 자신마저도 속이기 위한 거짓말을.

"3분 동안이라면 전 세계 최강의 검사니까요."

내 무책임한 말을 듣고 아연해하는 로제 씨.

무의식적이겠지. 꽃봉오리 같은 입술이 살짝 열렸다.

"……어째……서……?"

자신을 위해서 거기까지 해 주는 거냐는 물음에 난 이렇게 대답했다.

"무슨 일이 있더라도 절대로 동료를 저버리지 않는다. 그게 저희의——."

거기까지 말했다가 문득 뭔가 다르다는 느낌에 다시 생각했다. 그래서 말을 끊고 다시 말했다.

"제 스타일——이니까요."

말한 순간, 내가 말하긴 했지만 딱 와 닿았다.

그렇다, 룰이라든지 규정이라든지 그런 것이 아니라.

이것이 내 방식―― 내 스타일.

동료를, 친구를, 절대로 저버리지 않는다. 물론 망설이는 일도 겁먹는 일도 있지만―― 분명 그 부분이 내 근본일 것이다.

"로제 씨. 곧장 도망치는 것이 무리라면 여기에 숨어 있으세요. 조금 지나면 은폐(하이드앱) 술식의 효과는 끝나 버리지만 그때까지 제가 저 녀석들과 함께 멀어질 테니까요. 침착하게 움직일 수 있게 되면 방금 말한 것처럼 도청으로 향해 주세요."

"안…… 돼요…… 그런……."

할 말을 제대로 전하지 못하고 있는 로제 씨의 목소리를 난 못 들은 척 했다.

"아, 하지만 하누와 합류하고 나서 도와주러 오시면 기쁘겠네요. 가능하다면, 이지만요. 저희 세 사람이 힘을 합치면 분명 어떻게든 될 테니까요."

아하하, 하고 웃은 다음 좀 미안하다는 생각을 하면서 로제 씨의 손을 놓았다. 손바닥에 남은 체온이 뭔가 아쉽게 느껴졌다.

그때 마침 고공에 펼쳐져 있던 제비꽃 색의 아이콘이 사라졌다. 하누가 만들어 낸 바람의 거룡(巨龍)이 비행형 SB들을 전부 구축한 것이다.

지금이라면 떠 있는 시글로스를 습격해서 이곳에서부터 멀어지게 할 수 있을지도 모른다.

"그럼 나중에 봐요."

로제 씨에게 그런 말을 남기며 나는 골목에서 뛰쳐나갔다.

"아……!"

애절한 로제 씨의 숨소리를 등 뒤로 흘려보내며 지원 술식 〈스트렝스〉 〈프로텍션〉 〈래피드〉 〈포스 부스트〉를 전부 일곱 번씩 발동해서 강화 계수를 단숨에 128배로. 거기에 더해 〈실리 워크〉를 발동시켜서 연보라색 역장을 밟으며 단숨에 하늘을 달려 올라갔다.

그 순간 나에게 걸려 있던 은폐 술식의 효과가 완전히 사라졌다.

"——!"

난 음속을 넘는 속도로 보이지 않는 계단을 달려 올라가며 접근했지만 시글로스는 놀라운 속도로 반응했다. 이쪽을 향해 등을 보이고 있었음에도 신속하게 돌아보며 요격 자세를 취했다.

상관하지 않고 그대로 돌격했다.

"〈에어 리퍼〉——!"

그 한마디로 〈에어 리퍼〉 다섯 개 분량의 시큐리티가 통째로 해제되었다. 난 그 사실을 깨닫지 못한 상태로 'SEAL'의 출력 슬롯에 공격 술식을 장전하고 거기에 더해서 검 술식을 발동했다.

"〈드릴 브레이크〉——!"

대기를 꿰뚫으며 상승하고 있던 몸이 등에서 분출하는 포톤 블러드에 의해 더욱 가속. 온몸에서 새하얀 수증기 궤적을 나부끼면서 고속 회전하는 드릴을 앞을 향해 내밀었다.

어딘가 곤충을 방불하게 하는 모습의 시글로스가 사지에 크롬 그린색 빛을 모아서 세 개의 손톱을 가진 무장을 형성했다. 어림잡아도 1메르틀 이상은 되는 손톱을 들어 올렸고——.

격돌했다.

""——!!""

나의 〈드릴 브레이크〉와 시글로스의 광조(光爪)가 정면에서 맞부딪치며 불꽃을 퍼트렸다.

서로의 무기가 길항하는 중에 칠흑의 얼굴을 이쪽으로 가까이 대며 크하, 하고 시글로스가 웃었다.

"의외로 빨리 나오셨군, 애송이. 너 혹시 항간에서 유명한 '용사 베오울프' 라는 인핸서냐? 그렇다면——."

"시끄러워, 닥쳐."

뱃속에서 끓어오르는 분노에 난 험한 말을 내뱉었다.

보이지 않는 손으로 입이 막힌 것처럼 시글로스가 입을 멈췄다. 어디를 어떻게 보고 있는지 알 수 없는 용광로 같은 새빨간 겹눈이 허를 찔린 것처럼 움직임을 멈췄다.

어안이 벙벙한 그 얼굴을 향해서 난 감정이 이끄는 대로 서슴없이 말을 쏟았다.

"내 정체는 아무래도 좋아. 네 정체도 상관없어."

내뱉는 것처럼 말하며 난 선언했다.

"용서 못 해……!"

흩어지는 불꽃의 커튼 너머로 기괴하게 변한 시글로스의 얼굴을 노려보았다.

보면 볼수록 화가 났다.

이 녀석은 수많은 사람들을 죽음으로 몰아넣고, 다른 사람의 마음을 유린하고, 그 모습을 보고 기뻐하는 악마 같은 남자다.

아니, 그뿐만이 아니다. 무엇보다도 내 복장을 뒤집어 놓은 것은 단 하나.

단순하고 명쾌한 이유.

이 녀석은 로제 씨를, 내 동료를—— 울렸다.

슬프게 했다.

싸울 이유는 그것만으로 차고 넘칠 정도였다.

절대로 용서하지 않겠다.

"너 따윈 3분 안에 끝내 주겠어——!"

"헤에——."

히죽, 하고 입가를 일그러트리며 시글로스는 뒤틀린 웃음을 지어 보였다. 역시 이 모습도 신기 '융합'에 의한 것이겠지. 사람의 얼굴이 아닌데도 불구하고 몹시 생생한 표정의 변화였다.

"재미있는 소리를 하는데. 그렇다면—— 되도록 날 즐겁게 해 달라고, 엉터리 용사!"

큰 목소리로 바보 취급을 하는 시글로스의 말을 즉시 되받아쳤다.

"닥치라고—— 했잖아!"

무아무중으로 외치며 'SEAL'에 장전을 끝낸 〈에어 리퍼〉를 발동했다. 내 양 어깨, 배, 양 무릎에 각각 1메르틀 전후의 아이콘이 나타나더니 〈포스 부스트〉로 강화된 바람의 칼날이 다섯 개 동시에 발사되었다.

"——!?"

시글로스가 경악하는 것이 느껴졌다. 〈드릴 브레이크〉와 길항하고 있던 광조를 뒤로 뺐지만 이미 늦었다.

전탄 직격. 시글로스의 가슴팍에 일점 집중된 바람의 칼날이 일제히 폭발했다.

"LUO——!?"

시글로스의 목에서 인간 같지 않은 기묘한 소리가 흘러나왔다. 두터운 장갑은 뚫지 못했지만 그 거구를 날려 보낼 수는 있었다. 내 기준으로는 앞쪽, 시글로스의 기준으로는 뒤쪽으로 기세 좋게 날아가는 칠흑의 몸을 〈실리 워크〉로 뒤쫓았다. 지금의 나라면 시글로스가 날아가는 속도보다도 빠르게 달릴 수 있었다.

"하아아아아아아아아아아아앗!"

이제 곧 발동 시간이 끝나는 〈드릴 브레이크〉에,

"〈볼트 스테이크〉!"

다섯 개의 시큐리티를 한 번에 해제하고 중첩했다. 고속 회전하는 드릴에서 격렬한 번갯불이 뿜어져 나왔다. '선더 브레이크'라 불러야 할 나선 찌르기를 양팔과 양다리를 펼치고 날아가는 시글로스의 배를 향해——.

"LLLUUUUUOOOOOO——!!"

기괴한 노이즈 같은 소리와 함께 검은 곤충 남자의 등에서 반투명한 날개가 펼쳐지며 공기를 때렸다.

"!?"

선더 브레이크의 끝이 시글로스의 복부를 도려내기 직전에 그 몸이 크게 날아올랐다.

회피당했다. 삽시간에 검은 몸이 시야에서 사라졌다. 빠르다.

"뭐——!?"

막 꽂으려고 하던 선더 브레이크의 끝이 하늘을 찔렀고 난 공중에서 자세를 무너트렸다. 거기에,

“느리구만.”

“윽!?”

바로 옆. 오른쪽, 가까운 곳에.

“이 정도냐? 시시하다고, 베오울프.”

마침내 〈드릴 브레이크〉의 효과가 끝났다. 그럼에도 도신에서 포톤 블러드의 잔재를 흩뿌리고 있는 백호를 오른쪽으로 휘두르려고,

“날 끝내 버리겠다고 하지 않았냐?”

“컥――!?”

갑자기 커다란 손이 얼굴을 움켜쥐어서 시야가 새카맣게 물들었다. 거친 움직임으로 내 머리를 휘두른다. 투박한 건틀릿 같은 손이 내 두개골을 죄어서 우드득, 하고 뼈가 삐걱거리는 소리가 들려왔다.

“큭――!”

시글로스가 나를 집어 던졌다. 그렇게 인식했을 때에는 이미 하늘과 땅이 뒤집히고 난 머리를 아래로 하고 허공을 날고 있었다. 바람 소리가 귀 안쪽에서 떠들썩하게 불어댔다.

“하앗――!”

시글로스의 목소리가 육박해 왔다. 시선을 이리저리 보내며 시글로스의 모습을 찾았다. 발견했다. 등의 날개로 가속해서 이쪽을 바싹 뒤쫓아 온다. 마침 조금 전과 입장이 역전된 상황이었다. 이번에는 시글로스가 오른팔을 잡아당기며 크롬그린색

광조로 나를 찌르려 하고 있었다.

당할까 보냐――!

난 〈스큐텀〉×10을 발동. 몸의 앞부분에 연보라색의 술식 실드를 열 장 중첩해서 전개했다.

거꾸로 된 세계, 내 기준으로 발밑에서부터 광조가 솟구쳐 올랐다.

열 장 중에서 아홉 장의 〈스큐텀〉이 뚫리며 부서졌다.

"이이익――!"

아슬아슬하게 한 장 남은 실드에 간담이 서늘해지면서도 공중에서 자세를 제어했다. 양다리를 아무렇게나 움직여서 〈실리 워크〉로 아무것도 없는 공간을 박찼다. 밟고, 날고, 뛰어서, 억지로 몸의 상하를 뒤바꿨다. 피아의 거리는 약 2메르틀. 깨닫고 보니 우리는 주변의 어떤 건물보다도 높은 위치에 있었다. 멀리 도시의 한가운데 세워진 도청이 보였다. 그렇다, 로제 씨가 저곳으로 도망칠 수 있게 해야 한다. 조금 전의 전장에서도, 도청에서도 멀어지는 방향으로 시글로스를 유도해야 했다.

하지만 이대로는 힘이 부족했다. 시글로스가 완전히 나를 능가하고 있었다.

그래서 난 더욱 지원 술식을 발동했다. 풀 인핸스. 기어를 하나 올려서 강화 계수를 256배로. 아직이다, 아직 괜찮다. 이 정도라면 ABS에 걸리지 않고 싸울 수 있다.

"하아아아아아아아아아아아아아앗!"

한 장만 남은 〈스큐텀〉을 캔슬. 백호를 오른손으로 쥐며 〈실리 워크〉의 발판을 박찼다. 내밀어진 광조 옆을 지나쳐서 시글로스를 향해 육박했다. 내 급격한 가속을 예상하지 못했던 시글로스는 아직 이쪽의 접근을 깨닫지 못하고 있었다.

"하아아아아——!!"

품에 파고들어서 연속 공격을 했다. 한 호흡 만에 스스로 파악하지 못할 정도의 횟수로 참격을 날렸다. 백호의 칼끝이 빛의 선으로 무늬를 그렸고 순백의 도신과 칠흑의 갑각이 몇 번이고 충돌하며 물보라처럼 불꽃이 흩뿌려졌다. 하지만.

"윽……!?"

——단단해!

백호를 휘두른 팔이 저렸다. 도신이 전혀 들어가지를 않았다. 이래선 두터운 금속 표면을 긁고 있는 거나 마찬가지였다. 격렬한 마찰음이 일어나도 시글로스에게는 아무런 대미지도 주지 못한다.

허큘리스와 싸웠을 때를 떠올렸다. 그때도 허큘리스의 너무나도 단단한 장갑에 속수무책이었다. 말이 나오지 않았다. 대체 어떻게 이 녀석은 이 정도의 견고함을 손에 넣은 거지? 신기로 어떠한 SB와 융합하고 있는 것이겠지만 게이트 키퍼급으로 견고한 녀석은 들어 본 적이 없었다.

"헤에? 갑자기 변화했지——?"

아무런 통증도 느끼지 않는 시글로스의 목소리가 바로 위에서 들려왔다. 조롱과 호기심이 반반 섞인 듯한 울림이었다. 고개를 들자 이쪽을 감정하는 듯한 겹눈과 눈이 마주친 기분이 들었다.

"너 아까부터 뭘 하고 있는 거냐? 술식의 다중—— 아니, 동시 발동이냐? 아까 용도 그렇고 너도 그렇고 여긴 희귀한 게 많구만. 롤트린제를 뒤쫓아 왔을 뿐인데 난 운이 좋단 말이지. 정말로——.”

그때 곤충의 입과 비슷한 형태를 하고 있는 입가에서 군침을 삼키는 듯한 소리가 났다.

“흥분되는데……먹을 때가 기대돼.”

“윽——!?”

뭐라 형용할 수 없는 오한이 등줄기를 꿰뚫어서 난 본능적인 공포로 그 자리에서 벗어났다. 음속을 넘는 속도로 시글로스와의 상대 거리를 벌리고,

“잠깐 도망가지 말라고.”

“뭣!?”

놀라서 눈을 크게 떴다. 내가 후퇴하는 것과 거의 같은 속도로 시글로스가 날개를 움직이며 쫓아오고 있었다. 간격은 거의 변하지 않았다. 눈과 코앞에 칠흑의 곤충 인간이 있었다.

“좀 더, 좀 더 보여 달라고! 날 즐겁게 해 달라고 하잖아아아아아아아AAAAAAAAHHHHH——!”

시글로스의 광조가 소리를 냈다. 섬광이 반짝인다. 덮쳐 오는 위협에 난 자신도 모르게 목소리를 높였다.

“으으아아아아아아아아아아아아아아아아아!!”

생각하고 있을 여유는 없었다. 시야에 들어온 녀석의 공격에 대해서 반사적으로 오른손의 백호를 마구 휘둘렀다. 시글로스도 로제 씨처럼 격투기를 습득했는지 양팔과 양다리로 폭풍 같은 연속 공격을 날려 왔다.

서로의 무기가 맞부딪치며 무수한 불꽃이 피어났다.

연속해서 겹쳐지는 금속음. 잔광을 끄는 시글로스의 광조와 나의 백호가 고속으로 부딪쳤다. 마치 조금 전 허큘리스와 시글로스의 대결을 재현하는 것처럼.

"으윽——!"

그리고 이해했다. 이 녀석은 이렇게 함으로써 상대의 역량을 가늠하고 있는 것이다. 그 허큘리스와 호각으로 대결했을 정도다. 지금의 나보다도 빠르게 움직일 수 있으면서 일부러 맞춰 주고 있었다. 아까 나를 집어 던졌을 때도 그랬다. 그 시점에서 치명적인 일격을 줄 수도 있었음에도 이 녀석은 당한 것을 되돌려 주려고 했을 뿐이다.

즉, 놀고 있는 것이다. 이쪽을 완전히 깔아 보며 바보 취급하고 있는 것이었다.

"크——! 으아아아아아아아아아아아!!"

더욱 치밀어 올라온 분노의 힘을 빌려서 휘두르는 속도를 올렸다. 온몸을 구사해서 검격의 회전수를 올리며 종횡무진으로 덮쳐 오는 광조를 잇따라서 튕겨 내었다.

그 순간 시글로스의 공격에 작은 틈이 생겨났다. 그 틈을 이용해서 또다시 품으로 파고들어 가서 이번에야말로 공격 술식과 검 술식의 합체기를 때려 박으려고 획책했다. 하지만,

"LLLUUUUUOOOOOOOOO——!"

"크……!"

그러기 전에 시글로스의 맹공이 재개되었다. 또다시 시글로스의 공격을 흘려보내는 데 전념할 수밖에 없게 되었다.

안 된다. 어떻게 해도 간격이 좁혀지지 않았다.

애초에 나와 녀석의 리치가 너무 차이 났다.

녀석의 광조는 약 1메르틀. 한편 내가 쥐고 있는 백호의 길이는 칼자루를 포함해도 50센틀 전후였다. 게다가 시글로스의 무기는 네 개고 이쪽은 한 자루였다. 리치도 공격의 기회도 압도적으로 저쪽이 유리했다.

——그렇다면!

처음부터 힘으로 어떻게 될 거라고는 생각하지 않았다. 난 순수한 검사가 아니라 인핸서다.

난 일단 검을 빼고 그 자리에서 크게 뒤로 물러나며 후방 5메르틀 위치에 연보라색의 역장을 만들어 내서 착지, 그리고 그 역장 위에 움직임을 딱 멈췄다. 동시에 지원 술식 〈미라지 셰이드〉×10과 〈카멜레온 카모플라주〉를 발동했다. 이걸로 무슨 일이 일어나는가 하면——.

"——!? 칫…… 또냐."

시글로스의 주위에 내 환영이 열 개 출현했고 동시에 본체인 나의 모습이 시글로스의 시야에서 사라졌다. 하지만 시글로스는 이렇게 생각하고 있을 터였다. 열 개 중에 진짜가 있다고.

"잔재주도 적당히 하지 않으면 용사란 호칭이 부끄러워진다고 베오울프!!"

기염을 토한 시글로스의 양손에서 잇따라 크롬그린색 화살이 발사되었다. 열 발의 화살은 정확하게 내 환영 전부를 관통해서 〈미라지 셰이드〉를 강제 종료시켰다. 하지만 본체인 나에게는 아무런 의미도 없었다. 광학 미채로 숨어 있던 난 왼손을 앞으로 내밀며 다섯 손가락 끝에 공격 술식의 아이콘을 켰다.

"〈프레이 봄〉!"

한마디 말로 다섯 개의 시큐리티를 해제. 그 순간 공격 태세에 들어간 것으로 〈카멜레온 카모플라주〉의 효과가 끝났다.

"윽――!?"

갑자기 조금 전과 변함없는 공간에 나타난 내 모습을 보고 시글로스가 몸을 경직시키는 것을 알 수 있었다. 왼손 주위에 겹쳐지며 출현한 〈프레이 봄〉의 아이콘에서 각각의 공격 조준 광선이 삽시간에 뻗어나갔다. 난 다섯 발 전부를 녀석의 가슴팍에 집중시키고―― 기폭했다.

광선이 닿은 부분을 기점으로 해서 귀를 찢는 굉음과 그 소리에 걸맞은 폭발이 생겨났다.

"――――――――으윽!?"

폭음이 하늘에 울려 퍼지며 대기를 떨리게 했다.

〈포스 부스트〉로 256배로 강화한 출력에 더한 〈프레이 봄〉의 다섯 발 동시 폭격이었다. 연쇄 효과로 평상시의 32배 위력. 빈약한 내 출력이라도 일반적인 상황이라면 산산조각이 날 터――!

강력한 폭발에 의해 생겨난 불길과 연기에 의해 시글로스의 모습은 보이지 않았다. 하지만 고공에 부는 바람이 금방 불길과 연기를 흐트러트렸다.

생각한 대로 신체를 둥글게 말고 빙글빙글 회전하면서 날아가는 칠흑의 갑옷이 눈에 들어왔다.

"……크……!"

아니, 빗맞았나.

단지 전신의 갑각 여기저기에 희미하게 녹색으로 빛나는 금이

잘게 나 있는 것이 보였다. 순간적으로 등의 날개로 후방을 향해 이동해서 직격을 피하고 몸을 둥글게 말아서 방어에 전념한 것이겠지. 하지만 폭발의 여파만으로도 상당한 위력이었을 것이다. 온몸에 나 있는 금이 그 결과였다.

회전하면서 멀어져 가던 시글로스가 날개와 신체를 확 펼치며 공중에서 정지했다. 그리고 잠깐 사이에 금이 가 있던 녹색 선이 사라져 갔다. 허큘리스 정도는 아니지만 시글로스도 수복 능력을 가지고 있는 것이다. 하지만 이걸로 내 공격이 시글로스에게 통한다는 사실을 알았다. 그런 의미로는 루나틱 바벨 제200층의 전투에 비하면 아직 나은 편일지도 몰랐다. 〈프레이 봄〉의 중첩 폭격. 이것만 직격시킬 수 있으면 시글로스의 전신을 날려 버리는 것도 가능했다. 산산조각을 내버리면 아무리 그래도 허큘리스처럼 재생하지는 못할 것이다.

문제는 저 정도로 재빠른 녀석에게 어떻게 〈프레이 봄〉을 직격시키는가 하는 것이지만.

"…………."

난 발밑에 펼쳐진 거리를 힐끔 보았다. 지상에서는 여전히 허큘리스가 여섯 개의 팔을 휘두르며 주변 건조물을 파괴하고 있었다. 허큘리스가 지나간 자리는 박살이 난 잔해밖에 남지 않는 상태였다. 다행스럽게도 로제 씨가 있는 곳과는 전혀 다른 방향으로 이동하고 있었다. 은폐 술식의 효과 시간도 아직 반 이상 남아 있으니 로제 씨는 안전할 것이다.

도청의 카렐 씨에게 타진한 원군은, 실은 거의 기대하고 있지 않았다. 아마 누구나 눈앞의 전장으로 한계일 것이다. 로제 씨에게는 발을 묶어 두겠다고 했지만 실제로는 내가 이곳에서 시글로스를 쓰러트리지 않으면 이후의 사태가 어떻게 전개될지는 상상도 되지 않았다. 그저 알 수 있는 것은—— 틀림없이 정상적인 사태는 일어나지 않을 거라는 사실뿐.

아무튼 지금은 시글로스와의 거리가 벌어졌다. 기회였다.

난 전투 재킷의 옷자락을 나부끼며 허리의 벨트에 달아놓은 백호의 칼집을 쥐었다. 일반적인 칼집보다도 두꺼운 백호의 칼집을 떼어서 앞으로 내민다. 백호의 칼자루를 역수로 다시 잡으며 위로. 왼손에 쥔 칼집을 아래로. 상하로 누르는 것처럼 백호의 도신을 칼집에 넣었다.

챙, 하고 맑은 소리가 났다.

그리고 왼손을 칼집에서 떼며 시글로스와 나의 리치 차이——그것을 뒤집기 위한 키워드를 발했다.

"백제은호(白帝銀虎), 모드 체인지——! 모드 〈여의신도(如意伸刀)〉!"

내 목소리를 들은 백호가 두근, 하고 심장처럼 크게 맥동했다.

지금은 도신 부분이 산산조각이 난 흑제강현(黑帝鋼玄)과 마찬가지로 백제은호에도 일반적인 와키자시에서 그와는 다른 형태로 변화하는 기능이 있었다. 모드 〈여의신도〉는 모드 〈대단도〉보다도 더욱 다루기 힘들어서 유적 안에서는 사용할 만한 것이 아니었다.

칼집에 들어간 상태의 백제은호가 내장되어 있는 긴눙가가프 프로토콜을 병용하며 변화하기 시작했다. 먼저 두꺼운 칼집의 외장(外裝)이 좌우로 갈라졌다. 대나무가 갈라지는 것처럼 쩍하고. 안에서 나타난 것은—— 새로운 '칼자루'. 백호의 칼자루와 딱 같은 두께인 그 칼자루가 두꺼운 칼집 안에 숨겨져 있었던 것이다. 이것이 백호의 칼집이 일반적인 칼집보다 두꺼운 이유였다.

분리된 칼집의 외장은 그대로 주먹을 지키는 파츠로 변형해서 날밑을 뒤덮었다. 그리고 또 거기에 데이터화되어 있던 파츠도 추가되어 초승달 형태의 '방아쇠'가 나타났다. 마지막으로 조금 전까지 내가 쥐고 있던 칼자루의 머리 부분——창으로 말하면 물미에 해당하는 부분——의 쇠장식이 가동교(可動橋)처럼 한가운데가 갈라지며 열렸고 투구뿔 형태가 된 중앙에는 작은 구멍이 뚫려 있었다.

그리하여 완성된 것은 전체 길이 50센틀의 '큰 칼자루'였다. 그렇다, 칼날이 아니다. 와키자시와 칼집이 일체화된 중간 부분보다 조금 위쪽에 날밑과 방아쇠가 달렸을 뿐인 기다린 칼자루였다.

하지만 백제은호의 모드 〈여의신도〉는 이걸로 완성이었다.

난 〈여의신도〉의, 변형 전에는 칼집이었던 부분을 양손으로 다시 쥐었다. 날밑의 윗부분에서 아래로 돌출된 초승달 형태의 방아쇠에 오른손 검지와 중지를 걸었다.

"헤에. 방금 쓴 것이 저 게이트 키퍼를 쓰러트리는 결정타가 되었다는 〈프레이 봄〉이냐? 이것도 그거구만. 내 조사가 부족했다는 거구만. 좀 더 알아봤어야 했는데 말이지. 저 녀석에 대해서도, 너에 대해서도."

갑각의 재생을 끝낸 시글로스가 지상의 허큘리스와 나를 번갈

아 보면서 낮은 목소리로 말했다.

"뭐, 상관없지만 말이야. 이건 이것대로 재미있으니까. 그렇다고는 해도―― '장난치다가 져버렸습니다' 로는 아무리 그래도 멋이 없지?"

기분 탓이 아니라 확실히, 조금 전까지 있었던 조소의 파동이 시글로스의 목소리에서 사라져 있었다. 조금 전 〈프레이 봄〉으로 어지간히 위기감을 느낀 것이겠지. 부웅, 하고 소리를 내면서 시글로스의 사지에 달린 광조가 연장되었다. 허큘리스와 싸웠을 때와 비슷한 정도의 길이―― 약 2메르틀 전후까지.

"먹어 주지. 널 죽여서. 몸도 마음도. 그러고 나서 롤트린제와 저 용을 만들어 낸 녀석도 말이야."

크히, 하고 기괴한 입에서 비열한 웃음이 흘러나왔다. 하지만 동시에 시글로스의 전신에서 방심의 기척이 사라지는 것을 피부로 느껴졌다. 여기서부터는 시글로스도 진심으로 나를 죽이려 덤벼들겠지.

즉, 여기서부터가 본편이었다.

"마음대로 하도록 내버려 둘 것 같냐――!"

시글로스에게 맞추는 것처럼 나도 지원 술식을 발동했다. 풀 인핸스. 거기에 한 단계 더 기어를 올려서 강화 계수를 512배로. 지금의 내가 ABS가 발동하지 않도록 아슬아슬하게 제어할 수 있는 상태였다.

전철을 밟지 않기 위해 내 시야 구석에는 카운트다운 타이머가 AR로 표시되어 있었다. 첫 지원 술식 〈스트렝스〉를 발동하고 나서 40초가 경과해 있었다.

즉, 남은 시간은 140초.

"말했을 텐데. 넌 이곳에서 내가 3분 안에 끝내 주겠다고. 로제 씨에게도, 하누에게도——."

양손으로 쥔 〈여의신도〉를 허리 높이에 두고 오른쪽 뒤로 뺐다.

트리거를 당긴다.

순간, 〈여의신도〉의 끝——백호의 칼자루 끝에 뚫린 구멍——에서 은색의 빛이 기세 좋게 분출했다. 쏘아진 화살처럼 튀어나온 은색 빛은 그저 일직선으로 뻗어 올라갔다.

이것이 〈여의신도〉의 칼날. 긴눙가가프 프로토콜에 의해 데이터화되어서 백호에 내장되어 있던 액체 금속이었다. 방아쇠를 당기고 있는 동안은 계속 늘어나고 놓으면 줄어든다. 메커니즘은 그저 그것뿐이었지만 분출되는 속도가 1초에 100메르틀이라면 속도가 너무 빨라서 좁은 공간에서는 제대로 다루지 못한다.

눈 깜짝할 사이에 200메르틀 이상 뻗어 올라간 〈여의신도〉의 칼날이, 바로 아래의 거리에 가늘고 긴 그림자를 만들었다.

"절대로 가지 못하게 하겠어——!"

단호한 목소리로 외치며 난 전력으로 〈여의신도〉를 횡으로 휘둘렀다.

은색 섬광이 뿜어져 나오며 번쩍이는 빛이 별가루처럼 퍼졌다.

"하아아아아아아아아아아아아아아아앗!!"

거대한 은색의 곡선이 플로트라이즈의 하늘을 갈랐다.

■

수신한 다이렉트 메시지를 카렐렌은 한마디도 빼놓지 않고 그대로 전했다.

"흠. 알겠다. 수고했다, 카렐렌이여."

전언을 들은 소룡희는 엄숙하게 끄덕이며 품에서 칠흑의 부채를 꺼내 들고 걷기 시작했다.

정말로 아무렇지도 않은 움직임이어서 처음에는 놓칠 뻔했다.

"음? 소룡희, 어디에 가지?"

하지만 그녀가 향한 곳이 전망대 끝이라는 것을 깨달은 카렐렌은 작은 등을 향해 그렇게 물어보았다.

마침 부유섬 상공 전체에 퍼져 있던 비행형 SB를 괴멸시킨 직후였다. 그 정도 규모의 술식을 발동한 것이다. 상당히 피로한 상태일 텐데, 그런 곳에서 무엇을 하려는 것인지.

누구도 따라 하지 못할 위업을 달성한 소녀는 돌아보지도 않고 대답했다.

"당연히 라트와 롤트린제 곁으로 가는 거다."

소룡희는 지극히 자연스럽게 말하며 오른손에 쥔 부채를 펼쳤다. 열두 개의 뼈대에 새겨진 회로도가 희미한 제비꽃 색의 빛에 의해 떠올랐다.

소녀는 펼친 부채를 공간을 쓰다듬는 것처럼 오른쪽에서 왼쪽으로 휘둘렀다. 그러자 지나간 궤도상에 하나씩 주먹 크기의 수정구가 생겨나 있었다. 카렐렌은 부채 본체의 스토리지에 들어 있던 것을 구현화하고 있음을 이해했다.

"내 동료가 도움을 청하고 있다. 내가 가지 않으면 어떻게 하느냐?"

어깨너머로 고개를 돌리며 푸른색의 한쪽 눈으로 카렐렌을 힐끔 바라본다. 그 눈동자에는 이미 물러서지 않겠다는 결의가 보여서 카렐렌은 목까지 올라온 제지의 말을 삼켰다.

"그렇지——. 가능하다면 이대로 힘을 빌려줬으면 싶지만 확실히 어쩔 수 없다. 우리 단장도 같은 입장이라면 똑같은 판단을 했겠지. 지금까지의 협력에 감사한다. 소룡희."

베오울프가 보내온 메시지에서는 '가능하다면 원군을'이라고밖에 적혀 있지 않아서 딱히 소룡희를 지명한 것은 아니었다. 하지만 'BVJ'의 두 사람이 동료를 최우선으로 생각하는 방침이라는 것을 통신 회선으로 귀를 기울이며 듣고 있던 카렐렌은 알고 있었다. 베오울프와 그 동료의 위기라면 소룡희가 움직이는 것은 당연했다. 반대할 기분은 전혀 들지 않았다.

카렐렌의 목소리에 담겨 있는 유감의 감정을 느꼈는지 소룡희가 쿡, 하고 미소 지었다.

"뭘, 필요하다면 또 연락하거라. 이쪽의 용건이 끝난 뒤라면 또 힘을 빌려주지 않을 것도 없으니 말이다."

"——."

잠시 할 말을 잃고 말았다.

마음을 써 주었다——. 아무리 강력한 위저드라고 해도 이런 작은 어린애가. 그 사실에 카렐렌은 쓴웃음을 지었다. 이래선 안 되지. 자신은 '푸른 홍염의 기사단'의 부단장이다. 타력본원은 나이츠가 내걸고 있는 정신에 어긋나는 행위다. 그렇다고는 해도 '아니, 괜찮아. 이쪽이 알아서 하지.' 같은 말을 하면 허세라고 받아들일 지도 몰랐다. 그래서,

“그건 감사하군. 그때가 오면 부디 잘 부탁하겠다.”

감사히 받아들이는 척을 하면서 카렐렌은 가슴에 손을 대며 정중하게 고개를 숙였다. 물론 여유로운 미소도 잊지 않는다.

“그러고 보니 소룡희. 너와는 아직 네이버가 아니었지. 괜찮다면 라그 군과 마찬가지로 우리의 네이버가 되어 주지 않겠나?”

이미 베오울프와는 식사 자리에서 만났을 때 네이버 정보를 교환해 두었다. 앞으로의 일을 생각해서 한 제안이었는데,

“아아, 미안하군. 그건 나중에 하지.”

깔끔하게 거절당했다. 뒤늦게 실언이었다는 것을 깨달았다.

“아니, 그렇지. 지금은 한시를 다투고 있으니. 불러 세워서 미…….”

“잠깐, 아니다, 카렐이여. 그게 아니다. 그게 아니라── 다음에 라트에게 하는 법을 들어 두겠으니 그…… ‘네이버’라는 것은 다음 기회에 하도록 하지.”

소룡희는 사죄의 말을 끊으며 조금 부끄럽다는 태도로 그런 말을 했다. 쑥스럽다는 듯 부채 리모컨을 들고 있지 않은 손으로 콧등을 긁는다.

“………….”

얼굴에는 드러내지 않았지만 카렐렌은 나름대로 놀라고 있었다. 그 정도의 술식을── 게다가 용을 다룰 정도의 실력을 가졌으면서, 한편으로는 네이버 정보를 교환해 본 적이 없다고 말한다.

언밸런스에도 정도가 있다. 대체 이 소녀의 정체는 뭐지?

“딱히 필요 없는 것이라고 생각했지만 이번 일로 통감했다.

스위치로 이어져 있지 않으면 라트의 목소리가 나에게 전해지지 않는 것은 역시 불편하다. 도움을 청하는 말도 카렐, 그대를 통하지 않으면 전해지지 않는다. 귀찮아하지 말고 나도 '네이버' 나 '다이렉트 메시지' 라는 것을 배워 둬야겠구나."

소룡희는 횡으로 늘어놓은 열두 개의 수정구를 비어 있는 손으로 내저으며 이런 말을 외었다.

" 다이온(大陰) 미히라(迷企羅) *유(酉)의 식 "

그 목소리에는 용을 현현시켰던 술식과 마찬가지로 강력한 언령이 담겨 있었다.

소유자의 의지를 불어넣은 호부수정이 열두 개 동시에 제비꽃색의 빛을 내부에서부터 밝혔다. 열두 개의 수정구는 허공에서 미끄러지며 마치 정해진 위치가 있는 것처럼 이동했다. 이어서 수정 하나 하나에서 제비꽃 색의 광선이 튀어나왔다. 광선은 각각의 수정을 이으며 와이어 프레임이 되어서 하나의 형상을 만들어 냈다.

그것은 '새' . 열두 개의 호부수정을 정점으로 하고 포톤 블러드의 광선을 뼈대로 삼은 전체 길이 2메르틀 전후의 봉황이었다.

"얍."

기합 소리를 내며 소룡희는 뽐내는 기색도 없이 날카로운 실루엣을 가진 봉황의 등으로 뛰어올랐다. 프레임만으로 보이지만 아무래도 전체적으로 역장이 펼쳐져 있는 모양이었다. 아무것도 없는 공간을 소녀가 신은 나막신이 올라타며 따각따각, 하고 소리를 냈다.

---

*십이지의 닭.

"그럼 카렐. 필요해지면 라트를 통해서 연락하도록 해라. 바로 달려올 테니."

소룡희는 그런 말을 남기자마자 대답도 듣지 않고 정천영부의 봉황을 날아오르게 했다. 종이비행기처럼 가볍고 훌륭한 속도로 하늘 저편으로 날아간다.

멀어지는 그림자를 배웅하면서 카렐렌은 탄식에 가까운 감정을 품었다.

〈실리 워크〉라는 지원 술식으로 하늘을 달려서 직접 이 옥상까지 온 베오울프에게도 놀랐지만 소룡희도 혼자서 하늘을 나는 술식을 가지고 있었을 줄이야.

정말이지 예측이 되지 않는 두 사람이라고, 자신도 모르게 감탄할 뻔했다.

『오래 기다리셨지 말입니다, 부단장님! 젤다, 지금 막 도착했지 말입니다!』

여러 개 있는 통신 태스크 중 하나에서 부하인 젤다 어샌들리의 기운찬 목소리가 들려왔다. 비리가 포획한 '볼크링 서커스'의 멤버를 도청으로 데려온 것이다.

"알겠다. 그대로 지정한 방까지 연행해 주게. 나도 곧 가지."

『알겠지 말입니다!』

젤다의 이상한 경어에 익숙한 카렐렌은 보이지 않음에도 이쪽을 향해 경례하고 있을 소녀 검사를 떠올리면서 발길을 돌렸다.

동시에 의식을 전환했다. 이제부터 '볼크링 서커스'의 멤버를 '심문'하는 것이 지금의 그가 우선해야 할 일이었다.

무슨 일이 있더라도, 무슨 수를 써서라도 유익한 정보를 끄집어내겠다——. 전망대에서 내려가는 비취색 두 눈이 드라이아이스처럼 차갑게 얼어붙었다. '빙창' 이라는 별칭은 그의 능력만을 보고 붙여진 것이 아니었다. 그 정신에도 '얼음의 창' 이라 불러야 할 일면이 존재하고 있었다.

절대로 봐주지 않겠다——. 전망대에서 내려가면서 카렐렌은 마음속으로 맹세했다.

그들은 그 정도의 죄를 범했으니까.

그 뒤에 도청 안에 있는 한 방에서 카렐렌과 단둘이 된 '볼크링 서커스' 의 멤버는 몇 번의 대화를 거쳐서 최종적으로 〈코어리사이클〉의 암호 코드에 관한 정보를 자백했다.

카렐렌은 그 암호 코드를 즉각 하이 멀티 캐스트로 도시 전체에 배포했다.

이것으로 부유 도시 플로트라이즈에서 제멋대로 날뛰고 있던 SB의 무리는 무력화되었고, 이 시점에서 세 개 남아 있던——검의 규수 비리가 신속하게 두 군데 더 공략한 것이다——모든 용혈은 얼마 지나지 않아서 제압되었다.

또한 '심문' 이 이루어진 곳은 도청의 수많은 회의실 중 하나여서 특수한 방음 설비 같은 것은 없었다. 하지만 문 바로 앞에서 대기하고 있던 젤다는 실내에서 노성과 비명 소리는 듣지 못했다고 증언했다.

카렐렌과 남자가 실내에 있었던 시간은 약 3분 정도. 회의실에서 나온 카렐렌은 "저 녀석은 내버려 둬도 된다. 나중에 경찰이 회수해 가도록 하지." 하고 젤다에게 지시를 내리고 나서 또

다시 옥상의 사령부로 돌아갔다. 떠나기 전에 젤다가 회의실을 들여다보자 그곳에는 의자 위에 축 늘어져서 그저 허공을 바라보고 있을 뿐인 남자가 있었다.

마치 폐인 같은 흐리멍덩한 눈으로 입가에서 침을 흘리며 넋이 나가 있었다.

남자가 무엇을 보고 무슨 말을 들었는지, 이제 와선 영원한 수수께끼였다.

■

내뻗은 손은 소년의 등에 닿지 못하고 허공을 긁었다.

그리고 소년은―― 라그는 질풍처럼 떠나고 말았다.

로제를 두고, 하늘에 있는 시글로스와 싸우기 위해서.

도망쳐 주세요――. 그런 말을 남기고.

로제의 입장에서 보면 그건 무모함으로밖에 보이지 않았다.

라그의 실력은 알고 있다. 용사 베오울프라는 명성을 얻는 계기가 된 전투라면 영상으로 몇 번이고 봤다. 상대가 시글로스만이라면 확실히 라그 혼자로도 어떻게든 될지도 모른다.

하지만 지금의 시글로스에게는 허큘리스가 있었다. 로제의 과실로 사역하던 허큘리스의 루트 권한을 시글로스에게 빼앗기고 말았기 때문이다.

부끄러움을 견딜 수 없게 된 로제는 무의식적으로 자신의 가슴에 손을 대었다. 그곳은 시글로스의 다섯 손가락이 박혔던 부분이었다. 하지만 감촉에 위화감을 느낀 뒤에 깨달았다.

상처가 없었다.

"……?"

그 사실을 깨닫고 보니 시야 구석에 낯익지 않은 AR 아이콘이 표시되어 있는 것이 보였다. 프로퍼티를 조사해 보자 아무래도 'SEAL'에 지원 술식이 작용할 때 뜨는 아이콘인 모양이었다. 현재 로제의 'SEAL'에 걸려 있는 지원 술식은 〈프로텍션〉. 그것도 열 개 분량이다. 1024배라는 쉽게 볼 수 없는 강화 계수를 읽어 낼 수 있었다.

이것이 스위치로 콤비가 되어 있는 라그가 보낸 지원이라는 것은 생각할 필요도 없이 명백했다. 하지만 그렇다면 어째서 시글로스의 손가락은 가슴에 박힌 걸까.

아니, 다르다. 그건 박힌 것이 아니라 융합한 것이다. 그렇게 생각하니 'SEAL'에서 술식을 복사당한 것도 납득이 되었다. 로제의 'SEAL'과 자신의 'SEAL'을 물리적으로 접속해서 강제적으로 데이터를 읽어낸 것이다.

"——!?"

갑자기 하늘에서 대량의 물이 단숨에 증발하는 듯한, 격렬한 금속음이 울려 퍼졌다.

전투 소리—— 고속으로 부딪치는 검격의 소리였다.

튕기는 것처럼 올려다봤지만 건물에 가려져서 나누어진 하늘에 라그와 시글로스의 모습은 보이지 않았다. 소리는 들리지만 모습은 보이지 않을 정도의 거리까지 멀어진 모양이었다.

한편 가까운 곳에서 무너지는 소리가 들렸다. 이미 귀에 익은 포효도.

『우오오오오오오오오오오오오오오오오오오오오!』

골목 안에서도 허큘리스가 여섯 개의 무기를 휘두르며 건물을 파괴하고 있는 모습이 잘 보였다.

거기서 로제는 의문을 품었다. 어째서 허큘리스는 하늘 위의 전투에 관심을 보이지 않는지. 확실히 저 게이트 키퍼에게 비행 능력은 없었지만 그렇기에 〈인벌너러블 킬러〉가 있었다. 그 황금의 장궁을 쓰면 시글로스 자신을 미끼로 삼아서 라그를 쏘는 것도 가능할 텐데.

그런데 시글로스는 그렇게 하지 않고 허큘리스를 폭주시킨 채로 두고 있었다. 확실히 시글로스의 성격이라면 용사 베오울프라 불리는 소년의 힘에 흥미를 가져서 그 전투를 즐기는 것도 충분히 있을 수 있었지만—— 아무리 생각해도 납득이 가지 않았다.

지금의 시글로스가 새롭게 손에 넣은 '장난감'을 제대로 가지고 놀지도 않고 방치할까?

——아니, 어쩌면 방치할 수밖에 없는 것은 아닐까.

문득 그 가능성이 떠올랐다. 단시간이라고는 해도 허큘리스를 사역하고 있던 로제에게는 알 수 있었다. 저 게이트 키퍼를 완벽하게 제어하는 것이 얼마나 어려운 일인지를. 지금은 라그와의 전투에 집중하기 위해서 시글로스가 일부러 허큘리스의 고삐를 놓고 있다면. 손이 가는 난폭한 말의 조교는 나중으로 미루고, 허큘리스를 이용한 협공을 생각하고 있지 않다면.

"————."

라그는 도망쳐 달라고 했다.

자신이 이곳에서 시글로스와 허큘리스의 발을 묶어 놓겠다고도 했다.

그 말이 거짓말이라는 것 정도는 아무리 로제라 해도 알 수 있었다.

원군을 요청했다고 라그는 말했지만 그런 것이 정말로 올지는 의심스러웠다. 도시 전체가 이런 상황인데 그런 여력이 있을까. 게다가 어설픈 조력자가 와서 시글로스와 허큘리스를 상대할 수 있을 거라곤 도저히 생각되지 않았다.

저 허큘리스를 혼자서 격파한 라그였다. 자신이 아무것도 안 해도 정말로 라그는 혼자서 시글로스를 쓰러트리고, 이어서 허큘리스도 활동 정지(셧다운)시키고 생환할지도 모른다.

하지만.

만약, 패배를 예감한 시글로스가 방치해 둔 허큘리스를 가세시킨다면――.

만약, 하늘에서 싸우기를 관두고 전장을 지상으로 옮긴다면――.

자신을 동료라고 해 준, 그리고 구해 준 저 상냥한 소년은 압도적인 괴물 둘을 동시에 상대하게 된다. 그 앞에 기다리는 말로는 생각할 필요도 없었다.

뇌리에 라그의 얼굴이 떠올랐다. 로제 곁에서 떠나기 직전에 라그가 보여 준 웃음. 몹시 투명해서 마치 두려움 같은 것은 모른다는 듯이.

3분 동안이라면 자신은 세계 최강의 검사라고―― 그렇게 큰소리치며.

그럴 리가 없는데. 그렇게 떨고 있었는데.

그럼에도 겁먹는 마음을 억누르며 라그는 갔다.

떨어지기 직전까지 잡아 준 손에, 아직까지 라그의 감촉이 남아 있었다. 자신에게 기운을 주는 것처럼 상냥하게, 그렇지만 힘차게 잡아 주었다.

——그렇게 해 준 라그를 저버리고 어찌 자기 혼자만 도망칠 수 있을까.

"————!"

로제의 호박색 눈동자에 의지를 담은 빛이 되살아났다.

애초에 이것은 로제의 싸움이었다.

그런데 여기서 염치도 없이 꼬랑지를 말고 도망칠 수 있을 리가 없었다.

무엇보다도—— 라그는 이렇게 말하지 않았나.

『무슨 일이 있더라도 절대로 동료를 저버리지 않을 것.』

그것이 클러스터의 룰이라고. 그리고 로제가 그 클러스터의 일원이라면——.

로제 또한 절대로 동료를 저버릴 수는 없었다.

"레딩…… 드로미."

로제는 허큘리스의 제어에 집중하기 위해서 일시적으로 배틀 드레스의 등에 수납해 둔 두 가지 색 사슬을 또다시 출현시켰다. 은청색과 은적색의 사슬이 철그럭 철그럭 맑은 소리를 내면서 뱀처럼 땅바닥을 기어 다니며 원을 그렸다. 이어서 로제는 비장의 수인 DIFA를 구현화시켰다.

"그레이프니르——."

여섯 개 있는 등의 구멍, 2번과 5번에서 튀어나온 보이지 않는 끈에 레딩과 드로미를 감았다. 파란색과 붉은색의 사슬이 이중나선을 그리며 '힘의 덩어리' 인 그레이프니르의 윤곽을 떠오르게 했다.

한때, 세계를 집어삼킬 정도로 흉포한 늑대를 속박했던 마법의 끈── 그것이 DIFA(다이내믹 이미지 피드백 암즈) 그레이프니르의 유래였다. 아무리 크게 날뛰어도 물질이 아니라 자유롭게 늘어나고 줄어드는 '속박의 역장' 이라면 결코 끊어지는 일은 없다.

"────흡."

크게 숨을 들이마시며 각오를 다졌다.

지금부터 자신이 하려는 행동은 어쩌면 라그보다도 무모한 행위일지도 모른다.

머릿속 어딘가에 있는 냉정한 자신이 귓가에 속삭였다. 제정신이야──? 아무리 아직 신기가 수중에 남아 있다고 해도 한계는 있어. 이곳에서 개죽음을 당하면 반대로 라그의 후의를 헛되게 하는 거 아닐까?

그런 이성의 목소리를 로제는 압살했다.

죽음 따윈 이미 각오하고 있었다. 기피해야 할 것은 자신의 죽음이 아니라 라그의 죽음이다. 라그가 자신의 고집 때문에 희생되는 건 잘못된 일이다. 두 사람이 모였을 때 힘을 합쳤다면 지금쯤 시글로스를 타도할 수 있었을지도 모른다. 그렇게 하지 않고 홀로 싸움에 임한 것은 로제의 아집 때문이었다.

그렇기에 무모하든 뭐든 상관없었다. 로제에게는 목숨을 걸 의무가 있었다.

"——!"

결심을 하고 대지를 박찼다. 컴뱃 부츠의 신발 바닥이 자갈을 밟았고 로제는 어두운 골목에서 튀어나왔다.

"허큘리스——!"

거리를 파괴하고 있는 거인의 등을 향해 기염을 토했다.

"당신의 상대는 접니다!"

우선도가 높은 적성 대상을 인식한 게이트 키퍼가 움직임을 딱 멈추고 몸을 돌렸다.

『오오오오오오오오오오오오오오……!』

구현화를 이어가기 위한 에너지 공급원도 이미 시글로스로 변경되어 있었다. 그 때문에 허큘리스의 두 눈과 전신을 감싼 〈린포스〉의 갑옷에서 발해지고 있는 빛 또한 시글로스의 포톤 블러드 색—— 크롬그린으로 변해 있었다.

"당신은 제가 라그 씨에게 빌린 소중한 것이에요."

아름다운 눈썹을 치켜 올리고 눈을 부릅뜨며 노려보았다. 지금의 로제에 표정을 감출 가면은 필요 없었다. 필요한 것은 순수한 전의뿐이었다.

"당신을 빼앗긴 것은 제 실책이지만 그렇기에 전 당신을 막아야 해요. 예, 그래요——. 무슨 일이 있더라도 절대로 라그 씨를 방해하게 할 수는 없어요……!"

자세를 취한다. 사지에 힘을 담으며 등에 이어진 여섯 개의 DIFA에 사념을 보낸다. 고양되는 전의에 호응한 레딩과 드로미가 방울 소리 같은 소리를 냈다.

물론 자기 혼자서 활동 정지시킬 수 있을 거라는 생각은 하지 않았다. 하지만 적어도 발을 묶는 정도는 할 수 있을 것이다. 라그가 시글로스와 결판을 내기까지 이 게이트 키퍼를 가세하지 못하게 하는 것. 그것이 지금 로제가 할 수 있는 최선이자——사명이었다.

『오오오오오오오오오오오오오오오오오오오오오오오——!!』

폭발과도 닮은 소리와 함께 갑자기 거인이 달리기 시작했다. 땅바닥을 울리며 로제에게 육박한다.

허큘리스의 거구에 걸맞은 보폭에 의해 눈 깜짝할 사이에 서로의 거리가 줄어들었다.

먼저 로제가 찾아낸 전술은 허큘리스의 움직임을 둔하게 하는 것이었다. 양 손바닥 앞에 1메르틀 정도의 말라카이트 그린색 아이콘이 나타나더니 터졌다.

"〈그래비톤 필드〉!"

술식이 발동하며 로제를 중심으로 한 반경 3메르틀이 반투명한 검은색 돔으로 뒤덮였다. 돔 내부는 술자를 제외한 존재에게 3배의 중력을 거는 특수한 필드였다. 아무리 그래도 키가 6메르틀에 달하는 허큘리스의 전신은 무리였지만 허리 부근까지라면 말려들게 할 수 있다.

『우오오오——!』

달리던 발끝이 〈그래비톤 필드〉의 범위 안에 들어온 순간 거인의 움직임이 눈에 띄게 둔해졌다. 신체의 일부분에만 고중력이 걸린 것이다. 전신에 걸리는 것보다 오히려 균형이 무너지기 쉬웠다.

허큘리스의 상반신이 크게 휘청거렸다. 허큘리스의 내장 밸

런서가 자세 제어 처리를 개시하는 타이밍에 로제가 움직였다.

"하앗!"

찢어지는 기합 소리를 받은 등의 그레이프니르가 큰 뱀처럼 날뛰었다. 통나무 정도 되는 두께의 보이지 않는 실이 살아 있는 것 같은 움직임으로 꿈틀거리며 뛰어서 맹렬하게 위쪽을 향해 뻗어 올라갔다.

눈에 보이지 않는 역장이 공기를 가르며 피리 소리 같은 소리를 연주했다. 그레이프니르는 그 몸을 단숨에 연장시켜서 천구의 같은 궤적을 그리며 눈 깜짝할 사이에 허큘리스의 주위를 포위했다.

"하앗――!"

다음 순간, 일제히 조르기 시작했다.

『오오오오오오오오오오――!?』

세로, 가로, 대각선. 모든 각도로 갑작스럽게 속박당한 허큘리스가, 보이지 않는 사슬에 의한 것이기에 여섯 개의 팔을 부자연스러운 형태로 접으면서 익살스러운 모습을 보였다. 끼기긱, 하고 기계의 몸을 삐걱거리게 할 정도의 강한 힘이 거인의 전신을 압박했다.

"〈열쇄아〉."

로제가 격투 술식을 발동. 양팔과 양다리에 송곳니 형태로 형성된 포톤 블러드의 무장이 출현했다. 용인으로 변한 시글로스의 무장도 이것과 닮아 있었지만 실제로는 반대였다. 원래 〈열쇄아〉나 〈열신조〉가 드래곤이나 그 밖의 SB를 참고로 해서 개발된 술식이었다.

로제는 그 자리에서 도약해서 꽁꽁 묶여 있는 허큘리스에게 먼저 장갑의 견고함을 확인하기 위한 일격을 가하려고――.

"윽――!?"

몸의 움직임에 심한 위화감을 느꼈다. 생각한 대로 몸이 움직이지 않아서 그 자리에 고꾸라지고 말았다.

――몸이 무거워……. 아니, 딱딱해……!?

뭐라 형용할 수 없는 기묘한 감각. 온몸이 무거운 것이 아니라 몸의 뼈대―― 그래, 뼈가 납이라도 된 듯한 감촉이었다. 관절이 딱딱한 고무가 된 것처럼 생각대로 움직여 주지 않았다.

『우오오오오오오오오오오오오오오오오오오오오오오오오오――!!』

"윽!?"

감각의 이변에 당황했다. 그리고 그 공백이 허점이 되었다.

구속에서 벗어나지 못한다고 판단한 허큘리스는 그 자리에서 옆으로 돌기 시작했다. 아무리 그레이프니르가 강력한 힘으로 조르고 있다지만 애초에 로제와 거인은 체중 차이가 너무 컸다.

등에서부터 잡아당겨져서 버티지 못하고 로제의 몸이 허공에 떴다.

『오오오오오오오오오오오오오오오오오오오오오오오오오!』

거구가 팽이처럼 회전했고 그에 맞춰서 로제의 몸도 장난감이 된 것처럼 휘둘렸다.

"큭……!"

고속 회전에 의해 전신에 무시무시한 중력가속도가 걸렸다. 회오리에 말려든 것만 같았다. 그렇다고 그레이프니르를 풀 수도 없기에 로제는 어떻게든 매달리면서 기회를 엿보려고,

눈앞에 벽.

"——!!"

격돌.

로제의 몸이 엄청난 기세로 근처에 있던 아직 붕괴하지 않았던 건물에 처박혔다.

굉음과 충격. 포탄 같은 기세로 때려 박힌 로제의 몸은 그대로 몇 장의 벽을 뚫고 흙먼지를 일으키며 건물을 관통했다.

『우오오오오오오오오오오오오오오오오오오오오오오오오오!!』

그럼에도 허큘리스는 멈추지 않았다. 이 포박이 풀릴 때까지 계속 돌아 주마——. 그렇게 말하는 것처럼 로제의 몸이 또다시 다른 건조물에 때려 박혔고 충격과 함께 시야가 흙먼지투성이가 되었다. 모닝스타를 휘두르는 것처럼 로제의 몸이 주변의 건물을 잇따라서 해체해 나갔다.

"으윽——!!"

엉망진창으로 휘둘렸지만 놀라울 정도로 신체에 대미지가 없다는 사실을 로제는 깨달았다.

——이건……!?

틀림없이 〈프로텍션〉의 은혜다. 동시에 몸의 상태가 좋지 않았던 원인도 거기에 있을 거라고 추측했다. 신체 강화의 지원 술식에는 저마다 무언가의 부작용이 있기 때문에 효과가 절대적임에도 기피당하고 있다는 이야기를 들은 적이 있었다. 이 몸을 움직이기 힘든 상태가 〈프로텍션〉의 폐해일 것이다.

확실히, 지원 술식은 걸린 쪽에서도 해제 커맨드를 입력할 수 있을 터였다. 그럴 마음이 든다면 방어력 강화의 효과와 함께 움직이기 힘든 상태에서 벗어나는 것도 가능하겠지. 하지만——.

거기까지 생각한 순간, 하늘의 계시와도 같은 번뜩임이 로제의 뇌리를 스쳐 지나갔다.

——그래. 자신은 지금 라그와 스위치로 링크되어 있다. 즉, 언제라도 라그에게서 지원 술식에 의한 보조를 받을 수 있는 상태인 것이다.

"——!"

현재 상태의 이점을 깨달은 로제의 판단은 빨랐다. 익스플로러로서 결코 적지 않은 전투 경험에서 오는 직감이 로제의 다음 행동을 결정하게 했다.

먼저 일단 그레이프니르에 의한 허큘리스의 구속을 느슨하게 했다. 그 순간 로제를 휘두르고 있던 힘이 약해졌고 몸에 걸리고 있던 기세가 감소했다.

로제는 레딩과 드로미를 구사하여 공중에서 자세를 제어했다. 마침 주변 건물보다 높은 위치에 있었기에 사슬로 낙하 속도를 완화시키면서 근처에 있던 지붕에 착지했다. 그때쯤에는 구속이 풀렸다고 오해한 허큘리스가 회전 속도를 늦추며 멈추려 하고 있었다.

머리카락과 몸에 붙은 흙먼지를 털어낼 시간도 아까워하며 로제는 'SEAL'을 조작했다. 스위치로 링크되어 있는 라그와의 통신 회선을 열고,

"라그 씨, 자세한 설명도 사죄도 나중에 하겠습니다. 지금은 아무튼 이야기를 들어주세요. 전 지금 허큘리스와 교전 중입니다."

『예엣——!?』

다짜고짜 말을 걸자 회선 너머에서 놀란 목소리가 되돌아왔다.

『엑, 에엑?! 어라!? 로, 로제 씨—— 에에에엑!?』

혼란의 도가니에 빠진 듯한 상태의 라그에게 로제는 어디까지나 냉정한 목소리로 말했다.

"진정해 주세요. 서로 교전 중입니다. 시간이 아까우니 대화는 최소한으로 하죠. 먼저 현재 상황을 받아들여 주세요. 부탁드립니다."

강한 말투로 말한 로제의 눈앞에서 잔해의 산에 둘러싸인 허큘리스가 서서히 회전 속도를 늦추더니 마침내 멈춰 섰다.

『흡—— 예!』

회선 너머에서 숨을 삼키는 기척과 이쪽의 의도를 받아들여 준 것으로 생각되는 명료한 대답이 돌아왔다. 역시 머리의 회전이 빨라서 다행이라고 로제는 솔직하게 감탄했다. 하고 싶은 말은 얼마든지 있을 텐데 이쪽의 상황과 사정을 깨닫고 전부 받아들인 것이다.

——정말로 난 이 사람에게 고집만 부리고 있어…….

재회가 이루어진다면 반드시 어떠한 형태로든 사죄와 감사를 전해야만 했다. 로제는 그렇게 마음속으로 굳게 맹세했다.

그리고 결심을 하고 로제는 말했다. 이제부터 자신이 하려는 것을.

"라그 씨, '부탁' 이 있습니다——."

로제가 말하는 '작전' 을 라그는 잠자코 들어줬다. 물론 저쪽에는 저쪽의 전투가 있으니 거기에 대한 대응으로 긴박한 상태일지도 몰랐다. 그것도 있어서 로제의 '부탁' 은 자세한 내용을 알 수 없을 정도로 단적인 것이 되었다.

"그럼 첫 번째 신호로 〈래피드〉와 〈스트렝스〉를. 두 번째 신호로 〈스트렝스〉 추가를 부탁드립니다."

『알겠——습니다!』

대화는 최소한으로——. 그렇게 로제가 부탁한 탓이겠지. 라그는 통신 회선 너머에서 여러 가지 말과 생각을 하고 망설이는 듯한 공백을 두고 나서 결국 이렇게만 말했다.

『믿고 있으니까요! 전! 로제 씨를!』

"——!"

반사적으로 숨을 삼켰다. 그 말은 너무나 예상 밖이었고——그럼에도 몹시 간단하게 로제의 마음속 깊은 곳까지 내려왔다.

믿고 있다.

로제에게 그런 말을 해 주는 사람은 이제까지 한 명도 없었다. 그도 그럴 게 로제는 줄곧 솔로 익스플로러였고 핸들러였다. 동료 같은 것은 없었다.

그래서 몰랐다.

믿고 있다——. 그저 그것뿐인 말이 이 정도로 힘을 주다니.

"예——. 저도 라그 씨를 믿고 있어요."

몸의 안쪽에서 터져 나오는 신비한 힘을 곱씹으면서 로제도 그렇게 대답했다.

믿어 주는 사람이 있다. 믿을 수 있는 사람이 있다.

그 사실이, 가슴 속에 따듯한 물이 가득 차는 듯한 신비한 고양감을 로제에게 주었다.

『오오오오오오오오오오오오오오오오오오오오오오오오오——

————————!!』

하늘을 뚫을 듯한 허큘리스의 포효가 로제의 의식을 전투로 되돌렸다.

보자 허큘리스의 두 눈이 완전히 이쪽을 포착하고 있었다.

『우오오오오오오오오오오오오오오오오오오오오오오오오!!』

또다시 포효를 지르자마자 여섯 개의 팔을 아무렇게나 휘두르며, 여섯 개의 무기로 레딩과 드로미, 그리고 그 두 사슬의 매개체인 보이지 않는 그레이프니르를 공격하기 시작했다. 또다시 자신을 구속할지도 모른다고 경계하고 있는 것이겠지.

하지만 로제에게 걸려 있던 〈프로텍션〉×10의 가호는 그 장비에도 전파가 되었다. 세 종류의 DIFA도 예외가 아니라서 허큘리스의 파격적인 공격력으로도 강화 계수 1024배의 벽은 쉽게 돌파할 수 있는 것이 아니었다.

로제는 시야 구석에 떠 있는 지원 술식의 AR 아이콘을 확인했다. 카운트다운 표시는 없었지만 이 아이콘이 뜬 시간이라면 알고 있다. 거기서부터 역산하니 남은 효과 시간은 120초 전후.

즉, 앞으로 2분 안에 결판을 내야만 했다.

그렇다, 결판이다.

로제는 지금 허큘리스를 자신의 손으로 쓰러트릴 결의를 굳히고 있었다.

이제부터 단독으로 저 게이트 키퍼를 타도하겠다고.

"……!"

온몸에 기력을 불어넣으며 'SEAL'을 전력으로 기동시켰다. 말라카이트 그린색 빛이 온몸에 내달렸다. 꽉 쥔 주먹에는 자신이 생각한 것보다도 강한 힘이 담겨 있었다.

저 게이트 키퍼는 라그에게 빌린 것이기는 하지만 동시에 로제가 사역하기 위해서 재생한 SB이기도 했다. 말하자면 로제의 종이라고 해도 과언이 아니었다.

사역하던 SB의 제어를 실패한다――. 이것은 핸들러 사이에서는 '기르던 개에게 손을 물린다' 고 했다. 또한 사역하던 SB를 혼자서 이기지 못하는 핸들러를 '사자탈을 쓴 당나귀' 라고 하며 조소했다. 이 두 가지가 핸들러 업계에 있어서 최대의 수치였다.

지금의 로제는 그 두 경우를 겸비한 실로 수치스러운 핸들러였다.

추태에도 정도가 있다.

이래서는 안 된다――. 그래, 이런 꼴로는 안 된다. 용사라 불리는 라그의 동료가 이렇게 나약해도 괜찮을 리가 없다. 이런 겁쟁이로 괜찮을 리가 없다. 적어도 결과의 여하를 따지기 전에 먼저 혼자서 맞설 정도의 기개를 보여야 했다.

적어도 발을 묶는다――. 그런 나약한 생각으로는 안 된다.

반드시 이긴다――. 그런 결의로.

로제는 등의 오른쪽에 출현시킨 세 개의 DIFA를 조용히 들어 올렸다. 왼쪽 세 개는 그대로 언제든지 다시 허큘리스를 속박할 수 있는 상태를 유지한다. 허큘리스는 멀어져 가는 사슬에는 눈길도 주지 않고 지금도 자신을 에워싸려 하고 있는 사슬에게만 무기를 휘두르고 있었다.

녀석의 알고리즘은 파악하고 있었다. 허큘리스가 어떤 조건에서 어떤 행동을 취하는지. 그 알고리즘을 반대로 이용하면 이쪽의 생각대로 움직이는 것도 가능할 터였다.

먼저 로제는 그 자리에서 뒤쪽으로 도약했다. 되돌린 은청색과 은적색, 그리고 보이지 않는 사슬을 마치 자신의 손발처럼 조종해서 건물의 지붕에서 지붕으로 메뚜기처럼 뛰어서 이동했다.

이윽고 피아의 거리가 약 100메르틀 정도가 되고, 높이가 이 부근에서 가장 높은 건물에 내려서며,

"〈오버 드라이브〉."

가장 먼저 자신의 신기에서 유래된 술식을 발동했다.

신기 술식 〈오버 드라이브〉── 그것은 신기 '초력(액셀)'의 '한계를 능가하는 개념'을 추출하고 가공한 오리지널 술식이었다. 말 그대로 대상의 한계를 없애서 한 단계 위의 차원(루비)으로 끌어올리는 기적을 발휘했다.

공격 술식에 적용하면 그 공격력의 한계를 초월하게 하고, 사역 술식에 적용하면 원래는 재생하지 못하는 게이트 키퍼를 현현할 수 있게 하고, 무기에 적용하면 모든 성능을 능가하게 하고, 자기 자신에게 적용하면 그 전부가 한계를 넘어서 진화했다.

"흡──!"

그 순간 로제의 온몸에 펼쳐진 'SEAL'의 휘문에서 말라카이트 그린색 빛이 옷을 투과하며 떠올랐다. 공작석 색의 기하학 문양의 곳곳에서 연기처럼 작은 빛의 입자가 떠오르기 시작했다. 그 모습은 마치 온몸에서 뿜어져 나오는 오러를 두르고 있

는 것처럼도 보였다.

로제의 'SEAL' 그 자체가, 다음 단계로 진화한 것이다.

"〈천굉뇌신——."

호흡을 고르며 사지에 〈열쇄아〉를 두른 그대로 자세를 취했다. 앞으로 내뻗은 양손 앞에 힘을 응축하는 이미지. 그것을 오른쪽 옆구리까지 끌어당긴다. 양팔과 양다리의 〈열쇄아〉가 액체처럼 형태를 무너트리며 양 손바닥 사이에 소속되었다. 흉포한 파괴력이 작은 공간에 응축된다.

이것이야말로 로제가 가진 가장 강한 원거리 공격. 키메라 SB의 몸에도 바람구멍을 뚫었던 필살의 일격이었다.

"——아수포〉……!"

한 줄기 섬광이 대기를 태우며 발사되었다. 우렛소리와도 닮은 굉음이 장렬하게 울려 퍼졌다.

두꺼운 광선이 미쳐 날뛰는 허큘리스의 가슴과 배 사이에 정확하게 박혔다.

『오——!?』

거대한 창에 꿰뚫린 것처럼 거인의 움직임이 한순간 얼어붙은 듯 정지했다.

〈천굉뇌신아수포〉——. 원래는 〈아수포〉라고 하는 〈열쇄아〉의 파생 술식을 천굉뇌신류의 증폭 술식으로 강화한 것이었다. 로제는 그 술식에 〈오버 드라이브〉를 써서 위력을 끌어 올렸다.

따라서 빛의 파도가 지나간 자리에는 아무것도 남지 않았다.

허큘리스의 몸 한가운데에 뚫린 큰 구멍을 통해서 그 너머의 경치가 또렷하게 보였다.

배때기에 바람구멍이 뚫린 허큘리스는,

『오오오오오오오오오오오오오오오오오오오오——!』

분노로 타오르는 포효를 질렀고, 거구에 뚫린 구멍은 역시나 눈 깜짝할 사이에 메워졌다.

허큘리스를 활동 정지시키기 위해서는 저 장갑을 뚫을 정도의 공격을 비가 쏟아지듯 난사해야만 했다. 엄청난 화력에 의한 포화 공격. 그것이야말로 저 파격적인 게이트 키퍼를 산산조각 낼 수 있는 유일한 수단이었다.

그리고 그것을 가능하게 하는 패가 로제의 수중에는 없었다.

『오오오오오!』

허큘리스가 짧게 포효하며 위험한 빛을 발하는 두 눈으로 멀리 있는 로제를 노려보았다. 자신을 에워싸고 있는 사슬보다 원거리 공격을 해 온 로제 쪽을 우선적인 배제 대상으로 인식한 것이다.

허큘리스의 공격 속도는 엄청났지만 이동 속도는 다른 게이트 키퍼와 비교해 봐도 큰 차이는 없었다. 오히려 다리가 두 개인 만큼 다리를 네 개, 여덟 개 가진 게이트 키퍼보다 느릴 정도였다.

그렇기에 모드 터미네이터 상태일 때, 적이 멀리 있으며 원거리 공격 수단을 가지고 있을 경우—— 허큘리스의 사고 루틴은 어떤 무기의 사용을 선택했다. 즉.

"〈인벌너러블 킬러〉……."

자신도 모르게 중얼거린 로제의 시선 앞에서, 허큘리스의 여섯 팔이 쥐고 있던 검과 창 같은 무기들이 사라지고 대신 황금의 장궁이 출현했다. 왼쪽의 세 팔이 활을 잡고 오른쪽의 세 팔이 아홉 개의 은화살을 쥐었다.

허큘리스의 오의, '불사신 살해자' 라고 이름 붙여진 최종병기.

한 뭉치로 비틀려서 하나의 나선창으로 변한 화살을 겨누는 황금의 활을, 로제는 호박색 눈동자로 냉정하게 바라보고 있었다.

한계까지 시위를 당기는 소리가 여기까지 들려올 것만 같을 정도로 허큘리스가 힘주어서 활을 당겼다.

일반적으로는 저 화살이 쏘아지면 끝이다. 로제의 몸은 살 한 조각 남기지 않고 소멸될 것이다. 이번에는 각오가 되어 있지 않은 마스터가 쏘라고 명령하는 것이 아니라 무자비하고 봐주는 일 없는 AI가 쏘는 것이다. 시글로스를 쐈을 때처럼 직전에 확산하는 일이 있을 리가 없었다.

그렇다, 일반적으로는.

"라그 씨, 부탁드립니다!"

로제는 강한 어조로 스위치의 링크 너머를 향해 그렇게 말을 걸었다.

『예——!』

지체 없이 날카로운 대답이 되돌아왔고 시야 구석에 지원 술식을 가리키는 AR 아이콘이 두 개 늘어났다. 신체 강화 술식인 〈스트렝스〉×5, 〈래피드〉×5. 사전에 '부탁' 한 대로의 지원이었다.

"……!?"

자신의 주변이 급격하게 이상해져 가는 것을 로제는 느꼈다. 눈에 비친 경치와 피부로 느끼는 공기, 지금 서 있는 옥상의 단단함—— 그 감각들이 극적으로 변질되었다.

"……윽……."

아니, 다르다. 변화하고 있는 것은 주변이 아니라 로제 자신이었다. 지원 술식에 의해서 'SEAL'을 통해 강화된 근력과 민첩성이 로제의 오감 그 자체에 영향을 주고 있는 것이었다.

——라그 씨는 언제나 이런 감각을 느끼면서 쓰고 있는 거야……!?

겨우 32배의 강화 계수로도 눈앞의 세상이 전혀 다르게 보였다. 공기의 밀도마저 다르게 느껴지는 듯한 기분이었다. 갑자기 물속에 던져진 것만 같았다. 그 정도로 세상에 대한 '체감'이 격변해 있었다.

——〈프로텍션〉의 부작용인 뻣뻣한 몸은 조금 전과 비교해서 완화되어 있었다. 〈스트렝스〉의 은혜겠지. 하지만 아직 완벽한 상태가 아니었다. 방심은 금물이다. 〈래피드〉의 효과로 손가락과 팔을 움직였을 때의 이미지와 실제의 움직임에 차이가 있었다. 순수하게 '생각한 이상으로 빠르고 크게 움직인다' 같은 감각이었다. 이것은 타이밍의 차이를 머리로 기억해서 실제 몸의 움직임에 맞춰갈 수밖에 없었다.

그러는 와중에 〈인벌너러블 킬러〉가 발사되기 직전까지 와 있었다. 황금의 활과 백은의 화살이 눈부신 빛을 뿜어냈고 키이이잉, 하는 고음이 이곳까지 전해졌다.

짧은 시간 동안이었다고 해도 허큘리스를 사역하고 있던 로제는 녀석의 호흡을 알 수 있었다.

은색의 화살촉이 아니라 그 안쪽에 있는 활시위에 걸고 있는 오른손을 응시한다. 세 개의 손이 인간은 할 수 없는 형태로 활

시위를 당기고 있었지만 활의 구조상 그 의미는 변하지 않았다. 저 손을 놓았을 때가 화살이 쏘아지는 순간이었다. 로제는 자세를 잡고 그저 그 순간을 기다렸다.

의식을 집중시키고, 집중시키고, 집중시켜서——.

마침내 허큘리스가 오른손을 놓았다.

비틀려서 한 묶음이 된 은화살이 쏘아진 것이다.

그때 로제의 정신은 극한까지 집중하고 있었다. 은색의 섬광으로 변한 나선 화살이 튀어나가는 과정을 마치 슬로 모션이라도 보는 것처럼 느끼고 있었다.

"!"

쏘았다——. 그렇게 파악한 순간, 로제는 몸을 살짝 굽혀서 바로 위로 도약했다.

몸의 위화감도, 이미지와 실제의 움직임의 어긋남도 전부 반영한 상태였다. 소녀의 몸이 강화된 근력에 의해 생각한 대로의 움직임으로 크게 뛰어올랐다.

이쪽을 향해 육박해 오는 화살의 움직임은 물론 빨랐다. 음속의 벽을 넘고 대기를 가르며 일직선으로 날아온다. 말뚝처럼 두꺼운 나선 화살은 단순히 피하려고만 하면 일반적으로는 피하지 못한다. 허큘리스의 거구와 비교해 보아도 창이라 부르는 게 어울릴 크기였기 때문이다.

그렇기에 라그에게 〈스트렝스〉를 걸어 달라고 했다. 근력의 강화는 도약력의 증가로 이어졌고 〈래피드〉는 쏘아지고 나서 움직일 수 있기 위한 반응 속도를 부여해 줬다.

〈인벌너러블 킬러〉의 궤도에 더 이상 로제의 모습은 없었다. 눈 한 번 깜빡이는 것보다 빠른 속도로 로제의 몸은 10메르틀 이상이나 상승해 있었다. 하늘에서 로제는 오른쪽의 레딩, 드로미, 그레이프니르를 휘둘러서 자세를 제어했다. 그리고 몸을 바로 아래를 향하며 그 자리를 지나갈 것이 분명한 백은의 섬광을 기다렸다.

왔다.

시야 구석으로 은색의 빛을 포착한 순간, 로제는 생각하는 것보다도 빠르게 움직이고 있었다.

왼쪽, 허큘리스 주위에 남겨 둔 사슬을 조른다. 거인의 상하좌우에서 원을 그리며 떠오르고 있던 사슬이 그 내부를 일제히 죄었다. 화살을 쏘아 낸 직후의 허큘리스가 그 순간 볼썽사나운 자세로 구속되었다.

오른쪽, 이 순간만을 위해서 수중으로 끌어당긴 사슬. 질풍신뢰의 기세로 은청색, 은적색, 보이지 않는 사슬이 뻗어나갔다. 살아 있는 뱀처럼 하늘을 내달리며 로제의 눈앞, 바로 밑을 향해서 돌진했다.

"흡!"

시야를 지나쳐 가려고 하는 나선 화살을, 노린다.

느려진 시간 속에서 백은의 화살도 느렸지만 이쪽의 움직임도 느렸다. 찌릿찌릿한 초조감이 목덜미를 자극했다. 닿을까. 제시간에 맞출 수 있을까. 아니, 제시간에 맞춰야만 한다. 뻗어나간 두 개의 사슬과 눈에 보이지 않는 역장의 끈. 이것들로 저 백은의 화살을 떨구는—— 것이 아니라.

잡아채는 것이다.

"——!"

그레이프니르가 뻗어나간 속도가 가장 빨랐다. 끝이 〈인벌너러블 킬러〉에 닿기 직전에 로제는 순간적으로 보이지 않는 힘을 제어했다. 조잡하긴 했지만 그레이프니르의 궤도가 꺾이며 빙글 회전했다. 그 공간을 엄청난 속도로 통과하려고 하는 나선 화살을 그 이상의 속도로 몇 번이고 휘감는다. 뒤늦게 레딩과 드로미가 그레이프니르를 따라잡았다.

잡아챘다.

"——!?"

원래라면 눈으로 포착할 수 없을 정도의 속도로 통과할 〈인벌너러블 킬러〉에 감긴 그레이프니르가 맹렬하게 잡아끌렸다. 강렬한 반동으로 공중에 있는 로제의 자세가 덜컥, 하고 무너졌다.

허큘리스의 황금색 강궁에서 쏘아진 화살은 지금도 여전히 가속하는 듯한 기세로 날았다. 나선 화살의 축 부분에 감긴 세 개의 사슬도 계속 연장되고 있었지만 시간을 맞추지 못하고 간단하게 여유가 사라져서 팽팽해졌다.

턱, 하는 충격이 로제의 육체로 피드백되었다.

"윽……!"

무시무시하게 직진하는 힘에 저항하지 못했다. 지금의 로제는 화살에 이어진 조약돌이나 마찬가지였다. 공중을 말도 안 되는 속도로 수평 이동해서, 허큘리스를 구속하고 있던 왼쪽의 사슬도 금방 여유가 사라져 갔다.

로제는 순간적으로 좌우의 레딩과 드로미를 쥐어서 자신의 팔에 감았다. 사슬의 힘만으로는 버티지 못한다는 것을 직감한 것이다.

『오오오오——!?』

갑작스러운 구속에 놀란 허큘리스의 목소리가 이제야 들려왔다. 아무래도 이쪽의 움직임은 소리보다도 빨랐던 모양이었다. 너무 집중하고 있었다 보니 전혀 깨닫지 못했다.

직후에 허큘리스 쪽에 있던 사슬의 여유도 사라져서 모든 사슬이 한계까지 당겨졌다. 강한 충격이 로제를 덮쳤다.

"아악——!"

『우——오오오오오오오오오오오오오오오오오오오오오!!』

동시에 허큘리스의 입에서 비명을 닮은 포효가 났다. 허큘리스에게 있어서는 너무나도 예상 밖의 사태였을 것이다. 그도 그럴 게 자신이 쏜 화살과 자기 자신이 이어졌으니까.

〈인벌너러블 킬러〉의 너무나도 강력한 돌진력은 쏜 본인도 저항하지 못했다. 허큘리스는 볼썽사나운 자세로 구속된 채로도 허리를 낮추며 자신을 당기는 힘에 대항했다. 하지만 그래도 조금씩 지직, 지직, 하고 길바닥을 깎으면서 화살의 진행 방향 쪽으로 서 있는 위치가 어긋났다.

"큭——?!"

그레이프니르에 감긴 나선 화살은 그럼에도 여전히 직진을 멈추려고 하지 않았다. 오히려 더욱 가속하는 기세로 찢어지는 노이즈를 퍼트리면서 그레이프니르의 안쪽에서 날뛰었다.

이런 상태로도 로제의 육체와 사슬이 산산조각이 나지 않는 이유는 전적으로 〈프로텍션〉의 은혜였다. 그래서 로제는 한 번 더 외쳤다.

"라그 씨! 부탁해요——!"

두 번째 신호. 여유가 없는 로제의 목소리는 피를 토하는 것처럼도 들렸다.

라그의 대답은 없었다. 저쪽도 필사적으로 싸우고 있는 것일지도 모른다. 하지만 지원 술식은 확실하게 걸렸다.

신체 강화의 지원 술식 〈스트렝스〉×5.

〈스트렝스〉에 의해 로제의 근력은 강화 계수 1024배까지 뛰어올랐다.

"아아아아아아아아아아아아아아아아아아아아아아아아아아——!!"

그 순간, 로제는 전력으로 소리쳤다. 온몸에 있는 모든 힘을 총동원했다.

화살의 궤도를 꺾는다.

그저 그뿐인 일에 모든 것을 걸었다.

그렇다. 자신의 공격으로는 허큘리스를 쓰러트리지 못한다는 것을 로제는 알고 있었다. 하지만—— 허큘리스 자신의 공격이라면? 이 오의 〈인벌너러블 킬러〉를 허큘리스 본인에게 적중하게 한다면? 확실히 저 게이트 키퍼는 불사신에 가까운 괴물일지도 모른다. 하지만 그런 존재를 죽일 수 있기에 '불사신 살해자' 일 것이다.

로제가 혼자서 허큘리스를 쓰러트릴 수 있는 유일한 방법.

그것이야말로 이 '되돌려 주기' 전법이었다.

"아아아아아아아아아아아아아아아아아아아아아아아아아아——!!"

하지만 현실은 쉽지 않았다. 맹렬하게 직진하는 백은의 화살은 그럼에도 여전히 궤도를 바꾸지 않았다. 그레이프니르와 로제에 의해 허큘리스라는 누름돌과 이어져서 그 자리에 머물러 있기는 했지만 조금이라도 힘을 풀면 눈 깜짝할 사이에 하늘 저편으로 사라져 버릴 것이다.

로제는 양팔에 감은 사슬을 쥐고 이를 악물며 몸을 찢는 듯한 격통을 견뎠다.

하지만 이대로는 화살이 꿈쩍도 하지 않는다. 그것만큼은 확실하게 알 수 있었다.

『믿고 있으니까요! 전! 로제 씨를!』

그때 갑자기――무엇이 계기가 되었는지는 자신도 잘 알 수 없었지만――귀 안쪽에서 조금 전에 들었던 라그의 목소리가 되살아났다.

그래서.

"〈오버 드라이브〉――!"

깨닫고 보니 로제는 그 술식을 외치고 있었다.

술식의 중첩. 게다가 신기 술식. 자신이 발동시켰으면서도 이제 와서 '이래도 괜찮을까?' 하는 의문이 생겨났다. 물론 저지른 뒤였다.

다음 순간, 로제의 애쉬그레이색 머리카락이 치솟아 오르며 말라카이트 그린으로 빛났다. 'SEAL'의 휘문이 〈오버 드라이브〉에 의해 진화, 확장하며 머리카락 한 가닥 한 가닥에까지 포톤 블러드가 지나간 것이다.

"라그 씨! 다시 한번, 전부, 한 번씩――!"

『!? 예, 옙!』

떠듬떠듬 말한 요청에 이번에는 대답과 함께 즉시 지원 술식이 걸렸다. 〈스트렝스〉 〈래피드〉 〈프로텍션〉이 각각 한 번씩. 다섯 번밖에 중첩하지 않은 〈래피드〉는 둘째 치고 〈스트렝스〉와 〈프로텍션〉은 이미 'SEAL'의 한계인 10회에 달해 있었다. 한순간 라그가 주저하는 듯한 기색을 보인 것은 그 때문이었다.

하지만 그런 한계 따윈 로제의 〈오버 드라이브〉가 없애버렸다.

따라서 새로운 지원 술식은 확실하게 그 효과를 발휘했다.

한계를 넘은, 힘과 방어의 강화 계수 2048배.

인류사 미증유의 강화 계수를 얻은 로제는, 그 호박색 눈에서 말라카이트 그린색 빛을 내뿜으며 목에서 절규 같은 목소리를 토해냈다.

"휘 어 져 라 아 아 아 아 아 아 아 아 아 아 아————!!!"

그 순간, 전진밖에 하지 않던 〈인벌너러블 킬러〉의 끝이 바로 위를 향했다.

가속한다.

거기서부터는 한순간이었다.

위쪽을 향한 나선 화살은 기세 좋게 하늘로 향했다. 하지만 그레이프니르라는 끈에 묶여 있었기 때문에 진행 방향이 더욱 위쪽으로 수정되어서——.

U턴해서 허큘리스에게 돌아가는 궤도에 들어갔다.

『우우우우오오오오오오오오오오오오오오오오오오오오오오!!』

자신이 처한 상황을 깨달은 허큘리스가 항의하는 것처럼 포효를 질렀다. 허큘리스의 눈에 비친 것은 자신이 쏘았을 터인 필살의 일격이 어째서인지 자신이 있는 곳까지 되돌아오는 광경이었다.

끼리릭, 하고 나선 화살이 삐걱거리는 감촉을 로제는 그레이프니르를 통해서 느꼈다. 아마도 허큘리스가 나선 화살에 확산 커맨드를 보내서 자신을 피하도록 한 것이겠지. 하지만 그렇게 두진 않는다. 그걸 위해서 로제는 보이지 않는 그레이프니르로 화살이 아홉 개로 나눠지지 않도록 고정한 것이었다. 그리고──.

허큘리스가 은색의 화살을 맞기 직전에 로제는 그레이프니르의 속박을 풀었다. 그 순간 입력된 커맨드대로 〈인벌너러블 킬러〉는 아홉 개의 섬광으로 분열했다.

겨우. 새삼스럽지만.

『오──.』

코앞에서 분산했기 때문에 당연히 그 전부를 허큘리스가 피할 수 있을 리가 없었고.

오히려 거인의 전신을 꿰뚫으며 피해를 확산하는 듯한 형태로 아홉 개의 화살이 박혔다.

『──────────────────────!?』

폭발. 섬광이 눈을 부시게 했고 굉음이 귀를 찢었다.

너무나도 강한 위력에 거구가 허공에 뜨며 뒤로 쓰러졌다. 중량급 물체가 쓰러진 것에 비해 맥 빠질 정도로 진동은 일어나지 않았다. 충격파의 영향으로 흙먼지가 자욱하게 피어올랐다.

그 순간, 로제는 공중에서 자신에게 걸려 있던 지원 술식을 전

부 해제. 신체 강화 효과를 캔슬하고 통상 상태로 돌아왔다. 그리고 〈인벌너러블 킬러〉를 되돌려 보낸 반동을 공중에서 풍차처럼 도는 것으로 소비하여 또다시 근처의 건물 위에 착지했다.

그리고 보았다.

바람이 불어서 연기가 걷힌 곳에—— 양팔과 양다리를 잃고 쥐가 갉아먹은 치즈처럼 된 허큘리스의 동체를.

'불사신 살해자(인벌너러블 킬러)' —— 그 이름에 거짓은 없었다. 그 절대적인 힘은 소유자마저도 멸하는 것이었다. 게다가 〈린포스〉에 의한 추가 장갑도 아랑곳하지 않았다.

하지만—— 아직 허큘리스가 활동 정지 시퀀스에 들어가지 않은 것을 보고 로제는 고개를 갸웃거렸다. 일반적이라면 저 정도로 내구력을 잃으면 곧바로 시작될 텐데.

"뭐……!?"

아니—— 그뿐 아니라 이제까지와 비교해 보면 완만하기는 했지만 재생이 시작되고 있었다. 지렁이가 기어가는 정도의 속도였지만 그럼에도 확실하게 장갑이 액체처럼 늘어나며 넓어지려 하고 있었다.

"——!"

안 된다. 저 게이트 키퍼는 아직 끝나지 않았다. 이제부터 점점 재생 속도를 올려서 최종적으로는 부활할 것이 틀림없었다.

맹렬한 초조가 로제를 덮쳤다. 어쩌지. 저 상태라면 〈천광뇌신아수포〉로 마무리를 지을 수 있을까? 아니, 그러기 위해서는 컴포넌트의 핵인 '코어 커널'을 정확하게 꿰뚫어야만 한다. 만약 빗나간다면, 두 발째를 쓸 정도의 힘이 로제에게는 더 이상 남아 있지 않았다.

"크……!"

안 된다. 시간도 힘도 부족했다. 이대로는 허큘리스의 컴포넌트가 시글로스의 지배하에 놓인 채로 부활을——.

"——."

아니, 잠깐만. 그래—— 지금이라면.

로제는 깨달았다. 허큘리스의 상태가 이런 상태이기에 쓸 수 있는 방법이 있다는 사실을.

"으윽……!"

곧바로 실행에 옮기려고 했지만 온몸에 전류 같은 격통이 내달렸다. 아까 했던 무모한 행동의 반동이겠지.

하지만 이런 곳에서 멈춰 설 수는 없었다.

"그레이프니르——!"

로제는 DIFA를 써서 자신의 몸을 옮기기로 했다. 여섯 개의 사슬이 절지동물의 다리처럼 움직이며 뛰어올랐다. 도약을 반복해서, 거의 원형을 유지하고 있지 않은 거구 위에 내려섰다.

손발과 목을 잃고 동체의 여기저기가 크게 도려내진 상태이면서도 허큘리스의 몸은 지금도 강렬한 존재감을 발하고 있었다. 로제는 그 자리에 무릎을 세우고 두터운 가슴팍에 양손을 대면서 술식을 기동했다.

"〈커널 잭〉!"

1메르틀 정도의 아이콘이 전개되며 술식이 발동했다. 말라카이트 그린색 빛이 잔해로밖에 보이지 않는 허큘리스의 표면을 내달리며 내부까지 전파되어 갔다.

"윽…… 무거워……!"

생각한 것처럼 술식이 효력을 발휘하지 않아서 로제의 입술에서 신음 소리가 새어나왔다. 어딘가에 있을 터인 코어 커널이 제어 권한을 강탈하는 술식의 처리에 저항하고 있는 것이다. 일반적으로 여기까지 대미지를 받은 SB라면 곧바로 코어 커널을 지배(잭)하는 것이 가능할 텐데.

하지만 그렇다고 여기서 기가 꺾일 수는 없었다. 이것이 잘 안 되면 허큘리스는 얼마 후에 다시 부활할 것이다. 그러면 이미 힘을 전부 써 버린 로제가 이 녀석을 막을 수 있는 방법은 없었다. 그리고 그렇게 되면 상정하고 있던 최악의 시나리오가 실현되고 만다.

로제는 또다시 이를 악물며 각오를 다졌다.

무모하든 뭐가 되었든 여기까지 왔으면 할 수밖에 없었다.

"〈오버 드라이브〉——!"

내려치는 것처럼 신기 술식을 발동해서, 발동 중인 〈커널 잭〉에 적용시켰다.

로제의 양팔에서 또다시 대량의 포톤 블러드의 입자가 뿜어져 나왔다.

힘을 더욱 짜내기 위해서인지, 아니면 고양된 감정 때문인지, 혹은 둘 다인지. 로제는 자기도 모르게 크게 외치고 있었다.

"허큘리스! 당신은 제가 라그 씨에게 빌린 소중한 것이에요!"

폭포의 물보라처럼 말라카이트 그린색 빛이 뿜어져 나왔다. 밝은 녹색의 빛이 아래쪽에서 로제의 얼굴을 밝혀서 처절한 형상을 떠올리게 했다.

"언제까지 그 남자의 지배하에 있을 생각인가요! 누가 당신을 재생시켰다고 생각하죠! 빨리 돌아오세요!"

'SEAL' 의 상태가 좋지 않은 탓인지, 완벽하게 제어하지 못해서 술식이 해제되어 사라져 버리려고 했다. 그것을 거의 기력만으로 유지하면서도 로제는 끓어오르는 감정을 목소리에 담아서 털어놨다.

"생각해 내세요! 당신의 주인이 누구인지를!"

허큘리스의 안쪽에서 스며 나온 크롬그린색 빛과 로제의 포톤 블러드가 격렬하게 맞부딪쳤다. 서로를 공격하며 허큘리스의 지배 권한을 두고 싸운다.

로제는 힘으로 굴복시키기로 했다.

이를 악물고 포톤 블러드의 입자를 발하는 오른팔을 크게 치켜들며, 감정을 그대로 드러내면서 외쳤다.

"당신의 주인은── 저 롤트린제 볼크링입니다!"

오른쪽 주먹을 전력으로 내리쳤다.

통쾌한 소리가 나며 빛의 파편이 별가루처럼 흩날렸다.

말라카이트 그린색 빛이 맹렬하게 돌진하며 크롬그린색 빛을 압도했다.

공작석 색의 빛이 게이트 키퍼의 잔해를 뒤덮었고──.

그 순간, 섬광이 폭발적으로 확장되며 그 자리의 모든 것을 집어삼켰다.

●9 외톨이가 아닌 최종 결전

눈에 새겨진 것은 격렬한 공격의 궤적.

귀에 달라붙은 것은 얼어붙은 검격의 소리.

피부를 찌르는 것은 질량을 가진 죽음의 예감.

그리고 무엇보다 온몸의 신경을 곤두서게 하는—— 적의 살기.

생명이 없는 SB를 상대하는 것과는 다르다. 자신과 마찬가지로 의사와 감정을 가진 인간과의 싸움.

대인전(對人戰). 단조로운 알고리즘과는 비교가 되지 않는, 불투명하고 복잡한 공방의 연속.

신체적 부담도 그렇지만 정신적인 중압이 조금씩 내 마음을 잠식했다.

"하아아아아아아아아아아아앗——!"

"LLLUUUOOOOAAAAA——!"

구름 한 점 없는 푸른 하늘 위에서 우리는 혼신의 힘을 담아서 무기를 휘둘렀다.

난 피아의 거리를 계산에 넣으면서 〈여의신도〉의 방아쇠를 당겼다. 은색의 칼날이 늘어나며 햇빛을 날카롭게 반사했다. 가속되는 사고. 시간의 흐름이 몹시 느리게 느껴지는 내 시야 속, 3메르틀 정도 떨어진 공간에 있는 시글로스를 향해서 〈여의신도〉의 은색 섬광이 내달렸다. 참격은 하나만이 아니었다. 삽시간에 겹쳐진 몇십 개의 참격이 '탄막(彈幕)'이 아닌 '검막(劍幕)'이 되어서, '선'이 아닌 '면'으로 시글로스를 덮쳤다.

한편 시글로스의 〈열쇄아〉를 많이 닮은 사지의 무기는 자유자재로 움직였다. 송곳니처럼 뾰족했던 것이 지금은 채찍처럼 탄력 있는 형태로 변해 있었다. 어딘가 로제 씨의 사슬과도 닮은 움직임으로 튕기며 그 참격의 궤적이 크롬그린색 그물을 그렸다.

검격의 무늬와 채찍의 그물이 격돌하며 시글로스와 내 사이에 불꽃을 작렬시켰다.

"우오오오오오오오오오오오오오오오오오오!"

"RRRRRRWWWWWOOOOOOOO——!"

목소리 크기마저 경쟁하는 것처럼 포효를 지르며, 우리는 칼날을 맞부딪치면서 넓은 하늘을 돌아다녔다.

시글로스가 등의 날개를 떨면서 간격을 벌렸고 그것을 뒤쫓으면서 〈실리 워크〉의 연보라색 역장을 박찼다. 대기의 벽을 뚫으며 가속한다. 그러자 검은 곤충 인간은 공중에 달라붙은 것처럼 급정지를 하며 갑자기 양팔로 공격을 해 왔다. 완급 있는 움직임의 격차에 허를 찔렸다. 순간적인 판단으로 폭풍 같은 연속 공격을 빠져나가며 〈여의신도〉의 방아쇠를 당겼다. 벤다. 하지만 그 공격은 시글로스의 다리에서 뻗어 나온 채찍에 의해 튕겨 나갔다. 크롬그린색 채찍이 살아 있는 뱀처럼 궤도를 꺾으며 육박해 온다. 난 〈스큐텀〉을 다중 전개해서 그 공격을 흘려보냈다.

푸른 하늘을 위아래로 날아다니며 은색 궤적과 비취색 번뜩임이 충돌했다. 그때마다 빛의 입자가 튀었다. 그것이 연속해서 흐르며 공간에 뒤틀린 상흔을 새겼다.

"흡——!"

정면에서 맞부딪쳐 봤자 끝이 없다. 지원 술식의 효과 시간은 앞으로 80초. 이대로는 시간 제한으로 내 패배였다. 무언가 수를 쓰지 않으면. 생각해라, 생각해라생각해라생각해라생각해라생각해라——!

시글로스와 공방을 이어 나가면서 난 전력으로 머리를 회전시켰다. 여러 가지 생각이 뒤죽박죽 떠올랐다.

——조금 전에 갑자기 통신을 준 로제 씨는 무사할까. 하지만 저 게이트 키퍼가 상대다. 빨리 구하러 가야 한다. 하지만 저쪽에 가세하러 가기 위해서는 더더욱 시간이 없다. 빨리 이 녀석을 쓰러트리고 로제 씨와 허큘리스가 있는 곳으로 가지 않으면——!

그렇게 초조해하는 기분과는 반대로 머릿속 어딘가의 냉정한 자신이 무감정하게 현재 상황을 분석했다.

——시글로스의 정체가 파악되기 시작했다. 아까부터 쓰고 있는 양팔과 양다리의 무기. 저것은 드래곤형 SB가 반드시라고 해도 좋을 정도로 가지고 있는 '더듬이'가 틀림없다. 몸집이 큰 드래곤이 세세한 작업을 할 때 쓰는 매니퓰레이터이자 동시에 정밀한 명중력을 자랑하는 무기이기도 하다——.

이상의 추측에서 결론을 이끌어 내며 대책을 강구하는 사고가 있었다.

——즉, 저 모습은 드래곤형 SB와 융합한 모습인 것이다. 그것도 저 사이즈로 응축해서. 그 덕분에 힘도 속도도 장갑도 차원이 다르게 진화해 있다. 어설픈 공격으로는 저 견고한 갑각을 뚫고

시글로스의 몸 안에 있는 컴포넌트를 부수지 못한다. 역시 허큘리스 때처럼 내 비장의 수―― 〈프레이 봄〉의 다중 연쇄 폭격밖에 없다. 그래. 저 칠흑의 갑옷째로 전부 날려 버리면 된다――.

모든 사고를 한순간에 끝낸 나는,

"〈프레이 봄〉!"

즉시 'SEAL'에 공격 술식을 장전. 다섯 개 동시에 시큐리티를 해제하고 거기에 더해 〈여의신도〉를 머리 위로 들고 방아쇠를 당겼다.

"〈드릴 브레이크〉!"

검 술식을 발동. 순식간에 수십 메르틀이나 뻗어 나가는 은색의 도신에 딥 퍼플의 드릴이 휘감겼다. 칼날이 뻗으면 뻗을수록 그에 맞춰 드릴도 확장되었다.

난 맹렬하게 회전하는 거대한 〈드릴 브레이크〉를 쳐들고――있는 힘껏 내리쳤다.

"하아아아아아아아아아아아아아아아아아!"

"윽!?"

드릴은 찌르는 것이라는 개념을 무시한 일격에 시글로스가 한순간이지만 깜짝 놀란 것처럼 움직임을 멈췄다. 하지만,

"RRRRRLLLLOOOOOOOWWWWWWW――!"

포효와 함께 양팔과 양다리의 '더듬이'가 격렬하게 난무했다. 녹색 빛의 채찍이 위쪽에서 떨어져 내려오는 길고 긴 〈드릴 브레이크〉에 쇄도했다. 하지만 그 전부가 고속으로 회전하는 드릴에 어이없이 튕겨 나갔다.

――여기다!

모든 저항을 뿌리치고 내리친 공격이 시글로스의 정수리를——.

"하앗——! 재밌는 짓을 해 주잖아, 엉터리 자식이!"

칠흑의 용과 융합한 남자는 여전히 즐거운 듯 큰소리친다 싶더니 머리 위로 양팔을 교차시키며 방어 자세를 취했다.

그리고 벌레의 주둥이로밖에 보이지 않는 용인의 입에서 믿어지지 않는 단어가 튀어나왔다.

"〈린포스〉!"

"뭐……!?"

귀를 의심하는 내 눈앞에서 낯익은 아이콘이 크롬그린색 빛나는 선으로 그려졌다.

시글로스의 포톤 블러드로 형성된 새로운 갑옷이 괴물의 갑각을 더더욱 뒤덮었다. 동시에 사지의 '더듬이' 또한 그 빛을 강하게 밝혔다.

직후에 내리친 청보라색의 〈드릴 브레이크〉와 비취색으로 빛나는 장갑이 성대하게 격돌했다.

"크윽——!"

귀를 찢는 마찰음이 공기를 떨리게 했다. 마치 분수처럼 대량의 불꽃이 뿜어져 나왔다. 하지만 포톤 블러드의 추가 장갑은 시글로스의 갑각과는 다르게 금 하나 생기지 않았다.

로제 씨의 술식 〈린포스〉—— 어째서 시글로스가 이것을 쓸 수 있는지. 이해할 수 없는 사태에 한순간 혼란에 빠질 뻔했지만 지금은 그런 것을 신경 쓰고 있을 때가 아니었다.

아무튼 시글로스는 사역 SB에 사용하는 강화 술식을 자기 자신에게 적용시킨 것이다. 지금은 그것만 이해하면 충분했다. 게다가—— 그런 거에 구애될 것 같은가. 이렇게 된 거 그 추가 장갑째로 폭발시켜 버리겠다.

방어 자세를 취하고 있는 지금이라면 이 5중 〈프레이 봄〉을 피하지 못할 터——!

내 몸의 앞쪽에 다섯 개의 아이콘이 겹쳐서 출현했다. 〈포스 부스트〉로 강화되어 있는 술력을 전부 집어넣었기 때문에 하나하나의 지름이 5메르틀에까지 달해 있었다. 그 중앙에서 가느다란 빛의 선 다섯 개가 뻗어 나와서 시글로스를 조준했다.

"——!"

그때, 시글로스의 양팔과 양다리에서 네 개의 빛줄기가 뻗어 나왔다. 하지만 똑바로 이쪽을 향해 뻗은 녹색 광선은 나를 노린 것이 아니었다. 내 상하좌우를 지나쳤을 뿐. 어째서인지 살기도 담겨 있지 않았기 때문에 무심코 지나치고 말았지만——곧바로 그 의도를 깨달았다.

도망칠 길이 막혔다——. 지금의 난 상하좌우가 시글로스의 '더듬이'에 봉쇄되어서 앞이나 뒤로밖에 움직일 수 없었다. 마치 허큘리스가 시글로스에게 한 것처럼.

"〈천굉뇌신——."

시글로스의 입에서 그 기동 음성이 나온 순간, 오싹, 하고 등줄기에 오한이 내달렸다. 좋지 않은 예감밖에 들지 않았다. 난 직감적으로 모든 〈프레이 봄〉을 캔슬하고 대신 〈스큐텀〉을…….

"——열쇄아〉!"

512배의 세계 속에 있었지만 등에서 포톤 블러드를 분출시킨 시글로스의 가속은 놀라운 것이었다. 깨달았을 때는 거의 눈앞에 있었다.

"——!?"

시글로스의 등 뒤에서 여전히 흩어지고 있던 불꽃이 겨우 발생원이 없어졌다는 사실을 깨달은 것처럼 뒤늦게 사라졌다. 그 정도 속도였다.

어느새 시글로스의 사지에 '더듬이' 와는 또 다른 포톤 블러드의 '송곳니' 가 형성되어 있었다. 격투 술식의 보조를 받은 칠흑의 거구가 화살을 당기는 것처럼 주먹을 들어 올렸다.

로제 씨가 쓰던 그 연속 공격이 온다——!

조금 전에 보았던 전투의 광경이 뇌리에 떠올랐다. 원시적인 공포가 나를 움직이게 했다. 술식의 장전 상태 같은 것을 신경 쓰고 있을 여유도 없었다. 난 아무튼 방어 술식을 발동……

"UUUUULLLLLLLOOOOOOOOOWWWWWWW——!!"

눈앞에서 크롬그린색 빛이 번개와 섞이며 사방팔방으로 뿜어져 나왔다. 번쩍이는 유성우가 작렬했다.

"으아아아아아아아아아아아아아아아아아아아아아아아——!!"

〈스큐텀〉의 연보라색으로 빛나는 실드가 내 앞에 나타났다. 난 아무튼 그것을 연발했다.

"LLLLRRRRUUUUUOOOOOWWWWW——!!"

번개의 비라고도 할 수 있는 권격과 발차기가 일격에 하나씩 〈스큐텀〉을 파괴했다. 하지만 술식 실드는 깨진 순간에 다시 새로운 실드가 발동되었다.

깨지고는 실드가 생겨나고, 다시 파괴되고는 새로운 실드가 출현했다. 그 반복.

이대로는 상황이 악화될 뿐이다——. 그렇게 깨달은 순간, 난 될 대로 되라는 심정으로 방어를 포기했다.

"윽——!"

대신 스토리지에서 무기를 구현화해서 왼손으로 쥐었다.

꺼낸 것은 도신이 깨진 흑제강현의 칼자루. 하지만 설령 칼날이 없다고 하더라도 나가마키(長券)인 흑현은 칼자루만으로도 1메르틀은 되었다. 난 날밑이 있는 쪽을 시글로스를 향해서 내밀고,

"〈드릴 브레이크〉!"

검 술식을 발동했다. 생각한 대로 시글로스의 왼쪽 팔의 '송곳니' 가 내 오른쪽 가슴을 도려내는 것과 이쪽의 〈드릴 브레이크〉가 시글로스의 목을 뚫은 것은 거의 동시였다.

"크악——!?"

"끄어——!?"

동귀어진. 우리는 역시 동시에 신음 소리를 내면서 격돌의 충격에 의해 크게 튕겨 날아갔다.

시야가 뒤죽박죽으로 돌았다. 자신의 몸이 빙글빙글 3차원적인 움직임으로 회전하면서 날아가고 있는 것을 알 수 있었다. 귀 안쪽에서 바람 소리가 웅웅거리는 소리를 냈다.

"큭……!"

하늘과 땅의 위치도 알 수 없는 상태였지만 그럼에도 난 오른쪽 가슴을 의식하며 회복 술식 〈힐〉을 발동했다. 동시에 지원술식 〈레비테이션〉을 써서 몸에 걸려 있는 관성을 없앴다. 공중

의 한곳에 정지하고 자세를 제어하며 상하감각을 되찾았다.

온몸의 신경을 돌아다니는 격통을 무시하면서 모든 방향으로 시선을 돌리며 적의 모습을 찾았다. 있다.

시글로스는 이미 자세를 바로잡고 있었다. 그뿐 아니라 반투명한 날개를 구사해서 또다시 말도 안 되는 속도로 이쪽을 향해 육박해 오고 있었다. 목을 찔린 것에 상당히 열 받았는지 움직임 하나하나에서 강한 분노의 파동이 느껴졌다.

눈을 한 번 깜빡일 짧은 시간 동안에 생각했다——. 어떻게든 해서 시글로스의 움직임을 멈추게 하지 않으면 〈프레이 봄〉을 직격시킬 수 없다. 그렇다면 어떻게 시글로스를 멈춰 세우지? 답은 정해져 있다. 아까 시글로스가 몸소 알려 줬다. 도망칠 곳을 막아서 피하지 못할 상황을 만들어 주면 된다.

난 다음 행동을 정하고 〈여의신도〉의 방아쇠를 당겼다. 아무것도 없는 공중에 나타난 〈실리 워크〉의 발판을 있는 힘껏 박찼다.

"크윽——!"

시작부터 최고 속력이다. 시글로스를 향해서 전속력으로 뛰쳐나갔다.

지금까지의 전투로 깨달은 것이 있었다. 강화 계수 512배의 나와 비교해도 시글로스의 힘과 방어는 한 차원 위였다. 하지만 속도에 관해서는 내 쪽이 능가하고 있었다. 아니, 그보다 시글로스는 저 몸으로 움직이는 것에 익숙하지 않은 모양이었다.

칠흑의 용——어딜 어떻게 보더라도 곤충이지만——과 동화한 시글로스의 신장은 2메르틀이 넘었다. 처음에 본 철사 같은 마른 몸이 진짜 모습이라면 신체 감각은 완전히 다른 것이 되어 있을 터였다.

그렇기에 공중전에서는 내가 유리했다. 이쪽은 〈실리 워크〉 덕분에 지상과 변함없는 속도로, 그것도 세세하고 입체적으로 움직이는 것이 가능했기 때문이다.

"하아아아아아아아아아아아아아아아앗!"

초음속으로 돌격해 오는 시글로스를 향해서 하늘을 달리자 눈 깜짝할 사이에 상대 거리의 자릿수가 줄어들었다.

한 자릿수가 된 순간에 강하게 역장을 박차며 맹렬한 스피드로 바로 위를 향해서 도약했다.

"!?"

시글로스가 눈을 부릅뜨는 기척이 느껴졌다. 저 겹눈으로 그런 짓이 가능한지 어떤지는 알 수 없었지만 어쨌든 내 트리키한 움직임에 놀라고 있는 것은 알 수 있었다. 목을 들며 시글로스의 시선이 나를 쫓았다.

나는 거기에 더해 공중에서 옆으로 뛰었다. 벽처럼 만들어 낸 〈실리 워크〉의 역장을 박차며 이번에는 오른쪽을 향해서 뛴다. 다음은 앞. 그 다음은 아래. 고속 입체 기동으로 시글로스의 시선을 뿌리쳤다.

――그렇다, 지금 이 넓은 하늘은 나의 마당임과 동시에 자유자재로 할 수 있는 '상자 속'이었다. 하고 싶을 때 원하는 좌표에서, 나는 그곳을 지면으로, 벽으로, 천장으로 삼을 수가 있었다.

그래서 나는 탄환이 되었다. 도탄처럼 이쪽저쪽으로 반사하며, 경계하여 급정지한 시글로스의 주위를 고속으로 어지러이 날았다. 시글로스의 시야 밖에서 밖으로 종횡무진으로 뛰어 돌아다닌다. 그때마다 〈실리 워크〉의 연보라색 역장이 발생하고는 사라졌다. 하지만 튕겨서 움직이는 속도가 너무 빨라서 옆에서 보면 모든 발판이 거의 동시에 나타나 있는 것처럼 보일 것이다.

그뿐만이 아니다. 난 발판을 하나 박찰 때마다 환영 술식 〈미라지 셰이드〉를 발동해서 뛰어서 옮겨가기 직전에 광학적인 분신을 남겼다. 움직임이 너무 빨라서 분신하는 것처럼 보이는—— 것이 아니라 실제로 술식에 의한 잔상을 남겨 두는 것이었다.

그것을 반복하기를 20회. 그리하여 총 21명의 내가 상하좌우 360도로 시글로스를 에워싸는 환상의 포위진이 완성되었다.

나는 한 좌표에서 스피드를 늦추며 몸을 빙글 회전하면서 자세를 제어했다. 20개의 〈미라지 셰이드〉도 거울에 비치는 것처럼 같은 움직임을 취했다.

20명의 환영과 함께 오른발의 끝을 포위진의 중심에 있는 시글로스에게 향했다. 그리고,

"〈드릴 브레이크〉——!"

컴뱃 부츠의 끝에서 발목까지가 딥 퍼플의 드릴에 감싸였다. 다음 순간에 등에서 가속용의 포톤 블러드가 분출되었다.

시각적으로는 피할 길이 없는 동시 발동 〈드릴 브레이크〉가 이를 드러냈다.

"흐아아아아아아아아아아아아아아아아아아아아아!!"

21개의 드릴이 검은색과 녹색의 장갑에 찍히려는 순간,

"RRRRRRROOOOOOOOAAAAAAAAHHHHHHH——!!"

시글로스가 찢어지는 목소리로 포효했다. 그 순간, 네 개의

'더듬이' 가 스스로 잘라낸 도마뱀의 꼬리 같은 움직임으로 날뛰었다. 빠르다. 빛의 채찍이 잔광을 끌면서 몸부림치며 모든 방향에서 쇄도해 온 〈미라지 셰이드〉의 대부분을 베어 넘겼다.

하지만 본체인 나에게는 닿지 않았다. 왜냐하면 난 시글로스의 사각에 있었기 때문이다.

시글로스의 등 뒤, 대각선 위—— 그것도 태양을 등에 진 위치. 곤충의 겹눈으로도 포착할 수 없는 방향에서, 그리고 거기에 더해 〈미라지 셰이드〉의 환영보다 약간 시글로스에게서 떨어져 있었다.

극히 작지만 치명적인 차이.

미쳐 날뛰는 '더듬이' 의 참격을 빠져나가며 시글로스의 등 장갑, 날개를 움직이고 있는 부분에 〈드릴 브레이크〉의 끝을 때려 박았다.

"LLRROO——!?"

시글로스의 등에서 아크 용접 같은 눈부신 불꽃이 튀었다. 장갑은 아직 뚫지 못했지만 충격의 전파에 의해 얇은 반투명 날개가 그 비행 기능을 잃었다.

떨어진다.

"흡——!"

거기에 한 번 더, 나는 시글로스의 등에 〈드릴 브레이크〉를 박은 채,

"〈드릴 브레이크〉!"

부웅! 하고 회전과 가속이 더욱 빨라진다. 내 등에서 분출되는 포톤 블러드가 폭발적으로 확장되었다.

그 순간, 나와 시글로스는 발사된 탄환처럼 지상을 향해서 날아갔다.

"우오오오오오오오오오오오오오오오오!!"

목소리를 뒤에 남기며 대기를 뚫고 유성보다도 빠르게 낙하했다.

떨어지는 곳에 있던 것은 거대한 유리 건물 쇼핑몰이었다. 난 시글로스를 〈드릴 브레이크〉의 끝에 박은 채로 일절 감속하지 않고 그곳에 돌입했다.

유리 천장에 칠흑의 거구가 격돌해서 금이 생겨났다. 하지만 우리의 속도는 유리가 깨지는 것보다도 빨랐다. 인간 형태 구멍을 뚫으면서 그대로 쇼핑몰의 안쪽으로.

3층 건물의, 천장이 없는 구조의 넓은 공간에 도착했다.

하지만 그것을 깨닫는 것보다도 빠르게 쇼핑몰의 중앙, 바닥의 한가운데에 시글로스와 함께 추락했다.

"――――――――――――――――!!"

진동. 파괴. 함몰. 그리고 굉음.

충격이 폭발했다. 한순간에 거미줄 같은 금이 생기면서 돌바닥이 깨지고 잔해가 날아간다. 파괴력의 전파는 멈추지 않았다. 건물 전체에 금이 갔다. 〈프로텍션〉으로 강화했음에도 견디기 힘든 고통이 내 온몸을 내달렸다. 발끝에 있는 시글로스가 점점 땅바닥으로 파고들어 갔다.

이윽고 모든 에너지를 발산한 뒤에 남은 것은, 말 그대로 운석

이 떨어진 흔적 같은 크레이터였다. 쇼핑몰 바닥의 대부분이 부서지고 융기되어 있었다.

"하아…… 하아……!"

숨이 찼다. 어깨로 들썩이며 숨을 쉬었다. 발밑의 시글로스는 꿈쩍도 하지 않았다.

고공에서부터 일직선으로 때려 박힌 것이다. 상당한 대미지를 입었겠지.

이대로 시글로스가 움직이기 전에 중첩 〈프레이 봄〉을 때려 박아 주겠다—— 하고 왼손의 흑현을 스토리지에 돌려보냈을 때였다.

발밑에서 크히, 하는 웃음소리가 들려왔다.

"!?"

대체 몸의 구조가 어떻게 되어 있는 건지. 얼굴을 아래로 하고 크레이터의 한가운데에 가라앉아 있던 시글로스가 한순간에 뒤집혔다. 몸은 미동도 하지 않았는데 뒷머리가 얼굴로, 등이 가슴과 배로 각각 변화한 것이다.

검은 갑각에 둘러싸인 커다란 손이 그의 등, 아니, 가슴에 올라탄 내 오른쪽 발목을 꽉 붙들었다.

"잡았다——."

곤충 같은 얼굴을 히죽거리며—— 시글로스가 손가락을 내 발목 깊숙이 박았다.

"크——!?"

아픔은 없었다. 그래서 더욱 생리적 혐오감에 오한이 났다. 시글로스의 손가락이 박힌 오른쪽 발목에서 얼음의 촉수 같은 공포심이 기어올라 왔다. 나는 반사적으로 'SEAL'을 격렬하게 기동했다.

아니, 아니다. 이건── 강제로 기동된 건가……!

뭔가 알 수 없는 짓을 당하고 있다──. 그 예감이 내 몸을 움직이게 했다.

"크, 〈프레이 봄〉!"

난 공격 술식을 다섯 개 동시에 'SEAL'의 출력 슬롯에 장전── 하려고 하다가 〈프레이 봄〉의 데이터가 사라져 있는 것을 깨달았다.

"!? 뭐……!?"

아니, 정확하게는 〈프레이 봄〉의 데이터 일부가 크랙당해 있어서 제대로 읽어 낼 수 없게 되어 있었다. 정상적인 데이터가 아니게 된 탓인지 'SEAL'에는 술식 그 자체가 사라진 것처럼 인식된 것이었다.

이유를 생각할 필요도 없었다. 시글로스가 자신의 위협을 배제하기 위해 내 'SEAL'을 해킹해서 〈프레이 봄〉의 데이터 영역 정보를 공격한 것이다.

이 이상 당할까 보냐. 그렇게 결심한 나는 오른손에 쥔 〈여의신도〉의 방아쇠를 당겼다. 칼끝을 시글로스가 아니라 붙들려 있는 자신의 오른쪽 다리를 향해서.

"크……!"

망설이고 있을 여유는 없었다. 나는 이를 악물고 덮쳐올 격통을 각오하며 자신의 오른쪽 정강이 중간 부분을 절단했다. 청보라색 포톤 블러드가 오싹할 정도의 기세로 뿜어져 나왔다.

"크아아아아아아아아아아아아아아아아아아——!!"

예상은 하고 있었지만 너무나도 심한 격통에 비명을 질렀다. 시글로스와의 물리적인 접촉을 끊자마자 신경을 거슬리게 하던 차가운 감촉이 깨끗하게 사라졌다. 곧장 왼발로 도약해서 거리를 벌렸다.

"크윽……!"

눈물을 글썽이며 공중에서 회복 술식 〈리커버리〉를 발동했다. 절단면에서 살이 부풀어 오르며 결손된 오른 다리가 서서히 재생되었다. 하지만 완전한 형태로 되돌리기 위해서는 조금 시간이 걸렸다.

아니, 그보다도 중대한 문제가 있었다. 필살의 〈프레이 봄〉을 봉인당하고 말았다. 결정타를 잃고만 것이다. 위험해, 위험하다고, 위험해어쩌지어쩌지어쩌지어쩌지——!?

지원 술식의 효과 시간은 앞으로 약 60초. 이제 1/3 남았다. 〈프레이 봄〉은 다시 인스톨하면 쓸 수 있게 되겠지만 그럴 여유가 없었다.

——어떻게 하지!? 어떻게, 어떻게 저 녀석을 쓰러트리지!?

초조함이 냉정함을 깎아냈다. 혼란에 빠질 것 같은 머리를 필사적으로 버텨냈다.

"크히—— 히히히이히히이히히아하하하하하하! 왜 그래, 왜? 뭘 그렇게 초조해하고 있는 거야, 엉터리울프? 자신의 다리를 자르고 도망치다니 도마뱀이냐, 넌?"

시선 앞에서 시글로스가 폭소하며 일어섰다. 저 높이에서 때려 박혔는데 〈린포스〉 때문에 대미지를 조금도 입지 않았다.

마음속의 혼란을 어떻게든 억누르며 시글로스를 노려보았다.

"울프든 도마뱀이든 좋을 대로 부르라고. 그런 건 아무래도 좋아."

이제 와서 깨진 천장의 유리 파편이 비처럼 쏟아져 내렸다. 파편이 반사되어 반짝이는 빛의 굴절 속에서 나와 시글로스의 시선이 교차했다.

"애초에 난 용사도 뭣도 아니라고――!"

통증을 무시하며 〈여의신도〉의 방아쇠를 당겼다.

다리를 절단하든, 결정타를 잃든, 전투를 멈출 수는 없었다.

"난 단지 로제 씨를 상처 입힌 널 용서 못 해……. 그뿐이다!"

그렇다. 난 결코 질 수 없었다.

"하아아아아아아아아아아아아아아아아아아아――!!"

"LLLRRRROOOOOOAAAAAAHHH――!!"

서로 입을 맞춘 것처럼 동시에 포효를 질렀다.

뻗어나가는 은색 검격이 별가루처럼 빛을 흩날렸다.

칠흑색 용인의 전신에서 크롬그린색 빛이 뿜어져 나왔다.

유리 비가 내리는 공간에서 우리는 계속해서 싸웠다.

■

소년과 용인이 펼치는 전투는 멀리서도 알 수 있을 정도로 요란하게 전개되고 있었다.

그래서 두 소녀는 동료인 소년의 위치를 거의 정확하게 알 수 있었다.

한 사람은 하늘에서.

또 한 사람은 지상에서.

각각의 이동 수단을 이용해서 소년을 구하기 위해 전장으로 향했다.

특히 거인의 어깨에 앉아서 지상을 달리는 소녀는, 소년과 스위치로 링크되어 있기 때문에 보다 자세한 정보를 알고 있었다.

요청해서 얻은 바이탈 정보는, 소년이 지금도 격렬한 전투를 하는 중이라는 것을 가리키고 있었다. 일정 주기로 갱신되는 수치는 그래프의 변화가 커서 몹시 불안정했다. 빨리 도우러 가야 한다——. 소녀는 제대로 움직이지 않는 몸에 채찍질을 하며 자신이 사역하고 있는 게이트 키퍼의 발걸음을 재촉했다.

"라그 씨——!"

한편 하늘을 날고 있는 소녀는 멀리서 별똥별처럼 지상으로 떨어지는 청보라색 화살을 보았다. 그 빛의 화살이 직격한 건물에서 피어오른 연기가 하늘을 향해 오르는 기둥이 되었다. 그것이 표식이었다.

"라트——!"

푸른색과 금색의 이색 홍채에 결의의 빛을 담으며 은발의 소녀는 둘도 없는 절친을 위해서 하늘을 날았다. 맞바람 따위는 조금도 신경 쓰이지 않았다.

■

좁은 건물 안에서는 〈여의신도〉의 검속이 둔해진다. 그렇게 판단한 나는 유리 비를 베어내며 어떻게든 몇 초 동안 버텨서 재생을 끝낸 오른쪽 다리를 내디디며 또다시 하늘로 향했다.

맨발인 오른발과 컴뱃 부츠를 신은 채인 왼발 탓에 달리는 데 위화감이 있었지만 이러쿵저러쿵 따지고 있을 상황이 아니었다. 유리가 깨져서 창틀만 남은 천장을 지나쳐서 밖으로.

등 뒤—— 아니, 발밑에서 시글로스가 쫓아오는 기척이 느껴졌다.

"〈에어 리퍼〉!"

화살처럼 상승하면서 바람 칼날의 술식을 다섯 개 동시에 기동. 'SEAL'에 장전해서 언제든지 쏠 수 있도록 해 뒀다. 충분한 고도에 도달해서 돌아보자마자 비스듬한 각도로 밑에서 돌격해 오는 시글로스의 코앞에 맞추려고……

눈앞에 흑색과 녹색.

"——!?"

상정한 것보다 빠른 속도로 시글로스가 돌격해 왔다. 삐죽한 머리가 기세 좋게 내 복부에 박혔다.

"크——헉!?"

포탄에 맞은 듯한 충격이 나를 꿰뚫었다. 눈앞이 새하얗게 번쩍였다. 몸이 기역자로 꺾인다. 목 안쪽에서 끈적거리는 것이 치밀어 오른다 싶더니 토하는 것처럼 코와 입에서 대량이 피가 뿜어져 나왔다. 〈프로텍션〉의 가호가 없었더라면 상반신과 하반신이 나뉘어졌을 것이 틀림없었다.

크하, 하고 배 아래쪽에서 들려오는 비웃음.

시글로스가 날개를 전력으로 가속시켜서 맹렬한 몸통박치기를 감행한 것이다.

너무나도 강력한 위력에 온몸이 마비되었다. 나는 어린 은어가 강물 위로 뛰어오르는 것처럼 힘을 잃은 자세 그대로 비스듬하게 위를 향해 날아갔다. 몸이 휘어서 시야가 푸른 하늘과 태양 빛으로 가득 찼다.

사각에서 귀에 들려오는 시글로스의 날갯짓 소리. 대기를 때리며 더욱 가속한다. 이어서 공격할 생각인 것이다.

――젠장, 안 돼, 몸이 움직이지 않아――!

회복 술식 〈힐〉이라면 이미 발동시켜 놨다. 하지만 회복에는 조금 시간이 필요했다. 시글로스의 재접근까지는 맞추지 못한다. 그렇다면 최소한 장전해 둔 〈에어 리퍼〉만이라도――.

갑자기 전투 재킷의 목깃을 붙잡혀서 몸이 덜컥 흔들렸다.

등 뒤, 지근거리에서 목소리가 들려왔다.

"아까는 한방 먹었는데――. 상당히 아팠다고. ――너도 맛 좀 봐라, 라그디스하르트?"

"――!"

내 이름. 조금 전 접촉으로 설마 네이버 정보까지 빼낸 건가. 이 녀석, 단순히 신기의 힘을 가지고 있을 뿐만이 아니다. 그 이전에 상당한 정보 기술자였다. 그런가, 로제 씨와 마찬가지로 시글로스도 핸들러니까――.

시야가 급속하게 흔들렸다. 내 몸을 있는 힘껏 휘둘러서 엄청난 기세로 집어 던진 것이다.

비스듬하게 아래를 향해서.

"――――――――――――!?"

조금 전의 보복.

대기의 비명이 들려왔다. 난 맹렬한 속도로 머리와 등을 아래로 한 상태로 떨어졌다. 마치 야구 투수 같은 폼으로 나를 투척한 시글로스의 모습이 순식간에 멀어졌다.

낙법은 당연히 하지 못했다. 어떻게든 등 뒤에 〈스큐텀〉×10을 발동한 것이 고작이었다.

운석처럼 초고속으로 지면에 격돌했다.

"——!"

딱딱한 길바닥에 처박힌 순간, 이젠 스스로 인식할 수 없을 정도의 충격이 온몸을 덮쳤다. 격돌에도 해소되지 않은 관성이 내 몸을 수평 방향으로 미끄러트리며 땅바닥을 파냈다.

콰가가가각! 하고 무시무시한 소리를 내며 진행 방향에 있던 건물을 파괴하면서 돌진했다.

얼마나 땅바닥을 깎아냈을까. 겨우 몸에 담긴 운동 에너지를 전부 해소하고 정지했을 쯤에는, 주변은 말 그대로 잔해의 산으로 변해 있었다.

"…………!"

대자로 뻗어서 몸의 반 이상이 땅에 묻힌 채로, 목소리가 나오기는커녕 호흡을 제대로 하는 것조차도 힘들었다. 〈스큐텀〉 덕분에 땅바닥과의 마찰은 막아냈지만 충돌의 위력만큼은 어떻게 할 수 없었다. 심한 대미지가 몸의 구석구석까지 침투해 있었다. 지원 술식에 의한 신체 강화가 없었더라면 백 번을 죽어도 부족했을 것이다.

"커——헉! 허억…… 허억…… 허억……!"

어떻게든 호흡이 회복되어 눈을 살짝 뜨자 시야의 중심에 작게 빛나는 크롬그린색 빛이 보였다. 눈을 가늘게 뜨며 초점을 맞추자 상공의 시글로스가 양다리를 이쪽으로 향하며 발끝에 포톤 블러드의 빛을 모으고── 설마 저건, 〈드릴 브레이크〉……!?

저 녀석 거기까지 '되돌려줄' 셈인가──!?

휘이이잉, 하는 소리가 들려올 기세로 비취색의 드릴이 형성되었다. 이어서 시글로스의 등 뒤에서 나비의 날개를 닮은 커다란 날개가 펼쳐졌다. 가속용의 포톤 블러드를 방출한 것이다.

혜성 같은 최후의 일격이 나를 향해서 날아왔다.

"크……으으으으으으으으으으으윽……!"

신음 소리를 내면서 난 움직이지 않는 몸을 필사적으로 일으켜 세우려고 했다.

──움직여…… 움직여! 아직이야, 아직 끝날 수는 없어……!

자신의 몸을 질타하자 몸의 감각이 아주 조금 돌아왔다. 손가락 끝이 움직이고, 손목이 반응한다. 팔꿈치를 들어 올린다. 조금만 더, 조금만 더──!

하지만 시간이 부족했다. 이대로는 확실하게 피하는 것보다 먼저 시글로스의 모조 〈드릴 브레이크〉가 몸에 박힐 것이다. 그 미래를 예상하고 말았다.

──젠장…… 어째서 이렇게 둔한 거야, 이 몸은……! 〈래피드〉로 엄청나게 빨라져 있을 텐데……!

고공의 중력을 이용한 초고속의 〈드릴 브레이크〉. 그 관통력은 이젠 상상의 범위 밖이다. 〈프로텍션〉으로 방어 강화 계수를 최대로 하고 〈스큐텀〉을 모조리 중첩해도 다 막아낼 수 있을지 어떨지.

——젠장, 여기까지인가……!

생각과는 반대로 제대로 움직여 주지 않는 몸. 피할 수 없는 상태. 육박해 오는, 막을 수 없는 최후의 일격. 체크메이트였다.

도무지 어떻게 할 수 있는 방법이 없어서, 이젠 초조함을 넘어서 마음이 꺾여 버렸다. 절망의 새카만 스크린에 가장 먼저 떠오른 것은 은발과 이색 홍채를 가진 소녀의 웃는 얼굴이었다.

——아아…… 미안…… 미안해, 하누…… 이런 곳에서 죽어 버려서, 정말로 미안해…….

이어서 애쉬그레이의 머리카락과 호박색 눈동자를 가진 소녀가 떠올랐다.

——로제 씨, 무사히 도망쳤을까…….

마지막으로 동경하던 금발의 여검사와 그녀의 심복인 남성.

——비리 씨, 카렐 씨…… 뒤는 부탁합니다.

『라그 씨! 저에게 최대한의 방어와 방패를!』

"읏?!"

갑작스럽게 머릿속에 울려 퍼진 목소리에 유언 같은 생각이 끊겼다. 하지만 동시에 내 'SEAL'은 조건 반사적으로 그 '지시'를 충실하게 실행했다.

스위치로 이어져 있는 로제 씨에게 지원 술식 〈프로텍션〉×10.

이어서 방어 술식 〈스큐텀〉×15를 실행.

그 순간, 마치 순간 이동을 한 것처럼 기다란 애쉬그레이의 머리카락을 휘날리는 등이 내 앞을 가로막았다.

——로제 씨……!? 어떻게……!?

그 출현이, 사역 권한을 되찾은 허큘리스에게 자신을 투척하게 한 고속 이동이었다는 사실을 알게 된 건 나중 일이었다.

"——!"

착지와 동시에, 가슴 앞에 사슬을 감은 양팔을 교차하며 연보라색 술식 실드를 두르는 로제 씨.

그곳을 고공에서 내려온 시글로스의 〈드릴 브레이크〉가 정확하게 직격했다.

귀청을 찢는 굉음이 울려 퍼지고, 퍼져나가는 파동이 대기를 흔들었다.

"크윽……!"

막대한 충격을 받아낸 로제 씨의 양 다리가 땅바닥에 깊숙이 박혔다. 그 모습만으로 시글로스의 〈드릴 브레이크〉가 얼마나 위력적인지 알 수 있었다. 바람이 거칠게 불었다.

"UUUURRRRRRRLLLOOOOOOOWWWWWW——! 롤트린제에에에에에! 마침 잘 왔다아아아아! 크하하하아하하하하하하하하HAHAHAHA——!"

광기 어린 열기로 가득한 시글로스가 역겨운 목소리로 크게 웃었다.

크롬그린색 나선창과 열다섯 장 겹쳐진 연보라색의 실드가 격렬하게 길항했다. 불꽃이 눈부시게 흩날렸다. 간담이 서늘해지는 것을 넘어서 얼어붙을 듯한 마찰음이 울려 퍼지는 와중에 파각, 파각, 하고 묘하게 느린 페이스로 〈스큐텀〉의 술식 실드가 한 장씩 잇따라서 부서졌다. 남은 것은 열세 장.

풍압으로 머리카락이 위로 떠서 드러난 로제 씨의 등에 나는 시선을 빼앗겼다. 만신창이잖아. 전투 재킷의 여기저기가 찢어져서 너덜너덜했다. 옷 아래의 피부까지 보였다. 어지간히 격렬한 전투가 아니라면 저렇게는 되지 않는다. 로제 씨가 소모된 상태라는 것을 딱 봐도 명백했다.

파각, 파각, 파각, 하고 세 장의 실드가 이어서 파괴되었다. 남은 것은 열 장.

——틀렸어, 이걸로는 안 돼! 이대로는 시글로스의 공격을 막지 못해. 나뿐만 아니라 로제 씨마저 말려들어서 죽고 말아!

"로, 제, 씨……! 도, 망……!"

"못 해요!"

어떻게든 목소리를 쥐어짠 말에 즉시 반박이 돌아왔다.

"여기서 도망칠 정도라면 죽는 편이 차라리 나아요——!"

"——!"

분노와 슬픔과 결의 같은 여러 가지 감정이 복잡하게 얽혔지만 그 전부를 드러낸 목소리였다. 그런 너무나도 강한 감정의 색에 난 할 말을 잃고 말았다.

왜냐하면 그 감정은 한때 나 자신도 품은 적이 있었던 것이었으니까.

그때, 루나틱 바벨 제200층의 시큐리티 룸으로 뛰어 들어갔을 때, 나는 지금의 로제 씨와 같은 감정을 품고 있었다. 하누를 지킨다. 여기서 그 애를 저버릴 정도라면 죽는 편이 차라리 낫다고──.

여전히 격렬하게 길항하는 모조 〈드릴 브레이크〉와 〈스큐텀〉. 파각, 파각, 파각, 하고 실드가 깨져서 흩어지는 공간 속에서 내 머릿속에 로제 씨의 목소리가 울려 퍼졌다.

『무슨 일이 있더라도 절대로 동료를 저버리지 않을 것── 그것이 클러스터의 룰이었죠? 라그 씨.』

스위치로 링크되어 있는 'SEAL' 끼리만 할 수 있는 전용 통신. 이거라면 목소리를 내지 않고도 사념만으로 대화를 할 수 있었다.

『이런 저를 클러스터 멤버로 맞이해 주셔서 정말로 감사합니다. 동료로 인정해 주신 것, 지금까지 말하지 않았지만 정말로 기뻤어요.』

평소처럼 침착한 로제 씨의 말투. 몹시 고요해서 아까 보였던 감정의 물결은 전혀 남아 있지 않은 것 같은 분위기였다.

그래서 등줄기에 전율이 내달렸다.

『그러니까── 저도 무슨 일이 있더라도 당신을 저버리지 않아요. 절대로.』

이건── 유언이 아닐까?

로제 씨는 죽음을 각오하고 있었다. 그 결사적인 마음으로 무엇을 할 생각일까.

그래서 이렇게 고요한 것 아닐까.

그래서 이렇게 따듯한 것 아닐까.

그래서 이렇게 상냥한 것 아닐까.

그래서,

『짧은 시간이었지만 당신의 동료로 있을 수 있어서 정말로 다행이에요.』

이렇게 덧없는 것 아닐까——!?

"로……제, 씨……!? 그, 만……!"

몸에 힘을 주며 일어서려고 하는 내 눈 앞에서,

"〈오버 드라이브〉."

오히려 속삭이는 듯한 목소리로 로제 씨가 술식을 기동했다.

말라카이트 그린색 'SEAL'이 기동한다. 거기에 격렬하게 빛나는 기하학 문양에서 빛의 입자가 기세 좋게 떠오르기 시작했다. 온몸에서 연기를 뿜는 것처럼 로제 씨의 'SEAL'이 포톤 블러드의 빛을 방출했다. 기다란 머리카락이 둥실 떠오르며 마찬가지로 빛나기 시작했다.

다음 순간, 다섯 장까지 줄어들어 있던 〈스큐텀〉에 변화가 일어났다. 연보라색의 실드에 말라카이트 그린색 빛이 간섭해, 안쪽에서부터 '소용돌이' 치기 시작했다.

연보라색의 육각형 정중앙에 공작석 색의 둥근 소용돌이 마크가 새겨졌다.

『유감스럽지만 저로는 아버지의 유체와 동화한 시글로스를 죽이지 못해요. 그러니—— 부탁드려요, 라그 씨.』

동화된 두 가지 색의 빛이 공명하는 것처럼 강한 빛을 냈다. 이제 와선 울부짖는 듯한 바람 소리까지 내는 시글로스의 〈드릴 브레이크〉에 밀리지도, 깨지지도 않았다.

하지만 그것은—— 촛불이 꺼지기 직전에 세차게 타오르는 듯한, 그런 힘이 아닐까?

『시글로스를 쓰러트려 주세요――. 괜찮아요, 당신이라면 분명――.』

하지 마, 그만둬――.

"로――!"

제 씨, 하고 내가 외치는 것보다도 먼저.

팟, 하고 〈스큐텀〉에서 눈을 찌르는 섬광이 터져 나왔다.

동시에 바로 옆에 낙뢰가 떨어진 듯한 굉음이 울려 퍼지고,

"LLLUUUOO――――――!?"

시글로스가 비명 같은 소리를 냈고,

그리고,

로제 씨의 온몸에서 방출되고 있던 빛이 그대로 피분수가 되어 사방에 튀었다.

시글로스의 몸이 무시무시한 기세로 튕겨 날아갔다. 마치 〈드릴 브레이크〉의 위력 전부가 반사된 것처럼. 가속된 사고 속에서, 〈드릴 브레이크〉로 변형시켜 둔 '더듬이'가 해제되어 몸을 뒤집으며 날아가는 모습이 몹시 우습게 보였다.

아름답게 떠오르고 있던 로제 씨의 빛이 그대로 피의 비가 되어서 쏴아아, 하고 내 온몸에 쏟아졌다. 말라카이트 그린색 방울 하나하나가 햇빛을 반사해서 반짝반짝 빛났다.

『이길 수 있어요――. 전, 당신을 믿고 있으니까요.』

그 말을 마지막으로 피투성이가 된 로제 씨의 무릎이 꺾이며 몸이 무너져 내렸다.

이쪽을 돌아보는 일도 없이 등을 보인 채로.

그 광경을 눈에 새기면서 나는 생각했다.

——어째서.

어째서 이렇게 된 거지.

지키고 싶었는데.

내가 지켜야 했는데.

그런데 어째서 내가 지켜지고 로제 씨가 상처 입은 거지.

내가 약했기 때문에.

맞아, 내가 좀 더 빠르게 시글로스를 쓰러트렸다면——.

아니, 그게 아니다.

나쁜 것은 저 녀석이다.

시선을 들며 흉한 자세로 날아가는 칠흑의 용인을 노려보았다.

전부 저 녀석이 나쁘다.

저 녀석이 저 녀석만 저 남자만

없었다면

누구도 로제 씨도 나도

모두

상처 입지도

죽지도

슬퍼하지도

않았을 텐데

전부

저 녀석이

나쁘다

모두

모든 것이

감히

"크아아아아아아아아아아아아아아아아아아아아아아아아아아아아아아아아아아아아아아아!!!"

머릿속이 순백으로 물들었다. 폐부를 쥐어짜며 분노의 마그마를 뿜는 것처럼 포효를 질렀다.

몸이 얼마나 비명을 질러도 상관하지 않았다. 근육의 안쪽에 있는 어떠한 '심'이 뚝뚝 끊어지는 감각은 이제 와선 기분 좋게까지 느껴졌다.

조금 전까지 움직이지 않았던 것이 거짓말처럼 벌떡 일어섰다. 발밑에 〈실리 워크〉. 보이지 않는 계단을 박차며 뛰어올랐다. 허공을 날아가고 있는 시글로스를 뒤쫓는다.

지원 술식 〈스트렝스〉.

지원 술식 〈래피드〉.

지원 술식 〈프로텍션〉.

지원 술식 〈포스 부스트〉.

강화 계수를 최대인 1024배로.

격변하는 감각을 정보의 하나로서 받아들인다. 예전에 그랬던 것처럼 진보라색의 포톤 블러드가 'SEAL'의 휘문에서 번개처럼 뿜어져 나왔다. 일그러진 보라색 빛이 시야 안에서 불꽃처럼 튀었다.

왼쪽 주먹에 〈에어 리퍼〉×5. 시큐리티는 이미 해제해 놓았다.

먹어라. 때리는 것처럼 왼쪽 주먹을 내밀며 주먹 앞에 지름 10메르틀 이상 되는 아이콘을 연속해서 전개했다. 〈포스 부스트〉로 강화된 힘을 전부 집어넣었다. 평범한 익스플로러의 열 배 이상의 출력이었다. 다섯 장의 아이콘은 1밀리틀의 어긋남도 없이 접시처럼 딱 맞게 겹쳐져 있었다.

바람의 칼날── 아니, 이젠 '대검'이라고 불러야 할 절단의 힘이 소용돌이쳤다. 바람의 대검 다섯 자루가 열차처럼 연결되어 단숨에 발사되었다. 검 끝을 시글로스를 향해서. 노리는 것은 이쪽을 향해 드러내고 있는 등.

박힌다. 직격한 바람의 대검이 다섯 번 연속으로 시간차를 두며 작렬했다.

거대한 바람의 칼날이 하나 터질 때마다 시글로스가 가속했다. 충격으로 칠흑의 갑각에 금이 생겼다. 반투명한 날개가 너덜너덜하게 찢어졌다. 이걸로 한동안은 공중에서 자세 제어를 하지 못할 것이다. 시글로스와의 거리는 수백 메르틀. 녀석의 모습은 점으로밖에 보이지 않았다. 하지만 문제없었다.

오른손 손가락이 이미 〈여의신도〉의 방아쇠를 당기고 있었다. 하늘을 향해 뻗어 오른 은색 칼날이 빛을 반사하며 하나의 빛줄기가 되었다.

"〈볼트 스테이크〉!"

그 한마디만으로 열다섯 개의 시큐리티를 단숨에 해제했다. 거기에,

"〈볼트 스테이크〉!"

합계 삼십 개의 전격 술식을 〈여의신도〉에 흘려보냈다. '점'으로 조준해야만 하는 〈프레이 봄〉과는 다르게 〈볼트 스테이크〉라면 도신에 내달리게 하는 것만으로도 충분했다. 폭발하는 번개와 칼날이 하나가 되어서 대기를 태우며 늘어났다. 이젠 칼날 그 자체가 번개. 〈여의신도〉가 뇌신의 검으로 변했다.

하늘 위에서 발을 멈추고 자세를 취하며 검 술식을 발동한다.

"〈제에에에에에에에에에에에에에에에에에에트——!"

조준한다. 이제는 도청보다도 높은 위치에 떠 있는 시글로스. 반사된 자신의 힘, 바람의 대검에 농락되어 날개를 잃고 정신을 못 차리고 있는, 〈린포스〉의 갑옷을 두른 칠흑의 용인.

모든 일의 원흉.

모든 것을 담아서 외쳤다.

"——슬래애애애애애애애애애애애애애애애애애애애애애애애애시〉!!!"

번개가 솟아올랐다.

우렛소리가 울려 퍼졌다.

모든 힘을 담은 '선더 슬래시'.

왼쪽에서 오른쪽으로 일자로 하늘을 벤다.

끝에서 칼날을 되돌려서 오른쪽 위에서 왼쪽 아래로 비스듬히 벤다.

이때, 번개의 칼날이 지나가는 궤도상에 있던 시글로스를 사선으로 베었다.

번갯불이 작열하며 폭음이 울려 퍼졌다.

용인의 갑각을 벤 칼날은 그대로 미끄러져서 이번에는 똑바로 왼쪽에서 오른쪽으로 가로선을 그렸다.

플로트라이즈의 하늘에 빛나는 거대한 'Z'의 궤적이 새겨졌다.

여기서 방아쇠를 놓아서 〈여의신도〉의 칼날을 축소.

아직이다. 아직, 마지막 일격이 남아 있다.

활을 당기는 것처럼 오른손을 끌어당기며 정면 찌르기 자세를 취한다.

"우오오오오오오오오오오오오오오오오오오오오——!!!"

포효를 지르며 또다시 방아쇠를 당겼다. 찌르기를 내지른다. 섬광이 번뜩이며 대기를 뚫고 유성처럼 날았다. 〈제트 슬래시〉를 마무리 짓는 찌르기가 뇌신의 분노처럼 시글로스를 꿰뚫었다.

——그랬어야 했는데.

"——!?"

손에 위화감. 보자, 신기로 변형해서 몸의 앞뒤를 바꾼 시글로스가 양팔의 '더듬이'를 교차시켜서 번개 칼날의 끝을 막고 있었다. 격렬하게 튀는 번갯불과 불꽃 너머에선 상처의 재생도 시작되고 있었다.

"——."

끈질긴 놈이다, 하고 가장 먼저 생각했다.

오늘 얼마나 많은 사람들이 죽었다고 생각하지.

네놈 탓에 얼마나 많은 사람들이 본의 아닌 죽음을 맞이했다고 생각하지.

그런데 넌 그렇게 추잡하게 삶에 집착하는 거냐.

수많은 사람들을 상처 입히고.

수많은 눈물을 흘리게 하고.

수많은 슬픔과 고통을,

이 녀석, 웃고 있어——?

"크윽——!!!"

웃기지 마라.

넌 죽는다.

내가 죽인다.

"〈드릴——!"

〈여의신도〉의 끝을 낚싯대를 당기는 듯한 요령으로 들어 올렸다. 당연히 칼날 끝에 걸려 있던 시글로스도 위로—— 어느새 중천에 뜬 태양을 등에 진 위치로 이동했다.

번개의 검을 쳐올리며 〈실리 워크〉의 발판을 박차고 태양을 향해서 가속한다.

"브레이크으으으으〉!!"

〈제트 슬래시〉의 찌르기에 덧씌워지며 〈드릴 브레이크〉가 발동했다.

단 한 마디로 열다섯 개의 시큐리티를 해제하며 밀어붙이는 것처럼 겹쳐졌다. 포톤 블러드가 수속되며 딥 퍼플의 원뿔이 생겨난 순간, 그것이 완성되는 것보다도 빠르게 다음 드릴이 생겨났다. 거대한 드릴이 밀푀유처럼 포개어지며 확장되었다.

회전.

가속하고, 가속하고, 가속.

뻗어 오르는 〈여의신도〉의 도신, 겹쳐진 〈드릴 브레이크〉의 두께. 이쪽이 상승하지만 시글로스도 더욱 상승해서 서로의 거리가 점점 멀어져 갔다.

한때 허큘리스의 장갑마저 부쉈던 5중첩 〈드릴 브레이크〉는 폼이 아니다.

〈볼트 스테이크〉의 번개를 뿜어내며 고속으로 회전하는 드릴은 먼저 시글로스의 '더듬이'를 종이처럼 찢어서 산산조각을 냈다.

"LLLRRR——!?"

경악, 초조, 거부의 마음을 품은 시글로스의 목소리. 거기에 덧씌워지는 것처럼 〈드릴 브레이크〉의 끝이 〈린포스〉에 의한 크롬그린색 추가 장갑에 닿았다.

몹시 짧은 마찰음 직후에 파각, 하고 포톤 블러드의 강화 장갑이 깨졌다.

시글로스의 본체 갑각에 〈드릴 브레이크〉가 파고들었다. 새파란 뇌전이 용인의 전신을 내달렸다.

"——!?"

그 순간 도신으로 시글로스의 공포가 전해져 왔다. 확실히 느꼈다.

파각파각 소리를 내며 시글로스의 갑각이 부서져 갔다. 거대한 〈드릴 브레이크〉에 분쇄되어 간다. 이곳은 하늘 위. 등의 날개는 쓰지 못한다. 중력은 아래로. 하지만 아래에는 딥 퍼플의 드릴이 있었다. 도망칠 길은 없다.

철벽의 갑각을 뚫으며 고속으로 회전하는 힘이 내부에 숨겨져 있던 살을 갈기갈기 찢었다.

"가가가GAGAGA가가아아아가가GAGA가가가아아아가가GAGAGA아아아아아아아아아아아AAAAAAAAAAAAA——!?"

곤충의 입에서 뿜어져 나오는 절규. 시글로스는 몸을 부들부들 떨었지만 어디에도 도망칠 곳은 없었다. 이대로 피부가, 근육이, 뼈가, 내장이 도려내질 수밖에 없다.

"아아아아아아아아아아아아아아아아아아아아아아아AAAAAAAAAAAAAA——!!!!"

손에 확실한 느낌이 있었다. 시글로스의 몸 안에 있는 수많은 컴포넌트가 잇따라서 사라져 갔다. 몇 번을 죽어도 이상하지 않을 상황에서 시글로스가 여전히 비명을 지르고 있을 수 있는 이유는 몸 안의 컴포넌트를 목숨 대신 쓰고 있기 때문이다. 꼴좋다. 이대로 전부 없애주마——!

"————————————————!?"

이젠 비명도 지르지 못하게 된 시글로스의 목숨을 계속해서 빼앗았다. 그러길 몇 초.

마침내 시글로스의 전신에서 크롬그린색 강렬한 빛이 발해졌다 싶더니 섬광이 몇 번 튀었다.

불꽃처럼 튄 것은 여러 가지 색의 컴포넌트 파편이었다. 시글로스가 몸 안에 '융합' 해 둔 컴포넌트들이 찌꺼기가 되어서 사방으로 튄 것이다. 이어서 폭음. 강한 충격이 〈여의신도〉로 전해졌나 싶더니 시글로스의 몸이 〈드릴 브레이크〉의 끝에서 튕겨 나갔다.

하지만 모습이 변해 있었다. 눈에 보인 것은 힘 빠진 자세로 뒤집혀 있는 마른 남자였다. 올리브그린색 군복을 입고 있었다. 그리고 바로 옆에 작아서 뭔지 잘 알 수 없지만 흑요석처럼 반짝이는 둥근 돌이 있었다. 인간 형태의 시글로스가 날아가며 그대로 중력에 이끌려 낙하하는 한편, 검은 돌은 어째서인지 이쪽을 향해서 날아왔다. 시글로스의 마지막 발악이라고 생각했지만 돌은 내 'SEAL' 에 닿은 순간 그대로 흡수되어 사라졌다.

——방금 그건 컴포넌트……?

의문을 품은 순간 귀 안쪽에서 파직! 하는 소리가 울렸고 눈앞이 엉망진창이 되었다.

"——!?"

A B S(오토 브레이크 시스템). 잠깐의 방심이 ABS의 발동을 허락하고 말았다.

신체 강화의 지원 술식만이 아니라 〈볼트 스테이크〉도 〈제트 슬래시〉도 〈드릴 브레이크〉도 전부 강제로 캔슬되었다.

술식 제어도 뭣도 없는 강제적인 중단이었기 때문에 반동이 무기에까지 미쳤다.

수백 메르틀이나 뻗어 있던 〈여의신도〉의 도신이 갑자기 깨졌다. 액체 금속이 산산이 터지며 긴능가가프 프로토콜에 의해 데이터로 돌아갔다. 오른손에 쥔 긴 칼자루가 개처럼 으르릉거렸다고 생각한 순간 꺼림칙한 진동이 손에 전해져 왔다.

갑자기 고공에 부는 바람을 느꼈다. 맞다, 이곳은 하늘이었다. 강한 바람이 불고 있다는 사실을 여태껏 깨닫지 못하고 있었다. 〈프로텍션〉의 효과가 끊어졌다는 것을 직접 피부로 느꼈다.

나도 시글로스와 마찬가지로 중력에 이끌려서 떨어졌다.

■

ABS에 의한 'SEAL'의 혼란은 땅에 도착하기 전까지는 어떻게든 되었다.

부유 술식 〈레비테이션〉을 써서 땅바닥에 격돌하는 것만은 어떻게든 피했다.

맨발과 컴뱃 부츠의 바닥으로 천천히 잔해가 널려 있는 곳에 내려서자 갑자기 현기증이 들었다.

"크……."

그 자리에 무릎을 꿇으며 왼손으로 이마를 눌렀다. 포톤 블러드가 고갈되기 직전이었다. 조금 전 〈에어 리퍼〉와 〈볼트 스테이크〉에 전력을 쏟은 탓이겠지.

물론 그뿐만이 아니라 육체적인 대미지도 심각했다. 한 발짝이라도 움직이면 그것만으로도 정신을 잃을 것만 같았다.

――하지만 로제 씨에게 〈힐〉만이라도……!

스위치의 링크로 바이탈을 확인하자 아직 로제 씨의 숨이 붙어 있다는 사실을 깨달았다. 'SEAL' 그 자체가 파손된 것처럼 보여서 회복 술식의 효과가 있을지 없을지는 모르겠지만—— 하지 않는 것보다는 나을 터였다.

로제 씨에게 〈힐〉을 보내면서 두리번거리며 시글로스의 모습을 찾았다. 시글로스도 이 근처에 떨어졌을 것이다. 저 높이에서 인간으로 돌아간 상태로 떨어졌다. 살아 있을 리는 없지만—— 그럼에도 시체를 보기 전에는 안심할 수 없었다.

거기서 문득 그 사실을 깨달았다.

——그렇구나, 나…… 그 녀석을 죽이고 만 건가…….

SB나 G K(게이트 키퍼) 같은 유사생명체를 죽인 적은 몇 번이나 있었지만 살아 있는 인간을 죽인 것은 이번이 처음이었다. 하지만 그렇다고는 해도 사람이 죽는 모습은 이제까지 몇 번이고 보아 왔다. 최근에 본 것은 다인이 이끌던 클러스터 '슈퍼노바'가 학살되던 현장이었다. 오늘도 수많은 시체의 산을 보았다.

생각보다 별것 아니라고 생각하는 자신이 어딘가에 있었다. 아직 실감이 나지 않는 것뿐인지. 아니면 시글로스의 겉모습이 SB와 다름없는 괴물이었던 탓인지.

"……?"

어렴풋이 그런 생각을 하면서 주위를 둘러보다가 문득 이상한 소리를 깨달았다. 땅울림? 아니, 다르다. 이곳은 부유섬이다. 하지만 땅바닥에서 전해져 오는, 커다란 질량체가 이동하는 듯한 기척. 소리가 점점 가까워진다. 그렇다, 이쪽을 향해서 무언가가 다가오고 있었다.

"————."

정체불명의 소리에는 좋지 않은 예감밖에 들지 않았다. 경계 상태로 대기하기를 몇 초.

다음 순간, 나를 기준으로 왼쪽의 10메르틀 정도 떨어진 곳에 있던 잔해의 산이 갑자기 간헐천처럼 뿜어 올랐다.

"——!?"

『UUUUURRRRRRRLLLLLLLLOOOOOOOOWWWWWWWWW——!!』

찢어지는 전자음의 포효와 함께 잔해 속에서—— 아니, 아니다.

잔해의 산 그 자체가 괴물로 변했다.

"뭐……!?"

전체적인 형상은 뱀처럼 보였다. 단지 머리 부근은 조금 부풀어 있어서 인간의 상반신을 본 뜬 모습이었다. 배에서부터 밑이 길게 늘어나 있어서 예전에 싸웠던 게이트 키퍼 해룡을 방불하게 했다.

『아직이다아아아! 아직 끝이 아니라고 베오울프으으으으으!!』

시글로스였다. 어딜 어떻게 봐도 정상이 아닌 모습. 무수한 잔해가 각각의 단면이 녹아들어 기괴하게 붙어 있었다. 이것도—— 신기 '융합' 의 힘이라는 건가.

『감히이이이! 감히감히감히감히감히감히감히감히감히이이이이이이! 날 이렇게 만들다니이이이이이! 이 쓰레기 용사가아아아아아!』

뱀 머리에 있는 거인의 상반신은 허큘리스보다도 조금 작은 정도의 크기였다. 잔해가 모여서 만들어졌음에도 불구하고 시글로스라고 알아볼 수 있는 모습을 재현하고 있었다.

『크히, 크하, 크하하하, 아하하하하하! 이제 번거로운 장난은 끝이다아!』

등줄기가 오싹했다. 끝이 없을 정도로 끈질겼다. 이런 추악한 모습이 되어도 계속 싸우겠다는 건가.

『너를 먹어서! 저기서 죽어 가는 롤트린제도 먹고! 조금 전 용을 만든 녀석도 먹고! 전부! 모조리 먹어 치워 주겠다! 이 세상은 내 놀이터다! 네놈들 모두!! 내 먹이다아아아아아아!』

미친 것처럼 알 수 없는 소리를 지껄여 대는 시글로스의 주변에서 또다시 잔해의 산이 솟아올라서 녀석의 몸으로 흡수되었다. 질량을 더욱 늘리며 사방으로 커졌다.

어이가 없었다. 이것이 정말로 신기의 힘이라는 것인가. 이건 —— 게이트 키퍼 이상의 괴물이잖아!

이제 와선 잔해의 용이라고 부를 만한 모습으로 변모한 시글로스가 그 거구를 꿈틀거리며 나를 덮쳤다.

——피하지 못해……!?

생각해 볼 필요도 없었다. 시글로스의 몸은 높이가 5메르틀, 폭이 8메르틀 이상이었다. 지원 술식의 도움이 없는 난 평범한 약소 익스플로러다. 온몸이 아픈 지금 상태로는 도무지 피할 길이 없었다.

——어떻게 하지!? 뭔가, 뭔가 방법은……!?

없었다. 아무리 생각해도 무리였다.

이대로 깔려서 잔해의 파도에 집어삼켜진다. 그런 미래밖에 보이지 않았다.

이번에는 마음속으로 유언을 남길 여유도 없었다.

거대한 잔해의 벽이 눈 깜짝할 사이에 접근해서,

"라트으――――――――――――――!"

뒤에서 들려온 목소리에 튕기는 것처럼 돌아보았다.

돌아보는 것보다 먼저 누구의 목소리인지 확신했다.

하누.

나를 '라트' 라고 부르는 사람은 세상에서 유일하게 그 애뿐이니까.

"하누――!?"

등 뒤의 하늘 높은 곳을 본다. 어느새 저런 것을 쓸 수 있게 되었는지―― 정천영부의 십이지 모드 '유' 에 탄 하누가 하늘에서 날아오는 참이었다.

반응할 정도의 여유가 있었기에 하누를 태운 제비꽃 색의 봉황은 재빠르게 내 머리 위를 넘어서, 선풍을 두르며 나와 시글로스 사이에 끼어들어 왔다.

――어!? 어라!? 저 봉황으로 날 구하러 온 거 아니야……!?

깜짝 놀랐다. 하누의 의도를 이해할 수가 없었다.

시글로스가 이쪽을 삼킬 때까지, 짓뭉갤 때까지 1초도 남지 않았다.

――설마 나를 지키기 위해 대신……!?

조금 전 로제 씨의 뒷모습이 떠올랐다.

——그건 안 돼……! 그만둬……!

엄청난 공포에 구역질이 치밀어 올랐다. 그런 충격은 두 번 다시 느끼고 싶지 않았다.

봉황이 공중에서 급정지했고, 하누가 나에게 등을 보이고 있었다. 하누는 정천영부의 리모컨을 쥔 채로 양손을 시글로스를 향해 내미는 자세를 취했다. 급정지의 반동으로 예쁜 은발이 둥실 떠올랐다.

——술식을 쓸 생각인 건가……!? 안 돼, 늦어! 하누의 술식에는 반드시 영창이 필요해. 그렇지만 지금의 나는 하누를 지킬 힘이 없어. 이대론 두 사람 모두 당하고 말 거야——!

"기다."

려, 하누만이라도 피해, 하고 말하는 것보다 먼저, 나와 하누의 위에 거대한 그림자가 드리워졌고 잔해가 비벼지는 소리가 주위에 가득 찼다.

——젠장, 이제 끝이야……!

하누가 잔해에 유린되는 광경은 보고 싶지 않았다. 반사적으로 눈을 감은 순간, 술식의 기동 음성에 내 귓불이 떨렸다.

"〈에어 리퍼〉!"

"——!?"

깜짝 놀라서 눈을 떴다.

바람으로 세차게 휘날리는 은발 너머에서 눈부신 제비꽃 색의 아이콘이 눈 깜짝할 사이에 거대해졌다.

연습이었던 그때와는 다르게 이번에는 분명 전력을 담았을 것이다.

하누의 범용 공격 술식 〈에어 리퍼〉.

아이콘 가장자리가 단숨에 멀어졌다. 대체 어디까지 확장된 것인지 거리감을 전혀 알 수가 없었다. 적어도 윗부분은 하늘 저편으로 사라져 있었다.

그리고 발사되는 바람의 칼날.

바람의 신이 미쳐 날뛰는 듯한 바람 소리가 귀청을 찢었다.

조금 비스듬하게 기운, 너무나도 거대한 아이콘에서 천룡이 튀어나온 것만 같았다.

깔때기처럼 점점 넓어지는 두터운 회오리가 발생하며 눈 깜짝할 사이에 산처럼 솟아올랐다. 대량의 잔해를 끌어들이며 하늘을 향해 올라간다. 천룡이 몸을 젖히며 하늘 저편으로 날아갔다.

잔해의 용 따윈 조금도 버티지 못했다. 비명도 들리지 않았다.

잔해의 산은 산산조각이 나서 눈 깜짝할 사이에 회오리에 집어삼켜졌다.

말려들어서, 서로 부딪치며 부서지고 먼지가 되어 천공으로 끌려갔다.

그 뒤에는 아무것도 남지 않았다.

폭풍 후의 고요함이 아니라 회오리 후의 고요함이라고 할까. 마지막 한 줄기 바람이 심연으로 사라진 뒤, 봉황에 탄 하누가 빙글 몸을 돌리며 푸른색과 금색의 이색 홍채로 나를 보았다.

"……뭐냐, 라트. 그 얼굴은."

풋, 하고 갑자기 뿜었다. 내가 어지간히 멍청한 얼굴을 하고 있었던 모양이었다.

봉황이 허공에서 미끄러지며 내 바로 근처까지 다가왔다. 하누는 봉황의 등에서 뛰어내리며 잔해 위에 위태롭게 착지했다. 나막신이 따각, 하고 소리를 냈다.

부채 리모컨을 허리끈에 꽂은 하누가 쿡, 하고 고양이 같은 입으로 웃으며 양손으로 내 볼을 눌렀다.

"말하지 않았느냐? 그대와 내가 함께 한다면 대적하지 못할 것은 없다. 나와 라트는 무적의 콤비다——라고. 그 말을 실현했을 뿐이다. 뭘 놀라고 있느냐."

"……아, 아하, 아하하하……."

아무렇지도 않게 말하는 하누를 보고 나는 쓴웃음을 지을 수밖에 없었다. 하누는 흐흥, 하고 의기양양하게 웃으며,

"어떠냐, 라트. 나도 언제나 지켜지기만 하는 것은 아니다. 이렇게…… 어라?"

하누가 휘청이더니 내 왼쪽 어깨에 이마를 대었다. 엄청나게 당황했다.

"하, 하누——!? 왜, 왜 그래!? 괜찮아!?"

자신도 모르게 큰 목소리를 냈다. 사실은 안아 주고 싶었지만 몸이 전혀 움직이지 않았다.

——역시 하누의 몸은 범용 술식에 맞지 않은 거야……!

"괜찮다, 괜찮아——. 조금 쉬면 금방 나을 테니……."

거짓말이다. 표정은 보이지 않았지만 어깨를 들썩이며 크게

호흡하고 있었다. 괴로워하고 있는 것이 분명했다.

"그보다도 라트여……. 자세한 이야기는 나중에 듣겠지만 이번에도 힘낸 것이지……? 역시 내 절친이다……. 장하구나……."

쿡, 하고 웃으며 어깨에 이마를 댄 자세 그대로 팔을 올려서 내 머리를 쓰다듬었다.

"하누……!"

그만 울컥하고 말았다. 하누를 걱정하는 한편, 칭찬을 받아서 자신의 행동이 보답 받은 듯한 기분이 들어서 단숨에 눈물샘이 약해졌다.

"응……. 나치고는 힘낸 편이라고 생각해……. 고마워, 하누……."

참지 못하고 훌쩍이며 한심한 목소리로 감사 인사를 했다. 그러자,

"이봐라……."

"흐헤?"

내 머리를 쓰다듬던 손이 내려와서 이번에는 볼을 가볍게 꼬집었다. 그렇다고는 해도 그다지 힘이 들어가 있지 않은 탓인지 전혀 아프지 않았지만.

"라트여…… 내가 말하는 것도 뭐하지만…… 나, 나도, 그런대로 힘을 썼는데 말이다……. 그, 말하지 않았느냐……? 라트와 나는 둘도 없는 절친이라고…… 그, 그렇지, 즉…… 나와 그대는 대등하다는 것이다. 그, 그러니 말이다…… 즉……."

하누는 내 볼을 가지고 노는 것처럼 꼬물꼬물 주무르면서, 뭔

가 말을 꺼내기 어려운 듯 우물쭈물했다. 이윽고 내 어깨에 이마를 누르면서도 목의 각도를 바꿔서 푸른색 눈으로 나를 올려다보며 이렇게 속삭였다.

"라트여…… 나도, 칭찬해 주지 않겠느냐……?"

"――!"

장소에 어울리지 않게, 이런 잔해투성이인 곳에서 나는 무심코 두근거리고 말았다.

설마 이런 곳에서, 이런 식으로 애교를 부릴 줄은 생각도 못했다.

"아…… 그, 그러니까…… 미, 미안해, 지금 몸이 움직이지 않아서……. 하, 하지만…… 응…… 하누도, 엄청 힘냈구나……. 아, 천룡의 술식, 대단했어……. 응, 대단했어……. 그, 그러니까…… 역시 내 절친이구나……? 엄청, 멋있었어……?"

내 떠듬떠듬 말을 고른 칭찬에,

"음, 좋다……."

만족스럽게 말하면서 또다시 내 왼쪽 어깨에 얼굴을 묻는 하누.

그런 하누를 보니 뭔가 흐뭇해져서 그만 그 행동을 하려고 한 그때.

"좋은 분위기에 죄송합니다만……."

"으아악!?"

"응?"

등 뒤에서 들린 목소리에 뛰어오를 정도로 놀랐다. 그렇다고는 해도 몸이 움직이고 싶어도 움직여 주지 않았지만.

목만 돌려서 돌아보자 그곳에는 어디선가 주워 온 쇠파이프를 지팡이 삼아 서 있는――.

"로, 로제 씨……!? 괘, 괜찮으세요!?"

온몸이 말라카이트 그린색 피에 젖은 로제 씨였지만 그럼에도 호박색의 두 눈에는 강한 빛이 담겨 있었다. 출혈은 이미 멎은 모양이고 보기보다 대미지는 없을지도 모른다.

"예. 덕분에 그럭저럭 괜찮아요. 그보다……."

나와 하누가 시선을 보내자 로제 씨는 질문에 대답하면서 하늘을 가리켰다.

――위?

머리 위에 뭔가 있다는 건가? 나와 하누는 동시에 로제 씨가 가리킨 쪽으로 고개를 들었다.

결론부터 말하자면 우리는 아무것도 발견하지 못했다. 아니, 고개를 들은 순간에 조금 떨어진 곳에 로제 씨가 가리킨 그것이 낙하했기 때문이었다.

상당한 높이에서 떨어진 것이겠지. 쌓여 있는 잔해 위에 낙하한 그것은 잔해가 부딪치는 딱딱한 소리와 땅바닥에 박히는 저음의 진동을 만들어 냈다. 흙먼지가 둥실 떠올랐다.

"떨어집니다――. 아니, 떨어졌습니다."

한발 늦게 로제 씨가 정정하며 사후 보고를 했다.

자욱하게 퍼진 흙먼지가 걷힌 곳에 있는 것은 기묘한 덩어리라고밖에 할 수 없는 물체였다.

"먹어 주마…… 이 몸이…… 너를…… 제가…… 내가……

당신을…… 먹어…… 그 애를…… 그 녀석이…… 네가…… 자신을…… 먹어서…… 흡수해서…… 좀 더…… 좀 더……."

잠꼬대처럼 꺼림칙한 소리를 중얼거리는 그것은.

마치 녹아서 뭉친 것처럼 몸의 구석구석이 잔해와 일체화——'융합' 된 인간 형태의 시글로스였다.

그런 모습이 되었음에도 이 녀석은 아직 살아 있었다.

● 10 마음의 경계선

시글로스의 처참한 말로가 떨어지고 나서 바로 도청에서 하이 멀티 캐스트가 도착했다.

내용은 〈코어 리사이클〉을 무효화하는 암호 코드였다. 이 코드를 'SEAL' 에 등록하면 도시 전역에서 날뛰고 있는 SB의 공격 대상에서 제외될 수 있습니다――라는 내용의 메시지도 첨부되어 있었다.

이 말은 즉, 이 전투의 끝을 의미했다.

플로트라이즈 전체에 배포된 이 하이 멀티 캐스트에 의해서 주민 대부분이 SB의 공격 대상에서 제외되었을 것이다. 즉, 〈코어 리사이클〉 그 자체가 무효화된다는 뜻이다.

전투의 추이는 이미 결정되었다. 남은 것은 종식을 위해서 움직일 뿐이었다. 암호 코드를 어디에서 입수한 것인지는 신경 쓰였지만 지금의 내 흥미는 눈앞에 자빠져 있는 괴물에게 향해 있었다.

"아직 살아 있습니다."

로제 씨가 나직하게 중얼거렸다. '신기 보유자' 끼리 통하는 무언가가 있는 걸까. 목소리에 망설임은 없었다. 그래도 난 반신반의하며 묻고 말았다.

"이, 이런 모습으로…… 살아 있는, 건가요……?"

그도 그럴 게 아무리 봐도 이상하다.

인간과 잔해의 융합체. 원래라면 섞이지 않을 두 가지가 융합되어 하나의 형태가 되어 있다.

사지의 일부분이 잔해와 융합되어 있다는 거라면 그나마 납득이 된다. 하지만 지금의 시글로스는 전신의 3/4정도가 잔해와 일체화되어 있었다. 오히려 잔해가 인간처럼 보이는 무언가로 변화하는 도중이라고 하는 편이 적절할지도 모른다.

"아, 자, 잠시만요, 로제 씨. 지금 카렐 씨에게 연락을 할 테니까요……!"

이곳에 이번 사건의 주모자가 있다――. 늦게나마 그 사실에 생각이 미쳐서 나는 'SEAL'로 다이렉트 메시지를 작성해서 카렐 씨에게 송신했다.

반응은 곧바로 돌아왔다.

네이버가 보낸 다이렉트 콜. 내 머릿속에만 울려 퍼지는 소리와 AR 착신 아이콘. 그것을 사념으로 탭해서 통화 회선을 열었다.

『용전분투――. 역시 대단하군, '용사 베오울프'.』

통화 아이콘 안에 나타난 카렐 씨는 입을 열자마자 놀리는 것처럼 그렇게 말했다.

『조금 전에 번개로 그려진 'Z'와 거대한 아이콘은 역시 너희였나. 이쪽에서도 잘 보였다. 정말…… 너에겐 놀라기만 하는군, 라그 군. 이걸로 또 너의―― 아니, 너희의 별칭이 늘겠는걸.』

카렐 씨는 어이가 없다는 듯, 그렇지만 미소 지으며 말했다. 하지만,

『아니, 미안하네——. 이런 이야기는 전부 끝난 뒤에 해야지. 바로 본론으로 들어갈까.』

헛기침을 한 번 하고 담박하게 이야기를 끝내며 표정을 다잡는다. 한순간에 분위기가 긴장되었다.

『네 메시지에 적혀 있던 주모자 시글로스라는 자는 어디 있지?』

"그, 그게 그러니까……."

『구속은 했나? 자세한 상황을 가르쳐 주길 바란다.』

진지하게 질문하는 카렐 씨에게 뭐라고 하면 좋을지 알 수가 없어서 곤란했다. 지금의 시글로스를 그대로 설명해도 아마 머리가 이상한 녀석이라고 생각하겠지.

내가 어떻게 해야 하나 하고 망설이고 있자,

『아아, 괜찮다. 너도 지쳤겠지. 서두르지 않아도 괜찮다. 천천히 말해 주게. 먼저 그쪽에 구호반을 보내지. 근처에 있는 사람들을 보내겠다. 금방 도착할 거다.』

참으로 정확한 판단이었다. 감사한 마음을 느끼면서도 자신의 한심함에 죄송스러워졌다.

"카렐이여——. 그대에게 한 가지 묻고 싶은 것이 있다."

내 왼쪽 어깨에 몸을 기대고 있던 하누가 갑자기 손을 뻗어서 통화 아이콘을 자신 쪽으로 돌렸다.

『소룡희인가. 무사히 합류한 듯해서 다행이군. 그래서 묻고 싶은 것이 뭐지?』

여기서 어째서인지 하누는 몸을 돌려서 또다시 내 왼쪽 볼에 자신의 오른쪽 볼을 딱 붙였다. 우리는 나란히 통화 아이콘의 카렐 씨와 마주 보는 모습이 되었다.

체온이 높은 하누가 체온과는 다른 딱딱하고 차가운 목소리로 카렐 씨에게 질문했다.

“그대는 ‘신기’ 라는 말을 들어 본 적이 있는가?”

단도직입적이었다. 내 우려는 기우라는 듯이 얇은 종이처럼 찢어졌다.

『신기……? 그래, 들어 본 적은 있다만……그건 왜 물어보지?』

카렐 씨는 어째서 그 단어가 여기서 나오느냐고 묻고 싶은 것처럼 곤혹스러운 목소리로 말했다.

“좋다, 알고 있다면 이야기가 빠르다. 거기에 자빠져 있는 시글로스라는 자는 그 ‘신기’ 를 가지고 있다.”

“…………”

드물게도 그 카렐 씨가 할 말을 잃은 모양이었다. 입술을 조금 열고 아연한 표정을 짓고 있었다. 하지만 그것도 한순간이었고 카렐 씨는 곧바로 표정을 다잡았다.

“미안하네. 확인을 위해 다시 한번 물어봐도 괜찮나? 그 말은 즉── ‘신기 보유자(세이크리드 캐리어)’ 가 이번 일의 주모자── ‘볼크링 서커스’ 의 리더였다……는 말인가?”

“그래.”

하누가 긍정했다. 카렐 씨는 입가를 손으로 덮고 비취색 눈동자로 왼쪽 아래를 보며 생각에 빠졌다.

“라그 군의 메시지에 있던 ‘특수한 능력을 가지고 있으므로 요주의’ 라는 문장은 그 ‘신기’ 에 대한 것이라는 말이 되나……?”

"믿어지지 않느냐?"

솔직하게 묻는 하누를 카렐 씨가 다시 시선을 돌려서 바라보았다.

"아니, 그렇지는 않네만…… 단지 너희가 무엇을 근거로 '신기'의 존재를 믿고 있는지에 대해서 물어봐도 괜찮나?"

실로 논리적인 카렐 씨의 확인이었다. 하지만 그 말에 대해서 하누는 고개를 저었다.

"믿어지지 않는다면 무리하게 믿을 필요는 없겠지. 하지만 보거라. 라트의 이 모습을."

하누는 오른손을 들어 올려서 붙이고 있는 쪽과는 반대편의 오른쪽 볼을 찰싹찰싹 때렸다.

"저 시글로스라는 자는 라트를 이 정도로 애먹게 했다. 그것만으로도 저자가 보통내기가 아니라는 것은 명백하지 않느냐? 어중간한 자로는 상대 못 할 것이다. 누군가를 보낼 생각이라면 인선에는 고심하도록. 내가 하고 싶은 말은 그것뿐이다. 진위에 대해서는 그대 자신의 눈으로 확인하거라."

백문이 불여일견이다, 하고 말한 하누에게 카렐 씨는 지당한 말이라는 듯이 끄덕였다.

"그렇군……. 확실히 그렇지. 그럼 이쪽이 보유하고 있는 최고 전력을 그쪽으로 보내겠다. 그쪽도 구호반보다 늦든 빠르든 금방 도착할 것이다."

이야기가 정리되고 나서 카렐 씨는 사후 처리가 있기 때문인지 나중에 보자는 말을 남기며 통화를 끊었다.

정말로 카렐 씨가 말한 '최고 전력'은 곧바로 나타났다.

하늘에서 갑자기 푸른 불꽃의 새가 내려온 것이다.

"윽——!?"

물론 비리 씨였다. 질량을 가진 푸른 불꽃으로 〈피닉스 레이브〉처럼 커다란 날개를 가진 새를 만들어서 이곳까지 날아온 것이겠지.

"비, 비리…… 씨……?"

우리에게서 5메르틀 정도 떨어진 곳에 번개처럼 착지한 비리 씨는 전신에 두른 세찬 불길을 해제하지도 않고 이쪽을 돌아보았다.

"주모자는 어디에——?"

불꽃이 새의 형태를 풀어서 불길은 조금 작아졌지만 전투태세를 유지한 비리 씨가 인사도 하지 않고 딱딱한 목소리로 물었다.

이쪽을 꿰뚫는 듯한 심홍색 눈동자에 전율한 나는 반사적으로 시글로스를 향해 시선을 보냈다.

"그래……. 저 녀석이구나."

전신에서 화염을 발하고 있으면서도 컵 속의 얼음이 마찰하는 듯 차가운 목소리로 말한 비리 씨가 날카로운 시선으로 잔해 덩어리를 보았다.

"기다려 주세요. 섣불리 다가가는 것은 위험합니다."

발을 떼려고 하는 비리 씨를 냉정한 목소리가 멈춰 세웠다.

로제 씨였다.

"이미 들으셨을지도 모르지만 저 남자는 '신기 보유자' 입니다. 섣불리 다가가면 아무리 같은 '신기 보유자' 라도 먹힐 위험이 있습니다."

"당신……."

냉정하게 말하는 로제 씨가 피투성이기 때문이겠지. 비리 씨는 허를 찔린 것처럼 숨을 삼키며 로제 씨를 바라보았지만 곧바로 노한 기색으로 딱딱하게 되물었다.

"그럼 어떻게 하라는 거야? 이대로 손가락 빨며 보고 있으라는 거야?"

비리 씨의 몸을 둘러싼 창염이 그녀의 심정을 대변하는 것처럼 크게 흔들렸다.

로제 씨는 말 그대로 뜨거운 시선을 받으면서도 침착하게 대답했다.

"아니요, 그런 말이 아닙니다. 보기에는 아무래도 힘을 전부 써 버린 것처럼도 보입니다. 하지만 저 남자의 경우엔 그것이 함정일 가능성도 있으므로 먼저 확인할 필요가 있습니다."

"그래, 확인 말이지. 그래서? 그건 어떻게 할 거야?"

"제가 하겠습니다. 한번 싸워 봤으니 저 남자의 간격도 알고 있습니다. 게다가…… 묻고 싶은 것도 있습니다."

"묻고 싶은 것……?"

수상쩍다는 듯이 얼굴을 찡그리는――그래도 예쁘다니 미인은 대단하다―― 비리 씨에게는 대답하지 않고, 스스로 위험한 역할을 자청한 로제 씨는 쇠파이프를 지팡이처럼 짚으면서 시글로스에게 다가가기 시작했다.

『괜찮아요. 위험한 짓은 하지 않을 거예요. 부디 보고 계셔 주세요.』

내가 뭐라고 말하기 전에 머릿속에 로제 씨의 목소리가 울려 펴졌다. 스위치의 링크에 의한 텔레파시였다.

로제 씨는 잔해 덩어리가 된 시글로스에게서 2메르틀 정도 떨어진 위치에 멈춰 섰다.

"부족해…… 더 먹어야 해…… 좀 더, 좀 더, 좀 더, 좀 더…… 좀 더 좀 더 좀 더…… 먹고…… 마시고…… 빨아들이고……."

아까부터 계속 작은 목소리로 무언가를 중얼거리고 있는, 추악한 조각상으로 변한 시글로스. 그 모습은 굳이 설명하자면 잔해의 침대에 먹힌 남자라고 해야 할까. 드러누워 있는 시글로스의 몸은 대부분이 잔해와 녹아 붙은 것처럼 융합되어 있었다.

일반적인 관점으로 보면 저 상태로는 제대로 움직이지 못할 것이다. 게다가 신기의 힘을 써서 저 모습을 풀지 않는다는 것은 로제 씨가 말한 대로 힘을 전부 써 버렸을 가능성이 높았다. 하지만 그럼에도 낙관적으로 볼 수는 없는 것이 시글로스라는 남자였다.

"당신에게 묻고 싶은 것이 있습니다."

시글로스의 중얼거림이 딱 멈췄다. 라이트블루색 두 눈이 서로 다른 방향으로 빙글빙글 움직이며 꿈틀거리다가 이윽고 로제 씨의 모습을 포착하고 뱀 같은 동공에 그녀의 모습을 비췄다.

"크히―― 크하, 하하하하하하, 아하하하하하! 롤트린제에에에에……!"

기뻐서 참을 수가 없다는 듯이, 지옥 밑바닥에서 부르는 소리처럼 로제 씨의 이름을 입에 담는 시글로스. 형용할 수 없는 빛이 라이트블루색 두 눈에 담기며 도깨비불처럼 빛났다.

"이봐―― 지금 어떤 기분이냐? 응? 그렇게 나를 내려다보는 기분은 말이야── 응? 예의 바른 롤트린제 아가씨. 아버지를 죽인 원수가 몰골스럽게 눈앞에 자빠져 있다고. 좀 더 기쁜 표정을 짓는 게 어때? 자, 아까 그 예쁜 얼굴을 한 번 더 보여 달라고. 분노와 증오로 가득한, 엄청나게 흥분되는 그 얼굴을 말이야……! 히히, 이히히히히히히, 흐하하하하하하!"

멋대로 말하며 저열하게 웃는 시글로스였지만 로제 씨는 무표정을 유지했다. 오히려 옆에서 듣고 있을 뿐인 내 쪽이 배알이 뒤틀리는 기분이었다. 이를 악물며 시글로스를 노려보자 내 오른쪽 볼에 닿아 있던 하누의 손바닥이 쓰다듬는 것처럼 움직였다.

"진정하거라, 라트. 저 녀석의 작전일지도 모른다. 자기 자신을 잃어버리면 안 된다."

"응……."

하누가 달래 줘서 기분을 진정시키자 로제 씨와 시글로스를 지켜보고 있는 비리 씨가 시야에 들어왔다. 비리 씨도 혐오를 드러낸 눈초리로 잔해 덩어리를 응시하고 있었다.

"……제 목소리는 들리나요? 거기에 누워 있는 당신에게 묻고 있습니다. 난 당신에게 묻고 싶은 것이 있다고 말했습니다. 지금 당신은 질문에 대답할 수 있습니까?"

몹시 냉정한, 석고 같은 딱딱한 목소리. 마치 면식 없는 사람을 대하는 듯했다.

"하── 고상하시구만, 롤트린제. 뭐야, 뭐가 묻고 싶은데. 네 아버지를 죽였을 때에 대한 거냐? 어떤 한심한 모습이었는지 알고 싶은 거냐? 아니면 단말마의 비명이 어떤 느낌이었는지에 대한 거냐? 아아, 혹시 네 이름을 몇 번 불렀나, 그런 거냐? 아니, 뭐 제대로 기억 못하지만. 크크…… 그보다 너 말이야── 크히── 버러지를 언제, 어디서, 몇 마리 죽였냐 하는 것을 일일이 기억하고 있을 거라 생각하냐? 응?"

점점 웃음을 섞으며 끝없이 내뱉는 폭언에 인내심이 끊어질 것만 같았다.

"저 자식이……!"

"머지않아 마무리를 지을 것이다. 그때까지 참거라, 라트여……."

아무리 하누라도 참을 수가 없었는지 나를 타이르는 목소리에 힘이 담겨 있었다. 하누를 보자 푸른색과 금색의 눈을 가늘게 뜨며 오물이라도 보는 듯한 시선을 시글로스에게 보내고 있었다.

그런 와중에 로제 씨는 어디까지나 담담한 말투로 그 질문을 입에 담았다.

"당신은 누구죠?"

한순간 시간이 얼어붙은 것만 같았다.

──뭐……?

이제까지 있었던 일을 전부 뒤집는 듯한 질문에 아연해했다.

로제 씨는 무슨 말을 하고 있는 걸까. 질문의 의도를 전혀 알 수 없었다. 당신은 누구냐니── 거기에 있는 건 아버지의 원수인 시글로스 슈바인베르그가 아닌 건가……?

"이봐…… 롤트린제 아가씨. 결국 돌아 버린 거냐? 아앙? 전혀 재미없다고, 그 농담──. 아니아니, 그건 그렇고 뜻밖인데.

너 같은 범생이가 이런 상황에서 농담을——."

"농담이 아닙니다. 진심으로 묻고 있는 겁니다. 당신은 누구냐고."

야유하는 시글로스의 말을 로제 씨는 냉혹하게 느껴질 정도로 끊었다.

"아무래도 당신은 제가 알고 있는 '시글로스 슈바인베르그'가 아닌 것 같습니다. 그래서 묻고 있는 겁니다——. 당신은 누구죠?"

천천히, 상대가 알아듣도록 로제 씨는 그 질문을 반복했다.

"뭐……?"

이렇게까지 말하니 아무리 시글로스라도 농지거리를 할 마음이 사라졌는지 억양 없이 단조롭게 되물을 뿐이었다. 표정이 약간 경직되어 있는 것처럼 보이는 것은 분명 기분 탓이 아닐 것이다.

난 알 수 있었다. 로제 씨는 진심으로 물어보고 있었다. 농담도 빈정거리는 것도 아니었다.

저 데면데면한 말투는 기분 탓이 아니었다. 로제 씨는 진심으로 저 잔해 덩어리를 시글로스가 아닌 다른 사람으로서 대하고 있었다.

"당신은 이제까지 몇 명을 '집어삼켰죠'? 몸속에 집어넣은 사람은 제 아버지뿐만이 아니겠죠. 몇 명…… 아니, 몇십 명과 '융합' 한 것 아닌가요?"

담담하게 그저 사실만을 지적하는 것처럼 로제 씨는 계속 질문했다.

"당신의 흐트러진 언동. SB와 융합하기 전의 신체 능력. 이해하기 어려운 부분은 많지만 그런 거라면 납득이 됩니다. 하지만 —— 그 결과 당신의 시글로스였던 부분은 얼마나 남은 거죠? 지금의 당신은 정말로 '시글로스 슈바인베르그'라 할 수 있는 건가요?"

무심코 '그렇구나' 하고 신음할 뻔했다.

저 철사 같은 외견으로는 상상도 되지 않는 격투 능력. 한순간의 접촉으로 내 'SEAL' 내부에서 〈프레이 봄〉의 데이터를 크랙하고 거기에 더해 네이버 정보까지 뽑아낸 정보 처리 능력. 수많은 SB와 무질서하게 융합했으면서 유연하게 대응하는 적응 능력.

그것이 여러 사람들과 융합해서 얻은 능력이라면 납득이 된다. 난 시글로스 한 명과 싸우고 있었다고 생각했지만 실제로는 여러 명을 동시에 상대하고 있었던 것이다.

게다가 그런 거라면 시글로스의 예사롭지 않은 끈질김도 이해가 되었다. 여러 개의 육체, 여러 개의 'SEAL', 여러 개의 목숨을 가졌다면 전부 말이 된다.

"이봐—— 아까부터 잠자코 들어주니 제멋대로 말하고 있는데 말이야, 까불고 있는 거냐? 적당히 해라. 난 바보 취급하는 건 좋아하지만 바보 취급당하는 건 엄청 싫다고."

마침내 긴장한 목소리로 시글로스가 격양된 태도를 보였다. 연한 파란색 눈동자로 로제 씨를 빤히 노려보는 그 모습에는 자신의 발언이 이상했다고 깨달은 기색이 전혀 없었다.

"처음부터…… 이상하다고 생각했어요. 시글로스가 어째서 아버지를 살해하고 〈코어 리사이클〉을 빼앗아서 수많은 목숨을 빼앗는 폭거를 일으켰는지……."

로제 씨는 조용히 발을 내디뎠다. 쇠파이프를 지팡이처럼 짚으며 시글로스와의 거리를 줄였다.

"확실히 그 사람은 무슨 생각을 하고 있는지 알 수 없는 사람이었습니다. 저는 최대한 다가가지 않으려고 했고, 그 사람도 저를 피하는 듯했죠. 그도 그럴 게 제 앞에서는 술식을 일절 사용하지 않았을 정도니까요. 그런데…… 어째서죠? 어째서 당신은 저에게 집착하게 되어 버린 거죠?"

로제 씨와 시글로스의 거리가 약 1메르틀까지 줄어들었다. 만약 시글로스에게 힘이 남아 있다면 무언가를 해 오기엔 충분한 간격이었다.

"애초에 당신은 저에게 그다지 흥미가 없었을 텐데요. 아니면 그건 연기였나요? 사실은, 마음속으로는 계속 저에게 증오의 감정을 품고 있었던 건가요?"

담담하면서도 어딘가 호소하는 듯한 울림이 담긴 물음에 시글로스는 시시하다는 듯한 눈초리로 보았다.

"그래, 그렇지. 전부터 네가 마음에 들지 않았어. 언제나 새침한 얼굴로 고고한 척하고 있었으니까. 언젠가 그 예쁜 얼굴을 엉망진창으로 해 주겠다고 계속 생각하고 있었지. 뭐, 그건 덤이었지만. 당연히 우선적인 목적은 네 안에 있는 신기와 그 파생 술식이지. 하—— 증오의 감정이라니 너 말이야, 뭘 우쭐해하고 있는 거야. 네가 그렇게 잘났냐? 아가씨, 착각도 도가 지나치면 진짜로 짜증 난다고. 닥치고 있어, 성가시니까."

이제는 지금의 상황조차 이해하지 못하고 있는 건지, 시글로스의 발언은 철저하게 고압적이었다.

"그럼 아버지나 저에게 특별한 감정은 없었다는 건가요? 단순히 당신이 원하던 것을 가지고 있어서 아버지를 살해하고 저를 노렸다고…… 그렇게 말하는 건가요?"

"끈질기구만, 적당히——."

"유감스럽지만 역시 당신은 이제 '시글로스 슈바인베르그' 가 아닌 모양이군요."

로제 씨는 시글로스의 대답을 끝까지 듣지도 않고 단언했다.

"뭐……?"

뜻밖이게도 시글로스가 할 말을 잃은 모양이었다. 눈을 크게 뜨고 아연하게 로제 씨를 올려다보고 있었다.

로제 씨는 눈을 내리깔며 깊은 한숨을 쉬었다.

"질문을 바꾸죠. 당신은 자기 아버지의 이름을 기억하고 있나요?"

기묘한 질문이었다. 어째서 여기서 시글로스의 아버지가 나오는 걸까.

시글로스는 로제 씨를 노려보며 낮게 억누른 듯한 목소리로 말했다.

"그런 게 너와 무슨 상관이 있지……?"

조금 전까지의 위세가 거짓말처럼, 마치 토라진 아이 같은 대답이었다.

"기억하지 못하죠?"

"상관없다고 했을 텐데."

고집스러운 목소리에 로제 씨는 또다시 살짝 한숨을 쉬었다.

"역시 기억하지 못하는군요."

"닥쳐——! 너랑은 상관없다고 했잖아! 작작하라고! 넌 나를 어떻게 하고 싶은 건데!?"

이어진 로제 씨의 말은 얼음이 얼어붙는 것처럼 몹시 차갑게 울려 퍼졌다.

"잊고 있다면 떠올리게 해 주죠. 당신 아버지의 이름은——오디스 볼크링이라고 합니다."

"뭐——!?"

가장 먼저 놀란 목소리를 낸 사람은 나였다. 너무 경악해서 목이 멋대로 움직이고 말았다.

——오디스 볼크링이라니…… 어? 로제 씨의 아버지 이름……이지……? 어? 하지만…… 시글로스는 슈바인베르그고……어? 어, 어라?

내가 혼자서 혼란스러워하고 있는 한편, 시글로스도 로제 씨의 말에 충격을 받은 모양이었다. 조각상처럼 경직되어 말없이 로제 씨를 바라보고 있었다.

"이봐 이봐……. 너 머리 괜찮냐? 아버지가 살해당한 충격으로 돌아 버린……."

"그러니까 기억하지 못하고 있죠? 이런 중요한 일마저도. 예전 당신이라면—— '시글로스 슈바인베르그' 였던 당신이라면 이 사실을 알고 있었을 겁니다. 그리고 내가 알고 있다는 것도 깨닫고 있었겠죠."

어디까지나 냉정하게 그저 엄연한 사실만을 늘어놓는 것처럼 로제 씨는 말했다.

"저와 시글로스는 이복형제입니다. 예전의 당신은── 그래요, 적어도 신기를 보유하기 전까지의 당신은 아버지와 같은 색의 포톤 블러드를 가지고 있었잖아요. 이젠 기억하지 못하고 있을 거라 생각하지만요."

"…………."

"시글로스는 자신이 아버지와 피가 이어져 있다는 사실을 알고 있었고, 그렇기에 제 앞에서는 절대로 술식을 쓰지 않았습니다. 저도 알게 모르게 깨닫고 있었으면서도 다가가지 않았습니다. 쓸데없는 충돌은 무익하다고 생각하기도 했고 혼자 있는 편이 성격에 맞았으니까요. 그리고 아무래도 시글로스도 제가 깨닫고 있었다는 사실을 알고 있었던 모양이었습니다. 언젠가 드물게 당신이 말을 걸어온 적이 있었죠. 그때 당신이 저에게 한 말을 기억하고 있나요?"

"…………."

"'아가씨도 저에게 아무 말도 하지 않는군요.' ……라고. 그때는 무슨 의미인지 이해하지 못했지만 지금이라면 조금은 알 것 같습니다. 아버지도 시글로스에게── 아니, 오빠에게 아무 말도 하지 않았던 거겠죠……."

시글로스를 바라보는 로제 씨의 눈동자에 연민의 일렁임이 떠올랐다.

"그러니까, 진짜 시글로스가 아버지와 저를 원망하고 있었다면…… 그건 어쩔 수 없는 일이라고 생각합니다. 그래서 아버지를 살해하고 저에게 굴욕을 주려고 했다면…… 적어도 납득은 되는 이야기였어요."

이제 시글로스는 아무런 반응이 없었다. 그저 아연한 표정으로 로제 씨를 응시하고 있었다.

"하지만 당신은 어째서인지 이 사실에 대해 말하지 않았습니다. 이 이야기를 하면 당신은 더욱 저를 상처 입힐 수 있었을 겁니다. 그런데 그러지 않았죠……. 그건 어째서죠? 당신에게 그 기억이 더는 남아 있지 않기 때문인 것은 아닌가요?"

지금 로제 씨는 분명 마음속까지 피투성이가 되어 있을 것이다. 그도 그럴 게 이런 이야기는 다른 사람 앞에서 할 만한 것이 아니다. 그런 이야기를 구태여 꺼낸 로제 씨의 마음속은 지금도 상상을 넘는 고통에 시달리고 있을 것이 틀림없었다.

"그러니까 묻겠어요. 당신은 누구냐고. 제가 아는 시글로스라고는 생각할 수 없는 언동. 상식에서 벗어난 행위. 자신의 출생마저 잊어버린 구멍투성이의 기억. 어둡고 탁해진 포톤 블러드…… 이제 와서는 당신이 시글로스라고 증명하는 쪽이 어려운 상황이니까요."

"이봐…… 하지 마…… 아냐…… 모른다고…… 나는……."

천천히 고개를 젓는 시글로스의 목에서 연약하고 쉰 목소리가 흘러나왔다. 그 목소리는 바위산의 틈을 바람이 지나가는 소리처럼 공허하게 울려 퍼졌다.

"그러고 보니 조금 전에도 말투가 흐트러졌었죠. 일인칭과 이인칭이 지리멸렬해요. 신기의 힘을 남용한 것과 라그 씨에게 받은 대미지로 자아의 경계가 애매해진 것은 아닌가요?"

"아니야…… 웃기지 마…… 날조야…… 그래…… 거짓말이야…… 거짓말이야! 전부 거짓말이야!"

서로의 거리가 거의 제로가 되었을 때 시글로스가 눈을 부릅뜨며 토해내는 것처럼 외쳤다.

"롤트린제에에에! 네가 하는 말은 다 헛소리다! 아무렇게나 지껄이지 마! 그 정도로 날 속일 수 있다고 생각했냐! 건방 떨지 말라고 이 저능아가! 죽어! 아니 죽여 주겠어! 죽여서 먹어 주겠어! 너도 집어삼켜서 내 살과 피로 만들어 주마!"

또다시 말투가 변하며 시글로스는 잔해와 일체화된 육체를 무리하게 움직이려고 하다가 흉하게 발버둥 쳤다. 목줄에 매인 개가 짖는 것처럼 침을 튀기는 시글로스를 향해서 로제 씨는 봐주지 않고 말의 공격을 더했다.

"지금 생각해 보면 당신은 신기를 손에 넣었을 때부터 인격이 변하기 시작했었죠. 그래요……. 이미 그때부터 당신은 '망가지기' 시작했어요. 유감스러운 일이에요……. 정말로——."

나직하게 진심으로 유감스러워 하는 것처럼 로제 씨가 중얼거렸다.

"설마…… 아버지의 원수가 이젠 존재하지 않을 줄은 생각도 못했어요……."

그 다음 순간, 원한 가득한 목소리로 시글로스가 고함을 질렀다.

"롤트린제에에에……! 웃기지 말라고……! 웃기지 마…… 웃기지 마 웃기지 마 웃기지 마 웃기지 마 웃기지 마아아아! 나는 나다! 시글로스 슈바인베르그다! 융합을 너무 해 대서 자아가 불안정하게 되었다고!? 내가!? 깔보지 말라고 쓰레기야! 누가 너 따위랑 형제냐! 그럴 리가 없잖아아! 망상도 작작하라고! 애초에 너 따위에게 그딴 소릴 들을 이유가 없다고오!"

이제까지 언제나 여유롭고 조롱하는 듯한 분위기를 풍기던 남자가 지금은 필사적으로 고성을 지르고 있었다. 시글로스가 격정에 빠지면 빠질수록 오히려 그 정신은 막다른 길에 몰리는 것이 노골적으로 보여서 우스웠다. 패배자가 되레 큰소리친다는 말이 이토록 잘 어울리는 상황도 그리 많지 않을 것이다.

"그럼 당신에게 한 가지 더 물어보겠습니다. 당신이 자신의 이름으로 쓰고 있는 '슈바인베르그' 라는 성은 유래가 뭐죠?"

로제 씨가 그렇게 묻자 시글로스의 움직임이 딱 멈췄다.

"최소한의 자비입니다. 객관식으로 해드리죠. 1번, 당신 어머니의 예전 성. 2번, 당신 어머니가 재혼한 상대의 성. 3번, 당신이 독자적으로 적당히 붙인 성. 자── 어느 거죠?"

"────."

시글로스는 굳어 있었다. 식은땀을 대량으로 흘리며 흐린 파란색의 두 눈을 크게 뜨고 있다. 기억의 서랍을 뒤져서 어떻게든 정답을 찾고 있는 것 같았다.

어리석다고밖에 할 말이 없었다. 그러고 있는 시점에서 이미 결과는 나와 있는 것인데.

로제 씨는 보란 듯이 깊은 한숨을 쉬었다.

이어진 말은, 차갑다기보다 그저 무자비했다.

"당신, 대체 누구죠?"

그 질문을 마지막으로 로제 씨는 그 자리에서 한 발짝 물러났다. 쇠파이프를 짚으며 시글로스에게서 등을 돌렸다.

"시글로스가 아닌 당신에겐 용건이 없습니다. 부디 죄에 걸맞은 벌을 받으시길. 안녕히."

아무런 감정이 담기지 않은 목소리로 말하며 그대로 나와 하누가 있는 쪽으로 천천히 걸어오는 로제 씨.

"자, 잠깐── 기다려! 기다려 줘, 롤트린제!"

초조함을 가득한 부름에 로제 씨는 걸음을 멈췄다. 하지만 돌아보지는 않았다. 그저 멈춰 섰을 뿐.

시글로스는 일그러진 얼굴로 시선을 돌리며── 이윽고 쥐어짜내는 것처럼,

"정답은…… 뭐지……?"

자존심을 버리며 대답을 물어보았다. 자신에 대한 일을 다른 사람에게 물어본다는 굴욕에 얇은 입술이 떨리고 있었다.

하지만 로제 씨는 쌀쌀맞게 말했다.

"모릅니다. 당신이 잊어버렸다면 이제 아는 사람은 없어요."

"……!"

통렬한 비아냥에 시글로스는 아무런 말도 하지 못했다. 경악으로 경직된 얼굴이 서서히 가면 같은 옅은 웃음으로 변했다.

"마, 말도 안 돼…… 나는…… 아니, 저는……? 시글로스 슈바인베르그…… 아니, 나……? 아, 아니야, 나는── 그래, 나는, 나다…… 이 몸은…… 시글로스…… 아니, 그 녀석이……?"

라이트블루색 눈동자에서 지성의 빛이 사라져 갔다. 대신 형형하게 빛난 것은 광기의 빛이었다. 또다시 의미를 알 수 없는

혼잣말을 중얼거리기 시작하며 자신만의 세계에 틀어박혔다.

"그래, 맞아…… 내가 시글로스 볼크…… 아니야…… 슈바인…… 슈바……? 아니아니, 롤트린제…… 오디스……?"

거기까지 중얼거린다 싶더니 갑자기 목이 찢어져라 비명을 질렀다.

"아아아아아아아아아――!! 아니야! 아니야아아!! 나는 나다! 시글로스다! 시글로스 슈바인베르그다아아아―――――――!!"

자기 자신에게 말하는 것처럼 뿜어져 나오는 절규. 로제 씨는 신경 쓰는 기색도 없이, 하지만 비웃지도 않고 등 뒤를 향해 이렇게 말했다.

"예. 그렇게 생각한다면 그런 거겠죠――. 당신의 마음속에서는."

이번에야말로, 그 말을 마지막으로 로제 씨는 다시 걷기 시작했다.

"기다려어어어어! 기다려 달라고! 그럼 누구야!? 난 대체 누구냐고!? 아앙?! 너 알고 있잖아! 알려 줘! 알려 달라고――――――!!"

마구 소리치는 시글로스를 완벽하게 무시하며 로제 씨는 뒤쪽에 대기하고 있던 비리 씨에게 다가갔다.

"보신 바와 같이 저렇게 도발해도 아무런 짓도 해 오지 않았습니다. 힘을 전부 써 버린 거라고 봐도 거의 틀림없겠죠. 위험은 없습니다. 뒷일은 부탁드리겠습니다."

담담하게 정찰의 결과를 보고하는 척후병처럼 말하며 가볍게 고개를 숙인다.

"………………알았어."

조금 긴, 무언가 말하고 싶은 듯한 침묵 끝에 비리 씨가 끄덕였다.

이젠 제대로 된 말이 되지 않는 시글로스의 고함을 배경으로 피투성이가 된 로제 씨가 천천히 다가왔다. 몇 번이고 쓰러질 듯하며 발을 끌면서도.

하지만 눈앞까지 온 순간 결국 쓰러졌다.

"로제 씨!?"

"이런."

몸이 움직이지 않는 나 대신 하누가 재빠르게 움직여서 앞으로 쓰러지려고 하는 로제 씨의 몸을 안았다. 손에서 벗어난 쇠파이프가 소리를 내며 땅바닥에 떨어졌다.

육체의 한계는 예전에 넘었을 테지. 조금 전까지는 매끄럽게 움직이던 혀가 거짓말인 것처럼 로제 씨는 늦게 웅얼거리는 목소리로 하누에게 사죄했다.

"죄송, 합니다…… 소룡희……."

"괜찮다. 신경 쓰지 말……라고, 말하고, 싶, 지만……! 나, 나에게는 좀, 버겁, 구나……!"

아무렇지도 않게 대답하려던 하누의 목소리에 점점 힘이 들어갔다. 안은 것까진 좋았지만 하누의 작은 몸으로는 지탱하지 못하는 거겠지. 더구나 고갈되기 직전인 상황에서.

이렇게 된 이상, 나도 몸이 움직이지 않는다는 이유로 가만히 있을 수는 없었다.

"크윽……!"

나는 아픈 몸에 채찍질을 하며 무릎으로 이동했다. 무릎을 미끄러트리며 두 사람에게 접근해서 하누의 등을 덮는 듯한 자세로 로제 씨의 양 어깨를 안아서 지탱했다.

눈을 뜰 기력마저도 사라진 것인지 로제 씨가 눈을 감은 채 입술을 움직였다.

"감사, 합니다…… 라그 씨……."

"아, 아뇨……. 하, 하지만, 괜찮으세요, 로제 씨? 상처는 아문 모양인데……."

"예……. 덕분에……요, 하지만 신기의 힘을…… 너무 써 버린 것 같습니다……."

로제 씨의 호흡이 거칠었다. 양손에 전해져 오는 로제 씨의 체온은 뜨거워서 마치 병에 걸린 것만 같았다. 가위 눌렸을 때의 잠꼬대처럼 로제 씨는 고개를 숙인 채 속삭였다.

"신기의 힘은…… 너무 써서는…… 안 되겠네요……. 저 사람을 보고…… 통감, 했습니다……."

저 사람이란 말할 것도 없이 시글로스—— 아니, 시글로스였던 인물에 대한 것이다. 나는 자신도 모르게 그 인물을 보았다. 잔해와 일체화해서 움직이지 못하게 된 남자는 지금도 로제 씨에게 온갖 욕설을 내뱉고 있었다.

불안과 공포의 반동일 것이라고 생각했다. 자신이, 자신이 아니다——. 이제까지 '자신'이라고 믿어 왔던 것이 무너져 내리고 근본부터 뒤집어진다는 것은 어느 정도의 공포일까. 자신이, 자신을 믿지 못한다……. 마치 발밑에 구멍이 뻥 뚫린 듯한—— 그런 감각을 상상하자 등줄기가 오싹해졌다.

만약 내가 '라그디스하르트' 라는 인간의 인격과 기억을 가지고 있을 뿐인 가짜라고 한다면――?

사실은 다른 사람이고 자신을 '라그디스하르트' 라고 생각하고 있을 뿐이라면――?

상상만으로도 무서웠다. 조금 생각해 본 것만으로도 그 공포의 일부분을 엿본 듯한 기분이 들었다.

자기 정체성의 붕괴. 아까까지 그렇게나 자신만만하고 유아독존이던 인간이 저 정도로 착란할 정도의 공포를 로제 씨는 저 남자에게 주었다.

하지만――.

"괜찮으세요……? 저걸로……."

무심코 그렇게 묻고 말았다.

주어가 애매한 내 질문을 로제 씨는 똑바로 알아들어 줬는지 더듬더듬 대답했다.

"예……. 저걸로, 괜찮습니다……. 저는…… 저 사람을…… 죽이지…… 못하니까요……. 그러니…… 그 대신, 마음을, 이라고……. 이것이, 저 나름의…… '복수' 입니다……."

로제 씨는 그렇게 말하며 눈을 살짝 떠서 호박색의 눈동자를 드러냈다.

"'자신' 을 잃어버린, 저 사람에게…… 평안은, 없습니다……. 그보다도…… 감사, 합니다…… 라그 씨……. 당신의, 조력이 없었다면…… 허큘리스에게, 이기지, 못했을 거예요……."

"아뇨……. 저는, 동료로서 당연한 일을――."

"믿고 있다고…… 그렇게 말씀해 주신 것…… 무척…… 기뺐……습니다…….”

내 대답을 전부 듣기도 전에 로제 씨는 말을 이었다. 내 목소리가 들리지 않는 것일지도 모른다.

그때, 보다 로제 씨에게 가까운 위치에 있던 하누가 질문을 던졌다.

“이봐라, 롤트린제. 한 가지 물어보고 싶다만.”

“무슨…… 질문이신지요…….”

로제 씨의 눈은 초점을 잃어서 좀 공허해 보였다. 이미 반쯤 의식이 날아가 있는 것일지도 모른다.

“대답하고 싶지 않다면 하지 않아도 좋다만── 조금 전에 그대가 저자에게 했던 말은 결국 사실인 게냐?”

아무래도 하누도 신경 쓰였던 모양이었다.

로제 씨와 시글로스가 이복형제라는 것. 시글로스의 포톤 블러드가 옛날에는 로제 씨와 같은 말라카이트 그린이었고 무언가가 원인이 되어 크롬그린으로 거무스름해졌다는 것.

무엇보다 시글로스가 융합을 너무 해 대서 옛날 기억을 잊어버렸다는 것.

여러 가지로 갑작스러워서 제대로 이해하지 못하고 있는 것은 나도 마찬가지여서 계속 신경 쓰였다.

어쩌면 로제 씨는 정서가 불안정한 상태인 시글로스의 빈틈을 노려서 적당적당한 거짓말을 함으로써 정신적인 고통을 준 것이 아닐까? 만약 그렇다면 그건 그것대로 하나의 ‘복수’라고 생각하지만 역시 진상이 신경 쓰였다.

나와 하누의 시선이 집중되는 와중에 로제 씨의 입술이 천천히 움직였다.

"아아…… 그거 말씀이신가요……. 그건……."

""그건……?""

나와 하누의 목소리가 겹친 순간, 로제 씨의 눈꺼풀이 닫혔다. 이어서 고개에 힘이 빠지며 애쉬그레이의 머리카락이 커튼처럼 얼굴을 덮었다.

그것을 마지막으로 움직이지 않았다.

"…………."

새삼 확인해 볼 것도 없었다. 정신을 잃은 것이다.

로제 씨의 몸을 온몸으로 지탱하고 있던 하누가 목만 돌려서 나를 보았다.

"흠……. 일어났을 때 새삼 다시 묻는 것도 뭐하구나……. 뭐, 어쩔 수 없지. 들어 봐야 소용없는 일이다. 이 건에 대해서는 잊도록 할까. 응?"

라트도 그렇게 생각하지? 하고 하누가 고양이 같은 눈으로 올려다보아서 나도 웃으며 끄덕였다.

"응, 그렇지."

하누의 말대로 로제 씨가 눈을 뜬 뒤에 이 이야기를 다시 꺼내는 것은 대단히 무신경한 행동이라고 생각했다. 게다가 로제 씨는 우리의 동료—— 클러스터 멤버가 된다. 나중에 진상을 듣는 날이 올지도 모른다. 언젠가 로제 씨가 말할 생각이 든다면…….

그런 생각을 하고 있던 내 가슴에 하누가 뒷머리를 기댔다.

"——? 하누?"

왜 그럴까, 하고 위에서 얼굴을 들여다보자, 별일 아니었다. 하누도 눈을 감고 새근새근 자고 있었을 뿐이었다.

"설마…… 자는 거야……?"

저번에는 두 발 연속으로 〈에어 리퍼〉를 쏜 탓에 얼굴색이 엄청 안 좋아졌었지만 이번에는 한 발만 쏜 덕인지 단순히 지쳐서 잠들었을 뿐인 듯했다.

평안하게 자는 모습을 본 순간, 뭔가 안심하고 말았다.

급격하게 덮쳐온 피로감에 난 하늘을 향해 숨을 내쉬었다.

그렇구나, 이미 전투는 끝났구나…….

뭔가 나도 조금 졸려오기 시작했다. 머릿속에 안개가 낀 것처럼 사고가 몽롱해졌다.

어깨에서 양손으로 전해져 오는 로제 씨의 체온과 가슴을 따듯하게 하는 하누의 온기. 그 모든 것이 묘하게 마음을 편하게 해서, 머릿속이 어질어질해져서, 아아, 이제, 못 버텨——.

실이 끊어지는 것처럼 내 의식도 잠 속으로 빠져들었다.

하누를 사이에 둔 채 나는 로제 씨의 왼쪽 어깨에 이마를 올렸다. 그러자 로제 씨의 머리도 내 오른쪽 어깨에 놓여서—— 우리는 셋이서 균형을 이루며 껴안은 자세가 되었다.

눈을 감기 직전에 비리 씨가 있는 방향에서 "정말로…… 사이좋은 애들이야." 하는 목소리가 미소 짓는 기척과 함께 들려왔지만 과연 현실이었는지 꿈이었는지.

뭔가 따듯하고 행복한 꿈을 꾼 듯한 기분이 들었다.

● 11 Give a reason ~에필로그~

나중에 들은 이야기였다.

우리 셋이 사이좋게 정신을 잃고 나서 곧바로 있었던 일이라고 한다. 카렐 씨가 파견해 준 구호반이 와서 우리를 안전한 곳으로 옮겨 준 것은.

육체적인 대미지가 가장 컸던 사람은 나였지만 최종적으로는 'SEAL'에 커다란 이상을 일으킨 로제 씨가 가장 중증이라고 판단되었다. 전문가에 의한 본격적인 치료가 필요했기 때문에 시급히 피해가 없던 큰 병원으로 다시 보내지게 되었다.

그 때문에 저녁에 눈을 떴을 때 우리와 로제 씨는 떨어져 있었다.

나와 하누는 임시 구호 광장 한쪽에 깔린 매트리스 위에 함께 누워 있었다.

눈을 떴을 땐 몸 상태는 대체적으로 괜찮아졌고, 'SEAL'에는 카렐 씨가 보낸 네이버 메시지가 도착해 있었다. 그 내용은 로제 씨의 안부, 그리고 어느 병원에 있는지에 대한 정보와 우리가 정신을 잃은 뒤의 경위가 적혀 있었다.

하이 멀티 캐스트로 배포된 암호 코드에 의해 도시 안에 출현해 있던 SB의 무리는 완전히 무력화되었다. 잔당은 자경단과 익스플로러들에 의해 활동 정지(셧다운)되었고 모든 용혈의 〈코어 리사이클〉은 강제 종료되었다고 한다.

또한 시글로스를 포함한 '볼크링 서커스'의 멤버는 총 열두 명 중에서 네 명이 붙잡혔고――그중 두 명은 항복했다고 한다――남은 여덟 명은 사망했다. 살아남은 네 명에 대해서는 리자르크 시가 괴멸당한 판게르니아 정부와의 관계도 있어서 여러 가지로 고도의 정치적 외교 문제가 생겼다고 한다.

뭐, 그렇기는 해도 저지른 일이 일이다 보니 모두 극형에 처하는 것은 시간문제일 것이다―― 하고 적혀 있었다.

카렐 씨의 메시지에 의하면 로제 씨의 긴급 수술은 무사히 끝났다고 해서 나는 일단 자고 있는 하누를 업고 맨션으로 데려다주기로 했다.

"신세졌습니다. 감사합니다."

근처에 있던 구호반 사람들에게 감사를 전하고 거리로 나가자, 그런 일이 있었는데도 석양에 비친 거리는 활기로 가득 차 있었다. 아니, 그런 일이 있었기 때문일까. 수많은 사람들이 빽빽하게 돌아다니며 빠르게 부흥 작업을 하고 있었다.

한편, 여기저기에 남은 각양각색의 혈흔이 생생했다. 아마 유체는 어딘가 한곳에 모여서 신분 확인이나 유족 찾기가 진행되고 있을 거라고 생각했다. 희생자의 구체적인 숫자는 나중에라도 발표되겠지만 결코 적지는 않을 것이다.

사라진 생명, 그 숫자에 얽힌 슬픔의 연쇄를 생각하니 그것만으로도 기분이 우울해졌다.

빠르게도 부활을 향해 움직이기 시작한 거리를 빠져나와 하누가 살고 있는 맨션으로 향했다.

나는 하누에게 받은 전자와 물리, 양쪽의 보조 열쇠를 써서 문을 열고 방으로 들어갔다. 가장 안쪽의 침실까지 가서 수면등을 켜고 그 근처에 있는 커다란 침대에 작은 몸을 눕혔다. 푹신해 보이는 베개에 작은 머리를 올리자,

"으음……."

하누가 작게 소리를 냈고 눈꺼풀이 살짝 움직였다. 금방 움직임이 멎을 거라고 생각했지만 색이 다른 두 눈이 희미하게 열렸다.

"라트……?"

초점이 맞지 않는 흐릿한 눈동자가 갑자기 내 얼굴을 보았다.

"미안, 깨웠구나……."

아직 졸린 듯이 눈가를 비비는 하누에게 사과하는 내 목소리는 스스로 놀랄 정도로 힘이 담겨 있지 않았다. 어라, 왜 이러지? 이상한데. 뭔가 목이 생각처럼 움직이지 않았다.

"으음…… 여긴……?"

천천히 상체를 일으키며 주위를 둘러보는 하누에게 나는 간결하게 설명했다.

"하누의 방이야……. 그 뒤에 말이야, 구호반 사람들이 치료해 줘서 돌아왔어……."

역시 목소리가 제대로 나오지 않았다. 뭔가 목 안쪽에 둥근 혹이 생긴 것처럼 묘한 이물감이 있었다.

"로제 씨는 수술이 필요해서 다른 병원에 있어……. 하지만 무사히 끝났다고 하니까 내일 함께 병문안을――."

"라트…… 그대, 어째서 울고 있는 게냐?"

"어……?"

내 말을 자르며 하누가 말한 생각지도 못한 물음에 놀라고 말았다.

울고 있다고……? 내가……? 그럴 리가 없는데—— 하고 혹시나 해서 볼을 만져 보자 역시 눈물은 없었다. 하누는 무슨 말을 하고 있는 걸까.

내가 곤혹스러워하고 있자 하누가 침대 위에서 무릎을 세워 앉으며 몸을 기대 왔다. 나도 방바닥에 무릎을 세우고 앉아 있어서 이 자세로는 하누 쪽이 조금 더 위쪽에 있었다.

작은 두 손이 뻗어 와서 내 볼을 살짝 감쌌다. 근심을 띤 오드아이와 눈이 맞는다.

"엄청 서글픈 표정을 짓고 있지 않느냐……. 왜 그러느냐? 무슨 일이 있었다면 나에게 말해 보거라."

"하누……."

"어두워서 잘 보이지 않지만 그래도 라트가 괴로워하고 있다는 것은 알 수 있다. 말하지 않았느냐. 나는 절대적인 그대의 편이라고. 라트, 이곳에는 나밖에 없다. 다른 사람의 눈을 신경 쓸 필요는 없다. 자, 말해 보거라. 뭐가 그렇게 슬픈 것이냐……?"

"아……."

뭐가 뭔지 잘 알 수 없었다.

하지만.

뭐가 뭔지 잘 알 수 없었지만, 하누의 그 말은 신기할 정도로 내 마음속 깊은 곳에 울려 퍼졌다.

갑자기 몸 안쪽에서부터 참을 수 없는 떨림이 일어났다. 목의 이물감이 더욱 커진다.

"모르, 겠어……."

작게 떨면서 아픈 목을 움직여 그렇게 말했다. 하지만 목을 움직인 순간, 눈물샘이 붕괴된 것처럼 눈물이 흘러나왔다. 시야가 뿌옇게 되어서 하누의 얼굴이 잘 보이지 않게 되었다.

어째서 이렇게 눈물이 나오는 것인지── 나 자신도 이유를 알 수 없었다.

"정말로…… 모르, 겠어……. 어째서, 일까……. 뭔가, 몹시…… 가슴이, 괴로워……!"

나는 울면서 목 안쪽에서 치밀어 오르는 오열을 참았다. 콧물이 잔뜩 나와서 꼴사납게 훌쩍였다. 코 안쪽이 찡해졌을 때였다.

뇌리에 낮에 보았던 시체의 산이 떠올랐다.

"……!"

시산혈해. 그렇게 말할 수밖에 없는 컬러풀한 광경. 남자도, 여자도. 젊은이도, 고령자도. 그야말로 어린애부터 할아버지 할머니까지.

수많은 사람들이 살해당했다.

결코 편하지 않은, 심한 방식으로.

잔뜩, 잔뜩, 잔뜩── 정말 잔뜩.

죽었다.

죽고 말았다.

급격하게 떠오르는 광경에 심장이 옥죄여서 나는 간신히 깨달았다.

“지키지…… 못했어…….”

어째서 이렇게 슬픈지를. 어째서 이렇게 가슴이 아픈지를.

“수많은 사람들이…… 죽었어……. 난…… 전혀…… 도움이 되지 못했어…….”

무력했다. 아무것도 할 수 없었다. 누구도 구하지 못했다.

아마 돌아오는 도중에 본 혈흔 때문에 떠오른 것이겠지. 조금 전까지는 전투에 정신이 팔려 있어서 잊고 있었다. 엄청난 숫자의 죽음을.

“구하고 싶었는데…… 지키고 싶었는데…… 아무것도…… 아무것도 하지 못했어……. 난, 쓸모없는 놈이야…….”

목소리가 참을 수 없을 정도로 떨렸다. 추위에 얼어붙는 것처럼 이가 딱딱거리는 것을 참지 못했다.

“라트…….”

하누의 침통한 목소리. 연민의 시선으로 나를 보고 있었다.

알고 있다. 나도 알고 있다. 그런 건 나 혼자의 힘으로 어떻게 할 수 있는 규모가 아니다. 신이라도 되는 게 아니라면 모두를 구하는 건 꿈일 뿐이다.

애초에 자신의 힘만으로 어떻게든 하자고 생각하는 쪽이 문제였다. 어떻게든 할 수 있다고 생각하는 쪽이 오만했다. 하지만.

그래도.

“분해……!”

입 밖으로 내자 목소리는 오열이 되었다.

이제 참지 못하게 되었다. 나는 마음속에 떠오른 후회를 무질서하게 눈물과 함께 토해 냈다. 뚝뚝 흘렀다. 분한 이유는, 수많은 사람들을 구하지 못했기 때문만이 아니었다.

"게다가, 나…… 그때…… 몇 번이고, 포기했어……. 그 녀석, 강했으니까…… 몇 번이고 몇 번이고…… 이제 끝이라고, 포기 했어……. 하누가 위험했을 때도 이젠 무리라고, 눈을 감았었어……!"

시글로스는 강했다. 지금 떠올려 봐도 등줄기가 오싹해진다.

무서웠다. 마음속으로는 계속 떨고 있었다.

그래서 몇 번이고 포기할 뻔했고 실제로 두 번이나 마음이 꺾였다.

첫 번째는 땅바닥에 처박혀서 죽을 뻔했을 때.

두 번째는 하누가 잔해 덩어리에게 삼켜질 뻔했을 때.

삶을 포기하고 마음속에서 이별의 말을 남겼다. 하누가 당하기 직전인데 아무것도 하지 못해서, 눈앞의 광경에서 눈을 돌리고 말았다.

지켜야 했는데. 그때야말로 무슨 일이 있더라도 움직였어야 했는데.

"한심해……!"

슬픔과 함께 터져 나오는 것은 분노였다. 너무나도 약한 자신을 향한 증오였다.

"나는 약하고 아무것도 못하는 정도가 아니라…… 마음까지 약해빠졌어……! 로제 씨와 하누가 구해 주지 않았다면 난 지금쯤 이곳에 없었을 거야……!"

전투 재킷의 옷자락을 있는 힘껏 쥐었다. 한심한 자신에 대한 분노로 온몸이 날아가 버릴 것만 같았다.

이 얼마나 비참한 놈이란 말인가.

구하고 싶었으면서.

지키고 싶었으면서.

겁먹고.

떨고.

포기하고.

반대로 구해져서.

지켜져서.

그런데 시글로스를 죽이지도 못하고.

수많은 사람들의 원통함을 풀지도 못하고.

그런 주제에 이제 와서 '이렇게 했으면 좋았을 텐데. 저렇게 했으면 좋았을 텐데' 같은 생각만 하고.

결국 이렇게 아무것도 하지 못했던 자신이 부끄러워서 울고 있다.

"어째서…… 어째서, 나는…… 나는……!"

그 이상은 말이 되지 않았다. 계속해서 치밀어 오르는 오열이 목을 가득 메워서 나는 꼴사납게 흐느꼈다.

마음속이 엉망진창이었다.

하누 앞에서 울고 있는 자신이 한심하고 보기 흉해서, 진심으로 분했다. 이런 자신의 약함이 정말로 비참하고 한심해서 죽여버리고 싶을 정도로 용서할 수가 없었다.

내가 오열을 애써 참으며 울고 있자 하누의 양손이 갑자기 볼에서 떨어졌다.

이어서 하누의 냄새가 다가왔다 싶더니 양팔로 내 머리를 껴

안았다. 끌어당겨져서 내 얼굴이 하누의 가슴에 밀착했다.

"참…… 그대는 정말로 욕심이 많구나, 라트."

머리 위에서 하누의 말이 들려왔다. 상냥한 말투이면서도 어딘가 꾸짖는 듯한 말이 뜻밖이어서 자신도 모르게 메인 목을 움직여서 되묻고 말았다.

"욕……심……?"

내가……?

"그래. 정말로."

쿡, 하고 웃으면서 하누가 긍정했다. 내 머리 위에 올라간 손이 애완동물을 빗질해 주듯 상냥하게 머리카락을 쓰다듬었다.

"전부터 생각했는데 역시 라트는 욕심이 많다. 헌신인 나도 머쓱해질 정도다. 자각은 없어 보이지만 말이다."

내 머리를 느릿느릿하게 어루만지면서 하누가 말했다.

"이봐라, 라트……. 그대는 하지 못했다고 했지만 나는 그렇게 생각하지 않는다. 그대는 시글로스—— 이번 일의 주모자를 쓰러트리지 않았느냐. 자긍심을 가지면 몰라도 분하게 생각할 일은 없다."

아니다. 그건 아니다. 그건 내 공적이 아니다.

"아니야, 하누……. 그때, 로제 씨가 없었더라면 나는…… 아니…… 그 뿐만이 아니야……. 게다가 그 녀석을 마무리한 사람은 하누야……."

난 시글로스를 몰아붙이기는 했지만 결국 숨통을 끊어 놓지 못했다. 마지막에 그 녀석을 날려 버린 것은 하누의 〈에어 리퍼〉였다.

"흠. 그렇구나. 그대 마음에 걸리는 건 그 부분인가……."

하누는 그렇게 말하고 나서 또다시 쿡, 하고 웃었다.

"이봐라, 라트. 그 시글로스라는 자는 강했지? 그래. 말하지 않아도 알고 있다. 그대를 그 정도까지 몰아붙였다. 그 녀석은 강했을 테지. 하지만 그것도 당연하지. 그자는 신기라는 요상한 힘을 가지고 있지 않았느냐. 쉬이 상대하지는 못했을 것이다."

내 머리를 껴안고 있는 하누의 힘은 강하지도, 약하지도 않았다. 내 얼굴을 받아들이고 있는 가슴은――이런 말을 하면 혼날 테지만――기복이 적어서 솔직히 말해 조금 딱딱했다.

하지만 신기하게도 따듯했고 뭔가 엄청 안심이 되었다.

"그 남자를 내버려 뒀으면 틀림없이 지금 이상의 피해가 생겼을 것이다. 이렇게 생각해 보거라. 라트는 그런 녀석을 막아내고 내가 올 때까지 발을 묶어 둔 거다. 확실히 마무리를 지은 것은 나일지도 모른다. 하지만 그 상황까지 만든 것은 라트――그대다. 오히려 라트가 없었다면 그 녀석은 쓰러트리지 못했다. 그러니 말이다…… 아무것도 하지 못했다고 스스로를 비하하지 말거라. 그대는 잘해 냈다. 그건 내가 잘 알고 있느니라."

하누는 상냥했다. 나를 위로하기 위해 이렇게까지 말해 준다.

하지만 하누의 말을 긍정하지 못했다. 상대가 하누라도――아니, 하누이기에 난 거짓말을 하지 못했다. 할 수 있을 리가 없었다. 납득이 되지 않는 일을 납득한 척 하는 것은 절대로 할 수 없었고, 하고 싶지도 않았다.

"………."

난 눈물을 글썽이고 코를 훌쩍이면서 시무룩한 표정으로 입을 다물었다. 그러자 얼굴은 보이지 않을 텐데도 기척만으로 내 고집스러운 태도를 느꼈는지 하누가 작게 한숨을 쉬었다.

"하지만—— 그렇지. 라트는 남자다. 이런 때는 마음껏 분하게 생각하는 편이 좋을지도 모르겠구나."

"어……?"

머리를 쓰다듬고 있던 하누의 손이 이번에는 톡톡, 하고 가볍게 두들기는 움직임으로 변했다.

"라트, 그대는 분한 게지? 한심한 게지? 지키고 싶었던 것을 지키지 못하고, 만족스러운 결과를 내지 못한 자신을 용서할 수 없는 게지?"

"윽……."

하누의 말은 내 아픈 부분을 정확하게 푹푹 찔러 댔다. 이번에는 다른 의미로 아무 말도 하지 못하고 다물고 말았다.

하지만 하누는 웃었다.

"그 기개는 좋다. 좋은 일이지 않느냐. 즉, 그대는 자신이 아직 더 해낼 수 있다고 믿어 의심치 않고 있다는 게다. 자신에게 좀 더 힘이 있었다면 좀 더 좋은 결과를 낼 수 있었다고. 자신은 더욱 높은 경지에 이를 수 있다고 진심으로 생각하고 있는 게다. 그렇기에 만족하지 못하고 납득이 되지 않는 게다. 분하고 한심해서 울고 있는 게다. 그렇지 않느냐?"

"…………."

솔직히 말해서 잘 모르겠다. 나는 딱히 거기까지 깊게 생각하지 않았고, 그러려고 하지도 않았다. 하지만 하누의 말에는 묘한 설득력이 있어서 하누가 그렇다면 그런 것일지도 모른다고도 생각했다.

“그렇다면 말이다, 라트. 그대는 강해지거라.”

별일 아니라는 것처럼 하누가 말했다.

“3분 동안이 아니라, 언제 어느 때라도 최강의 남자가 되는 게다. 검의 규수 비리를 뛰어넘는 세계 제일의 검사로 말이다. 그러면 그대의 지원 술식은 수많은 사람의 몫을 해내게 되는 것이다. 세계 최강의 검사가 수없이 많이 있는 거나 다름없지 않느냐. 지키지 못할 것은 아무것도 없다. 그대의 바람은 전부 이루어질 게다. 어떠냐, 단순 명쾌하지 않느냐?”

쿡, 하고 웃으며 하누는 또다시 내 머리를 쓰다듬었다. 상냥하게, 사랑스럽다는 듯이.

“뭐, 나와 라트가 있으면 무적인 것은 예전에 정해진 사항이지만 말이다.”

그런 가벼운 농담을 하고 나서 하누는 목소리 톤을 낮췄다.

“하지만 지금은 울도록 하거라. 이래 봬도 나는, 몸은 작아도 마음은 하늘처럼 넓으니 말이다. 라트의 눈물 정도는 얼마든지 받아들여 주겠다. 참지 않아도 된다. 라트가 울보인 것은 이미 알고 있으니 말이다.”

다른 한쪽 손이 허락하는 것처럼 내 등을 톡톡 가볍게 두들겼다.

“……………………………………응…………….”

한심하고 꼴사나운 나는 코를 훌쩍이면서 작게 끄덕였다. 하누의 말대로 하누 앞에서는 허세를 부려도 의미가 없었다. 이미 다 들통났으니까.

재킷의 옷자락을 쥐고 있던 손을 하누의 등 뒤로 둘렀다. 촉감이 좋은 기모노를 떨리는 양손으로 꽉 쥐었다. 감정이 고양된 탓에 힘 조절을 제대로 하지 못했다.

나는 눈물 어린 목소리로 마음속에 담겨 있던 것을 그대로 토해냈다.

"나…… 강해지고 싶어……!"

"그래."

"좀 더, 좀 더 강해져서…… 오늘 같은 일이, 또 일어났을 때…… 누구도, 죽지 않게 하고 싶어……!"

"그래. 라트라면 할 수 있다."

"그런 광경도…… 이런, 이런 괴로운 감정도…… 이제 지긋지긋해……!"

"그렇지……. 괴롭지……."

하누가 내 약한 소리를 들어줄 때마다 마음속에 있던, 견딜 수 없는 딱딱한 감정이 풀렸다. 하지만 그 대신에 눈 안쪽에서 점점 눈물이 넘쳐 났다. 하누의 기모노를 적시게 되는 것을 미안하게 생각하면서도 전혀 억누르지 못했다.

——강해지고 싶다.

지금보다 더욱 강해져서 지키고 싶다고 생각한 모든 것을 지켜내고 싶다.

이제 다시는 그렇게 많은 사람들이 죽어 있는 모습을 보고 싶지 않았다.

세상 전부를 평화롭게 만들고 싶다는 사치스러운 말은 하지 않는다. 하지만 최소한 내 손에 닿는 범위, 아니, 눈에 보이는 것들은 전부 지킬 수 있을 정도의 힘이 필요했다.

마음에 담긴 것을 말로 하면 할수록 감정의 둑이 무너졌다. 어느새 나는 어린애처럼 몸을 떨면서 하누의 작은 몸에 매달리듯 흐느껴 울고 있었다.

이젠 입이 제대로 돌아가지 않아서 제대로 된 말이 나오지 않는 나에게 하누가 작은 목소리로 말했다.

"라트…… 그대는 스스로를 쓸모없는 놈이라고 했지만 그래도 나는 이렇게 말하겠다……."

아이를 달래는 어머니처럼 머리를 상냥하게 쓰다듬으며――.

"그대는 정말로 잘해 냈다. 마지막까지 잘 견뎌 냈다. 정말로 훌륭하구나……."

감싸 안는 것처럼.

"나는 진심으로 그대를 자랑스럽게 생각한다."

"……!!"

하누의 그 한마디가 내 마음속에 있던 모든 것을 무너트렸다.

모든 감정이 뒤섞이고 갈 곳을 잃어서 폭발적으로 확장되었다.

나는 숨을 삼키며 덜덜 떨었고―― 하지만 바로 참을 수 없게 되어서,

"으…… 으윽…… 흐으으으으윽……!"

이젠 틀렸다. 더 이상 참을 수가 없었다.

정말로 어린애처럼 창피하게 나는 목소리 높여 울었다.

하누의 작은 몸을 끌어안으며 슬픔도, 분함도 전부 제대로 된 말이 되지 않는 목소리로 토해냈다.

둘밖에 없는 방에 내 울음소리만이 울려 퍼졌다.

하누는 내가 울음을 그칠 때까지 계속, 상냥하게 머리를 쓰다듬어 주었다.

■

그로부터 눈 깜짝할 사이에 사흘이 지났다.

나와 하누는 지금, 전에도 약속 장소로 이용했던 장소에 서 있었다.

루나틱 바벨에서 걸어서 5분도 걸리지 않는, 분수 광장의 한 구석.

점심을 조금 지난 시간. 탐험을 하러 가기에는 너무 느긋했지만 오늘은 로제 씨의 복귀 첫날이기에 그다지 무리하지 않고 재활을 할 겸 몸을 움직이자는 방침이었다. 뭐, 내 장비가 임시변통한 것이라는 사정도 있었지만.

“저, 저기, 하누.”

“음? 왜 그러느냐, 라트.”

참으로 진정되지 않는 기분으로 말을 건 나와는 정반대로, 어리지만 태연한 분위기의 하누가 패션 안경을 쓴 얼굴로 돌아보았다.

하누는 언제나처럼 변장 모드였다. 단지 오늘은 헤어스타일이 평소와는 달랐다. 커다란 모자 아래에 묶은 머리카락이 좌우로 튀어나온 트윈테일. 햇빛을 받으면 무지개색 프리즘처럼 빛나는 은발은 새빨간 리본으로 묶여 있었다.

붉은 테의 패션 안경 안쪽에서 나를 올려다보는 푸른색과 금색의 눈동자를 향해 나는 마음속의 불안을 토로했다.

"오, 올까? 로제 씨. 정말로 와 줄까?"

내 질문을 받은 하누는 무언가 생각하는 것처럼 시선을 왼쪽 아래로 내렸다.

"흠……. 글쎄, 어떠할지. 롤트린제는 당초의 목적이었던 헤라클레스의 컴포넌트를 손에 넣었고, 원수였던 남자를 재기 불능으로 몰아넣었으니 말이다……. 이제 와서 우리 클러스터에 들어올 이유는 없지 않느냐?"

지금쯤 공항에서 비행기를 기다리고 있을지도 모르겠구나, 하고 냉정하게 말하는 하누에게 나는 무심코 항의하듯이 목소리를 높이고 말았다.

"어어어어어어어억――!? 그, 그럴 수가……!"

"진정하거라, 라트. 오면 오는 대로 좋고, 오지 않으면 안 오는 대로 좋다. 그 녀석의 마음속에 이유가 되지 않는 이유가 생기면 내버려 둬도 알아서 올 게다. 그렇지 않다면 인연이 아니었다는 게다."

하누는 팔짱을 끼며 그럴듯한 말을 하고 혼자서 끄덕였다. 뭔가 납득한 모양이지만 나는 그럴 수 없었다.

"하, 하지만 그 왜, 약속도 했고――."

"지킬 때가 있으면 어길 때도 있다. 그것이 약속이라는 것이니 말이다."

"로, 로제 씨를 믿자……! 오, 올 거야, 분명 와 줄 거야……!"

"그렇지. 믿고 있으려면 좀 더 침착하게 있어라. 허둥대 봐야 소용없지 않느냐."

전부 논파당해서 난 입을 다물 수밖에 없었다. 쿡, 하고 웃으며 나를 바라보는 하누의 눈동자에는 장난스러운 빛이 반짝이고 있었다.

하누가 한 말에는 일리를 넘어 백리도 천리도 있는 듯한 기분이 들었다. 실제로 로제 씨가 이 곳, 부유도시 플로트라이즈까지 온 목적은 전부 달성되었다. 우리 클러스터에 들어온 이유도 헤라클레스—— 아니, 허큘리스의 컴포넌트를 입수하는 것이 목적이었으니까 지금에 와선 동료가 될 메리트는 하나도 없었다.

그러고 보니 하누는 '이유가 되지 않는 이유' 가 어쨌느니 하고 말했는데 그건 대체 무슨 말일까?

——그런 생각을 하고 있으니,

"오, 왔구나."

"어!?"

반사적으로 튕기는 것처럼 고개를 들었다. 두리번두리번 둘러보다가—— 발견했다.

남색 투피스를 몸에 걸친 로제 씨가 몸 앞에 손을 모으고 정숙하게 걸어오고 있었다. 애쉬그레이의 머리카락이 드리워진 얼굴은 부드러운 햇빛을 받아서 어딘지 모르게 온화하게 보였다. 그렇다고는 해도 딱히 이렇다 할 감정을 내비치고 있는 것은 아니라서 내 착각일지도 모르지만——.

아무튼 로제 씨가 와 줬다.

"로, 로제 씨!"

또각또각 돌길에 딱딱한 구두 소리를 내면서 다가온 로제 씨는 우리에게서 가깝지도 멀지도 않은 절묘한 위치에서 멈춰 섰다.

"오래 기다리셨습니다. 용사 베오울프, 소룡희."

갑자기 데면데면하게 부르면서 로제 씨가 커티시를 했다. 스커트 자락을 쥐고 한쪽 발을 비스듬하게 뒤로 빼면서 깊숙이 고개를 숙인다.

인사가 끝나자 로제 씨는 고개를 들고 양손을 다시 몸 앞에 모으며 투명한 표정으로 이렇게 말했다.

"오늘은 다시 부탁을 드리러 왔습니다."

그 말을 들은 순간, 내 마음속에 스쳐 지나간 것은 좋지 않은 예감이었다.

새로운 부탁. 그건 혹시── 클러스터 가입을 없었던 걸로 해 줬으면 한다는 이야기가 아닐까. 내 뇌리에 '이 이야기는 없었던 것으로 해 줬으면 한다.' 하고 스카우트에 대한 이야기를 백지로 되돌린 카렐 씨의 얼굴이 떠올랐다. 그래, 이 분위기. 그때도 이런 냄새를 느낀 듯한 기분이 든다.

"로──."

로제 씨를 부르려고 한 나를 하누가 제지했다. 내 전투 재킷의 옷자락을 당기며 로제 씨에게 진지한 시선을 향하고 있었다. 말이 아니라 태도로, 막지 말고 끝까지 들으라고 말했다.

"……알고 계신 대로 저는 미숙합니다. 줄곧 솔로로 싸워왔기 때문에 다른 익스플로러와 함께 유적에 들어간 적은 거의 없습니다. 그 탓에 분명 두 분께는 폐를 끼치겠지요."

아무리 들어도 클러스터 가입을 거절하는 이유를 말하고 있는 것으로밖에 느껴지지 않았다.

“제가 말하는 것도 뭐하지만 전 다른 사람과 커뮤니케이션을 잘하지 못합니다. 무뚝뚝하다고도, 무슨 생각을 하고 있는지 모르겠다는 말도 자주 듣습니다. 또, 전투 스타일도 일반적이지 않아서 특수한 부류에 들어갑니다. 더 말하자면 ‘신기 보유자(세이크리드 캐리어)’이기도 해서, 시글로스를 제외하고도 여러 가지로 복잡한 사정이 있습니다.”

담담하게 자기 자신의 단점을 열거하는 로제 씨.

하지만 그 호박색 눈동자는 똑바로 이쪽을 보고 있었다. 그 사실을 깨닫고 내 마음속에 있던 불안이 스르르 작아졌다.

“저는 정말로 여러분들과 어울리지 않을지도 모릅니다…….”

어딘가 쓸쓸하게도 들리는 목소리로 로제 씨는 말했다.

하지만 다음 순간. 결연하게 결심한 것처럼 눈에 강한 의지의 빛이 담겼다.

“이런 저라도── 그래도 부탁드립니다.”

로제 씨는 간절하게 청했다.

“제 이름은 롤트린제 볼크링.”

예의 바르게 고개를 깊게 숙이며.

“격투기가 특기인 이상한 핸들러입니다만 부디 여러분들의 동료로 삼아 주세요.”

세계에서 소리가 사라진 것처럼 정적이 찾아왔다.

그건 내 착각이었을지도 모른다.

하지만 그런 조용한 세계 속에서 나는 오른쪽 옆에 있는 하누를 향해 고개를 돌렸다.

하누도 내 쪽을 돌아보고 있었다.

둘 다 기쁜 표정을 짓고 있었다고 생각한다.

우리는 동시에 응, 하고 끄덕이며 함께 고개 숙인 로제 씨에게 다가갔다. 이 거리는 우리가 줄여야만 한다고 생각했다.

먼저 하누가 왼손을 내밀었다.

"내 이름은 하누문 바이키릴이다. 조금 전까지 촌에서 신을 하고 있었다. 잘 부탁하마, 롤트린제── 아니, 로제라 불러도 되는가?"

이어서 나도 오른손을 내밀며 말했다.

"전 라그디스하르트입니다. 지원 술식이 특기입니다. 앞으로 오랫동안 잘 부탁드리겠습니다."

"────."

고개를 들은 로제 씨는 먼저 우리의 손을 보고── 그러고 나서 시선을 천천히 위로 올렸다. 우리의 얼굴을 보는 호박색의 두 눈동자에는 숨기지 못한 기쁨의 감정이 떠올라 있었다.

문득 로제 씨의 시선이 뭔가 쑥스러워하는 것처럼 이리저리 움직였다.

"전 서툰 사람입니다. 이럴 때 어떻게 하면 좋을지, 무슨 말을 하면 좋을지, 잘 모르겠습니다……. 하지만, 예…… 저를 부디 '로제' 라고 불러 주세요."

"그렇다면 이 손을 잡거라, 로제. 그것만으로 충분하다."

쿡, 하고 웃은 하누가 내밀고 있던 손을 로제 씨에게 가까이 했다.

로제 씨는 눈을 살짝 크게 뜨고,

"예……!"

하지만 조용히 끄덕이며 양손을 들었다. 나와 하누의 높이도 크기도 다른 손을 쥐고 셋이서 악수를 나눈다.

나와 하누는 기쁨으로 더욱 환하게 웃었다.

이 순간, 정말로 로제 씨는 우리의 동료가 된 거라고 마음속에서부터 확신했다.

"부족한 몸이지만 부디 잘 부탁드리겠습니다."

역시 담담한 말투로 로제 씨는 그렇게 말했지만—— 그래도 아주 조금 미소 짓고 있는 것처럼 보이는 것은 분명 기분 탓이 아닐 것이다.

미소 짓고 있는 로제 씨의 얼굴은, 평소의 몇 백 배나 미인으로 보였다.

——그리고 여기서 이야기가 끝났다면 내 생각에도 깔끔한 결말이라고 생각하지만.

유감스럽게도 세상은 생각대로 되지 않는다. 이야기가 순조롭게 정리되고 우리 셋이 루나틱 바벨을 향해서 출발한—— 그 때였다.

"라그 씨, 잠시 괜찮으신가요?"

"예?"

로제 씨가 불러서 나는 걸음을 멈췄다.

로제 씨는 약간 몸을 숙여서 내 얼굴을 밑에서 올려다보며 손짓을 하고 있었다.

"귀를."

로제 씨는 반대쪽 손을 입가에 대며 귀엣말을 하는 자세를 취했다.

뭔가 꺼내기 어려운 이야기라도 있는 걸까?

아무런 의심도 없이 그렇게 생각하며 나는 로제 씨에게 왼쪽 귀를 내밀었다.

로제 씨의 입이 다가오더니 허스키한 목소리로 속삭였다.

"정부(情婦) 계약 건, 저는 아직 괜찮으니까 그럴 마음이 드시면 언제라도 말씀해 주세요."

"_________."

귀를 통해 들어온 정보를 제대로 처리하지 못하고 나는 그 자리에서 얼어붙었다.

로제 씨의 얼굴을 돌아보기는커녕 꿈쩍도 하지 못했다. 아니, 그것보다 로제 씨의 얼굴을 보면 뭔가 엄청나게 무시무시한 일이 벌어질 것이 틀림없었다.

그렇게 경직하고 있으니 로제 씨가 후우, 하고 귀에 달콤한 숨결을 불어넣었다.

"힉……!?"

등줄기가 오싹해졌다. 뭐라 형용할 수 없는 감각이 온몸을 내달려서 손발을 찌릿찌릿 마비시켰다. 이어서,

쿡.

로제 씨가 웃었다. 얼굴은 보이지 않았지만 확실히 들었다. 짓궂게 웃는 숨소리를.

——아, 안 돼…….

난 직감했다. 전신을 덮치는 이 감각을 기억하고 있었다.

"라그 씨? 왜 그러세요? 라그 씨?"

로제 씨도 이상하게 생각했는지 걱정스럽게 말을 걸었다.

하지만 나는 이젠 대답할 여유도 없었다.

몇 번이고 말하지만 나는 소위 말하는 '숙맥'이라는 인종이다.

비리 씨에게 다이렉트 메시지를 받거나 하누에게 볼에 키스를 받은 정도로 실신하고 마는 소심한 인간이다.

그런 나에게 로제 씨 같은 미인이 그런 말까지 하고 귀에 숨결을 불어넣은 것이다.

하룻밤 만에 숙맥이 낫는다면 나도 고생하지 않는다.

아무리 발버둥 쳐도 안 되니까 숙맥은 숙맥인 것이다.

"음? 왜 그러느냐, 라트, 로제? 무얼 하고 있는—— 뭐라……!? 라, 라트!? 로제, 그대 설마——!?"

멀리서 하누의 놀란 목소리가 들려왔다.

아아——. 머리가 어질어질했다. 얼굴이 뜨겁다. 시야가 마구 흔들려서 안정되질 않았다.

갑자기 하늘이 보였다.

구름 한 점 없는 플로트라이즈의 투명한 푸른 하늘이었다. 그 하늘의 중심을 향해서 루나틱 바벨이라는 하얀 거탑이 빨려 들어가는 것처럼 뻗어 있었다.

——이 광경을 최근에도 본 듯한 기분이 드는데…….

그런 생각을 하면서도 역시 내 의식은 흐려졌다.

의외로 나쁜 기분이 아니었다는 것은 하누에게는 절대로 말 못한다.

제2장 끝

●?

투명한 푸른 하늘 아래서 어린아이들이 공놀이를 하고 있었다.

네 명이서 공을 차며 놀고 있는 아이들이 있는 곳은 주택가 한 구석에 있는 작은 공원이었다. 모두 초등학생 정도의 연령대로 보였다. 어른들은 거리의 부흥 작업으로 바쁜 것이겠지. 아무래도 그 아이들을 지켜보는 보호자는 이 자리에 없는 모양이었다.

그때, 한 아이가 찬 공이 엉뚱한 방향으로 날아갔다.

공은 공원을 둘러싸고 있는 낮은 울타리를 넘어서 하필이면 마침 그곳을 지나가던 남자의 허리 부근에 부딪쳤다.

"응——?"

그다지 아프지 않았을 텐데 남자는 멈춰 서서 공이 날아온 방향으로 돌아보았다.

척 보기에도 수상한 남자였다.

그도 그럴 게 전신이 검은색투성이였으니까.

극히 평범한 드레스 셔츠에 넥타이의 양복 차림. 그 위에 롱 트렌치코트를 껴입고 얼굴에는 선글라스를 쓰고 있었다. 부스스한 검은 머리카락은 귀를 가릴 정도로 조금 길었다.

실루엣은 극히 평범했다. 이상한 것은 그것들이 전부 검은색으로 통일되어 있다는 점이었다.

누가 보더라도 건실한 사람으로는 보이지 않았고 그래서 공을 쫓아 달려온 아이도 그 남자의 모습을 본 순간 석고상처럼 굳어 버리고 말았다.

거기에 더해서 남자는 상당히 키가 컸다. 어린애의 시점으로 무서운 거인으로 보였겠지. 남자아이의 얼굴이 점점 공포로 물들었다.

“죄, 죄송—— 죄송합, 니……!”

가벼운 차림새로 눈보라 속에 들어간 것처럼 온몸을 덜덜 떨면서도 아이는 사죄했다.

선글라스에 가려져서 시선의 움직임을 알 수 없는 남자가 천천히 고개를 위아래로 움직였다.

먼저 발밑에서 통통 튕기고 있는 공을 보고 이어서 아이의 얼굴을 향해 시선을 옮긴 듯했다.

그러고 나서 마침내 상황을 이해한 것처럼 목소리를 높였다.

“아아, 그렇군요. 이건 당신의 공이군요? 아뇨, 괜찮아요, 화나지 않았습니다. 그렇게 무서워하지 마세요.”

뜻밖일 정도로 부드러운 목소리로 말하며 남자는 몸을 숙여서 공을 양손으로 들어 올렸다.

“자, 받으세요.”

아하하, 하고 밝게 웃으며 멍하니 자신의 얼굴을 바라보고 있는 아이에게 공을 내민다.

울기 직전이었던 아이는 예상외의 상황에 고개를 갸웃거리며 남자의 얼굴을 빤히 바라보았다. 그러고 나서 극히 자연스럽게 이런 질문을 했다.

"아저씨…… 나쁜 사람 아니야……?"

"아저——!?"

남자는 '나쁜 사람' 보다도 '아저씨' 라고 불린 것에 큰 충격을 받은 모양이었다.

"아……."

흠흠, 하고 부자연스럽게 헛기침을 반복하면서 자비를 구하는 듯한 목소리로 남자는 말했다.

"저기 실은 말이죠? 이래 봬도 제 육체 연령은 아직 20대 중반인데……."

"——? 아저씨, 맞잖아……?"

아이란 천진하고 잔혹한 생물이었다. 사정을 봐주지 않는 말이 나이프가 되어 남자의 가슴에 박혀서 남자는 "아윽……." 하고 신음했다.

"예……. 그래요, 나쁜 사람 아니에요~? 겉모습이 좀 수상해 보일지는 몰라도 무섭지 않아요~? 그런고로 자, 받으세요."

여러 가지로 포기했는지 어딘가 억지스러운 느낌이 들지만 상냥한 목소리로 말하며 남자는 다시 공을 내밀었다.

아이는 그 목소리에 납득한 것인지 아장아장 남자에게 다가가 울타리 너머로 공을 받았다.

"고마워, 아저씨."

"……………………천만에요……."

목소리에 조금 울음이 섞여 있었다.

"또 봐~."

작은 단풍잎 같은 손을 흔들며 아이가 등을 돌려 달려 나가자,

"아, 잠시만요."

남자가 불쑥 아이를 멈춰 세웠다.

"응?"

달리자마자 곧바로 걸음을 멈춘 아이가 이상하다는 듯이 돌아보았다.

남자는 검은 가죽 장갑에 감싸인 손가락으로 소년의 오른쪽 무릎을 가리키며,

"상처가 있네요. 치료해 줄 테니까 잠깐 이쪽으로 와 주세요."

그렇게 말하며 손짓했다.

놀던 중에 넘어져서 긁힌 것이겠지. 무릎에 연녹색 피가 배어 나온 아이는 그 제안에 얼굴을 활짝 밝혔다.

"응!"

어른이라면 누구라도 회복 술식을 쓸 수 있다――. 어린애다운 단순한 생각으로 소년은 의심도 하지 않고 남자의 제안을 받아들였다.

다시 울타리 쪽으로 다가가서 상처 입은 무릎을 앞으로 내민다.

남자는 조금 몸을 숙이며 울타리 너머에서 오른손을 뻗었다. 그대로 검지 끝으로 아이의 무릎 조금 위를 만졌다.

남자의 'SEAL'이 기동했다.

하지만 어지간히 주의 깊게 보지 않았다면 그 변화는 깨닫지 못했을 것이다.

검은색투성이 남자의 휘문은 역시 검은색이었다. 콜타르와도 닮은 칠흑색 빛이 노출이 적은 피부 위를 내달리며 기하학 문양을 그렸다.

회복 술식 〈힐〉이 발동되었다.

숨을 살짝 불자 상처가 사라진다――. 그런 마술쇼 같은 동작에 무릎의 상처가 흔적도 없이 완치되었다.

하지만 상상하던 화려한 광경―― 선명한 'SEAL'의 휘문이 떠오르고 눈부실 정도의 섬광이 번뜩이는 모습을 기대하고 있던 아이는 또다시 멍하니 고개를 갸웃거렸다. 자신의 얼굴이 비치고 있는 칠흑의 선글라스를 빤히 들여다보며 불을 붙였는데 불타지 않는 촛불이라도 본 것처럼 이렇게 물어보았다.

"아저씨는 빛나지 않아……?"

남자는 곤란하다는 듯이 아하하, 하고 웃었다.

"예, 유감스럽게도 제 것은 빛나지 않아요. 수수해서 놀랐나요?"

"응. 우리 아빠랑 엄마는 제대로 빛나. 아저씨, 이상해~."

어린애 특유의 직설적인 말투로 말했지만 남자는 자주 들어서 익숙한지 웃음을 지우지 않았다.

"그래요, 이상해요. 그래서 다른 사람에게 들키면 부끄러우니까 저에 대해서는 아빠와 엄마에게 비밀로 해 주세요."

술식을 쓴 검지를 입술 앞에 세우며 쉿, 하는 몸짓을 했다.

비밀이라는 단어에 반응한 것이겠지. 아이의 얼굴이 희색으로 가득 찼다. 이 나이 대의 아이에게는 비밀 그 자체가 보물이 된다. 소년은 힘차게 끄덕였다.

"응! 약속할게!"

"고마워요. 자, 친구들이 기다리고 있으니 가 보세요."

검은 손이 공원 안의 아이들을 가리키자 소년은 한번 돌아보고 나서 다시 남자의 얼굴을 올려다보았다.

활짝 웃는다.

"고마워, 아저씨!"

"예, 천만에요. 그럼 다치지 않게 조심하세요."

"안녕~!"

아이는 기운차게 인사하고서 공을 들고 달려 나갔다.

작은 등이 더욱 작아지고 친구들과 합류하는 것을 지켜보고 나서 남자는 몸을 돌리고 다시 걷기 시작했다. 메마른 구두 소리를 내면서 인도를 걷자 거기에,

"보았으예, 마가오우 씨. 상냥하시네예."

오른쪽 대각선 위쪽이라는 기묘한 각도에서 어린 소녀의 목소리가 들려왔다.

마가오우라 불린 남자는 고개를 돌려 목소리가 들려온 곳으로 선글라스를 향하며 쾌활하게 웃었다.

"아아, 어서 오세요, 아그니르. 이거이거 부끄러운 모습을……. 아, 하늘에서 본 분위기는 어땠나요?"

올려다 본 곳에는 하늘에 떠 있는 소녀가 있었다.

대나무와 종이로 만들어진 주홍색 우산을 접고 옆으로 눕혀서 우아하게 앉아 있다. 실제로 떠 있는 것은 소녀가 아니라 소위 '지우산' 이라고 불리는 우산이었다.

"꽤 깔끔해져 있었네예. 이틀밖에 지나지 않았는데 음청 능숙하기도 하지."

마가오우의 질문에 대답하는 소녀—— 아그니르는 우산의 고도를 낮춰서 눈높이가 맞는 높이까지 내려왔다. 마가오우 오른

쪽 옆에 둥실둥실 떠서 그가 걷는 속도에 맞춘다.

아그니르는 검은색 일색의 마가오우와는 정반대로 몹시 화려한 소녀였다.

햇빛을 받아서 칠색 프리즘처럼 빛나는 은발. 등에 닿을 정도 길이인 머리카락을 아무렇게나 올려서 묶었다. 하지만 대충 묶었음에도 그 모습은 신기하게도 기품을 풍기고 있었다.

두 눈은 좌우가 색이 달랐다. 오른쪽 눈은 하늘처럼 파란색, 왼쪽 눈은 장미처럼 요염한 붉은색이었다. 어딘가 보는 사람을 불안하게 하는 색조의 두 눈이 심술궂은 형태로 마가오우를 보고 있었다.

몸에 입고 있는 것은 극동 복장 문화의 상징이기도 한 '기모노'. 짙은 붉은색의 옷감에 금색과 은색의 자수를 잔뜩 수놓은 대단히 화려한 옷이었다. 하지만 바르게 입으면 분명 품위 있게 보였을 기모노를 아그니르는 기생처럼 입어서 어깨를 드러내고 있었다.

"건물은 거의 대부분 원래대로 돌아갔네예. 내일이나 모레에는 완전히 부흥하지 않겠나예."

아그니르는 하늘에서 본 도시의 부흥 상황을 보고하며 이렇게 이었다.

"그나저나 역시 부유 도시인지 날아댕기는 게 많았네예. 음청 답답혔다고 할까 여기저기서 배달원들이 날아댕겨서 하늘이 좁았네예. 힘들어라."

자신은 이 정도로 열심히 일했다고 어필하는 아그니르에게 마가오우는 합리적으로 대답했다.

“부흥 작업으로 짐이나 데이터의 왕래가 늘어난 것이겠죠. 어쩔 수 없어요. 하지만 확실히 신속하긴 하군요. 솔직히 말해서 사건 그 자체가 좀 더 길어질 거라고 생각했는데 말이죠…….”

이렇게 빠르게 해결될 줄이야, 하는 말을 삼켰을 마가오우에게 아그니르는 장난스럽게 곁눈질을 했다.

“사건 발생으로부터 반나절도 지나지 않았다고 들었는디…… 마가오우 씨라도 예상 밖이었나예?”

“예, 솔직히 사흘이나 나흘에 걸쳐서 서서히 도시가 붕괴할 거라고 생각했어요.”

부드러운 말투로 무시무시한 예상을 입에 담는 마가오우를 보며 아그니르는 우후후, 하고 웃었다.

“그치만 그 정도의 피해는 바라지 않아서 서둘러 이기로 온 거 아닌가예?”

“예, 뭐. 우리의 목적에는 희생이 따르는 법입니다만 딱히 많으면 많을수록 좋다는 것도 아니니까요. 적당한 때에 그의 폭주를 막으려 했는데 설마 이 도시에 ‘신기 보유자(세이크리드 캐리어)’를 막을 정도의 실력자가 있었을 줄이야……. 놀랐어요.”

그것은 이상한 광경이었다.

검은색투성이 남자가 걸으면서 조금 전에 공놀이를 하고 있던 아이와 두세 살 정도밖에 차이 나지 않아 보이는 소녀와 마치 잡담하듯 ‘볼크링 서커스 사건’에 대해 이야기하고 있었다. 그것도 마치 자신들이 당사자인 듯한 말투로.

마가오우는 가죽 장갑을 낀 검지를 척 세우며 이어서 말했다.

“그뿐만이 아니에요. 당신이 말한 대로 사건 후의 종식 속도도 대단하죠. 마치 누군가가 이렇게 될 거라는 것을 사전에 알고 있었다는 듯한 수완이에요. 아무래도 시기가 좋지 않았겠죠. 이 도시에는 우수한 인재가 많이 있는 모양이에요. 오산이 이어진 오산. 대실패였어요."

진지하게, 하지만 어딘가 기쁜 듯이 고찰하는 마가오우를 보며 아그니르는 눈썹을 찡그렸다.

"그렇게 말하는 거치곤 그닥 낙심한 거처럼 보이지 않는데예? 정말 여전히 알 수가 없는 사람이네예. 그래서 이미 실패라는 것을 알믄서도 일부러 이 도시에 온 목적은 뭔가예? 설마 증말로 부흥 상황이 신경 쓰인 것은 아니겠지예?"

검은 남자는 의도와는 달라진 결과에 낙심한 것인가 했더니 부정적인 말을 하면서도 묘하게 태연한 태도였다. 아그니르는 어이없다는 듯이 숨을 내쉬며 그에게 질문을 던졌다.

이 부유 도시에서 기대하던 결과가 나오지 않아서 계획이 실패했다면 더 이상 머무를 이유는 없을 것이다——. 그렇게 주장하는 은발의 소녀에게 마가오우는 느긋하게 산책하는 것처럼 걸으며 이렇게 대답했다.

"정보 수집이에요, 아그니'르. 신경 쓰이잖아요. 누가 어떻게 그를—— '융합' 을 가지고 있던 시글로스 군을 막고 이 도시를 구했는지. 그리고 이 신속한 부흥을 누가 이끌었는지."

"그런 건 넷의 정보로 을마든지 찾아볼 수 있지 않나예?"

"뭘 모르는군요, 아그니르. 정보의 신선도와 정확도는 직접 피부로 느껴야 하는 거예요. 넷을 통한 정보로는 잡음이 많으니까요. 그다지 신용할 수 없어요."

강의하는 교수처럼 말하는 마가오우에게 아그니르는 흐응, 하고 입술을 비죽이며 건성건성 대답했다.

"그런 건가예."

"예. 그런 겁니다."

즐겁게 끄덕이는 마가오우의 태도는 어딜 어떻게 보더라도 정보 수집보다 간만에 하는 여행이 즐거워서 참을 수가 없다는 분위기였다. 애초에 지금 걷고 있는 장소부터가 이상했다. 정보가 필요하다면 적합한 장소가 있을 테고 이런 주택가에 용건이 있을 리가 없었다.

아그니르는 그런 빤히 보이는 거짓말이 탐탁지 않았다.

"뭐, 마가오우 씨라믄 그 정보 수집도 금방 끝나겠지예. 언능 끝내고 돌아가지예."

"예? 어, 어째서요?"

노골적인 냉담한 목소리를 내는 아그니르에게 마가오우는 조금 어색하게 되물었다. 그러자 소녀는 가늘게 뜬 푸른색과 붉은색의 이색 홍채로 바라보면서,

"말했지 않나예. 봤다고. 아까 아가의 상처를 치료했지 않나예. 대단하시네예. 친부모도 의사도 아닌데 아가의 'SEAL' 에 간섭해서 회복 술식을 걸다니. 역시 마가오우 씨네예."

"아~ 하하하……."

아그니르가 괴롭히는 듯한 에두른 말투로 말하자 마가오우는 건조한 웃음으로 얼버무리려고 했다.

일반적으로 다른 사람의 'SEAL' 에 간섭하고 'SEAL' 을 통해서 육체에 영향을 주기 위해서는 몇 가지 수순, 혹은 도구가

필요했다.

익스플로러라면 스위치, 혹은 루터를 사용한 링크로 공통 프로토콜을 작성해서 그것을 가능하게 했다.

또 의료 관계자라면 '리노베이터' 라 불리는 기기를 써서 환자의 'SEAL' 에 미리 설정되어 있는 의료용 포트를 통해 회복 술식을 사용하거나 프로퍼티에 간섭하거나 했다.

예외적으로 가까운 친족——기본적으로 부모——은 아이가 태어났을 때 루트 권한을 설정한 것도 있어서 특수한 기기가 없어도 물리 접촉으로 술식을 쓰는 것이 가능했다.

하지만 조금 전 마가오우의 행동은 그 어느 케이스에도 해당되지 않았다.

아픈 곳을 찔려서 낭패해 하는 마가오우를 보고 조금은 마음이 풀렸는지 아그니르가 우후후, 하고 흐뭇해했다.

"마가오우 씨의 그 힘—— '오염' 이라고 비하하고는 있지만 그기 있다면 정보 수집은 금방 하지 않나예. 시시한 일은 언능 끝내고 돌아가믄 되지 않나예."

"이거이거, 졌습니다."

서툰 거짓말이 간파 당했다는 것을 깨달은 마가오우는 팔짱을 끼며 신음했다. 하지만 얼마 안 있어 포기한 것처럼 콧등을 긁으며 본심을 말했다.

"뭐, 솔직하게 말하자면 조금 느긋하게 있고 싶었어요. 부유도시 플로트라이즈라고 하면 세계 유수의 관광지잖아요. 조금 정도라면 놀고 가도 괜찮다고 생각하지 않나요? 현신님?"

약간 뼈가 있는 야유에 아그니르는 눈을 활 모양으로 휘며 질은 미소를 지었다.

"헤에, 쬐끔 노는 정도라면 상관없지예. 정말 쬐끔이지만."

현신이라 불린 소녀는 의미심장한 시선으로 남자의 선글라스를 보다가—— 아, 맞다, 하고 갑자기 생각이 난 것처럼 말했다.

"그렇다면 마가오우 씨, 다음 계획이라도 세우면서 노는 것이 괜찮지 않나예? 그러면 돌아갔을 때 혼나지도 않겠지예."

"아, 그건 좋은 생각이네요. 그렇게 하죠."

아그니르의 제안을 마가오우는 즉시 채용했다. 그도 변명거리를 찾고 있었겠지.

"하지만 다음은 어찌할 건가예? 내는 재밌는 것이 좋은데."

장난칠 계획을 세우는 악동처럼 아그니르가 소리 없이 웃자 마가오우도 관광 계획이라도 세우는 것처럼 이렇게 말했다.

"그렇죠—— 다음은 이 부유 도시를 떨어트린다, 이런 건 어떤가요?"

그 아이디어에 아그니르는 푸른색과 붉은색의 눈을 빛나며 목소리를 높였다.

"헤에, 그건 재밌어 보이네예! 아, 하지만 어떻게 할 건가예?"

"제 예상인데, 저거."

마가오우는 검은 손가락 끝으로 도시의 중앙에서 우주를 향해 뻗어 올라가 있는 루나틱 바벨을 가리켰다.

"저 탑이 없어지면 이 섬을 일정 고도로 유지하는 힘의 균형이 무너질 겁니다. 그렇다면 어지간한 일이 없지 않은 이상 이 섬은 땅으로 떨어지겠죠."

그 파멸적인 광경을 상상한 것이겠지. 아그니르는 기쁜 듯이 우후후후, 하고 웃으며 하늘을 나는 지우산의 궤도를 뱀처럼 꿈틀거리게 했다.

"재밌어 보이네예……! 그냥 다음은 그걸로 하는 게 좋지 않나예?"

"아뇨아뇨, 아무리 그래도 금방은 무리예요. 이번 사건으로 이곳은 수호자 여러분의 주목을 받았을 테니까요. 한동안은 얌전하게 있어야죠."

마가오우가 그렇게 말하자 아그니르는 아까와는 반대로 입술을 내밀었다. 지우산의 움직임도 의기소침한 것처럼 얌전해졌다.

"뭐꼬, 시시하구먼……. 내라면 저런 건 한 방에 숯덩이로 만들 수 있는디……."

"진정하세요, 아그니르의 실력은 잘 알고 있으니까 조금만 참아 주세요."

마가오우는 지우산의 고도가 너무 낮아져서 자신의 가슴 부근까지 온 아그니르의 머리에 한쪽 손을 얹으며 성난 말을 달래는 것처럼 상냥하게 쓰다듬었다.

대조적으로 커다란 손바닥에 쓰다듬어진 아그니르는,

"그 계획 할 때가 오면 내한테 맡겨 줄 건가예……?"

응석 부리는 듯한 말투로 말하며 빤히 마가오우를 올려다보았다. 외견의 연령에 어울리지 않는 몹시 요염한 여자의 시선이었다.

"예, 물론이죠. 약속할게요."

마가오우는 웃는 얼굴로 끄덕이고 나서 아그니르를 쓰다듬던 손을 뗐다. 그리고 이번에는 우호와 약속의 증거라는 것처럼 내밀었다.

아그니르는 잠시 검은 가죽 장갑에 감싸인 손을 바라보고서,

"헤에, 믿고 있어예——. 어기면 각오하시라예."

우후후, 하고 미소 지으며 그 작은 손으로 악수를 나눴다.

장신의 남자와 지우산에 탄 소녀가 나아가는 길 끝에는 플로트라이즈의 중앙구가 있었다.

한번 새겨진 상처는 완치되는 과정에서 반드시 세포가 활성화되어서 환부가 부풀어 오른다. 플로트라이즈도 마찬가지였다. 피해가 없었던 한적한 주택가와는 정반대로 괴멸적인 대미지를 입은 중앙구는 벌집을 쑤신 것처럼 소란스러웠다.

멀리서 떠들썩한 소란이 이곳까지 전해져 왔다.

기묘한 남자와 소녀는 손을 잡고 부흥 중인 거리를 나아갔다.

시작의 맹세

내가 로제 씨의 기습에 기절한 다음 날.

새롭게 신생 ‘BVJ(블루 바이올렛 조커스)’——신생이고 뭐고 이제까지는 클러스터명은커녕 그냥 콤비명이었지만——의 첫걸음이라는 것으로 달을 향해 뻗은 루나틱 바벨의 목전에서 우리는 첫 작전 회의를 열고 있었다.

“그러니까 뭐라고 할까…… 이번이 우리의 첫 탐험이 되는 건데…… 그…….”

내가 생각해도 침착하지 못한 말투로 말을 꺼낸 나를 보고 바로 옆에 있던 하누가 고개를 갸웃거렸다.

“——? 무슨 말을 하는 게냐, 라트. 이 면면으로 하는 탐험이라면 전에도 있지 않았느냐?”

“어? 아, 응. 그건 확실히 그렇지만…… 하지만 그 왜, 그때는 로제 씨의 입단 테스트라는 명목이었고…….”

“으으음? 점점 더 모르겠구나. 뭐가 다르다는 게냐?”

평소처럼 머리에서부터 외투를 뒤집어 쓴 하누는 더욱 이상하다는 듯이 머리를 갸웃거렸다.

“그렇네요. 저와 라그 씨의 탐험도 포함하면 이번으로 세 번째가 되네요.”

거기에 참으로 냉정한 목소리로 전투복 차림의 로제 씨가 말씀하셨다.

——어, 어라? 그 말은 즉, 지금부터 할 탐험을 특별한 것이라고 생각하는 사람은 나 혼자 뿐이라는 건가……?

"어, 저기, 자, 잠깐만, 잠깐만요!?"

"예. 괜찮아요, 라그 씨. 진정해 주세요."

"대체 왜 그러느냐, 라트."

"으윽……."

태연한 두 사람의 시선이 나를 찔렀다. 과연 이 심경을 어떻게 설명하면 좋을지.

"그, 그러니까 오늘은 우리가 진정한 의미의 동료가 되고 나서 하는 첫 탐험이잖아요? 그것도 테스트가 아니라 정말로 하나의 클러스터로서!"

"음? 그렇지."

"그렇네요."

난 열변했지만 하누도 로제 씨도 평범하게 끄덕였다. 아아, 틀렸어, 전해지지 않아. 눈곱만큼도 전해지지 않아.

"그, 그러니까 그……!"

하지만 모처럼의 이 순간을 아무렇지도 않게 지나치는 것은 너무나도 아까웠다. 너무 아깝다. 그래서 나는 사고 회로를 풀가동해서 두 사람이 납득할 수 있는 설명을 찾았다.

"그, 그러니까 하누, 확실히 저번과 같은 멤버지만 그때와는 상황이 다르잖아? 전에는 로제 씨의 입단 테스트였지만 이번에는 정규 멤버인 거고……."

"그렇지. 로제는 능력도 예절도 나무랄 데 없었으니 말이다. 첫 전투가 끝난 뒤에 난 이미 합격을 정했을 정도였다."

"과분한 말씀 영광입니다. 소룡희."

쿡, 하고 웃으며 칭찬하는 하누에게 치맛자락을 쥐며 작게 감사를 전하는 로제 씨. 두 사람 사이에 흐르는 분위기는 정말로 평온하고 부드러워서 친밀함으로 가득 차 있었다.

그렇기에 난 호소할 수밖에 없었다.

"그, 그러니까 말이야. 오늘의 탐험은 특별하다고 생각해, 난!"

손짓발짓하며 나는 역설했다.

"집회소에서 만든 즉석 파티도, 단 둘 뿐인 콤비도, 입단 테스트도 아닌, 이곳에 있는 모두가 친구고 동료잖아? 그건── 그건 정말로 대단한 일이라고 생각해, 난!"

아마 이건 '외톨이핸서' 라 불리던 나의 진심이 토해 내는 외침이겠지. 줄곧 혼자서 친구나 동료라 부를 만한 사람도 없이 솔로로 쓸쓸하게 탐험을 해오던 나날.

하누와 친구가 되고 둘이서 유적(렐릭스)에 들어가게 된 뒤로는 여러 가지로 고생도 했지만 그래도 누군가와 함께 싸운다는 기쁨을 알게 되었다.

그리고 로제 씨의 입단 테스트. 이것이 좋게 끝난다면 이번에야말로 정말로 평범한 익스플로러처럼 파티를 짜서 탐험할 수 있게 된다고── 그렇게 생각했다.

그것이 지금, 이 순간에 정말로 실현되려고 하고 있었다.

내 '염원' 이 지금 바로 이루어지려고 하고 있는 것이다──!

"그게── 나 처음이야. 친구라 부를 수 있는 사람과…… 동료라고 말할 수 있는 사람과 함께 파티를 짜서 탐험한다니…… 정말 예전부터 꿈꿔 오던 거였어……. 그, 그러니까 말이야, 나는………… 어? 어, 어라?"

뭔가 눈앞의 풍경이 보기 힘들다고 생각했더니 어느새 눈물이 나온 모양이었다. 볼을 만져 보자 축축한 감촉이 손가락 끝에 느껴졌다.

"아, 미, 미안해, 미안해요……. 나, 어라……!?"

설마 자신이 이런 일로 울고 말 줄은 생각도 못해서 엄청나게 놀라고 말았다. 허둥지둥 재킷 소매로 눈가를 닦았다.

"라트……."

"라그 씨……."

두 사람이 눈을 동그랗게 뜨고 놀라고 있는 것을 알 수 있었다. 어쩌지. 빨리 그치지 않으면——.

"미, 미안, 나, 난, 이럴 생각은…… 자, 잠깐, 잠깐만……."

참을 수 없을 정도로 가슴이 벅찼다. 이날을 얼마나 고대하고 있었는지 모를 정도였다. 이런 날을 꿈꾸며 난 고향에서 뛰쳐나온 것이다. 익스플로러가 되기 위해서.

"흠……. 그렇구나. 라트의 마음은 잘 알겠다. 확실히 그대의 말대로일지도 모르겠구나."

"소룡희……?"

갑자기 무언가를 깨달은 것처럼 하누가 끄덕이자 로제 씨가 모르겠다는 듯이 하누를 보았다. 신장차가 있기 때문에 자연스럽게 밑을 향해서 기다란 애쉬그레이의 머리카락이 얼굴을 덮었다.

하누도 후드 안쪽에서 푸른색과 금색의 이색 홍채로 로제 씨를 올려다보았다.

"로제. 라트가 하고 싶은 말이 알 것 같구나. 즉── '우리는 다시 태어난' 것이다."

"다시 태어났다?"

하누의 말을 로제 씨가 반복했다. 그러자 하누는 그렇다는 듯이 끄덕였다.

"그렇다. 로제 그대는 내 성에 찬 것도 있지만── 무엇보다 일전의 사건을 함께 극복한 동료이지 않느냐. 그래, 명목만이 아니다. 명실상부하게 그대는 나와 라트── 즉, 'BVJ'의 동지가 된 게다."

──동지.

그 단어에 난 머릿속에 번개가 친 듯한 기세로 감명을 받았다.

"그, 그래! 동지! 그거야! 내가 하고 싶었던 말이 바로 그거야! 대단해! 그 말대로야! 고마워, 하누!"

자신도 모르게 뜨거운 목소리로 외치고 말았다.

"그래그래. 그렇지, 그렇지. 그도 그럴 게 난 라트의 둘도 없는 절친이니 말이다. 그대의 생각 정도는 훤히 보인다."

에헴, 하고 하누가 나쁘지 않다는 듯이 가슴을 폈다.

"과연……. 동지, 인가요."

로제 씨가 조금 고개를 숙이고 혀 위에서 맛보는 것처럼 그 단어를 입에 담았다. 그리고 나서 고개를 들고 호박색 눈동자로 나를 보았다.

"이해했습니다. 확실히 말씀하신 대로네요. 지금의 저희는 이제까지의 저희와는 달라요……. 그러네요. 저도 이런 경험은 처음이라서 말로 하는 것은 어렵습니다만…….”

일단 말을 멈춘 로제 씨는 신중하게 말을 고르면서 이렇게 이어서 말했다.

“저희는 이제 일면식 없는 사람끼리 모인 오합지졸이 아닙니다. 공통된 목적을 가지고 의사소통이 가능한── 그래요, 하나의 ‘팀’이라 부를 만한 존재입니다.”

──팀.

또다시 심금을 울리는 단어가 나타나서 나는 목이 빠져라 고개를 끄덕였다.

“그, 그거예요, 바로 그거예요! 그래요, 우리는 ‘팀’이 된 거예요! 그리고 오늘이 그런 우리의 첫 탐험인 거예요!”

내가 생각해도 지리멸렬 직전의 말에 로제 씨는 끄덕였다.

“예. 즉── 오늘은 ‘기념일’이라고, 라그 씨는 말씀하시고 싶으신 거죠?”

──전해졌다!

“예! 그래요!”

너무나도 기쁜 나머지 나는 주먹을 꽉 쥐고 전력을 다해 끄덕였다.

그러자 하누가 또다시 고개를 갸웃거렸다.

“흠……. 그럼 라트, 우리는 어떻게 하면 좋은 게냐?”

“어? 어, 어떻게 하냐니……?”

“오늘이 우리에게 있어서 기념할 만한 날이라는 것은 잘 알겠다. 하지만…… 그래서 무얼 하면 되는 게냐?”

뭔가 특별한 행동이라도 하는 게냐? 하고 하누는 묻고 싶은 모양이었다.

"아, 응. 그, 그러니까 말이지……."

겨우 이야기가 본론으로 들어갔다. 난 심호흡을 하고 나서 어젯밤부터 생각하고 있던 계획을 발표했다.

"실은 말이야, 익스플로러가 클러스터를 시작할 때의 관례에는 여러 가지가 있지만 그중에서 이렇게 모두가 서로 손을 포개며 맹세를 하는 것이 있어."

"호오. 이렇게 말이냐? 로제, 그대도 손을 내밀거라."

"예, 소룡희."

내가 팔을 내밀자 하누가 그 위에 작은 손을 올리며 로제 씨를 불렀다. 로제 씨도 장갑을 벗고 살짝 손바닥을 포갰다. 마침 나와 로제 씨의 손에 하누의 손이 사이에 들어가는 형태다.

"그래서 맹세란 무엇이냐?"

"이 상태로 클러스터의 이념이나 최종적인 목표 같은 것을 모두가 함께 말하며 그것을 시작의 맹세로 삼는 거야."

"호오——? 뭐냐, 그럼 할 말은 이미 정해져 있구나."

"어?"

쿡, 하고 웃으며 자신 있게 말하는 하누를 나는 조금 놀라서 보았다. 그러자,

"예, 소룡희. 확실히 하나밖에 없네요."

로제 씨도 조용히 동의했다.

"응——??? 앗……!"

나는 잠시 고개를 갸웃거렸지만 그 다음 순간에 곧바로 하누

와 로제 씨와 같은 대답에 이르렀다.

그랬다. 우리가 말해야 할 맹세는 단 하나 뿐이었다.

“생각났느냐, 라트. 그럼 그대가 구령을 하거라. 모두가 일제히 말할 테니.”

“응!”

미소 짓고 있는 하누를 보며 나도 만면에 웃음을 지으며 끄덕였다.

그래, 이것이야말로 우리가 내세우는 유일하고 절대적인 룰이다.

“하나, 둘——!”

다음 순간, 우리의 목소리가 깔끔하게 겹쳤다.

“““무슨 일이 있더라도 절대로 동료를 저버리지 않을 것!”””

이리하여 단 세 명밖에 없는 클러스터 ‘BVJ’는 새로운 시작을 맞이했다.

앞으로 우리가 가는 길에 무엇이 기다릴지.

익스플로러는 위험한 직업이다.

무슨 일이 일어날지는 전부 미지수다. 누구도 미래는 내다보지 못한다.

하지만 하누와 로제 씨와 함께라면 어떤 시련이라도 넘을 수 있다.

분명—— 아니, 절대로.

순백의 탑 발치에서 선언한 클러스터의 맹세.

그 선언을 지켜본 것은 우리 세 명과 달까지 뻗어 있는 궤도 엘리베이터뿐.

이것이 새로운 나날의 시작이었다.

후기

어떠셨나요, 노도와 같은 전투, 격투(激闘), 열투(熱闘). 그리고 사투(死闘). 대부분을 전투 씬으로 전해드린 '리월드 프런티어' 제3권. 예고한 대로 거의 논스톱 배틀 전개, 애니화 하면 이거 어떻게 하지라고 생각할 정도의 한 권이었습니다. 즐겁게 읽어 주셨다면 다행입니다.

먼저 알려 드릴 것이 있습니다. 덕분에 리월드 웹 연재판이 부활했습니다. 제목으로 검색하시면 '소설가가 되자' 홈페이지가 나옵니다. 이 3권의 뒷이야기도 바로 읽을 수 있으므로 만약 '뒷이야기가 궁금해' 라고 생각하시는 분이 계시다면 부디 이쪽을 읽어 주세요. 서적판의 2권과 3권이 제2장에 해당되므로 뒷이야기는 제3장부터입니다.

이번 권은 정말로 페이지 수와의 싸움이었습니다. 에피소드와 대사를 삭제하지 않고 페이지 수를 줄인다는, 제가 생각해도 마술사 같은 일을 했습니다. 웹 연재판은 글자 수가 많다=쓸데없는 묘사가 많다는 상태였기 때문에 삭제함으로써 오히려 읽기 쉬워졌다는 점은 아이러니한 이야기네요.

거기에 더해 교정 단계에서도 "이 장의 1행만 지워 주세요!" 라거나 "이 장, 4행을 지우면 페이지가 딱 맞으니까요!" 하고 담당님께서 연락을 하셔서 그렇지 않아도 첨삭이 끝난 문장을 또 삭제한다는, 정말로 아슬아슬한 제작 진행이었습니다. 담당 편집님, 교정 담당님, DTP 담당님 여러분에게는 정말로 폐를 끼쳤습니다. 이 자리를 빌려서 사죄와 감사를 올리겠습니다. 죄송합니다, 그리고 정말로 감사드립니다……!

그러고 보니 2권 후기 뒤에 있었을 거라고 생각합니다만 리월드의 한국어판이 나온다고 합니다. 이쪽은 TO북스에서 주도한 것이 아니라 한국의 출판사에서 오퍼가 들어와서 출판하기로 결정했다고 합니다. 즉, 한국 분들께서 '리월드 재밌어!' 하고 생각해 주셨다는 것이므로 정말 기쁜 일이라고 생각합니다. 한국어를 읽을 수 있으시거나 한국에 친구 분이나 가족이 계신 분은 만약 괜찮으시다면 추천을 해 주시면 감사하겠습니다. 저도 어떤 형태로 출판되는지 지금부터 기대가 되고 있습니다.

그럼 '단둘뿐' 이었던 라트와 하누에게 새롭게 로제가 더해져서 3인 체제가 된 'BVJ' 입니다만 물론 이게 끝이 아닙니다. 드●곤 퀘스트도 파●널 판타지도 파티는 네 명이라고 정해져 있습니다. 웹 판을 읽어 주신 분들은 알고 계실 거라 생각합니다만 다음에는 '네 번째 조커' 가 등장합니다. 로제도 골칫거리였습니다만 다음 새 멤버도 만만치 않습니다. 부디 기대해 주세요.

그럼 언제나처럼 감사 인사를 하겠습니다. 담당 편집이신 S님. 이번에도 대단히 신세를 졌습니다. 전화로 '하누의 허벅지' 나 '로제의 가슴' 같은 단어가 난무하는 회의는 무척 신기하고 즐거운 경험이었습니다. 정말로 마음이 잘 맞네요(야). 일러스트를 담당해 주신 토자이 님. 매번 훌륭한 캐릭터 디자인과 일러스트 감사드립니다. 허큘리스는 생각 이상으로 멋졌습니다. 그리고 언제나 귀여운 하누를 그려 주셔서 감사합니다. 표지에 등장하는 라트의 무기나 로제의 머리카락처럼 매번 번거로운 설정을 일러스트로 그려 주셔서 정말로 감사합니다. 마지막으로 이 책을 집어 주신 여러분께 진심으로 감사드립니다. 또 만날 날을 기대하고 있겠습니다.

쿠니히로 센기

리월드 프런티어 3

2023년 12월 20일 제1판 인쇄
2023년 12월 27일 제1판 발행

지음 쿠니히로 센기
일러스트 토자이
옮김 김민준

발행 영상출판미디어(주)
등록번호 제 2002-000003호
주소 07551 서울특별시 강서구 양천로 570 NH서울타워 19층
대표전화 02-2013-5665

ISBN 979-11-380-6378-4
ISBN 979-11-319-6654-9 (세트)

Reworld Frontier Vo.3
By Sengi Kunihiro

정신을 차린 세계는 〈200년이 지난 게임 세계〉?
애니메이션 방영작! 자유로운 몸으로 세계를 누비는 신세계 판타지!

리아데일의 대지에서

1~8

사고로 생명유지 장치 없이는 살 수 없는 소녀 '카가미 케이나' 는
VRMMORPG 『리아데일』에서만 자유로울 수 있었다.
그러던 어느 날, 생명유지장치가 멈추고 정신을 잃었다 깨어난 케이나는
자신이 플레이한 게임 세계에서 200년이 지난 곳에 있었다?!

현실이 된 게임 세계, 하이엘프 캐릭터 '케나' 가 된 케이나는
200년 동안 무슨 일이 있었는지 알아보면서 새로운 세계를 접해 나가는데――.

Ceez 지음 / 텐마소 일러스트